立听师语

（2018）

——北京师范大学教师访谈录

主　编：程建平

副主编：刘长旭　陈　霄

光明日报出版社

图书在版编目（CIP）数据

立听师语：北京师范大学教师访谈录.2018 ／ 程建平主编. --北京：光明日报出版社，2020.6

ISBN 978－7－5194－5769－3

Ⅰ.①立… Ⅱ.①程… Ⅲ.①访问记—作品集—中国—当代 Ⅳ.①I253

中国版本图书馆 CIP 数据核字（2020）第 093894 号

立听师语：北京师范大学教师访谈录.2018

LITING SHIYU：BEIJING SHIFAN DAXUE JIAOSHI FANGTANLU. 2018

主　　编：程建平

责任编辑：曹美娜　黄　莺　　　　　责任校对：龚彩虹

封面设计：中联学林　　　　　　　　责任印制：曹　净

出版发行：光明日报出版社

地　　址：北京市西城区永安路 106 号，100050

电　　话：010－63139890（咨询），010－63131930（邮购）

传　　真：010－63131930

网　　址：http：//book.gmw.cn

E－mail：caomeina@gmw.cn

法律顾问：北京德恒律师事务所龚柳方律师

印　　刷：三河市华东印刷有限公司

装　　订：三河市华东印刷有限公司

本书如有破损、缺页、装订错误，请与本社联系调换，电话：010－63131930

开　　本：170mm×240mm

字　　数：494 千字　　　　　　　　印　　张：27.5

版　　次：2021 年 1 月第 1 版　　　　印　　次：2021 年 1 月第 1 次印刷

书　　号：ISBN 978－7－5194－5769－3

定　　价：99.00 元

前　言

思曰容，言心之所虑，无不包也。这是师者得以为人师、行世范的源头活水。享则以思者所述所行为基，借由微信公众号这一自媒体宣传阵地，广罗读者共品文间笔下的人文关怀，体味高校立德树人的坚定信念和科学范式。《立听师语——北京师范大学教师访谈录》（2018 年）一书即以"定格师者，聆听师道"为初心，将北京师范大学教师群像映刻在每一篇文章的生动描述中，享其思，享其情，享其感；以亲采原创、深度访谈展现新时代下的"北师大故事"，并以其背后的教育初衷和家国情怀丰满"中国故事"。

隶属于北京师范大学党委宣传部的微信公众号"BNU 思享者"（微信号：bnusixiangzhe），为了致敬广大基层教师的匠心坚守，推进"四有"好老师队伍建设，以做高质量、真实、深度与趣味同在的系列人物专访，原汁原味采集教育故事，原汁原味传递"师道告白"来诠释"学为人师　行为世范"校训精神在北师大教师群体的当代传承。自上线以来，广受广大读者与校内外师生好评，2018 年 1 月，"BNU 思享者"微信公众号荣获第二届"全国高校网络宣传思想教育优秀作品推选展示活动"工作案例三等奖。

本书辑录了"BNU 思享者"于 2018 年 1 月至 2018 年 12 月推送的 60 多篇文章，分属于聆听师道、院长访谈、书记面对面、师大青椒、说学逗唱、理论知乎六个栏目。主题涵盖人才培养、学科建设、科学研究、校园文化等多个方面，将师道师德浓缩其中。

"不媚俗市场，不流俗时髦，不盲目取悦学生。"在自媒体文章呈爆炸式增长、阅读量 10w + 成为创作目标的如今，"BNU 思享者"始终秉持这一原则，严把关高要求，精雕细琢每一字句，做最真实最深度的教师访谈。这是"BNU思享者"不渝的创建初心，也是北师大教师思政工作团队的使命。从线上到线下，本书的出版也秉持这一原则，致力于用文字记载最真实的师者形象，为读者传递最无私的师道精神。

期待本书能够作为新时代高校宣传网络思想政治教育的代表成果，可以在日异月更的变迁中彰显不渝的师者初心，于春华秋实的发展中彰显温暖的教育本色。"学为人师，行为世范。"木铎金声百年不辍，振聩人心。让我们一起聆听师道、定格师貌、彰显师德，将北师大这批教育者为人师、行世范的师大故事以思为基，享以世人。

目 录
CONTENTS

第一篇　北师大故事

第二篇　聆听师道

第三篇　师大青椒

第四篇　院长访谈

第五篇　书记面对面

附录

第一章　教授读诗

第二章　教授书单

第三章　解忧杂货店

第四章　理论知乎

第一篇 01

北师大故事

王开存：拿出中国自己的气候数据

推送时间：2018 年 3 月 28 日

这是一个科学工作者为拿出中国自己的气候数据而奋斗的故事！

王开存，全球变化与地球系统科学研究院教授、首席科学家、副院长。中国青年科技奖、国家杰出青年科学基金获得者，教育部"新世纪优秀人才支持计划"入选者，现担任国家重点研发计划项目首席科学家；北京高校优秀共产党员，北京师范大学优秀共产党员，北京师范大学十佳师德标兵。

这是他在北师大任教的第 2555 天。

1

王开存十分热爱"大气科学"，他与"大气科学"结缘快 24 年了。从兰州大学到北京大学，到美国马里兰大学帕克分校，再到得克萨斯大学奥斯汀分校，最后来到北京师范大学任教，他和师大有个故事得讲讲。

1994 年，王开存考入了兰州大学大气科学系。但这份喜悦夹带着隐隐的缺憾：大气科学并非所填志愿，他当时是被调剂专业的。但也就是因为这样，他误打误撞地与这门学科结下了不解之缘。进校不久，王开存就全身心地投入到大学的学习中。随着对这门学科了解得更深入，他对大气科学的兴趣也渐渐浓厚起来，也就更喜欢这个学科。

就这样，王开存认真地打好理论知识基础，在本科毕业之后，选择继续在兰州大学就读硕士研究生。他的硕士生导师是陈长和教授，人品好、学术强，一直鼓励着学生自主学习，也正是因为陈教授在科研上不断地指导和帮助，王开存萌生了继续读博的想法。

2004 年，王开存进入北京大学大气科学系攻读博士学位，博士生导师周秀骥院士是一位兼具儒家气质和科学家品格的老先生。周院士独具特色的教育方法，使王开存懂得了独立学习和思考的重要性。这也是他之后担任老师这个角色时，一直给学生强调的做研究的最基本方法。

毕业后，2006—2010 年王开存分别在美国马里兰大学地理系和得克萨斯大学奥斯汀分校地质系从事研究工作。在国外工作的这段时间，他更加清晰地了解到"大气科学"最前沿的研究方向，也坚定了要将自己所学带回祖国的信念。

王开存教授于 2011 年回国到北京师范大学任教，在入职第一年成为了中组部首批"青年千人计划"学者、教育部"新世纪优秀人才支持计划"入选者。目前，王开存教授主持一项国家重点研发计划项目，担任国家重点研发计划项目首席科学家。

这一切看似很顺利，但其实遇到了很多的困难。从事科学研究的这些年，他懂得要做好科研必须在任何时候都懂得"坚持"。课题的研究要基于大量的数据分析，难度可想而知。枯燥、无聊、压力……对这一系列随时会出现的问题，他只会对自己说两个字："坚持"。在导师高标准培养的坚持下，他手写的本科毕业论文，经过多次反复修改，直到博士期间才正式发表出来。

在王开存看来，科研就是一条漫长的路，唯有"坚持"才能采撷硕果。做课题也是如此，越是高难度的课题，越需要坚持着深挖下去。短期内做不来，有可能是因为没有找到正确的方法或能力不够。而一直激励他"坚持"的原因正是他对"大气科学"的热爱，他要"拿出中国自己的气候数据"和世界对话。

2

王开存的"大气科学"科研之路也经历了被国际社会"不认可"到"认可"的一个过程。

在王开存看来，大气科学是一门应用科学，领域涉及人们较为熟悉的空气污染、天气预报、气候变化等诸多方面。而他的研究方向是大气科学中的"大气物理学与大气环境",主要致力于对过去气候变化的理解,通过量化观测数据的不确定性,来提高气候变化检测的精度。

王开存一直为"拿出中国自己的气候数据说话"而不懈努力,想为我们的国家与科学做点贡献。

过去十几年,正值我国各领域突飞猛进发展之际。之前在处理国际事务时,第三世界国家选择站在中国这边。随着近些年全球变化问题的凸显,气候变化导致的海平面上升问题对多岛屿国家有了更为重要的影响,他们在国际社会上支持我们的力度大不如前。因而,我们在国际气候谈判上常常"被逼着"承诺减排。其实,发达国家以前也靠着燃烧石油、煤炭等发展工业来发展经济。

目前气候变化的基础数据和结论都是由西方国家主导,对于这个问题,王开存教授一直在思考。而要得出正确结论,数据必须是准确的。

气候变化领域最基础的数据是温度数据。针对温度数据而言,国际上惯用三个数据集,两个来自美国,一个来自英国。但王开存的研究表明,这些国外的数据集往往会高估中国变暖趋势,低估美国变暖趋势。

这主要是因为这些数据集的平均温度是通过测量最高温和最低温取得的平均气温,和每天一直变化的真实平均气温是有差距的。温度的日变化也并不是一成不变的,这一差距几十年前和现在的数据结果就是不一样的,所以就会导致增温趋势检测结果的误差。大气结果就是中国的增温趋势会被高估,这可能和中国城市化导致的地面情况变化有关。

因此王开存觉得,用中国自己观测的数据进行科学研究可能会更合理,国外学者生成的数据对中国并不是有利的。就结果而言,用自己观测的数据进行研究就可以发现中国变暖程度只是美国的 1.4 倍,而不是之前用美国、英国数据测出来的 2.3 倍。结果显示,中国变暖程度虽然比美国高,但并没有国外学者研究的那么高。

于是,王开存开始用中国真正的数据写论文投稿,用中国数据告诉国际社会,中国真正的气候变化情况。他的第一篇论文投了 *Nature*,然而很遗憾地被拒稿了。不放弃的他又投了 *Nature Communication*,经过好几轮的修改,最终被审稿人类似"我在这个领域研究了几十年,你根本不懂"这种荒诞又说不出问题的理由拒绝了。

最后,文章还是发表到了 Scientific Reports 这个期刊上,但是这个不被"认可的过程"也深深戳痛了王开存的心。他激励自己,不要气馁,坚持不懈继续用中国自己的气候数据为国家说话。

在"太阳辐射"数据方面也发生过一个小故事。王开存教授是在 2011 年回国进入北师大工作后，才开始做太阳辐射方面相关研究的。

我们常常因为严重的污染看不清天空，污染加重会降低太阳辐射。科学家发现 1960—1990 年地球在慢慢变暗，他们这一判断是基于地表太阳辐射的观测数据。中国从 1958 年开始观测太阳辐射，发现中国也有太阳辐射降低的趋势。几年前，国外学者利用中国的太阳辐射数据对几十个全球气候模式模拟结果进行了评估。这些模式基于每个国家给出的逐年排放清单（如煤、炭等燃烧物）运行，应该能够较好地模拟污染物排放对地表太阳辐射长期变化的影响。

通过研究发现其他国家的太阳辐射降低趋势都是能够很好地被模拟出来，只有中国的降低趋势任何模型均模拟不出来。或者是说，所有模型模拟出来的中国的太阳辐射降低趋势比实际观测数据小很多。中国政府被国际社会质疑数据造假，被认为太阳辐射降低趋势模拟不出来是因为我们国家提供的排放清单数据值过低。

王开存经仔细研究发现中国地区地表太阳辐射长期趋势观测和模拟不一致，是因为观测仪器的问题。我国使用的观测仪器最初是由苏联援建的，1960 年苏联撤走专家和仪器后，我们只能进行模仿生产。我国当时无法生产出仪器专用探头的光学漆，被迫使用普通漆。时间一长，普通漆就会"起皮"，不能与探头进行很好的接触，导致仪器灵敏度逐渐降低。1990 年，我国下大力气更换了合格的新仪器，太阳辐射数据又出现了跳跃。国外学者的论文利用我国 1990 年更换仪器前的数据进行研究，这样的研究成果当然不会是完全准确的。

王开存利用其他数据对中国的地表太阳辐射数据进行重建，发现重建的数据与模式模拟结果吻合得很好。所以可以看到，最大的问题并不是排放清单的问题，而是仪器的问题。弄明白原因后，王开存教授使用新的数据研究了中国的太阳辐射情况，得出了比之前国外学者得出的更为准确的研究结论，为中国的太阳辐射相关研究领域做出了自己的一点贡献。

回国这 7 年来，通过这种"学术辩论，积极发声"的方式，王开存的科研成果逐渐得到了国际认可。目前，他已发表论文 90 多篇，其中以第一兼通讯作者身份在 *Science*、*PNAS*、*Reviews of Geophysics*、*Bulletin of the American Meteorological Society* 等世界顶级期刊上发表论文 7 篇；论文 SCI 总引用 2600 余次，5 篇论文入选 ESI 高引用论文目录。

2017 年，世界知名科技媒体科睿唯安（Clarivate Analytics）的编辑 Christopher King 采访了王开存教授，以"气候数据优化"为题对他的科研成果进行了专题报道。现在，为了得到更好更准确的中国数据，他在全球变化与地球系统科学研究院、地表过程与资源生态国家重点实验室等的支持下，初步建立了大气环境综合观测站，争取拿着更为准确的中国数据去为国家需求办事。

3

作为一名老师，能培养出优秀的学生也是一种成就感。

王开存认为，学术是他的使命，学生则是他使命中最为关切的部分。当学生在科研过程中遇到难点，打不开突破口时，他要求自己做到随时随地都能耐心解答并帮助学生寻求突破。

王开存常常把自己的经历说给学生听，告诉他们从独立思考，到最终形成科研成果，研究的过程非常关键。学生每周总结工作情况，将自己遇到的问题、研究的过程和思路做成文档汇报给他的时候，他也会对学生的科研进展动态给予适时的指导。

学生们在日常科研过程中经常会遇到论文投稿被拒的情况，王开存经常会鼓励大家，"不能马上放弃，要想一想审稿人的意见，想一想如何去修改和提高"。到现在，他指导的研究生在 *Bulletin of the American Meteorological Society* 上发表论文 3 篇。学生们大都取得了非常优秀的成绩，研究生有 5 人获得研究生国家奖学金，1 人获得宝钢奖学金，1 人获得通鼎奖学金，1 人获选"博士后国际交流计划"派出项目，1 人获得北京师范大学"优秀博士毕业论文"。这些都是王开存觉得作为一名"大气科学"领域教师，真正应该自豪的。

王开存尊重每个学生的自我认识和规划，在学好知识的同时进行社会锻炼也是必要的。他支持自己培养的硕士研究生继续深造博士，也支持他们毕业后直接参加工作。到目前为止，王开存团队的毕业生均收获了不错的就业机会，顺利地在中国地图出版社、航天五院、中建二局、国土资源部信息中心等单位入职，利用所学在各行各业奉献自己，进入新的人生阶段。王开存对此觉得十分欣慰。

4

对于"大气科学"这门科学，王开存还是有些许遗憾。

在北师大任教这些年，学校并没有设立专门的"大气科学"学科，导致研究者开展研究并没有相关保障。最近，我国几个最优秀的大学纷纷加大力度建设大气科学学科。清华大学、复旦大学、中山大学等纷纷在这几年筹建了"大气科学"系（院），并慢慢发展起来了。原本就有大气科学的北京大学、南京大学、浙江大学、中国科学技术大学，正在加大投入，现在也发展得越来越好。可能就是因为没有设置"大气科学"学科，北师大从事"大气科学"研究的两位长江学者均带着自己的研究团队先后离开师大到外校任教。

从地理系算起，北京师范大学做大气科学研究其实是较早的，教师们也具有非常优秀的研究能力。但近些年，这个领域面临着人才流失、生源质量差的发展局面，这令王开存感到十分痛心。

研究团队的学生做着国家需要的"大气科学"最前沿的研究，但却因为拿到的是"全球环境变化"而非"大气科学"专业的毕业证书，面临毕业找不到工作的尴尬情况。连对口的一些单位和部门，都可能不认可学生的能力，对此王开存觉得有点心疼。

作为一名"大气科学"人，王开存希望在未来的日子，通过自己的科研努力，继续为着国家需求服务，拿出中国自己的气候数据为国家说话，也渴望他所热爱的北京师范大学"大气科学"研究有更好的发展空间。

（王娟、何睿）

扫描二维码即可阅读全文

王磊：筑梦"金砖"的思考者

推送时间：2018 年 4 月 2 日

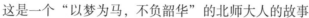

这是一个"以梦为马，不负韶华"的北师大人的故事

王磊，政府管理学院副教授、金砖国家合作中心主任，兼任金砖国家智库合作中方理事会理事、"一带一路"百人论坛研究院研究员等。主要研究方向是金砖国家与全球治理、国际政治经济学、中国外交、欧盟政治与外交等。他先后在国家商务部、金砖国家新开发银行中方筹备组等处挂职或借调工作，多次作为中方代表团成员或专家组成员出席金砖国家相关事务的重要会议。他学术和政策研究成果丰富，主持或参与了多项重点科研项目，论文、访谈、评论等多见于国内外学术刊物和主流媒体。

这是他来师大工作的第 746 天。

2017 年 9 月的第一个星期，中国厦门，全世界瞩目的金砖国家领导人第九次会晤在景色怡人的鹭岛举行。在这重大的历史时刻，数日以来，一直有一位年轻的师大学者，以自己的学术素养和社会情怀，与世界分享着他的独特见解。

时间回溯到三个月前，北京。

凌晨两点，办公室里一灯如豆，一个颦眉思考的身影被光晕染得很长，文档里显示着"BRICS"的字样。靠墙的小沙发上叠放着整齐的毛毯，想来是思考者在办公室里工作至此刻还未来得及休息。书桌上层层叠叠看似凌乱摆放着的文件纸张有着它们自己的排列规则，方便熬夜者在才思泉涌时找到自己所需的材料。

　　这是他在办公室闭门赶稿子的第八天。八天前参会结束的他还在厦门的宾馆和回京的飞机上冥思苦想如何完成好某部委紧急交托的这份重要研究课题。门边的凳子上放着的是昨天下午的晚饭，后来他自嘲这几天过的是"外卖宅男"的生活。

　　三点。起身揉了揉因久坐而僵直的脖颈，设定好闹钟，他倒在沙发上开始短暂补觉。八点，教室里还有一群朝气蓬勃的学生在等待。他知道自己不仅仅是一位书斋里的学者，还是一名三尺讲台的执鞭者。

　　这是一门研究全球经济治理前沿的课，热烈的课堂讨论气氛将他的倦意一扫而空。一上午思维的碰撞不断擦出知识的火花，这群视野开阔、观点鲜活的年轻人总是给予他新的学术灵感，让他感受到教学相长的快乐。这是他热爱讲台的原因，也是他不断丰富自身积淀、充实知识储备的源泉。

　　午饭结束后，他又回到了自己的小隔间，继续写作那份十分紧急的委托课题。完成这个任务，还有另一篇约稿在等待他动笔。那是他今年在金砖研究领域写下的十余篇文章之一，也是他要去参加的又一场金砖研讨会的前期准备。这是他自认目前为止最忙碌的一年：2017年，这一年他35岁。

　　让我们将目光放回故事的主人公，他叫王磊，是师大政府管理学院的一枚"青椒"。2017年是他从复旦来到师大的第二年，也是他作为一名青年学者快速成长的一年。

　　博士期间王磊主攻欧盟政治与对外政策研究，于2015年出版了国内首部关于欧盟里斯本外交体制改革的著作《欧盟对外行动署制度研究》；博士后期间他又将金砖国家与全球治理拓展为新的研究领域，那时候他自己也没有想到2017年会如此忙碌。可他坚信，光阴不负韶华，经历了就是成长。

　　自从2016年3月到师大工作以来，作为政府管理学院的一名青年教师，王磊不仅承担着本科生和研究生的专业课程，还指导着四名在读研究生。他宁愿压缩自己的睡眠时间，也坚持召集指导的学生举行周末读书会。让学生汇报每周的学业和生活，交流学习和研究中遇到的困难，关注和思考时事热点，研读英文理论和报刊文章……一周又一周。受益于外语学习带来的国际视野，王磊一直向学生强调外语对人生发展的重要性，非常重视对学生的英语训练，每次读书会都带领学生逐句逐段分析他精选过的文章。这不仅是老师的职责，也是他在忙碌的工作中坚持的一份担当。

2017年，虽然已经成为一名在国际问题研究领域崭露头角的青年学者，但他不敢对自己的学术研究有丝毫懈怠。他深知，在学术的起步阶段，唯有扎实的研究，才有可能产出高质量的成果，学者唯有以科研为奋斗目标方可安身立命。他认识到，金砖国家和全球治理作为新兴的研究领域，虽然发展空间广大，但挖掘这座金矿的菁华却需要付出更多的汗水。这一切促使他不断向前奔跑，不负心中之梦与手中之笔，踏实做好研究。

学者的职责之一就是以所学服务社会，王磊的身影经常出现在中央电视台等多家主流媒体。2017年，在中央电视台《新闻联播》和《焦点访谈》这两档重磅新闻节目中，他作为专家受邀出镜各三次，解读中国外交和金砖合作的重要话题。他的独到见解和深度剖析，不但让他收获了诸多"粉丝"，也为其在国际关系研究领域带来了一定的影响力。实际上，这一年，他以师大学者的身份频频出现在中央电视台一套、二套、四套、十三套和中国国际电视台（CGTN）的新闻栏目中，围绕着他所热爱的金砖国家研究侃侃而谈；这一年，在新华社、《人民日报》《光明日报》《参考消息》《瞭望》的作者栏或受访专家里，也多次出现他的名字。可是他深知要学以载道，绝非一朝一夕之功；学者唯有泛舟学海，方可抵达知识大洋的彼岸。

2017年，作为由外交部推荐给主流媒体的唯一80后学者，王磊深度参与了金砖国家领导人厦门会晤有关工作，这是我国当年最重要的两大主场外交之一。在九月份于厦门举行的金砖国家领导人第九次会晤期间，他受邀作为中央人民广播电台报道团队嘉宾走进播音棚，参与直播了习近平主席在记者会上的讲话，这让他感到自己这些年所静心从事的金砖国家研究背后是一个新兴大国崛起的历史进程。习近平主席在厦门会晤期间论述道："观察金砖合作发展，有两个维度十分重要。一是要把金砖合作放在世界发展和国际格局演变的历史进程中来看。二是要把金砖合作放在五国各自和共同发展的历史进程中来看。"这种宏大的历史视角让王磊深切感受到了作为一名学者的责任。他常驻厦门会晤国际新闻中心，接受国内外多家新闻媒体的采访，解读厦门会晤最新进展和重要成果。

作为中方代表团成员，他还参加了金砖国家"中国年"多场重要谈判和重要配套活动。例如，首次金砖国家政党智库和社会组织三合一论坛、首次金砖国家治国理政研讨会、第2次金砖国家协调人会议、第6次金砖国家智库理事会谈判、第3次金砖国家劳工就业部长会议等。特别是王磊带领金砖国家合作中心工作团队配合外交部成功举办了第三届金砖国家青年外交官论坛，助力厦门会晤筹备，让师大与金砖的缘分进一步加深。金砖国家领导人厦门会晤筹备组还专门致信，对师大成功举办金砖国家青年外交官论坛表示感谢。

王磊兼职担任金砖国家智库合作中方理事会理事等，他担任主任的师大金砖国家合作中心还在 2017 年成功入选为教育部国别与区域研究备案中心，成为国内金砖国家研究的重要智库。他主持并完成了外交部、中联部等中央部委委托的多项重要研究课题，转化为政策报告提交金砖国家领导人厦门会晤并被采纳。同时在《人民日报》《光明日报》《参考消息》《瞭望》《中国社会科学报》等重要报刊连续撰文或接受专访解读金砖国家合作，获得良好的社会评价。

2017 年在我们看来是他厚积薄发的一年，是恰逢其个人能力与时代机遇和大国崛起相结合的一年，也是作为学者其家国情怀得以初步展现的一年。可是每天睡眠不足的 2017 也是他奔走于多个研讨会和谈判现场的一年，是他沉浸在研究和写作中的一年。那些繁忙的日子说起来仿佛瞬息，回首起来却如此充实，也让人被思考的魅力所吸引而乐在其中。

不自我加压，年轻人永远也不会知道自己的潜力在哪里。投身于时代的大潮，方可百炼成才。闭关数日完成的长篇英文政策报告得到了部委领导的高度认可，几乎全文采用并成为金砖国家领导人厦门会晤的成果文件之一。这般重压下的一年就这么在亲历和见证大国崛起的进程中以梦为马奔腾而过。而王磊，仍然执着于师大的三尺讲坛上，继续扎根在师大的学术沃土中，依然陶醉在全球治理和中国外交的研究中，感受并思考着时代的风云变迁和国际格局的巨变。

2018 年是王磊来师大工作的第三个年头，今年他又会给师大带来怎样的故事呢？又会在他所从事并热爱的国际关系研究领域中进行怎样的耕耘？书桌上那盏常亮的台灯又将会见证多少个他笔耕不辍的深夜？他逐梦于金砖研究，也在金砖研究中筑梦未来。

（王娟、刘艳红、李安诺）

扫描二维码即可阅读全文

王秀梅：燃烧学术生命，收获绚丽风景
——中国刑法学科培养的第一个 国际刑法博士的精彩人生

推送时间：2018 年 4 月 8 日

这是一个"燃烧学术生命"的北师大故事

王秀梅，刑事法律科学研究院暨法学院教授、法学博士、博士生导师，北京师范大学国际交流与合作处处长。现挂职最高人民法院刑事审判第二庭副庭长，国际刑法学协会副秘书长暨中国分会秘书长，中国刑法学研究会理事，国际刑事法院访问学者，中国刑法培养的第一个国际刑法博士，亚洲第一个国际反腐卓越奖获得者，教育部新世纪优秀人才（2009）。美国纽约大学访问学者（1995.8—1996.8），美国纽约大学豪瑟全球法律项目研究人员（2003.9—2004.3），国际刑事法院访问学者（2004.4—2004.9），富布莱特访问学者（2009—2010）。Managing Staff at The Oxford War Crimes Centre，Research fellow at US – Asia Law Institute，School of Law，New York University。Series of International Crimes Law 编委会成员，Howard Journal of Crime and Justice 编委，《国际刑法评论》执行主编。在《中国法学》《新华文摘》和《世界政治与经济》等海内外报刊发表学术论文 150 余篇；出版个人专著、译著、合著共计 40 余部。代表作《国际刑事法院研究》。

这是她来北师大工作的第 4740 天。

1

"国际反腐卓越奖亚洲第一人"是多方努力的结果

谈起"国际反腐卓越奖"，王秀梅不仅是中国第一位获得这一奖项的学者，更是亚洲第一位获得这一奖项的个人。那么，"国际反腐卓越奖"究竟是一项从事何种领域、实现何种成就才可以获得的奖项呢？

2017 年 12 月 8 日，正值国际反腐败日（每年的 12 月 9 日）之际，第二届 Sheikh Tamim Bin Hamad Al Thani 国际反腐卓越奖颁奖典礼在瑞士日内瓦联合国总部隆重举行。王秀梅参加了这场庄严而盛大的典礼。她不仅以我们北京师范大学刑事法律科学研究院教授的身份出席，更肩负着国际刑法学协会副秘书长暨中国分会秘书长、G20 反腐败追逃追赃研究中心执行主任等多个重要身份。王秀梅向我们介绍了这项大家有些陌生的国际奖项的由来：谢赫塔米姆·本·哈马德·阿勒萨尼国际反腐败卓越奖（Sheikh Tamim Bin Hamad Al Thani）是由卡塔尔政府于 2015 年 11 月在俄罗斯圣彼得堡召开的第八届国际反贪局联合会（IAACA）上宣布设立，该奖项得到卡塔尔政府和联合国毒品与犯罪问题办公室（UNODC）的支持，并与联合国日内瓦办事处（UNOG）合作，每年在 12 月 9 日国际反腐败日之际颁发。这个奖项的设立，旨在奖励和感谢那些为反腐败作出卓越贡献的个人和组织，从而分享全球范围内反腐败的创新性、模范性举措和良好实践，提高国际社会对反腐败的认识，促进社会各界积极参与反腐败行动，联合起来促进《联合国反腐败公约》的执行。

当然，最令人骄傲的是，王秀梅是作为一名获奖者参与典礼的。因其在"反腐教育与学术研究"领域所做出的突出贡献，委员会颁发给了她这项"国际反腐败卓越奖"，以鼓励她继续沿着反腐教育的学术道路，实现更大的跨越和赢得更多的成就。而王秀梅也是迄今为止唯一获得此项殊荣的中国专家、亚洲学者。

那么，王秀梅究竟是如何与反腐败工作产生关系，从而荣获这一领域国际大奖的呢？

从 2012 年至今，随着国家反腐力度的增加，有关反腐的学术研究也日渐发展壮大。王秀梅对反腐败理论和实践有着极其浓厚的兴趣，因此，她将研究的重点转向了各国反腐法律制度的研究，发表的一系列学术成果，也很快得到了国际社会的关注和认可。正是在这一年，联合国毒品和犯罪问题办公室（UN-ODC）开始在全球范围内进行反腐教育的普及工作，组织相关领域专家编写教学大纲、撰写教材。王秀梅前期的付出与努力终于取得成效，有幸作为专家组成员参与教材的审定和修改工作，接触到了全球各领域的研究课题和研究项目。她先后13次赴新加坡、俄罗斯、奥地利和西班牙等国参加国际学术研讨会，与同行以及著名学者交流协作进一步扩展了王秀梅的国际视野，并在会议上发表演讲，在国际社会中发出中国声音，探讨如何进行国际反腐败追逃追赃的问题。此后，王秀梅还参与了国家司法部的相关科研项目。在王秀梅看来，奖项的获得绝不是偶然，既有自己努力研究、深入钻研的因素，也有学院团队的协商互助和精诚合作，更离不开导师的辛勤培养以及学校的支持和良好的学术氛围。正是通过不懈的努力让国际社会知晓了自己的研究成果，也使得学界深入了解了北师大刑科院这一出色的研究平台。

"党的十八大以来，中国在反腐方面取得的成就有目共睹、众所周知，申请这个奖项倒不是为了个人，更重要的是为了国际社会和专家学者能够更加深入地了解中国学者的科研成果、中国政府的反腐主张与反腐成就。"王秀梅如数家珍地提到最近几年中国的反腐行动："2014年外逃贪官数量为100多人，2017年出逃的贪官仅为个位数，数量大大下降，这就从侧面印证了中国已经从整体上形成了不敢腐、不能腐、不想腐的有效机制。"同时，"这个奖项的获得也证明了从政府到专家学者，对反腐问题十分关注，都在切实地采取各种各样的行动来支持反腐工作。"

任何光鲜亮丽的背后都有着鲜为人知的付出，王秀梅认为，这个奖项的获得离不开学校领导的支持和鼓励。"作为国际处处长，原则上我的出访都应该是公务行政性质的，但是每次申请外出参加学术会议时，无一例外地都得到了书记和校长的批准。没有多次的外出参加学术会议，这些成绩的获得也是难以实现的。"同时，王秀梅还特别地提到了这次远赴瑞士日内瓦领奖的经历，由于颁奖的时间和另外一场公务活动相冲突，时间完全重合。作为个人活动的领奖与公务活动的出访如何权衡？王秀梅颇有感触地说道："最终校领导还是毫无保留地选择了支持王秀梅参加领奖活动。因此，这个奖项的获得也有学校的一份功劳。"

此外，在2013年王秀梅陪同时任北师大党委书记刘川生出访时，北师大作为第一家国内高校与联合国毒品和犯罪问题办公室（UNODC）签署反腐败合作协议。这标志着北师大从学校层面支持联合国反腐教育的普及工作，在法律硕士专业开设反腐专业课程与研究生班，按照联合国大纲培养反腐人才。"这也就凸显了校领导的反腐意识和对反腐相关工作的支持。"

同时，王秀梅不忘对同事、学生和家人支持的感谢。

　　她坦言，奖项的获得一定有同事和学生的一份功劳。"在与同事和学生交流学习的过程中，我也从他们身上汲取了力量，获得了支持，奖项的获得也要感谢我的同事和学生们。"教学相长，师生之间的学习和帮助是相互作用的，王秀梅积极鼓励学生利用国家资源和条件发展自己，定期召开师门读书会或者分享交流活动，为学生努力搭建了良好的学习发展平台。

　　家人的支持也是王秀梅感到十分暖心的一点。王秀梅提到了读研究生时的一件小事，尽管很小，却足够温情。她回忆道："我当时的英语成绩不是很好，在读研究生的过程中遇到了很大的困难，与其他同学的差距很大。在读英文文献和文章的过程中，很多单词都不认识，基本上要花好几倍的时间来查单词，效率就很低。有一次我很气馁，就回家了。后来第二天早上起来的时候发现老公帮我查了所有的生僻单词，那一刻我很感动，我发誓我一定要努力学习不辜负家人的期望。"正是这种拼劲，正是当时的不放弃，王秀梅今天才能够流利地用英文同别人交流，在国际会议上发表演讲。王秀梅说，今天的成绩与家人的支持和鼓励是分不开的。

　　了解这些之后，我们深深明白了：正是这样一位严于律己、不忘学校、心系学生、感恩师长和家庭的学者，才能够真正在学术道路上走得扎实，走得坚定。"国际反腐败卓越奖"的获得是王秀梅的浓厚兴趣、坚持不懈的努力、学校领导的鼓励、恩师的引领教导、同事和家人的支持多种因素共同作用的结果，也是王秀梅挑战自我、实现自我的体现。而种种荣誉，不过是世界对所有努力者的明证和犒赏。

2
十余年耕耘：与国际刑法的不解情缘

　　实际上，"国际反腐败卓越奖"的获得与多年耕耘的国际刑法领域密不可分。王秀梅与国际刑法领域也有着不解之缘，2005 年，她从中国人民大学调往北京师范大学，至今已在这片京师园默默耕耘了十余年，同样也见证了学校国际刑法研究从初创到成熟的艰难过程。谈及当初的情形，王秀梅记忆犹新。她说，在刑事法律科学研究院创院之初，条件比较艰苦，但学校仍拿出一个会议室为我们改造成几个相对独立的办公室。就是在这个空间里，团队的热情和科研干劲特别高涨，大家用愈加卓绝的努力，开始了奋斗的历程。经常是"女生当男生用，一个人当两个人用"。晚上和周末加班加点已经成为他们的研究常态，经过大家的努力最终推动了北师大刑事法律科学的研究走上正轨，并取得了一项又一项的成绩。正如王秀梅所言："每一个人、每一个团队的成功都需要多种因素的共同作用，都需要共同的努力和奋斗。"

谈及王秀梅对反腐的浓厚兴趣，要从她学术生涯的关键时期说起。在王秀梅读博时期，她的博士生导师对她的学术道路产生了非常重要的影响。正是她的导师高铭暄先生，将王秀梅带入了国际刑法领域，成为中国刑法学科培养的第一个国际刑法学科博士。在当时的情况下，国际刑法的就业面和可供选择的道路十分有限，国际组织任职数量相对有限，另一种选择是去高校担任专业教师。但是，王秀梅服从了导师的建议，也服从了自己的专业爱好，选择了国际刑法方向。她自觉将个人的学术选择和国家需要结合在一起，国家需要就是她的研究方向。

在早年的读博生涯中，有一件事情使王秀梅真正认识到了自己专业的价值，也使她彻底爱上了自己的专业，并决心为之不懈奋斗。1999 年，王秀梅博士尚未毕业。这一年，中国驻前南斯拉夫联盟大使馆被炸，在睡梦中的王秀梅被一阵急促的电话铃声叫醒，中国法学会请她尽快将前南斯拉夫国际刑事法庭公约英文版翻译成中文，为中国政府做决策提供参考。王秀梅感到任务艰巨，彻夜未眠，连夜行动起来，她激动万分地说："原来我可以通过自己的努力为国家做这么多事情，可以用自己的能力做出真正自己的贡献。"尽管后来该事件没有通过诉讼得到妥善解决，但是，这种获得感和成就感对王秀梅而言是不言而喻的，这也就在某种程度上奠定了她从事国际刑法研究和反腐败研究的基础。

不仅如此，当今中国的社会现实也让王秀梅感受到从事国际刑法和反腐败研究的重要性和必要性。她特别提到出访国外途中的一件小事，同样对她学术生涯产生了不可磨灭的影响。当时，王秀梅在美国参加一个派对，其中有一个美国学者说其很讨厌中国的贪官在美国的种种不良影响，这让同时身为中国公民和身为法律研究者的王秀梅听后百感交集，感慨万分。或许在别人看来，这只是一件微不足道的小事，只是一句来自学者的评论，却让王秀梅听得羞惭又气愤，她深深意识到，在一个国际性的学术氛围中，中国的贪腐问题让人揪心，也让别国的学者厌恶。也正是这一事件，极大地刺激了她的自尊心，从此她决定要致力于国际刑法和反腐败的研究工作。

同时，王秀梅在撰写博士毕业论文的过程中，争分夺秒，不辞辛苦。她在大年三十的下午才回家乡，正月初三就早早回到学校埋头查阅文献，撰写博士论文。虽然这一过程很枯燥，很辛苦，但对于王秀梅来说，却有着莫大的意义和价值。这就是对学术的热忱，对专业的坚守，才让她勇敢而无畏，拼尽全力，直到真正享受这一过程，直到呈现一份满意的毕业论文。

早期的学术坚持和学术恒心，让王秀梅敲开了国际刑法研究和反腐败研究领域的大门，而十余年的辛勤耕耘，更是让她的不懈努力终于收获了学术硕果。

3
"白加黑"和"双肩挑"：
白天是行政工作，晚上是学术生命

2012 年下半年，王秀梅兼任国际交流与合作处处长，开始了行政管理工作。彼时，法学院院长的一番话提醒了王秀梅，"你研究国际刑法，喜欢国际化，从事国际处的管理工作可以有助于你的国际刑法研究，使两者有机结合，不会与专业有太大的脱离。"但是，就任之初，拜访几位前任处长的经历还是给王秀梅泼了一盆冷水。"几位老前辈都表示，行政管理工作很烦琐，很难处理好'双肩挑'的工作，很有可能就会丢掉专业。"这使王秀梅感到很惶恐不安，踌躇万分。但她又不断为自己打气，她说："每一段经历都是充实人生的阅历，所有的付出都不会白费。如果科研能做好，管理工作也一样能做好，科研和管理工作相辅相成。要想取得和别人一样的成就，就要比别人付出更多的时间和精力。"就这样，骨子里不服输的性格加之天生喜欢挑战，王秀梅慢慢摸索出了适合自己的"双肩挑"道路。

这种"白加黑"和"双肩挑"并不是纸上谈兵，学术和行政工作两不误，其实需要极其详细的时间规划和艰辛付出。对于王秀梅来说，专业是学术生命，无论一天中工作有多忙，王秀梅都会给专业学习留下足够的时间。由于学校离家较远，为了减少在路上堵车的时间，早上六点半出门已经成为她常年的习惯。到办公室后，王秀梅会保证八小时的工作时间处理日常的管理工作。由于国际处承担的是国内外学校间交流与合作的工作，经常会工作较晚，回到家中可能已经是九十点钟。而这时，王秀梅一天的专业学习才刚刚开始，深夜的静谧为她畅游书海、探索研究提供了良好的条件，看专业书籍、阅读前沿文献、撰写学术论文、回复邮件，熬夜至凌晨一两点已经是家常便饭，四个小时的睡眠对王秀梅来讲便已是恩赐。

当问及如何在第二天保持充沛的精力投入工作时，王秀梅的秘诀是："碎片化睡眠——睡小觉。""睡小觉"，也就是抓住零碎时间补充睡眠，比如乘车来学校的路上、中午饭后的小憩，二十分钟或半个小时的休息就可以使王秀梅"满血复活"，干劲满满。这种专业精神让人不无钦佩，又不无感动。王秀梅此前在房山区检察院挂职副检察长，目前还在最高人民法院审判庭挂职副庭长，多年的法官生涯使她能够理论结合实际，"只有将法律理论和法律实践相结合，才能使研究更加深入、更具有可操作性"。就这样，王秀梅全年无休，像一匹不知疲倦的骏马，永远在工作中奔忙，永远在学术上行进，在繁忙的工作之余，丝毫没有丢下自己挚爱的专业，并且还取得了十分耀眼的成绩。

关于如何平衡生活和事业，王秀梅也倾吐了她的生活之道：生活中要学会做减法，学会控制自己的情绪。王秀梅认为："生活中不时有一些不开心的事情，这是正常的，要甩开不如意的包袱，累积正能量。所有内心的东西都会写在脸上，要互相吸收正能量，以微笑对待他人，才能从别人那里得到同样的反馈。"尽管常年努力工作，偶尔哪天能有多一个小时的睡眠，就会让王秀梅足够兴奋，足够开心。可能白天有不顺利的烦心事，但如果晚上有五百字的感悟、一千字的心得也会使她白天的阴霾一扫而光，用专业的获得感来不断提升自己。唯有如此，才会使每天的生活很轻松，工作才会有效率。

由于经常加班，待在家里的时间很少，一直以来王秀梅都觉得自己愧对自己的家庭，特别是自己的孩子，以至于孩子经常批评王秀梅是"最没有家庭观的人"。"有得必有失，尽管不能很好地陪伴家人，我的家人仍然十分支持我的工作，他们的期许就是我前进的最大动力。"所以，近年来，王秀梅也努力找时间陪伴家人，体会家的港湾，非常珍惜与家人共处的每一段时间。

正如王秀梅所说："Arise, awake and a better future we will make."她用饱满的热情、不懈的努力和钻研的精神燃烧着她的学术生命，我们相信，她必将收获更加绚丽的人生风景。

（王娟、赵世杰、李姝）

扫描二维码即可阅读全文

解博超：教育学部"马大姐"的 Office 培训之路

推送时间：2018 年 4 月 11 日

这是一个 90 后同学站在北师大讲台为师生讲课的成长故事

解博超，教育学部 2015 级教育技术专业研究生，他是无人不知、无人不晓的热心"马大姐"，同时常年"混迹"于几届新老生 QQ 群，不管谁有问题，热心的解博超保准很快出来解答。他先后担任班长、教育学部学生会主席、研究生会主席。认真工作的同时，他也没有忘记学习：参与教材编著、发表学术论文、主持科研课题，忙得不亦乐乎。除此之外，他还获得了很多奖项：本研累计获得三次国家奖学金、多次优秀学生干部、还曾获北京市优秀毕业生、京师先锋党员。去年，他还作为唯一一位学生身份的主席团成员全程参加了中共北京师范大学第十三次党代会。当然，最让大家津津乐道的是，他是北师大第一个给老师们做培训的学生，同时也是第一个能在课堂给老师讲段子的学生。到现在为止，解博超已经主讲了近百场的 Office 系列培训。

这是他在北师大学习的第 2435 天。

1
"多业务"发展的 Office 小能手

解博超第一次接触电脑是在他小学三年级的时候，看到自己的计算机老师用电脑修图和处理视频，这引起了解博超的好奇心。那时候的电脑是个稀罕的物件儿，只有学校和身边的几个小伙伴的家里有，但这并没有减少解博超对它的好奇心，老师教他就认真学，好奇心也就慢慢变成了兴趣。

真正开始系统接触到电脑是在他中学的时候，那个时候，老师让学生轮流上台做"汇报"，解博超发现用 PPT 的效果更好，在这个过程中，解博超慢慢产生了"怎么让 PPT 做得更好"的想法。Office 2007 版本出来后，解博超捣鼓了半天发现只能下载到英文版本，但这并不能阻挡他对新版界面和功能的热爱和追求，硬着头皮用了半年，解博超发现，做出来的 PPT 果然比 2003 版"美貌"了不止一点。

是金子总会发光。慢慢地，老师们都注意到了解博超这个闪着光芒的特长，经常会让他帮忙做点小玩意儿，或者修改一下 PPT。让解博超印象比较深的是，有一位老师被邀请去中央电视台录课，但总觉得自己的 PPT 不尽如人意，就找到了解博超修改，最后的效果非常好。到后来，解博超的"业务"就扩展到了排版、策划、台本、做表格等方面。"我还帮我的中学老师做了一个用 Excel 分析成绩的小程序，这么久了，一直都还在用，大四我回去实习的时候，还帮着更新了一个版本。"他笑着说，"很多经验都是在实践中总结出来的。"除了实践，解博超自己找来一些相关的书籍学习，他对自己有很高的要求：别人满意不行，他说，"一定要让自己满意"。正是这股和自己较劲儿的脾气，让他在后来的学习中获益匪浅。

2
"马大姐"的业务拓展故事

"我来师大七年了，算是个老人了。"这七年，解博超完成了"从学到讲，由生变师"的转变。来师大的第一年，解博超选上了李崧老师的课，因为自己的底子好，所以课程并没有让解博超觉得吃紧。但是，让解博超感兴趣的是，李崧老师会在课堂上讲一些新奇的小技巧或者提一些比较难的问题，"李老师讲完，我就在那儿自己操作，挺有意思的"。一个学期下来，解博超觉得最大的收获就是自己把之前的零碎知识又系统地梳理了一遍。

随着自己知识的丰富，解博超产生了一个想法："能不能办一些活动，把自己学到的东西分享给其他人？"再加上自己的专业正好是教育技术，他和几个同学一合计，然后很快地将自己的想法付诸了实践：在自己的班级小试牛刀，班里有特长的同学轮流给班里的其他同学做讲座，把知识教给大家。轮到解博超，他就做了几期Office的讲座，就这样做了一个系列之后，反响很不错，这也为他们班那一年的优秀班级评选出了不少力。就从这个时候开始，解博超在这条道路上开始了"狂奔模式"，一发不可收拾。

大三的时候，解博超成了教育学部的学生会主席，他发现，新进入学生会的弟弟妹妹们对办公软件的使用基本处于最原始阶段，解博超又开始合计了："不行，还得培训。"于是，解博超就这样把Office培训开到学生会里，学生会"入职培训"的传统延续至今。

随着培训范围的扩大，越来越多的人认识了解博超。"有一天，吴娟老师问我，愿不愿意去给老师们做Office培训，我很忐忑，但是我想试一试，于是答应了。"原来是教师发展中心希望做一个Office系列培训，希望吴老师推荐一个老师，吴娟老师当时想到了解博超。"当时，我回去仔细整理了自己之前做过的所有讲座的资料，大概有20多场吧，我就这样怀着忐忑的心情去了，幸运的是，老师们认可了我。"就这样，解博超从研一下学期开始，成了教师发展中心的培训小老师，慢慢地，他的"业务"也就慢慢拓展开来，一些兄弟院系还有其他学校也开始邀请解博超做培训，解博超完成了"从学到讲，由生变师"的转变。

解博超说："虽然培训的场次多，内容也有重复和交叉，但是每次都是不同的。我觉得这些变动让我有新鲜感，但是不管怎么样，最重要的还是要保证培训质量。"

3
"现在上去还能讲段子"

提到这么多年来的收获，解博超笑着说："刚开始紧张得要死，现在上去还能讲段子。"讲课技能有了提升，一方面克服了紧张，另一方面对课堂节奏的把控也好了很多，"教师发展中心有一个方面做得很好，就是每一次培训之后都会有一个反馈，这让我能了解教师需要什么，即时调整教学设计和内容，希望整个课程能够更加有用，也更加条理化。"

身边的老师们让解博超受益良多，解博超说，"老师们让我真的很感动"。

让他感动的一方面是老师们对他的信任，另一方面是一种精神。"在师大的七年，我特别感恩，身边的老师无论是做学问还是为人处事，都是值得尊敬和爱戴的。他们信任我，教我学问，为我创造机会、搭建平台，这样开阔的眼界对每一个学生的培养都是特别棒的。"除了作为主讲人，解博超后来自己尝试组织了几次活动，有像往日一样的普通讲座，也有和小伙伴一起合作开发的持续三天的 PPT 实训课，"当主讲人只用去讲课，人家一切都给预备好了，但自己组织活动不一样，需要考虑协调各种问题。幸运的是，一遇到困难就有老师和同学的支持，让我觉得再大的困难也就都不是事儿了。"

解博超说："每次做讲座，都会看到一些熟悉的面孔，有的老师只要有时间就会参加讲座，还有的老师头发已经花白，戴着老花镜也都在一点点学习，这些都打动了我，我敬佩这些老师，活到老学到老，不是假的。"所以，解博超现在会把讲座的内容精简、压缩，多讲几遍，节约出一些时间让老师们操作。为了效果更好，他提议设置了一个助教，在底下帮助老师们操作。

当问到他对自己以后的人生有什么期待和规划时，解博超说："最理想的工作是成为一名教师，这一路走来，老师和家人的支持和认可是我最坚实的后盾，正是因为他们，我才能找到自己的特长，并且把它做好，所以，在接下来的日子里，我会一直保持着这份幸运，将我喜欢的事情一直做下去。"

后记

解博超同学如今已经签约了对外经济贸易大学的信息处，圆了自己一直追求的教师梦。

这是他一直以来勤奋努力的结果，我们在这里祝愿他在今后的日子里能够工作顺利，鹏程万里！

（王娟、李芳）

扫描二维码即可阅读全文

马天星：奔跑在探索物理奥秘路上的"马拉松选手"

推送时间：2018 年 4 月 23 日

这是一个年轻学者在科研道路上长跑的北师大故事

马天星，物理学系教授，物理学博士，博士生导师，先后在复旦大学物理学系、德国马普所、香港中文大学物理学系从事博士后研究，目前主要从事电子关联体系磁性和超导电性、石墨烯新奇特性等的研究。主持有国家自然科学基金科学基金面上项目、国家自然科学基金青年科学基金项目、北京市优秀人才项目和教育部高等学校博士点专项科研基金项目等。在 *Physical Review Letters*、*Physical Review B*、*Applied Physics Letters* 等国际著名学术期刊上发表 40 余篇学术论文，被多家出版社邀请撰写专著。

1
奔跑的路上要有强大的耐心

近期，顶级物理学期刊《物理评论快报》（*Physical Review Letters*，PRL）发表了马天星课题组的最新研究成果，北师大物理学系是第一完成单位。《物理评论快报》作为美国物理学会主办的物理学领域最具权威性的杂志，侧重于发表有创新意义并能引起广泛兴趣的突破性物理进展，在美国物理学会的所属期刊中，它的选稿要求最高，论文录用率最低，自创刊以来，刊载了许多诺贝尔奖级别的文章。学术成果发表在国际物理界公认的顶尖期刊上是对马天星物理研究的重大肯定，这是他在马拉松式的研究道路上取得的又一成果。

回想起研究的缘起，那还要追溯到 2014 年在美国得州大学奥斯汀分校访问时，马天星与 Hsiang–Hsuan Hung 博士讨论后确定了这个题目，并邀请加州大学戴维斯分校数值计算的专家 Richard T. Scalettar 教授及其博士后 Chia–Chen Chang 加入到这个研究中来。后来，他的博士生张陆峰在 2015 年初加入到这个课题中，充实了整个研究队伍。但是，由于研究的无序系统的复杂性，使得计算任务非常繁重。终于，历时三年艰苦努力，在 2017 年成功完成这个课题。他们使用数值严格的方法，研究了狄拉克费米体系中电子关联和无序的相互竞争，发现无序导致了新的非磁绝缘相。这一发现丰富了我们对金属绝缘相变的认识，有助于发明新的低功耗莫特晶体管，这无疑是物理学研究领域中的一个有趣的发现。

在谈及自己的研究成果时，马天星说："作为一名理论凝聚态物理的研究者，我希望能做一些非常 solid 的研究工作，只有扎扎实实做研究我才会心安理得。"不积跬步无以至千里，用三年的时光来验证一个理论，他做到了极致。"得此良师，实属我幸"，这是学生张陆峰最真实的表白，从最开始的数据处理作图，到逐步熟悉程序并自主规划开展计算工作，张陆峰在马天星的指导下获得了系统的科研训练。

早在《物理评论快报》这篇文章问世之前，马天星就已在顶级期刊上发表过文章，他笑着谈起自己上次花了三个月的时间完成铁基超导配对对称性工作的趣事。与合作者确定研究题目后，恰逢妻子长期出差，他几乎每天都在办公室工作到一两点甚至更晚，用三个月时间完成的研究工作最终发表在 Phys. Rev. Lett 110，107002（2013）上。铁基超导体的超导配对对称性是当时国际上的热点问题，这是一个抢时间的工作，可以说妻子出差给了他自由支配时间的机会，成全了这个工作的快速完成。而这次的课题因为计算的复杂性，则花费了三年多的时间，研究者必须耐住寂寞，甘坐冷板凳才能潜心研究。马天星说："其实，我也没做什么，有的只是比常人多的耐心。"正是在不断的努力下，马天星与合作者曾预言的石墨烯体系自旋三重态的超导配对，最近也得到了剑桥大学实验小组的支持，有了新的进展。而这些成绩的取得，都离不开国家自然科学基金项目、北京师范大学高性能计算中心等多方面的大力支持。

2
跑步始于奔跑的那一刻

对于现在的马天星来说，1996 年 9 月的开学日仍是一个重要的日子，犹记得那是一个阳光灿烂的日子，带着对物理学无限憧憬的马天星从豫北之城开封来到了位于新街口外大街 19 号的北京师范大学，迈向北师大物理学系的那一步成了他逐梦物理征程中的第一步，也就是在那时他便与物理结下了不解之缘。在北师大读书的他从一而终，从本科一直念到博士，他的青春全献给了这份他热爱的物理学事业。

导师冯世平是他科研道路上的指路人，他踏实严谨的学风，孜孜不倦的探索精神感染着马天星，导师在生活中的关心和学习上的指导让他坚定而自信地奔跑在探寻物理奥秘的道路上。博士毕业后，马天星也像同时代的人一样面临很多困惑，是工作还是趁年轻继续深造学习？导师冯世平告诉他，不要给自己设限，人生才能有多种可能。

2005 年 8 月马天星来到复旦大学物理学系读博士后，研究自旋电子学，2007 年 3 月又在德国深造学习两年，2009 年 7 月马天星赴香港中文大学读博士后，进行数值方法研究。两次博士后及国外留学的经历让他接触到了物理学界更前沿的东西，和不同的物理学家进行思想的交流和碰撞激起了他思想的火花，有时候为了破解一个理论，他每天都泡在实验室里做研究，喜欢的事情应该尽力去做并做到最好，这是他最深信不疑的一点。

2010 年 7 月马天星回到北京师范大学任教，成了北师大物理学系手握三尺教鞭的老师。从 1996 年到 2018 年，22 个年头过去了，从学生到老师，从当初意气风发的少年到如今儒雅稳重的学者，马天星完成了自己的蜕变。

3
奔跑的路上每一步都是风景

走近马天星的办公室，门上贴着这样一句话，enjoy happy teaching researching and running。教学于马天星而言是一件快乐而有趣的事情，他认为课堂上的互动是一个教学相长的过程。马天星在谈起给本科生上的固体物理这门课程时，眼睛仿佛有光。像自己的导师曾教导自己一样，马天星很重视对本科生物理素养的训练，在开学的前两周他会讲上几节务虚课，让学生明白固体物理和现代科学研究的关系。外界对物理理论工作者常有一些误解，而他要做的正是破除这些偏见，讲清楚基础理论的重要性，让学生们建立专业和学科自信，在课堂上他会介绍凝聚态物理领域著名的专家学者，尤其是一些著名的华人物理学家，他鼓励学生向这些优秀物理学家看齐。

曾有位物理学界的著名教授称，北京会成为世界凝聚态物理研究的中心。马天星也相信我们国家完全有这个实力在凝聚态物理上很快有所成就。中国所处的时代是一个最好的时代，国家对科研事业的投资力度是空前的，物理学也迎来了发展的春天。

2010年，马天星刚来到北师大任教，就表现出很大的工作热情，他在承担教学任务的同时，还担任着本科生的班主任，他带领的班级取得了多项傲人的成绩，他指导多名学生在创新项目中取得了佳绩，多名本科生以第一作者身份在物理学领域的国际重要学术期刊上发表了多篇论文。马天星常对自己的学生说："这里，是北京师范大学；如果你以后要做老师，就要做中国甚至世界上最好的老师；如果想搞学术研究，北师大有太多的前辈先贤你们可以去向往，北师大物理学系的平台不逊于国内的任何高校。"

在物理这场马拉松式的长跑中，学生是马天星奔跑中最爱的风景。桃李不言，下自成蹊，马天星已毕业多年的学生还与他在学术上保持密切的联系。他把学生当成自己的孩子，但他从不"圈养"学生，喜欢给学生更多的自由空间，并且很乐于鼓励自己的学生，给予他们正面的评价。马天星说："我之所以这样对待学生，是因为当年我的老师也是这样教导我的，良好的师生关系是学术传承的重要环节。"

4

物理之外的"跑道人生"

夜幕降临，在北师大操场上驻足观看，你可能会望到马天星跑步的身影，结束了白天繁忙的工作后，马天星会留给自己一定的运动时间，运动之后又继续投入到物理研究中去了。大学时期马天星曾在北师大的高水平运动队训练，从此便义无反顾地爱上了跑步。

翻开马天星的运动记录，他曾获北师大1500米和5000米长跑冠亚军，复旦大学校运会1500米亚军，5000米冠军，香港中文大学新亚书院1500米、5000米冠军，曾代表北师大获得北京市教职工运动会1500米亚军。即便在国外访学时，马天星也会每天坚持跑步，甚至获得过Dresden半程马拉松M30组的冠军，到现在为止他已经参加了 30 多次的国内外马拉松比赛，马天星调侃自己跑马拉松比研究物理还要好。这样的运动热情也感染着他的学生，他的学生在科研之余也会去运动健身。马天星常说："拥有一副健康的体魄是做好科研的前提。"跑步已经和物理一样成为马天星生命中不可或缺的一部分，跑步是一项最简单的运动，它不需要任何特别的场地和特殊的装备，你只需要迈步向前，迎着风的方向奔跑。

谈起马拉松，很多人会望而生畏，终点似乎始终遥不可及，只有在不断的奔跑中才能慢慢靠近终点。而探寻物理的过程对马天星来说就是在进行一场马拉松式的长跑，他不畏惧这漫长的跑道，因为热爱而做着自己喜欢的事情，欣赏着沿途的风景，用自己的心和脚步去追寻，凭着坚韧不拔的耐力和韧性去完成每一个小目标，活出物理学人特有的多彩人生。

窗外的郁金香开满了一地，未来属于马天星的学术长跑还在继续。

（王娟、李冬美）

扫描二维码即可阅读全文

张金星：科学做到极致就是艺术

推送时间：2018 年 5 月 2 日

这是一个磨剑砺香的北师大故事

张金星，物理学系教授，应用物理博士，博士生导师，曾在加州大学伯克利分校物理系从事博士后研究。目前主要从事复杂氧化物薄膜及异质结构的外延生长，关联体系在纳米尺度下衍生的量子特性的探测与调控，探索其在新一代信息技术、能源转化、传感驱动等方面的应用。2013 年 9 月获国家自然基金委优秀青年基金。自获得基金委优秀青年基金的支持以来，在多铁性氧化物薄膜中实现巨大形状记忆效应（14% 可逆应变），在层状钙钛矿薄膜中实现无束缚铁弹性翻转及磁、电、弹耦合效应，带领学生以通讯作者在 *Nature Communications*（两篇）、*Advanced Functional Materials*（两篇）等期刊发表论文。共发表论文 50 余篇，被引用 3000 余次，曾多次在相关领域的重要国际大会上做邀请报告（如美国 MRS 等）。近五年申请人担任 *Advanced Materials*、*Nano Letters* 等 20 多个期刊审稿人，申报了 6 项国家发明专利（其中 4 项已经授权），研究成果入选北京市自然科学基金"十二五"期间优秀成果选编，共承担国家自然基金委、科技部、北京市等资助科研项目 7 项（其中主持 5 项、参与 2 项）。申请人于 2016 年作为首席科学家获得科技部首批重点研发计划（青年专项）"量子调控与量子信息"项目的资助。

这是他到北师大任教的第 2225 天。

1
入选"青年千人"，邂逅木铎年华

2012 年 2 月张金星入选第二批中组部青年千人计划，同年 3 月来到北师大任教。国家千人计划青年项目是中组部牵头的，自 2011 年开始实施，旨在引进一批有潜力的海外优秀青年人才，为今后 10～20 年中国科技产业的跨越式发展提供支撑。2011 年底在美国加州的张金星前往斯坦福大学参加招聘宣讲会，在宣讲会上他了解到了"青年千人计划"以及国家对青年科研人员的渴求和支持，于是下定决心要回国工作。"从个人情怀上我很自豪能为自己的国家做事情，国家对青年和科研的大力支持也让我看到了更多的希望。从事物理前沿研究和新材料探索不仅要有新颖独特的科研想法，还要有良好的科研平台，我们国家以前在这方面相对处于弱势，但是现在国家富强起来了，为青年人提供自由创新的平台、良好的科研启动条件、独立的科研环境，这些一点都不逊于国外。"正是带着这样一份热诚，张金星结束在加州大学伯克利分校的博士后研究，旋即回到了祖国的怀抱。

张金星回国后，很多大学和科研机构都向他抛出了橄榄枝，但是他却对北京师范大学情有独钟。在提到与北师大的这段情缘时，张金星说："北师大作为一所知名的综合性大学，京城四大名校之一，不仅有着自由宽松的科研环境，还有着深厚的文化底蕴和人文素养。科学和艺术是有着紧密联系的，科学和人文本就是同一台纺织机编织出来的，科研做到极致就是艺术，艺术品是不可复制的，临摹过来的作品无法创造出它原有的精神气质。同样，复制过来的科学不是科学而是技术。科学是从零到一的创造，从一到一千甚至到一万都只能是技术。我很喜欢北师大的学生，他们踏实能干，不浮躁，教这样的学生我很放心。此外，北京是全球最独特的国际化大都市，它有着独具优势的科研资源，几乎任何科学研究的手段和实验合作几乎都能在这里找到。"

2

五年磨一剑，砺得科研香

在"青年千人"计划和北师大的支持下，张金星从 2012 年上半年开始搭建自己的实验平台，历经五年基本上完成了这项艰辛的工作。平台的搭建不像外界想象的那么简单，有些现成的物理实验仪器并不能直接达到实验的要求，需要经过反复的测试和磨合。为了使科学探测手段的精准度能达到理想的追求，张金星要经常飞往国内外和厂商进行反复的沟通交流。张金星说："我怀着要为北师大奉献我整个学术生涯的初衷而来，即便花费再多的精力也是值得的，我搭建的实验平台不是基于短时期两三年的时间而考虑，而是要保证它能在十年甚至二十年后也能领先于国际其他国家的相近科研团队。"

青年教师要想在科研领域有一席之地，不能仅仅依靠学校的经费支持，还要能够得到国家科研项目的支持，甚至要和一些公司合作实现共赢。2013 年张金星获得了"优青"100 万资金支持，2016 年作为首席科学家获得科技部首批重点研究计划（青年项目）465 万资金资助，再加上之前中组部"青年千人"计划 300 万资金的支持，张金星激活了自己实验平台的正常运转和自我造血功能。令张金星感到兴奋的是他当初所设想的实验设备的大部分功能已经实现了，现在国际国内也有一些学者积极寻求与他合作，实验平台的知名度得到了提升。

在搭建实验平台的同时，张金星也进行着原创性的科研探索，在知名期刊上发表了一些有影响力的科研成果。张金星小组与比利时安特卫普大学、加州大学等研究机构合作，于 2013 年 11 月 20 日在 *Nature Communications* 上发表了 *A Nanoscale Shape Memory Oxide* 的论文。在层状钙钛矿氧化物薄膜中，张金星小组与比利时安特卫普大学、清华大学以及美国宾州州立大学等研究机构合作，首次发现并系统探讨了完全无束缚的铁弹性翻转行为，于 2016 年 2 月 3 日以 "*Ferroelastic Switching In a Layered – perovskite Thin Film*" 为题发表在 *Nature Communications* 上。张金星笑称："虽然目前我的研究成果没有像'学术大牛'那样在国际上引起重大轰动，但在行业里也得到了一定的认可，我有信心借助自己刚搭建好的实验平台，去干好物理研究和新型量子材料探索这件事情，早日做出点成绩来，提高北京师范大学在该领域的国际影响力。"

3

紧跟学术前沿，突出问题意识

工欲善其事，必先利其器。在紧跟学术前沿的过程中，要有前沿的工具，当然最主要的还是要有前沿的思想。张金星很感谢北师大给予他这样一个"天马行空"而自由的学术环境，让他的思维保持活跃。思想前沿来自于生活，要有问题意识，善于提出问题。哥德巴赫猜想的提出就是人类不断思考的表现，张金星更喜欢发现并提出问题的人。"The biggest question is：what is the question"，要想引领一个方向首先必须引领一个问题。张金星常对自己的学生说："要敢于质疑，敢于发现问题，如果你能把初高中的基础物理知识推翻，你就是下一个牛顿、伽利略、爱因斯坦。目标一定要高远，要有敢于引领方向的气魄。"在科学探索的初级阶段，张金星还不太清楚科学研究的真谛，而在博士后期间他受到了导师的启发，有了更成熟的思维方式。正是这段独特经历让张金星认识到选择一个好的人生导师胜过选择一所好大学，当然如果二者兼而有之，那便是人生幸事。

一些诺贝尔奖的获得者所提出的问题可能不被当时的人们所接受和重视，他们未必在 Nature、Science 这些顶级期刊上发表论文，这对于科研人员来说是一个矛盾的存在，科研的考评激励机制还有很长的一段路要走。张金星回国后一直致力于研究发现新的量子材料，他坦言：自己现在所遇到的挑战，就是如何能将自己感兴趣的科研问题与大众认识的科研问题结合起来，做到知行合一，来更好地为物理发展做贡献。

为了解答自己的疑惑，张金星每时每刻都在学习，广泛涉猎各种学科知识，大脑的"CPU"每天都在过热。除了物理学知识之外，张金星还会关注生命科学、材料学、化学等知识，更是经常翻阅中国古典文化典籍，从中国传统文化中汲取营养，努力为自己积累强大的知识储备。繁忙的科研教学工作之余，他会每周抽出一段时间沉浸在书海墨香中，"科学和艺术是相通的"。

4

俯首育桃李，浇灌栋梁花

张金星认为老师的首要任务是培养学生，他一脸幸福地谈及自己带学生的点滴，做实验时从放样品到调仪器，再到生长薄膜时仔细观察辉光形态，每一个细节他都手把手教着自己的学生。"2018年1月我带出了第一批博士生，他们已经在自己的人生道路上如火如荼、大刀阔斧地干起来了。"张金星带的第一个博士生王静如今在清华大学从事博士后研究，第二个博士生王传寿现在德国的马普所继续深造，张金星亲切地笑称他们两个人为"二王"（好像王羲之和王献之）。"我们始终要老去，学生代表着未来，他们能把我的思想更广泛地扎根于土壤中。我希望自己的学生能飞得更高更远，希望他们多看看外边的世界。我会尽可能地为学生创造条件帮助他们推向更广阔的平台，这样他们的选择就会更多。""用物理学语言来说，我的作用就是把学生弹射到一个激发态上，让他们处于更有竞争力的状态，当然最终能跳得多高还要取决于学生未来自己的努力。"

"守真志满，逐物意移。"这是张金星送给他第一个毕业生的一幅字，守护住发自内心的感受，就不会再有太多私欲，追逐外在物质，内心里的意志就会转移，张金星希望自己的学生在未来的人生路上能够保持自己的初心，少些浮躁，多些踏实。

张金星的办公室墙壁上挂着他自己书写的《陋室铭》：山不在高，有仙则名；水不在深，有龙则灵……张金星说："在进行物理研究时，大脑就像分子泵一样在高速运转，而写字作画能让我放松下来，感受内心的平静，寻找科学和艺术的灵感。"

科研于张金星来说就是一门多彩的艺术，未来张金星将继续描绘他的科研作品。

寄语师大学子

行自己所爱之事，在大学期间找到自己感兴趣的方向，并为之而努力奋斗，没有什么比做自己喜欢的事情更有趣了。

（王娟、李冬美、郭文杰）

扫描二维码即可阅读全文

郭智芳：十载赤子，"四业十心"，呵护一路花开

推送时间：2018 年 5 月 11 日

这是一个辛勤园丁十年守护花开的北师大故事

郭智芳，副研究员，政府管理学院分党委副书记、纪委委员，先后负责全院本、硕、博 7000 余名学生的工作，累计带过 5 个本科生、研究生班；先后研究省部级项目 10 项，其中主持 6 项；主持北京市"智惠芳华"研究生心理素质教育辅导员工作室；承担《形势与政策》《大学心理》及《管理素质综合提升》三门课的授课任务，获得过学生评教"5 分"的满分评价，先后获评"北京市青年岗位能手""北京市优秀辅导员"（2 次）"北京师范大学首届弘德辅导员""北京师范大学十佳辅导员"。

2008 年，郭智芳心怀教育热忱踏上了工作岗位，学生工作一做就是十年。十年来她不忘初心，不断探索，践行了"以问题解决为导向，以制度建设为基点，以理论研讨为特点，以活动创新为亮点"的学生工作路径。

1

"倾心"辅导员：以人化人、不解决问题不罢休

"作为辅导员，就是要在形势的发展中不断破解难题，高质量培养合格建设者和可靠接班人"，这是郭智芳对自己的要求。面对问题，她勇于挑战，扎实推进，尽量在每一个因素的细节上打造出更加完美的步骤，借以实现每个具体环节上的成功，从而尽可能彻底地解决问题。面对党建实践体验不能持久有效的难题，她躬身践行，每年坚持组织学生前往红色教育基地开展社会实践，体悟延安、西柏坡、井冈山等革命时期的传统，学习红旗渠、大庆等建设时期的精神，走近屠呦呦、黄大年等优秀共产党员，充分利用"政先锋成长群"等线上和线下的平台和学生们一起将在实践中得来的所学所悟渗透进日常工作、学习和生活的点滴之中；依靠开发"党员需求调研问卷"和《满意度测评量表》促成实践活动数量和质量双提升。

在创新形式的同时，郭智芳不断提升学生活动的思想高度。"观看十九大、收听十九大、细读十九大、研讨十九大、分享十九大"，内心激动振奋的她对党的十九大精神进行了充分学习，撰写了四万余字的心得。在此基础上，她组织"我心中的十九大"北京师范大学视觉大赛活动，让北师大学子用创意表达自己对十九大精神的理解：不论是勾勒祖国大好河山，还是记录祖国发展历程，或是描绘祖国发展前景……从而使理论学习和价值引领透过学生"眼睛"直达"心灵"，真正落到了实处，收获了实效。

扎实有效的工作不仅得到了肯定。学院连续9年获得学校"学生工作先进集体""红旗团委"荣誉称号，8年内连续四次获得学校思政工作实效奖。所指导的党班团组织和学生个人先后获奖2600余次，在此基础上也获得省部级奖励180余项。

2

"赤心"辅导员：和学生一起过政治生日

增强学生政治生活的仪式感是郭智芳一直注重的思政举措。郭智芳创造性地采取了"影像记录"的方式，指导党支部对党员发展转正过程进行录制并对影像存档，为党员的政治生日留下珍贵的记忆。她推进"三诺""党员成长袋"和"政治生日会"等活动，促进党员在感动中仔细梳理自己成长的脚印。"三

诺"——承诺、践诺、评诺，实现党员自我提高、自我净化、自我完善；"党员成长袋"（四个"一"）；"政治生日会"（六个"一"）提升党员党性认知，提高党组织凝聚力、战斗力。这些真正有高度、有深度、有温度的活动得到广大党员同学的热盼，一位过政治生日会的同志激动地哽咽道："感谢……今生命开启，勇担重任。"

在自我成长的同时，学生党员的服务也得到了社会的肯定。志愿服务上了头条，贵州毕节寄来的感谢信中称赞政府管理学院的志愿服务"可谓德育有榜样，智育有辅导，体育有玩具"。这些都是郭智芳作为思政教师的剪影和印记，也是她实实在在的工作内容。

3
"创心"辅导员：党建考核化繁为简的新创造

发展对象、党员的量化考核一直是学生党建工作的难题。

多年来，郭智芳带领学生组织员、党支委一起，不断调研，问计于党建测评方面的专家和名师，走访一线的党建工作者，历时 5 年形成并修订完善了《政府管理学院本科生党员考核细则》和《政府管理学院研究生党员考核细则》。《细则》虽然只有 5 项一级指标、16 项二级指标，但从党员的政治立场、思想觉悟、工作表现、组织纪律观念和群众观念等方面提出定量和定性要求，让党员评议有"数"可依。

与此同时，在完善入党推优程序的基础上，郭智芳带领团队制定、完善和推广了基于扎根理论的《政府管理学院学生党支部发展对象胜任力模型》，利用科学的学科理论，严把入党关。她聚焦学生党建方面的研究，先后主持教育部人文社科、教育部辅导员精品项目、北京市基层党建项目，实现了理论研究来于实践又指导实践工作的科学化、规范化和精细化。

4
"匠心"辅导员：坚持十年学工课题，实现管理科学化

有学工同仁询问："政管院的学生管理这么严格，学生怎么就甘心情愿地执行？"郭智芳总会笑着回答："我们有学工课题。"为实现学生的自我教育、自我管理、自我服务，推进学生工作科学化、规范化、精细化建设，她坚持连续 10 年带领学生做工作课题研究，已立项 98 个课题，400 余人参与，课题内容涵盖

学生工作中的党建、评奖评优、助困、保研等多个与学生息息相关的事宜。学工课题研究的设立和实施，在发挥学科优势、科学指导、优化提升学生工作的同时，引导鼓励学生参与自我管理、锻炼科研能力、强化实践意识，推进科学育人、素质育人、综合育人的有效落实，也实现了学生需求、组队调研、课题研究、制度完善的闭环提升。学生们看到经过自己调研制定出来的规定细则在全院得以推行，自觉执行的同时，作为主人翁的自豪感骤增。这些好做法也被《中国青年报》等媒体竞相报道。

在此基础上，郭智芳充分发挥学院学科的优势。借鉴组织设计理论，建立了矩阵式的学生基层组织架构。打破同年级设立支部的体系，依照专业设置，建立了纵向贯通、横向联动的学生基层组织体系和传帮带平台；根据人力资源管理理论，先后制定、完善400余页、20余万字的《政府管理学院党支部工作手册》《岗位职责说明书》等制度细则；依据电子政务和信息管理理论，设置规章制度专栏和工作流程图。将规章制度公布于众，便于查阅、学习、执行和监督；将流程较多、要求较细的工作程序绘制为流程图，便于工作的顺利承接和有效开展。这样，整体工作实现了管理制度化、制度流程化、流程表单化、表单信息化。

5
"舒心"辅导员：十年"郭子预约"，
七千学生的倾情陪伴

作为辅导员，郭智芳和学生沟通也有自己的小妙招。她建立了"郭子预约表"，与学生开展面对面的"心交流，心成长"活动。十年来约谈7000余人次，形成相关文字八万余字。这里面记录着学生们的焦虑、困惑、挣扎、释然、奋起与欢乐。在郭智芳的心里，对学生的陪伴是最长情的表白。她常说"遇见孩子，遇见学生，遇见更好的自己"。不少学生在工作日里课程、实习、求职等安排比较满，她就把约谈时间放在八小时工作之外的时间。有一位大四学生，因考研自我感觉不好心情十分低落，她预约郭智芳寻求帮助。郭老师不仅和她一起分析当时的形势，还和她一起做长远的规划。数次的促膝长谈后，该同学不仅考研成功，还学会了带着"看花，听雨，赏荷"的惬意去生活、去拼搏。提到这一段往事，这位研一新生饱含深情："没有自己的坚持，我可能做不好考研的试卷；而没有郭老师的引导，我可能做不好人生的答卷。"

为了将这个活动做精做深，郭智芳把它发展为一个有平台、有队伍、有活力的项目。她对学院生活指导室的建设，对"雪绒花细则"的制定，对各种活动工作的精心策划和细致总结，对动员学生朋辈互助、自我服务起到了促成的作用，也在学院内营造出了浓厚的"家"的氛围。"家在政管""青春综合政""政好有你""这一次让你来做我的公主"等走心活动让不少学生在眼角潮润的同时心灵得到滋养。这些都将心理健康教育、心理疏导工作化于无形之中。

6
"知心"辅导员："智惠芳华"研究生
心理素质教育工作室的主持者

2017 年，经过激烈的角逐和多个环节的严格评审，北京市"智惠芳华"研究生心理素质教育工作室挂牌成立。长达六年的酝酿、思考、实践，终于有了可喜的成果。工作室采用"专家＋专业"的团队架构，心理素质教育专家作指导，工作室成员为核心发展为专业人士，京内外优秀辅导员为补充；紧靠"学校＋朋辈"的支持系统，凝聚北京师范大学研究生心理素质教育的优势禀赋，吸纳研究生心理素质教育中的朋辈帮扶资源；构建"项目制＋节奏感"的运营机制，通过现状滚动调查、心情日记、深度辅导、沙龙分享、朋辈互助五个高质量的活动，对相关心理健康问题逐项解决；采用"微平台＋工作室"的推广模式，秉持着"共享·共融·共赢"的理念，已经与 7 个省、市、自治区的 36个高校的师生进行了交流与分享，起到了很好的支持、引领和辐射作用。

虽然辅导员日常事务繁多，但郭智芳和团队一起排除万难，在工作室上投入大量的时间和精力保证其科学、高效。当看到工作室的研究成果很好地指导实践并得到中国学位与研究生教育学会德育委员会第十届年会暨成立二十周年论文评选二等奖时，当看到心情日记分享中学生们谈及由"天气阴，心情自然差"转变为"在晚上记录今天自己的心情时，感觉充实美好"、由"我很苦恼，我也很彷徨"转变为"对每天正能量事件的记录也让我倍增开心，对明天有所求，有安排"时；当学生谈及"在每天与它（心情日记本）的交流中，它就像老朋友一样无声地记录着，我渐渐接纳了自己，完成了自我的接受""心情笔记本成为了一个我与自己对话的神器，通过它我变得更加自信与美好""它就像一个见证我成长的朋友，分享我的快乐，容纳我的忧伤"时，当看到辅导员同仁用工作室整理出来的研究生深度辅导技巧开展有心、有效的谈话时，她会心地笑了，这笑容是为受益的 2000 多名研究生和辅导员排忧解难后的欣慰和幸福，这笑容是对北京市委教育工作委员会常务副书记郑吉春同志亲自授予工作室牌子时充满期待的"郭老师，心理健康很重要"的初步回答。

7
"诚心"辅导员：
不断成长的研究者、积极进取的专家

"打铁还需自身硬"，这是郭智芳一直笃定的信念。她潜心思政理论研究，为了充实职业能力、提升职业素养，增强大学生理想信念教育和价值引领的水平，她主动积累马克思主义理论、哲学、政治学、教育学、社会学、心理学、管理学、伦理学、法学、历史学、文学、美学等学科的知识，有规划地参与思想政治、党团建设、心理健康教育、生涯辅导、网络思政、就业指导、危机处理、科学研究等8大类的培训。十年来，她先后14次参加省部级以上的辅导员培训，参与其他各类沙龙、讲座、课题研讨400余场，形成了70余万字的学习笔记和心得。厚厚的记录与思考后面，是她对知识和经验的渴求、对实践中不断突破的热冀和对莘莘学子的爱与担当。

与此同时，郭智芳积极开展课题研究，先后主持省部级、校级课题10余项，参与省部级、校级课题10余项，这些课题的成果很好地指导、服务实际工作的同时，近30篇论文被刊发在《思想教育研究》等期刊上，在做有思想的行动者的同时做到了心中有底气、行动有力量。

8
"专心"辅导员：
课堂创新不断，学生评教满分

郭智芳凭借自己日积月累的学习和成长，高效地解决着日常工作中的问题并连续9年倾心倾情给学生讲授"形势与政策""大学心理""管理素质综合提升"课程。为提高学生的主体意识和参与度，她将"教练技术"运用于教学中。譬如，在分享"价值观"主题时，她运用视频、冥想、素拓等形式，通过"偶像分享""能量存款"等途径，让学生在体验式、讨论式课堂中轻松而又深入地收获对价值的思考，达到了思政课"入脑、入心、入行动"的教学目的。她经常将"社会主义核心价值观"等理论和学生的实际有机结合，通过运用"自我效能感""Swain模式""SWOT分析"等理论，整合学生的文本话语素材和生活实例引导学生。在不断的探索和积累中，她提升了教育理念，改进了教学方

法，做到科学、生动，取得了显著成效。上过她课的同学们都说，她的课轻松、活泼、激情中又满含深入的思考，整个课程"出勤率、抬头率、点头率、回头率"四率齐高，学生给出评教满分"5分"的反馈。

与此同时，郭智芳的两篇教法研究论文发表在《思想教育研究》，教学方面的探索成果也先后四次获得北京市和学校的奖励。

9
"暖心"辅导员：
"能在北师大遇见你，我多么幸运"

学生们不会忘记，郭智芳办公室深夜亮着灯光的窗户；学生们不会忘记，她挺着 38 周的孕肚，一天之内与 9 位同学逐一促膝谈心的场景；学生们不会忘记，毕业合影时向她致谢鞠躬时，师生共同泛起的泪花。

学校的官微曾经以《能在北师大遇见你，我多么幸运！》一文宣传她的事迹，政管学子朋友圈刷屏，阅读量迅速破万。当看到学生"忍了一早上不哭，她一问就哭出声来""毕业十年，回望过去，满眼都是那年夏末时节郭老师站在主楼前面，笑容可掬迎接大家入校的美丽样子""记得还未报到前，郭老师就打来电话，非常暖心的问候，还有那甜美的声音，便很急切地想投入师大。入学便是 7 年，感谢郭老师一路相助！工作后发现，躁动的社会不甘的内心还能热爱工作、无私奉献是多么不易，致敬郭老师！""郭老师是我毕业论文里特意感谢的老师，她定义了一个辅导员的完美形象：热情、温暖、高效。衷心感谢！祝她阖家欢乐，美满幸福！"等评论区文字时，她瞬时泪奔，辅导员的价值与幸福在此刻又一次凝聚。

10
"全心"辅导员：
一树百获，硕果累累

十年的辛勤付出收获了从领导到学生的一致好评。所在组织 2011 年、2015年两次被评为北京市共青团"五四红旗团委"，2016 年被评为"北京高校德育先进集体"；所指导的研究生会、学生会、党支部连续被评为校级优秀；所指导的两个社团双双获得学校"十佳社团"。她也被评为"北京市青年岗位能手""北京市优秀辅导员"，北京师范大学首届"弘德辅导员""优秀基层党务工作者""优秀共产党员""优秀团委书记""十佳辅导员"等。对她来说，最自豪的还是她的学生、她所带的班。2008 级公管班 16 位同学在 2012 年就涌现出两位北京师范大学"十佳大学生"（10/2251），其中一位还当选了第 15 届北京市海淀区人大代表；2010 级人力资源管理班学生当选全国学联主席，学生都在不同的岗位上绽放着青春与奉献；所指导的班团在 2012 年、2013 年连续两年获得首都大学、中专院校"先锋杯"优秀团支部，并在 2013 年北京高校"我的班级我的家"优秀班集体创建评选中被评为北京市优秀班集体。

　　十年来，郭智芳就是这样始终坚守在学生工作第一线，用细心关怀学生，用耐心应对困难，用恒心砥砺提升，用诚意感化朋辈，用创意优化工作，用深意升华育人。她的全心全意让她在德育工作中收获了累累硕果：思想引领中，她组织实施了一系列助力育人提升的举措，赤诚传星火，职业即事业；学生培养上，她于细处着眼，提升学生的全身心健康素养，全心暖陪伴，敬业育英才；教学科研中，她精研呈现了一堂堂引人入胜的思政熏陶，用理论研究指导实践操作，砥砺育人技，专业筑基石。匆匆十载，她用爱与担当，以执着、专业呵护一批又一批政管学子成长成才，辛勤润桃李，乐业绽芳华。

（李姝、王卓群）

扫描二维码即可阅读全文

张雁云："南极牧鹅"归来

推送时间：2018 年 5 月 23 日

这是一个鸟类学专家在南极科考的北师大故事

张雁云，生命科学学院教授、博士生导师。1993 年获北京师范大学生物系理学学士学位，同年留校任教，2001 年在北京师范大学生命科学学院获理学博士学位，方向为鸟类学。主要从事动物学教学和鸟类学研究工作。主讲的普通动物学课程被列为国家精品课程（2004，第 2 完成人）、国家精品资源共享课（2013，主持人）。研究内容涉及濒危鸟类保护生物学和鸟类鸣声通讯。曾获北京市高校青年教师师德标兵（2004）、北京市优秀教师（2013）、北京市高等学校优秀共产党员（2014）、北京高等学校教学名师（2016）、"首都劳动奖章"称号（2018）、国家级优秀教学成果二等奖（第 2 完成人，2014）、国家自然科学二等奖（2000，第 3 完成人），是北京师范大学首届教工十佳党员（2009）和七一奖章（2013）获得者，两次获评北京师范大学本科生最喜爱的十佳教师。担任中国动物学会鸟类学分会秘书长、全国中学生生物竞赛委员会副主任等职。

这是他在北师大任教的第 9126 天。

1

这不是张雁云第一次去南极参与科考任务了，作为北京师范大学生命科学学院的一名老师，他再一次将北京师范大学的校旗插在了南极大陆之上。一年前参加新的科考站优化选址到达的南极罗斯海布朗半岛（南纬78°11′）可能是中国生物学工作者到过的最南地方，也是北师大校旗走过的最南端。

然而，如果不是第33次南极科考的经历，张雁云可能不会再去南极。在这次南极科考中，张雁云和队友在雪龙船上探讨南极科考站对极地动物可能造成的影响，他们对于南极罗斯海恩克斯堡岛这片圣洁的地方每年有数百名观光客所带来的负面影响记忆尤深。同时中国拟建的新科考站因为距离一个大的企鹅繁殖区不到4km，南极条约各缔约国对我国建站过程和建站后对企鹅可能造成的影响，对我国提交审议的建站环评报告提出了许多质疑。在写给国家海洋局的报告里，张雁云和队友建议要对这个地区的企鹅繁殖群进行特殊保护，并起草了初步的保护区管理计划草案。所以，当筹建中国第34次科学考察队时，主管南极考察组队的领导特意点了张雁云的将，指出执行本项科考任务非张雁云莫属。

从南极回来的第二天，张雁云就已经上班忙碌开学的各种琐事。谈及此次科考的任务，他看起来略显疲惫，但一聊起本次任务，还是难掩心中的那份激动。作为中国南极新站建设队27名成员之一，张雁云此次最重要的任务就是为南极新站的筹备作细致深入的科学考察。其中一项任务就是作为执行现场任务的负责人，为设立南极保护区作详细的科学论证，包括区域规划、保护价值挖掘、区域环境管理、区域动植物本底调查等等诸多工作。这是我国加入《南极条约》以来，首次单独提出在南极设立生物特别保护区，这对张雁云他们来讲是一个巨大的挑战。

雪龙船到达恩克斯堡岛后，由于附近海域冰情严重，科考装备等无法运送到恩克斯堡岛，国家海洋局和考察队对工作计划做了重大调整：船到中山站，折返回来后再上岛工作。去南极中山站，张雁云也希望能完成一个未了的心愿：由于当时停留时间太短，去年在中山站只完成了中山站所在拉斯曼丘陵的鸟类本底调查工作（只是知道有什么鸟类、分布在哪里），这次他希望能选取代表物种，建立几个永久监测样地，于是向考察队提出了中山站鸟类研究的申请。由于雪龙船停靠在中山站的时间有限，考察队要求船上的考察队员协助雪龙船卸物资。张雁云连续3天参加底舱内理货、甲板上装货、直升机挂钩等重体力劳动，由于物资卸运基本结束，考察队批准张雁云和一名来自中科大的地质学博士前往中山站开展 3 天的鸟类研究。

2017 年 12 月 30 日，在参加了最后 4 个小时的卸货任务后，他们于早上 8：00 登上了前往中山站的直升机，在中山站放下行囊，9：30 已在中山站附近开始鸟类研究工作。他们充分利用极昼条件，在中山站停留的 60 个小时内，调查并定位了 104 巢雪鹱和 12 巢黄蹼洋海燕。依据调查结果和人类活动强度，建议将中山站附近的西南高地、俄罗斯进步站对面的高地和较远的神农架作为鸟类长期监测样地，重点监测人类活动对雪鹱繁殖种群动态的影响。

当雪龙船折回到罗斯海恩克斯堡岛，已经是 1 个月后了，原计划 50 天的任务时间缩短了一半，而且保护区考察队的一名队员因与其他考察任务冲突，无法上岛工作。新站建设队队长张体军对他们说："解决时间短、任务重、人手少的办法只有一个：充分利用极昼的条件，加油干！"

由于考察队设立的新建站大本营在恩克斯堡岛的南端，而拟建的保护区在岛的中部，张雁云和中科大高月嵩两人需要每天往返于新站大本营近 4 公里远的保护区规划区域进行考察。若放在平时国内野外考察，这段路程用不了 1 个小时。可这是在南极，在南极著名的恩克斯堡岛（inexpressible island）。在这里 6 ~ 7 级风为常态，更可怕的是突然而至的强下降风裹着暴雪来袭时，会出现一片白茫茫的白化天气。加上路程中，白雪下全部是由冰川漂砾堆积而成的崎岖复杂地形，4 公里的路程来回足足要花费 4 个小时。背着 10 ~ 15 公斤的设备、饮用水和食品走在这样的路上，尽管两人有着丰富的野外工作经验，张雁云他们也时不时地出些小状况：崴脚、脚夹在雪下的石缝中、刮伤等小问题特别多，大本营随队大夫把所有治疗肌肉损伤之类的药物都给张雁云用过了。

后来，为了节约来回往返的时间，他们干脆住在观测区附近原本用来紧急避难的临时安置的"苹果屋"，就是那个除了睡袋和防潮垫没有其他设施的住所。一般人出去旅游用个帐篷和睡袋还觉得高大上或浪漫，这可是在南极啊！他们不仅取暖全靠体温，每隔 2 ~ 3 天还要靠自己将每天所需的饮用水和食品从营地背到苹果屋来。遇上超过 8 级以上大风的恶劣天气，张雁云和队友在苹果屋里听外面的狂风呼啸，开玩笑地说，如果夜里风大了，第二天醒来一看，苹果屋在南大洋上飘着呢。在这样严酷的住宿条件下，他们竟然也待了十多天。

张雁云清楚地记得 1 月 25 日晚上，他和同伴在结束一天工作返回大本营取补给的路途中，突遇白化天气，方向迷失、能见度只有 5 米，原来旅途中非常醒目的巨石、气象站等任何标识都完全陷入一片白茫茫的世界中，更何况附近还有白雪覆盖下开裂的海冰。在这种状况下，张雁云当时脑子里都想过身后事了，好在很快风小了些，他们借助 GPS、花了 1 个小时的时间摸索着返回 600 米处的苹果屋。路程如此艰难，吃饭也是要面对的问题。在白天黑夜没有界限的极昼条件下工作，常常会造成错觉，有时候觉得身体非常乏力，掏出手机一看发现已经过了凌晨了，赶紧垫补两口士力架、饼干等简单的食物，返到苹果屋的正餐是方便面或自加热米饭。

新站建设队队长张体军抽空从营地过来看望他们，张雁云在茫茫风雪中研究企鹅的场景对他触动很大，他返回营地对其他队友说，当时的场景让他脑子里闪现了"苏武牧羊"的一幕。后来，每当张雁云回到营地休整、取补给的时候，其他队员总是说道：看，张教授"牧鹅"回来了。古有"苏武牧羊"，其执着坚韧的精神令人敬佩，今张雁云"南极牧鹅"，一时竟也成为第 34 次南极科考队内的佳话。

在雪龙船上科研之余，张雁云最喜欢的就是一有机会就拿起相机去拍鸟。在风高浪急的南大洋行进的雪龙号船，很难让人保持平衡，更别提端起长焦相机拍出清晰的照片了。于是，张雁云就用安全带将自己固定在雪龙船后甲板栏杆上，记录到展翼宽达 3.5 米的漂泊信天翁、高尔基描述过的黑色闪电海燕、洁白精灵雪鹱等数十种他以前只在图鉴上见过的南大洋鸟类。在两个月的漫长航行旅途中，张雁云不仅给自己留下了许多难得一见的鸟儿影像，同时还收集了这些鸟类分布、多度等资料。在雪龙船上，老有人拿着相机找他求证鸟类名称和各种鸟类问题，他也应邀给全船队友做了"南极鸟类"的报告，也经常会给队友讲这些鸟的特点、行为、数量、分布等等问题。

当然，历尽千辛万苦的张雁云，每次看到南极这些美丽的鸟儿，数万只"研究对象"——阿德利企鹅，所有的疲惫和辛劳也都烟消云散了，取而代之的唯有激动。在南极恩克斯堡岛的 25 天里，张雁云和队友两人完成了阿德利企鹅和贼鸥种群数量调查及栖息地利用、企鹅历史分布区调查、噪音对阿德利企鹅繁殖的影响评估、企鹅繁殖区局地气候特征、植物和环境本地、保护区范围确界、保护价值挖掘等工作，采集了 300G 的录音资料和上百份组织样品。3 月底向国家海洋局提交了 "Prior assessment of a proposed Antarctic Specially Protected Area（ASPA）in the Inexpressible Island"，并由国家海洋局提交给《南极条约》体系缔约国审议。

5 月 13 日，第 41 届《南极条约》缔约国协商会议在阿根廷外交部举行，中国国家极地考察办公室代表向大会陈述了保护区的预评估报告，美国、意大利等国对保护区的保护价值等提出了异议。张雁云作为中方代表团的专家，向与会国阐述了恩克斯堡岛的企鹅种群近 7000 年来持续在此繁殖，放眼整个南极也是唯一的。保留下来的不同年代亚化石和现存企鹅种群对研究南极气候变化、种群历史动态等具有重要价值。而且，该区域南极贼鸥种群数量超过了全球数量的1%，具有重要的保护价值。令人骄傲和欣喜的是，大会最终通过了中国设立保护区的提议。会议期间，新西兰、韩国、意大利表达了将和我们共同完成该保护区管理计划的意愿。张雁云说："能作为一名科研工作者参与到保护区的调研、申报等一系列工作中，既是我的荣幸，也是对我莫大的鼓励。"

2

从1995年就开始研究鸟类，现在将近天命之年的张雁云，一直将鸟类研究作为自己一生的"爱好"，也正是从他读研究生阶段就坚持对鸟类学的研究兴趣，支撑他走到今天，走到了南极。

1993年，张雁云从北师大毕业就留校，1995年跟着郑光美院士读研究生。当时郑光美院士率领自己的团队正在进行中国特产鸟类——黄腹角雉等濒危雉类的研究工作。其中一项研究内容是郑先生将世界濒危物种——黄腹角雉从浙南山地"引进"到了北师大校内西北角的"荒原"里，想在一个安全可控的环境里壮大黄腹角雉种群数量。笼养条件缓解了黄腹角雉恶劣的生存环境，但随之而来的是一系列问题难以解决，如笼养的黄腹角雉产的卵不受精、幼鸟的成活率低等等。郑先生给张雁云硕士研究的课题就是要解决黄腹角雉的人工繁育问题、壮大人工种群。

想起读研究生时的自己，张雁云至今还是感慨万千。那时候恰至初春，为了让黄腹角雉多产卵，他们利用黄腹角雉补卵的习性，将卵从巢内取出放入孵化器孵化，孵化器必须保持恒定的温度。由于线路老化和负荷太大，那时候的北师大会突然没有征兆地断电，而且会经常发生断电情况，孵化器也就经常不能正常工作。为了解决这个问题，张雁云就住在实验室里、睡在孵化器旁。他准备了许多暖水袋和暖瓶，每天晚上习惯性地设定好闹钟，每隔2个小时就起来看看孵化器的状况，遇到停电马上将热水袋放在孵化器中保持温度。

也正是靠着这种刻苦劲，原来面临的一个个繁育难题终于被攻克了。北师大饲养的黄腹角雉由原来的10多只繁殖到最多时候的100多只。2010年，他们还在湖南实施了笼养黄腹角雉野化训练和放飞自然的项目，这成为我国继朱鹮之后第二个人工种群放归到野外的鸟类物种。

2005年，张雁云得到德国一个基金会的支持，赴德国Mainz大学从事了一年的鸟类研究工作。回国后，张雁云向导师郑光美院士汇报了自己的学习成果，提出未来拟在分子系统、鸣声、形态等方面开展鸟类研究。张雁云清楚地记得，郑光美院士给他分析了这几个方面国内的现状，建议他更多地投入到鸟类鸣声领域，希望他能在这方面有所作为。郑先生的点拨对张雁云后来学术发展的影响非常大，他开始在鸟类鸣声研究领域沃土深耕。目前北京师范大学鸟类鸣声生态学研究团队已在国内本领域发挥着引领作用，在国际知名鸟类学和行为学期刊发表了一批研究成果。

需要强调的是，张雁云不仅是一个出色的研究者，更是一个深受学生喜欢的任课老师。他目前承担着生命科学学院、环境学院的本科专业课和学校的本科通识课，在教学管理部门和学生中的口碑都非常好。他认为大学里的教学工作不像科研成果那样，能通过文章发表的期刊排出个1、2、3、4区，教学更像个良心活。从教数十年来，他认真准备每一节课、用心地讲好每一堂课。

谈起这些年里所取得的一些成绩，张雁云谈到了几个因素，他认为没有这几方面的支撑，自己在鸟类研究领域很难取得什么成绩，更不可能走到南极参加科考。

一方面，张雁云说："如果说我在科学研究和教学工作上取得了一点成果，那么与郑光美老师的言传身教密不可分。郑老师虽已耄耋之年，却仍旧笔耕不辍，每周至少来办公室工作五天，每年还参加本科生的野外实习。"郑先生的言传身教和在大事上的高瞻远瞩，凡此种种无一不让他受益匪浅。而这种对学生关怀备至的精神也时时刻刻影响着张雁云。就在这次南极考察中，当张雁云到达中山站时，与网络隔绝了1个月时间后看到电子邮箱有学生刚发过来的博士论文初稿章节。他立刻将一天野外工作的疲惫放在身后，挑灯夜读，及时将论文修改后反馈给学生。他觉得这样做，不仅对学生是一种激励，还是对师道的传承，更是对自己的一种鞭策。

另一方面，生态学科的发展离不开国家和社会的支持。本次南极科考中，外出时装备的铱星电话、高频对讲机等设备让队员们心里特别有底；由于恩克斯堡岛上风大无法启用帐篷，船载直升机很快吊来一个800公斤、玻璃钢的"苹果屋"；本次调查使用的大批野外装备助力事半功倍；调查期间还时不时能看到远方海面上大洋科考作业的雪龙船，每每都能感觉到强大祖国的支撑。

像鸟类学一样的生态学科早些年不仅属于较为冷门的学科，甚至国内还有点没落感，不论是人员、资金或者科研的设施，相对于其他学科来讲都没有优势。随着社会和经济的发展，特别是近年来国家加强生态文明建设的大环境下，北师大生态学科多年厚重的积淀显示出来了。在2012年学科评估中，北师大生态学科取得了全国第一的成绩，2017年也被确定为一流建设学科。在社会认同感提升的同时，北师大鸟类研究团队拥有了一流的科研设备和一批志同道合的"合伙人"，张雁云相信未来会更好！

两次"南极之旅"让张雁云对人生或许多了些超脱之感。孔子讲"五十而知天命"，而将近天命之年的张雁云在面对皑皑冰川、成群结队的企鹅时，或许也会想到什么吧。当问起坐在办公室里的张雁云，下一次什么时候去南极的时候，他挥了挥手说："我不再去南极了，那里更应该是年轻人的天地。"

当然，第一次南极考察结束前，在与第 33 次领队孙波研究员在雪龙船上聊天时，张雁云说过，来南极旅途时间太长、实质开展工作的时间太短，参加过一次南极考察足矣，不会第二次再参加南极科考。在组建中国第 34 次南极科考队时，正是孙波研究员征召他前往，看到孙波发给北京师范大学的函件中"……创设南极保护区，国家需求明确、战略意义重大……"的话，张雁云笑着说："当时感觉我不参加第 34 次南极科考就好像不爱国了。"于是有了为期 87 天的第二次南极之行。

采访结束前，张雁云强调："郑光美院士带领的北师大鸟类研究团队于二十世纪八九十年代在浙南山地等地区的工作条件远比我在南极艰苦，他们几乎没有支撑保障条件，但仍取得了国家自然科学二等奖的成果，'艰苦奋斗、实事求是，踏实做人、努力做事'的座右铭深深印在每个师大鸟类学工作者的脑海中。此外，我去南极就是为了完成正常的科研任务，希望报道中不要用褒扬词汇修饰，因为如果有机会前往，相信你们大多数人都愿意奔赴南极，并能在南极取得优秀科考成果，我只是有幸参加了两次科考而已。"

（王娟、郭文杰）

扫描二维码即可阅读全文

高超：精神补钙一直在路上

推送时间：2018 年 6 月 1 日

这是一个不断补精神之钙的北师大故事

高超，马克思主义学院专职辅导员，讲师，分团委书记，学校党委组织员，北师大马院"思修老师天团"成员。获第二届全国辅导员职业能力大赛二等奖，首届北京市辅导员职业能力大赛一等奖，第九届北京高校思想政治理论课教学基本功比赛三等奖，"形势与政策"课程教学比赛一等奖等。

这是她在北师大的第 2323 天。

1

入职 7 年，高超共带完了 3 个班级，寒暑春秋，迎来送往，她不曾感到倦怠。她说："我感恩能够从事学生工作，能够和学生待在一起。每年遇见不同的学生，经历不一样的事情，我感到幸运、好奇又充满挑战。"

高超曾带过一个有 32 个学生的研究生班级，在这个班里，既有少数民族骨干又有援藏计划学生，面对这样一个多元复杂的班级，她感到既欣喜又忐忑。开学初的第一次班会，她提前为大家备足零食，要求全员参加。会上，她坐在学生中间，耐心倾听大家讲着自己的故事，不限时间，不限内容，第一次班会整整开了 3 个小时。班会之后的 3 个月，她又单独约每一位同学谈心聊天，关注和关心着班里每一个孩子的成长、变化。面对稍微年长的援藏学生，她以朋友的身份走近他们，帮助他们克服地域差异，让他们尽快融入到班集体里，每一次班级活动都动员他们积极参与，让这些特殊的学生在班级里同样找到一份归属感。得知有学生家里发生变故，她担心学生难以承受，找各种理由请学生到自己身边来，每天早晚带学生吃饭，陪学生聊天，一路陪伴学生走过最艰难的低谷阶段。她给班里的孩子们过集体生日，形成班级"家"文化，让他们收获更多的友情、亲情。在这群孩子即将毕业离开母校时，她为每一位同学精心准备了三年研究生生活的专属相册，每个相册的扉页都一字一句写下了对他们的祝福，希望他们带着爱更有力量地前行。这样的故事太多，只能用"未完待续"来形容。高超就是这样，用仁爱之心感染着莘莘学子。她说：学生们将真心托付给我们，我们应怀揣着浓烈的情感，以真心碰触真心，成为他们成长道路上的知心人。

2

2017 年的一天，高超收到一封名为"一封写了四年的信"的邮件。发件人是一名已经毕业的学生。四年前，他选修了高老师的形势与政策课。第一周是新生入学适应教育，课后作业要求学生做一份大学四年规划。信中，他写道："以前别人都否定我的想法，只有您在课堂上对我的豪言壮语给予肯定"。正是这一句肯定的话语，激励着学生用四年的时光去不懈地追求自己的梦想，并最终实现；也正是这样一封特别的邮件，鼓舞着高超坚持自己的想法，要更多赞赏和认可学生。

思修课堂上，某次课的主题是"爱情"。当其他学生窃窃私语时，前排物理系的小姑娘"噌"的一下站起来说："老师，这堂课我不想听，因为我是独身主义者。"高超笑着回答道："这样，你先坐下，看看其他人不一样的人生，好吗？"结课后的第二学期，有一天这个学生突然找到高超说她谈恋爱了，是那堂爱情课改变了她的想法，当时站起来就是想挑战一下老师。高超说："通过这件事使我认识到思修课里有个宝藏，在里面我们遇见理想，审视人生，定位自我，老师的言行都在悄悄地影响着学生的判断和思考"，"因此，我才会更加谨慎和敬畏地对待课堂上的每一句话，一遍遍地用逐字稿试图去降低自己知识的限制，克服思考的不彻底"。高超喜欢和学生们交朋友，她信奉"亲其师而信其道"。

课外时间，无论学生何时来到办公室，高超都会毫不犹豫地放下手头工作，全身心跟学生聊天，慢慢地，学生开始信任她，常常跑到办公室或找老师要吃的或者给老师带吃的，大家交流交心，有时也互换书籍，谈论心得。

从教7年，身边一批批优秀教师熏陶感染，让高超坚定"课大于天"。她说我常常感到能力恐慌，生怕自己学得不够扎实，没法给学生上好课。每次课前高超都会提前半小时到课堂，调整到最佳状态准备上课，课后会认真核对反馈作业，生怕错过学生的任何一份作业。她说，我喜欢课堂，喜欢教课，正是这些课程促使我不断地去读书，去向优秀教师学习，在前辈老师的引导下不断成长。在高超看来，学生对思修、形势与政策这类公共课和其他专业课的态度是不一样的，公共课注重价值观引导，更具价值观政治性，这就需要思政教师做好引导，既要抓住学生的兴趣点又不刻意去迎合，将讲课的内容转化为学生可以接受的话语体系，将课程真正上到学生的心坎儿里。

3

理想信念不仅是共产党员精神上的钙，也是每一名教师的灵魂之钙，更是每一名学生急需补充的思想之钙，这个钙补得及时、适量，就会让每一名学生坚定理想信念，树立远大理想，立志报效祖国。2016年高超开始做学校党委组织员，她说能做这份工作感到很幸运。一次她到一个支部去听发展会，会议程序很规范，但是现场气氛却很冷淡。会后，高超请同学放下入党志愿书上写的条条框框，发自内心地谈谈自己为什么想入党。当有学生说到他很优秀，他应该成为党员时，她又引导学生一起探讨"党员和优秀的关系"。通过这样的敞开心扉式对话，帮助学生将党员发展当作仪式，这个仪式绝不是浮于表面，而应成为每个人生命中重要的节日。通过这件事，使高超认识到思政工作必须要走心，要抛开形式主义的东西，去体会学生内心深处的真实情感，真切准确地了解他们的需求和想法，用更具针对性和个体性的方式解答他们的困惑，引领他们的成长。

高超是学校红色理论社团求索学社的指导教师，她非常重视理论的朋辈传播。求索学社是首都高校成立最早的学生理论社团之一，近些年，结合学校宣讲工作，又成立了社团宣讲团。宣讲团立足学院学科特色，组织研究生骨干利用课余时间和节假日走进校内各兄弟院系，走进校外社区，走进中小学，开展丰富多样的宣讲活动，年均宣讲场数达到50余场。为帮助宣讲员们深刻地理解理论和准确地传播理论，她加强对学生们的指导，以"一周一学，一月一讲"

的学习制度和"讲、议、评"的集体备课制度夯实了宣讲员的理论基础，提升了宣讲技巧。她说，"要用青年的视角发现问题、解答问题，用青年的力量引领青年、教育青年"，将朋辈教育作为课程教学的一种补充，发挥其教育与自我教育的双重功能，在学生思想引领上起到切实的作用。

寄语

纪伯伦在《孩子》中说过，我们可以给你们以爱，但不能给你们以思想，因为你们有自己的思想。希望所有的青年学生都能够在大学的这几年通过大量的阅读，通过学习，通过行走，获得你们独立的思想，让这种思想成为你们前行的灯塔，去做一个无畏的追梦少年。加油！

扫描二维码即可阅读全文

徐琳瑜：勤教学之事，研城市之道，育环境之才

推送时间：2018年6月4日

这是一个环境人的北师大故事

　　徐琳瑜，环境学院教学副院长，教授，博士生导师，教育部新世纪优秀人才。1976年生，辽宁省抚顺人。2003年获得北京师范大学博士学位，随后留校任教。主讲本科生专业课程"环境规划学""城市生态规划学"校公选课"自然科学教授讲坛"以及研究生专业课"城市生态规划学"。曾获国家科技进步二等奖（2012年，第3获奖人），北京市教学成果一等奖（2013年，第4获奖人），高等学校科学研究优秀成果（科学技术）一等奖（2009年，第4获奖人）。主持或完成国家科技支撑课题2项，国家重点研发计划生态专项1项，国家自然科学基金3项，省部级项目10余项。出版国家精品教材2部，专著5部，参与编写英文专著2部。在 *Renewable & sustainable energy reviews*、*Energy Policy*、*Environmental Pollution*、*Journal of Cleaner Production*、环境科学学报和生态学报等国内外期刊发表科技论文150余篇。申请国家发明专利4项，获软件著作权

3 件。

这是她在北师大任教的第 5370 天。

1
怀赤诚之心，舌耕三尺讲台

从事任何职业都需要某种缘分，对于徐琳瑜来说，做一名教师似乎是冥冥之中的安排，她的父母是中学老师，家中姐妹三人如今都是高校老师。1994 年在填报高考志愿时，徐琳瑜义无反顾地全部选择了师范大学。"当时不为别的，就是想当一名好老师，将自己所学分享给他人。"执子之手，与子偕老，徐琳瑜不仅收获了知识，还在学校里邂逅了一生相伴的爱人。世界上最美好的事情是和志趣相投的人做着共同喜欢的事情，怀着对北师大的这份热诚，徐琳瑜和自己的爱人相约一起报考北京师范大学研究生，最终两人都以高分被录取。从东北师范大学到北京师范大学，更改的只是地点，不变的却是"师范"二字。自进入大学开始从事家教担任助教，到博士毕业留校任教至今，徐琳瑜的实际教龄已超二十年。求学期间老师们的言传身教以及家庭良好氛围的熏陶促使她最终选择教师来作为自己奉献青春年华的岗位——尽管这对当时的她而言并非最有"钱途"的工作。

2003 年博士毕业后留校任教，徐琳瑜足足准备了数周的时间来打磨第一次上课的课件，虽然曾上讲台多次，但在讲授 2003 年开学第一课时，内心还是无比紧张。"要讲出一堂学生爱听的课，讲出自己的特色来。"徐琳瑜认为教学是一门良心活，为了无愧自己从教的初心，提高自己的教学技能，她经常向经验丰富的老教师们取经。当时环境学院开设的"自然科学教授讲坛"每期都会邀请著名的专家学者来讲课，已是老师的徐琳瑜坚持每次去听课，记录有趣的教学瞬间，在学习的过程中，慢慢形成了自己独特的教学风格。她的每一门课都能获得学生的好评，从教 3 年就在青年教师教学基本功大赛中获得了理科组一等奖及最佳语言奖，所著教材《城市生态规划学》入选"十一五"国家级教材计划并被评为国家精品教材。由自然科学教授讲坛的学生到自然科学教授讲坛的负责人，徐琳瑜始终奋斗在教学第一线，她教授有"环境规划学""城市生态规划"等课程，年均 120 课时以上。环境学院学生这样评价徐琳瑜讲课："徐老师上课思路清晰，幽默风趣，听她讲课，如沐春风如临秋水。"多数老师都是非常认真对待每一门课的，而徐琳瑜则是用心对待每一节课。

2

抱凌云之志，勤研城市生态

教学上的出彩表现并不妨碍徐琳瑜在科研上取得突破，教学和科研是一个相辅相成的过程。徐琳瑜长期从事城市生态过程和环境风险、生态系统管理等方面的研究，"我的第一篇论文研究城市，博士论文研究城市，第一个参与项目研究城市，第一个主持项目也是研究城市，我是一个彻底的'城市'人"。数十年始终专注于城市生态，学术研究从纵向深入到横向发展，"精"而"钻"的精神使徐琳瑜成为研究"城市"的专家，主持一系列国家级省部级课题，获得了多项国家级省部级奖项，并且在国内外期刊发表多篇高水平的科技论文。从事科研不仅要有前沿思想，还要有勤奋努力的精神，熬夜苦读更是家常便饭，"天道酬勤"的题字赫然挂在了徐琳瑜的办公室里，这是她拿来激励自己砥砺科研、不断前行的动力。早年调研出差经常会离家数天，对女儿成长过程的陪伴可能就没有那么多，徐琳瑜对此感觉很愧疚。

2009 年，徐琳瑜承担了北京市"十二五"环境保护与生态可持续发展规划及北京市世界城市建设环境规划等工作，与多名学生合作，投身于北京市生态环境保护科研与管理支持，培养出了一批热爱北京环境、贡献北京生态建设的专业人才。这些科研成果如今也逐渐转化为教学内容，她承担的环境规划学课程就是以北京市为案例，不仅建设了 MOOC 课程，并且让学生在课堂中亲身感受北京生态环境建设实践，这对学生来说是一种全新的体验。徐琳瑜始终紧跟前沿，关注着国内外有关城市生态的动态，她会第一时间把自己的心得分享给学生，开阔学生的视野。

3

带一腔热情，播洒春晖十里

在当前大学注重科研成果的风气下，很多老师将重心转向科研，但教学永远是一个教师最重要的职责，培育学生是老师的本分。徐琳瑜对自己的学生倾注了很多心血，她组织学生定期召开组会，像妈妈对自己的孩子一样关心着自己的学生，给他们思想的指引和生活上的关怀。她认真指导每位学生的开题报告和毕业论文，学生交上来的论文，她都逐字逐句地修改每一个文字，十余年来所指导的研究生人均发表国内外核心期刊论文 2 篇，并在每位学生毕业时帮助他们推荐工作或联系继续深造。师生之间爱的传递是相互的，不管是在校生还是毕业的学生都会在节日送上对徐琳瑜的祝福，这份问候承载着学生对老师的感恩之情。有的人如向日葵一般，追逐太阳，微笑向暖，向阳生长的同时也给你温暖。徐琳瑜从教数十载，给学生送去的温暖和帮助自不待言。

徐琳瑜不仅呵护自己学生的成长，还对青少年的成长关怀备加。2011 年徐琳瑜代表学校参加了延安支教活动，在支教活动中徐琳瑜感受到了孩子们渴求知识的热情，撰写的《印象延安——那一班淳朴而善良的孩子们》一文发表在北师大教工 2011 年第 8 期上。自那次活动后，徐琳瑜开始将目光转向了中学生，指导了北师大三帆中学和北京育才中学的三位学生开展科研，他们获得了北京市中学生创新大赛一等奖。今年 4 月，徐琳瑜作为北师大专家志愿服务团的一员，前往云南的玉龙县、云南师范大学、滇西应用技术大学等地方支教，将自己多年的积累教学理论和方法无私地传授给当地的教师，当地的教师们称徐琳瑜不但为"生"师，而且为"师"师，对他们的教育理念进行了春雨般的洗礼。学生是生力军，是社会的新鲜血液，呵护学生成长的同时老师也在不断进步，徐琳瑜很享受和学生共处的时光。

4
行环境之先，玩转慕课讲堂

时代在变，教学方法也要与时俱进，从教十余年，徐琳瑜并不满足自己目前所取得的成就，她常常与同事及同行探讨新的教学方法，并多次到兄弟学校取经，把学到的经验与自己的教学实践结合起来，不断更新自己的教学模式。徐琳瑜做环境规划的专业气质表现在她的日常点滴中，因为规划考虑的是 10 年甚至是 20 年以后的事情，所以她做事情很有前瞻性，立足于长远的发展。在教学中，徐琳瑜敢于创新，敢于突破，将最新科研成果引入"环境规划学"教学，建立了一套的"驱动力—状态—响应"（DSR）教学模式，积极创设学生喜闻乐见的新课堂。

同时面向大数据和信息时代需求，她积极探索并结合国际化平台，与国际知名学者合作建设"城市生态规划"和"环境规划"MOOC 课程，其中"环境规划"已经在中国大学 MOOC 上线，选课人数超过 3700 人，是同类课程中受欢迎度最高的课程之一。另一门"城市生态规划"课程还未上线就备受学生期待，中国大学 MOOC 网上，预选课人数已经超过 5000 人，称徐琳瑜为教师界的"网红"也不为过。她先后获得了 5 项校教学改革项目，所完成的教学改革成果也获得校教学成果特等奖 1 次、一等奖 2 次，并于 2013 年获北京市教学成果一等奖。

在北师大一百多年来的发展历程中，向来不乏师德、学问俱佳又备受爱戴的师者。徐琳瑜便是千千万万奋斗在教学第一线，兢兢业业以培育栋梁之才为己任的园丁之一。未来她会继续用自己的专业素养和无限热情去点燃红烛的事业，她将一路放歌，勤修师德，守护学生一路花开。

寄语师大学子

少些浮躁，多点踏实，立足长远，视野放宽。优秀的学生应该具备多方面的特质：学业优秀，有主见，有思想，能够与人融洽相处，并且具有领导力。生态环境保护在"世界城市"建设目标中扮演着越来越重要的角色，亟需更多德才兼备的环境人才。

采访：王娟、李冬美
文案：李冬美
编辑：夏丹婷
责编：王娟

扫描二维码即可阅读全文

倪佳琪：用努力让情怀落地，
把青春与学生共度

推送时间：2018 年 6 月 7 日

这是一个辅导员陪伴学生一起成长的北师大故事

倪佳琪，地理科学学部专职辅导员、分团委书记。2013 年入职地理科学学部（原地理学与遥感科学学院），同时担任了地理科学学部 2013 级本科班班主任。2017 年 12 月，倪佳琪受聘成为北京高校思想政治工作研究中心青年研究员；先后主持教育部人文社科研究高校思想政治教育专项任务、首都高校思想政治工作领域课题共计 3 项，累计发表学术论文和行动研究 20 余篇；先后荣获"全国高校辅导员职业能力大赛"北京市市赛一等奖、华北赛区区赛一等奖和全国总决赛三等奖，获 2015—2016 年度"北京高校十佳辅导员"等多项荣誉；由倪佳琪担任班主任的本科班先后荣获"全国高校共青团活力团支部""北京市先进班集体""首都大学、中职院校'先锋杯'优秀团支部"等多项省市级及以上荣誉嘉奖。

这是她来北师大工作的第 1765 天。

1

"橘子姐姐"和学生一起写日记

2017年10月，倪佳琪担任辅导员已满4年。从事专职辅导员工作以来指导的第一个班级——地理科学学部2013级本科班已经毕业。一路上见证学生们的成长和蜕变，她感触颇多，在她写的《写在分开后的第100天：我一直在这里，期待你的消息》里，可以看到她与学生四年来的点点滴滴。四年时间如白驹过隙，学生们刚进校门时的场景还历历在目，那时地理科学学部2013级本科班的学生还是稚嫩的新生，倪佳琪还是一位"新手上路"的辅导员。

同吃同住同训练，同甘同苦同记录。军训是每位新生开学后的必修课，倪佳琪也正是在随队参训的时候，萌生了让2013级新生们写《军训日记》的想法。倪佳琪在扉页写道：在顺义基地，我们同吃同住同训练；在青春岁月，我们同甘同苦同记录。之后的日子里，倪佳琪与学生们轮流执笔，从学习心得到活动感悟，再到日常琐碎、吃喝笑闹……四年下来，这份《班级日志》成了倪佳琪和学生们最宝贝的收藏。同时，在第十三届国际地理奥林匹克竞赛的志愿服务期间，倪佳琪又和学生们一同完成了班级日志的"姐妹篇"——《志愿服务日志》。"其实最初，我没有什么特别的想法，但是一点一滴地积累下来却发现在这个充斥着网络沟通的时代，这些纸质版的文字和图画竟是如此珍贵。"

班级活动里的"小心计"。开学注册报到的当晚，倪佳琪就主持了第一次班会，考虑到新生都互相不熟悉，她精心策划了"众里寻TA"的游戏，游戏要求学生们按照特征描述寻找到对应的小伙伴，最先找齐的人获胜。游戏一开始，气氛就活跃起来，学生之间没那么拘谨了，第一次班会"破冰"成功。在班会尾声，倪佳琪向学生们宣读了《"六一"班级契约》，这是一份有明确任务要求的"班级契约"。倪佳琪提醒新生，要珍惜大学时光，合理规划大学生活。她在班会上总结道："希望你们了解大学是充满新鲜感和差异性的地方，我们都应该以开放和宽容的心态悦纳自己和他人。"这次班会不仅拉近了学生之间的距离，而且升华了主题。

班会之后，紧接着就是班委选举了。倪佳琪开展的班委选举包含了多个程序，仅仅一张选票也花费了她很多心思。主动报名—逐个谈话—制作选票—公开演讲—匿名投票—现场唱票—公示结果—走马上任，各环节紧扣。她希望通过充满仪式感的班委选举让学生真切体验到民主，锻炼综合能力，通过仪式感来强化学生对班级活动的重视，让每个人在班级事务中找到存在感并发挥价值。

最终，2013 级本科班先后有 20 多名同学担任班委，展现出一定的凝心力。这也为班级后来屡获佳绩奠定了坚实的组织基础。

督导学习软硬兼施，铁腕与柔情并存。倪佳琪在平日里和学生打成一片，学生们都亲切地称呼她为"桔子姐姐"，但在督导学生学习方面，倪佳琪却摆明态度，十分严厉。倪佳琪第一次发脾气是在发现数名同学旷课时，"那天，我先是收到一个同学的短信，大意是自己正在就医但是专业课上点名了，所以赶紧向我补假条。我对于这种'临时抱佛脚'的行为有些不满，但还是想着为学生说说情，便主动联系了那位专业课老师。结果令我大吃一惊：旷课者并非一例，还有数名同学！我立即要求所有点名未到者都手写两份检讨书，一份给任课老师一份给我"。之后倪佳琪坚持严查学生上课出勤情况，定期进班听课，参加主要课程考试的监考，班级的学习风气好多了。四年间，2013 级本科班全班同学累计荣获国家奖学金 8 人次、国家励志奖学金 8 人次、美国大学生数学建模竞赛一等奖、国际遗传基因工程大赛银奖、创青春首都大学生创业大赛金奖等多项重量级个人荣誉。

除了以上常见的班级活动之外，倪佳琪还开展了令人耳目一新的实践交流活动，加起来有 30 多项：她借助《佳言琪语——班主任写给同学们的书信》，向学生们敞开心扉；号召学生设计班级 LOGO，制作班旗，凝聚班级向心力；开展植物书签义卖、师范生教师素质大赛，丰富学习和实践活动。与此同时，倪佳琪坚持具体问题具体分析，2014 年的学长引航计划为大二"学困生"提供针对性帮扶；2016 年的职业生涯组，以"大学前半程 VS 大学后半程"的简历比较为切入点，指导大三学生职业生涯规划；2017 年 4 月的毕业座谈、毕业典礼、毕业晚会，忙碌又不舍。在学生们心中，倪佳琪像大姐姐一样，谈到对倪佳琪的印象，刘晨同学说，她不像高中的班主任给人以隔阂感，"好像什么事都可以跟她说一样"。

2

创联考式互动讲座

倪佳琪在做好辅导员最基本的学生工作之外，不断改进创新授课讲座形式。十九大胜利闭幕后，倪佳琪有幸成为学习宣传党的十九大精神"双巡活动"北京高校优秀辅导员宣讲团的一员，她非常珍惜和重视这次机会。她以十九大精神为纲领，精心编纂了 8 个相关问题，以全场联考的形式开展了互动式讲座，向学生们贯彻十九大精神的内涵。讲座上，同学们被这种新形式吸引，有互动，有启示，学习和参与的热情高涨。讲座后学生们深受鼓舞，深刻感受到了倪佳琪讲座上传递的十九大精神，对讲座内容记忆犹新、赞不绝口。她和她的事迹也因此获评北京市 2017 年度百姓宣讲活动的"优秀宣讲员"和"优秀宣讲故事"。2018 年 5 月，在教育部和北京市委教育工委的组织安排下，她又以"首都百万师生同上一堂课"活动讲师团授课专家的身份，再次出发，走入四所在京高校进行习近平新时代中国特色社会主义主题的宣讲，并通过网络直播得到更多大学生的关注和欢迎。

倪佳琪之所以能够开展出这种别开生面的授课形式，除了她的用心和投入之外，也来源于五年来倪佳琪在我校"形势与政策课""大学心理课"的课堂教学经验积累。在平日里，倪佳琪认真对待每一次授课，在工作前做足准备。用心投入的工作给她带来了意外的惊喜和鼓舞，这也成为倪佳琪能够在入职短短五年间取得丰硕育人成果的重要动力，更是倪佳琪以身作则在学生中间树立榜样的例证。

3
"直观、形象、有创意"

倪佳琪的创新举动不仅表现在管理学生、督察学风、宣讲授课等方面，在党建工作和团建指导上，她依旧创新不断。

倪佳琪在担任学生党建指导员期间，鼓励学生党员结合自身专业优势来研究时事政治，根据习近平总书记出访事迹，制作出了习近平总书记出访微地图。倪佳琪把国际关系学的事件数据变成政治地理学的时空分析的想法和创意，得到外交部一个司长的赞誉，他概括评价道"直观、形象、有创意"。类似的举措还有很多，例如倪佳琪还利用"两学一做"的契机，丰富大学生党员的党史知识，提高大学生党员的党性修养。随着班级中申请入党的积极分子数量增多，倪佳琪没有放松限制，继续严把党员入口关，她反对功利的入党和不走心的入党，强调学生要端正入党动机，强化党员四个意识，就连给学生党员庆祝"政治生日"时，也不忘送上一份特别"礼物"：重温入党誓词，提醒学生党员不忘初心。在倪佳琪带的 2013 级本科班里，有 18 名同学加入中国共产党，其中还涌现出北师大优秀党员、全校七一表彰大会和升旗仪式的发言代表等一批先锋党员。在倪佳琪的悉心指导下，学生连续荣获北京师范大学首届本科生党员微党课大赛一等奖、北京师范大学党史知识竞赛一等奖等竞赛荣誉。

4

铸师范生第二课堂

　　倪佳琪一边用情怀陪伴着学生成长，一边用职业培训完善自己。为了全面提升自己的业务能力，她利用学校辅导员培训和研修基地提供的机会，继续学习理论知识，总结经验，接受着全面而又专业的职业能力培训，还在北京师范大学与中共中央党校的合作项目中，成功申请报考了中央党校 2018 级马克思主义专业的博士研究生。新时代开启新征程，新时代呼唤新作为，倪佳琪没有停止追寻和探索的脚步，而是沉下心开始思考，如何更好地把握大学生思想政治教育的规律以及如何把握专职辅导员的专业化成长规律，于是她主持申请了教育部人文社会科学研究项目（高校思想政治工作专项）"高校辅导员胜任力模型的构建及应用——以北京高校十佳辅导员为例"，以期为更多的辅导员同仁和高校思想政治工作提供科学的队伍建设方案。

　　倪佳琪刻苦钻研的工作作风在五年前就显现出来了，那时她带的 2013 级本科班 90 名学生中，涵盖了全国 30 个省市自治区，包括汉族、满族、回族、藏族、维吾尔族、东乡族、苗族、壮族、布依族、哈萨克族、土家族等 11 个民族，分布在自然地理与资源环境、人文地理与城乡规划、地理信息科学及地理科学（师范方向）四个专业里。面对广泛生源的复杂情况，倪佳琪在管理学生的时候没有一概而论，而是潜心钻研了师范生、民族生和转系生各自的特点，进行分类规划指导。对于国家公费师范生群体，倪佳琪留心观察师范生的特点，精心设计了四年一贯的培养方案，按照"四有好老师"的标准，分别以教师发展之源、教师发展之路、教师发展之魂、教师发展之本作为重点，一年一个目标，铸造了学部的师范生第二课堂教育工程。

　　对于倪佳琪本人来说，她的辅导员职业理想来源于 12 年前初入北师大求学时遇到的辅导员王芳老师。如今，在"学为人师、行为世范"校训精神的激励下，倪佳琪接续奋斗、勤勉耕耘，在优秀的专职辅导员道路上越走越好。她对大学生思想政治教育工作的热爱和激情也感染了一批学生，近三年来，她培养的多名学生骨干同样选择了高校辅导员这一职业，在北京大学、北京林业大学、中国劳动关系学院等多所知名学府工作。

　　从 2013 年 9 月至今，五年的辅导员工作期间，倪佳琪真心陪伴 2013 级本科班 90 名大学生一起成长、认真做好学部 1500 余名本硕博学生的管理服务工作、教好第一课堂心理课和思政课。在评上 2015—2016 年度北京高校十佳辅导员后，她说她的心愿是继续在辅导员岗位上勤学苦练，成为学生成长成才的人生导师和健康生活的知心朋友，永远不忘做辅导员的初心——"陪你四年、爱你一生"。

文字：赵世杰
编辑：夏丹婷
责编：王娟

扫描二维码即可阅读全文

胡晓江：跨越学科壁垒，打开不同世界

推送时间：2018 年 6 月 14 日

这是一个师徒共同在科研路上取经的北师大故事

胡晓江，社会发展与公共政策学院教授，美国哈佛大学社会学博士，美国社会学学会会员，国际社会学学会会员。*Social Science and Medicine*，*Vaccine*，*International Journal of Occupational and Environmental Health*，*Journal of Epidemiology and Community Health*，*The China Journal*，*Oxford University Press* 等国际学术期刊及出版社评审。国家自然科学基金、国家社会科学基金、教育部人文社科项目等评审。教育部新世纪人才（2011），哈佛大学肯尼迪政府管理学院访问学者（2009—2010），富布莱特学者（2015—2016，斯坦福大学医学院）。发表期刊文章 30 篇（其中 6 篇 SSCI/SCI）。承担课题 10 余项，其中包括欧盟框架项目、国家自然科学基金项目、教育部哲学社会科学研究重大课题攻关项目、北京师范大学自主科研基金项目等。

彭向东，社会发展与公共政策学院博士生，师从胡晓江教授。北京大学医学部（北京医科大学）获得预防医学专业学士学位，河北师范大学教育学院心理学硕士学位。先后就职于青岛市市立医院、青岛市疾病预防控制中心、中国疾病预防控制中心。长期在中国公共卫生领域开展实践和研究。曾参加多项公共卫生领域的大型重要研究，包括死因监测和分析、控烟研究、双生子研究、中国慢性病前瞻性研究（China Kadoorie Biobank，CKB）、结核病控制政策规划、健康教育等，先后发表文章20余篇。

这是她在师大任教的第4227天，

这是他在师大读书的第2399天。

1

2018年3月28日，最新一期的国际顶级医学期刊《柳叶刀》（*The Lancet*）刊登了一篇题为 "*On reducing the risk of vaccine – associated paralytic poliomyelitis in the global transition from oral to inactivated poliovirus vaccine*" 的文章，文章作者是我校社会发展与公共政策学院彭向东、胡晓江与 Miguel Salazar。这是胡晓江带领的科研团队在学术探索路上取得的一次成就。但这也只是当前一系列成果中的一个闪光点。它不是唯一，亦不是终点。

胡晓江的研究方向一开始并不是疫苗和免疫接种社会行为，但她一直以来都对社会公众健康问题有着极大的兴趣。从中国到美国学习，新的环境给她带来了新的体验，让她的兴趣点得以发展成为新的研究点。"我见到了很多新鲜有趣的事情。其中学校里关于预防接种的组织和宣传形式引起了我浓烈的兴趣。"社会学专业的背景，总是会让她"多想"。她想知道"为什么美国有的家长会拒绝让孩子接种疫苗？美国政府是怎么回应和处理的？为什么在美国大学里常见的疫苗接种组织形式在中国无法实现？"后来升级为人母，自己直接面对孩子疫苗接种的问题，她对中外疫苗相关的政策及公众行为有了更深的体悟和思考，也激发了从公共政策的视角来分析疫苗接种问题的兴趣。

2010年，胡晓江与三个同事第一次进行了疫苗相关的研究。那时，为了在全国消灭麻疹，中国政府组织了全国范围的麻疹疫苗强化免疫活动，全国从8月龄到14周岁的孩子都被要求接种一剂麻疹疫苗。这是我国有史以来规模最大的全国性公共卫生行动，受到社会各界的广泛关注。"流动儿童当时是在城市的医疗保障体系之外，但却是全国消灭麻疹行动的重点人群。在这样的政策环境下，他们的接种率是否能达到预期设想呢？我们对此非常感兴趣。"以此为中心，胡晓江与同事们对北京市流动儿童进行了研究，研究结果最终在预防接种领域顶级期刊 *Vaccine*（疫苗）上发表。其独特的分析角度与严密的方法得到了世界卫生组织中国办事处免疫专家的高度认可。他们的报告被列为预防接种研究者、工作者的必学内容，在免疫规划政策研究领域得到了广泛的关注。这是胡晓江的团队将社会学与医学结合起来，以公共政策的角度研究医学问题获得的一次成功。良好的开端，增强了他们的信心，为他们注入了巨大的动力。自此，胡晓江和她的团队在以不同角度探求问题本真、力求打破学科壁垒的科研探索路上"一去不复返"。

"对所有的问题充满兴趣，是实现跨学科研究的关键。"学术与科研本身具有超前性，不是用可行与不可行来简单衡量的。努力探究每一个问题、每一个想法，深入到自己感兴趣的内容中去，将兴趣点化为研究点，提出问题，解决问题，是学术研究最重要的方面。不论是学术科研上，还是学生教导中，胡晓江都秉持这样的信念。"胡老师真的是一个有着深厚学术功底和长远眼光的老师。她总是对我们说，我们所提出的每一个想法、每一个感兴趣的内容都值得被研究。她总是鼓励我们说，问题本身不存在可行与不可行。那些当下看起来好像并不可行的问题，可能只是眼下没有条件去做，但是也要坚持去思考和探索。"彭向东如是说。

彭向东，便是那篇被《柳叶刀》所"看重"的文章的第一作者，他也是"预防接种异常反应"研究问题最初的提出者。当他首次向导师提出这个意向时，两人一拍即合。当时有的老师觉得这个研究方向不够正统，卫生业内的人士则认为中国的预防接种工作做得已经足够好了，不应该去追究小概率的负面事件。但由于有哈佛留学的经历，深受开放思维的影响，胡晓江深刻理解跨学科研究所具有的重要意义。专业直觉和开放思维让她觉得彭向东提出的问题非常有意义。她支持彭向东的想法，第一时间给予了他温暖鼓励和有效指导。后来团队最终以"预防接种异常反应：风险的社会扩大和社会管理"为主题成功申请到了国家自然科学基金，这是北师大唯有的几个非纯理科的学科申请到国家自然科学基金的项目。彭向东作为项目骨干，也以丰硕的研究成果顺利毕业。

2

"进行跨学科研究，首先你必须要明确，一个问题并不属于某一个学科。这实际上是出发点和视角的问题。"当你看到桌上放着一瓶水，你是否认为只有化学才是唯一可能研究这瓶水的角度呢？当你面临一个健康问题的时候，你是否觉得只有学医之人才可以对其进行研究，而别的学科都无法涉足其中呢？

可在胡晓江看来，学术研究并不是这个样子。作为具有生物学家和数学家家庭背景的学者，胡晓江对于"理科"有着天然的亲近感，而她的"文科"训练又使她有独特的人文视角。在哈佛读书时，学校组织的跨学科研究使她印象非常深刻。"不同学科虽有不同的看法，但研究的都是一个问题，研究结果都有着重要的意义。"她深信学术研究在根本上是没有界限的，学科之间本身并不存在壁垒，阻碍的存在都是人为的。从政治学、社会学等角度进行医学研究，实际上是具有独特魅力和自身优势的。医学界，并非仅有临床、病毒等研究，多学科的视角对医学本身的发展是十分重要的。开放视野，以不同的视角看问题；破除学科壁垒，多角度探索事物本真——这是胡晓江一直以来的追求和坚持。

正因如此，胡晓江的免疫研究团队集结着来自不同专业不同方向的学生和老师。很多学生曾因为自己没有医学背景而担心，对此，胡晓江便会引导他们，让他们以一种开放的思维去思考是否一个问题必然专属于一个学科，让他们明白把自己放在一个普通人的位置上比放在一个医学研究者的位置上更能理解健康行为所具有的意义以及行为所反映的问题。开放视野、大胆创新、勇敢尝试，是实现跨学科研究的制胜法宝。

随着研究的深入，各类问题接踵而至。"研究异常反应问题还是很费劲的，"彭向东回忆说。一方面问题本身是复杂且敏感的。"研究的问题涉及多个部门和组织，对社会稳定又有着显著的影响。所以在研究的时候，我们不仅要做到小心翼翼，谨慎认真，又要竭尽全力，积极争取各方力量。"另一方面，研究需要大量数据支撑，但由于研究对象分布散，范围广，而团队人力物力财力又相对有限。在多种因素的影响下，实地调研、信息获得等都存在诸多困难。"问题出现的时候，胡老师总会鼓励我们，让我们不要抱怨，学会变通，寻找办法，解决问题。""也许有时候'绕个道'，困难就能解决。"后来，团队也确实"绕道"解决了问题。他们学会利用人际渠道，对就医、就诊、康复等过程中形成的 20 多个省的非正式社会网络进行研究。学会有效运用 QQ 群、微信群等现代科技手段打破时空的限制，对研究对象问卷访谈，以此获得了一系列新的资料。

除了研究过程中出现的具体问题外，胡晓江还谈道："国内研究本身还存在学科分割严重，对跨学科研究意识重视不足，学科语言体系不同，跨学科研究成果投稿方向不明等问题。"尽管跨学科研究已日渐成为国内外研究的一种趋势，但是在跨学科研究的发展上还有很长的路要走。在类似问题的探索上，他们仍是独行者，他们在"摸着石头过河"。但是，他们并没想过回避或者放弃，因为他们有志同道合的伙伴，因为在不断的探索中他们已对跨学科研究的重要性和艰巨性有了清楚的认识和深刻的理解。障碍总是有的，但不是无法跨越的。

3

在胡晓江的团队里，自由平等、开放创新、轻松自在是主旋律。"团队成员不会觉得我高高在上。"除了每周一次的例会，团队里并没有什么硬性的规定，但是团队从不显得松散或怠惰，反而各处彰显着凝聚力和创新力。"因为学术研究本身就不是通过硬性要求所能要求出来的，关键在于要能够为学生提供相对宽松的空间，激发学生的内在热情，形成团队的团体感。"了解学生的具体想法，与他们讨论相关的研究方向，共同研读文献是座谈会的日常，也是她工作的重点内容。在组会上，大家可以畅所欲言。个人写的初稿，"有趣"的想法，无论来自哪个学科，是哪个方向，都会被进行一番讨论。"在她的团队里，团队成员之间不存在上下级关系，他们的交流往往是一种双向互动的。弟子不必不如师，师不必贤于弟子。"让学生知道导师也有所不知、有何不知，我并不觉得是一件难为情的事情，这个自信我是有的。"探索未知是做学问的应有之义，她享受的是和学生一起探索学习、共同进步的过程。

同时，胡晓江非常愿意利用自己手中的资源，为学生创造学习的机会，搭建学习平台。记得有一次，一个学生毕业论文需要做一个模型，但是她自己不懂，没有办法给学生更具体的建议。她最终想到自己有个邻居是学物理的老师，于是她便带着自己的学生向那个老师请教。"那位老师为我们讲解了许多内容，让我和我的学生都十分受益。""很多时候，人们喜欢谈论做跨学科研究，但都没有想过去访问一下自己同一楼的其他学院的同事。其实我们缺的不是具体的资源，而是你是否能打破头脑中的藩篱。""只有让学生受益，让学生觉得所做的结果是属于自己的，所付出的辛苦是值得的，他们才会更加努力和上心。"胡晓江和她的团队一路探索、一路学习、一起成长。

从课题申请成功到完满结题，胡晓江和她的团队风风雨雨一路走来，掌声有，质疑也有。从最初的不被肯定，到如今定期被中国疾病预防控制中心邀请去做讲座，讲解跨学科研究，从不同的视角为他们提供建议；从一开始不知投刊何处，被退稿，到当下团队一系列成果相继形成，陆续发表，一切的一切都在肯定着他们的尝试，彰显着他们的不同。

从 2010 到 2018，八年来，他们坚守着自己的初心，用开放的视野，跨学科的方式为我们打开了不同的世界。他们用亲身经历告诉我们，在跨学科的研究上，只有开放视野，对所有的问题充满好奇，不畏艰难，努力突破学科壁垒，才能有效 get 研究点，正确看待问题，从而提出方法，解决问题，获得成果。在此基础上，优秀的团队、给力的队员、有效的指导、平等的交流会给你的学术科研之路带来更多的惊喜与乐趣。

学术研究的路上，从来没有一条平坦的大道，没有一条一劳永逸的路径，有的只是那些愿意秉持初心，不畏辛劳，大胆创新的探索者和坚守者。新的征程已经开启，胡晓江和她的团队又会给北师大带来怎样的故事呢？他们又会让哪些人们看起来"相距甚远"的事物碰撞出火花，发生令人意想不到的"化学反应"呢？

"预防接种异常反应：风险的社会扩大和社会管理"课题系列成果：

1. 已经发表的免疫类研究成果

［1］Xiangdong Peng, Xiaojiang Hu, Miguel Salazar. On reducing the risk of vaccine – associated paralytic poliomyelitis in the global transition from oral to inactivated poliovirus vaccine ［J］. Lancet, 2018, 391：Online first, March 28.

［2］Hu Xiaojiang, Xiao Suowei, Chen Binli, Sa Zhihong. Gaps in the 2010 Measles SIA Coverage Among Migrant Children in Beijing：Evidence From a Parental Survey ［J］. Vaccine, 2012, 30 (39)：5721 – 5.

［3］彭向东，胡晓江. "预防接种异常反应"定义辨析 ［J］. 中国药物评价，2016，33 (4)：246 – 250，256.

［4］彭向东，伍琼，胡晓江，陈诚. 中国各省份预防接种异常反应补偿费用测算方法和额度比较 ［J］. 中国疫苗和免疫，2015，21 (6)：691 – 702，679.

［5］彭向东，褚勇强，萨支红，胡晓江. 健康行为理论：从健康信念模式到风险认知和健康行为决策 ［J］. 中国健康教育，2014，30 (6)：547 – 548，568.

［6］高则一，彭向东，胡晓江肖索未，陈彬莉，白晓曦，黄庆波，萨支红. 北京市外来务工人员麻疹和流脑疫苗接种状况分析 ［J］. 中国健康教育，2013，29 (10)：882 – 885.

［7］伍琼，彭向东，胡晓江. 中国各省预防接种异常反应补偿办法的比较分析 ［J］. 中国疫苗和免疫，2015，21 (5)：573 – 579.

［8］Xiangdong Peng, Xiaojiang Hu. Critical Analysis of the Definition of Adverse Events Following Immunization in Mainland China ［A］. The University of Hong Kong Faculty of Social Sciences Research Postgraduate Conference 2013 ［C］. 2013.

［9］刘鹏，彭向东. 风险社会背景下的预防接种不良反应补偿制度改革

[J].中国药物评价，2014，31（2）：113－116.

　　[10] 张颖，彭向东，胡晓江.北京市某区预防接种知情同意相关问题研究[J].医学与社会，2017，30（12）.

　　[11] 周涛，彭向东，卢莉，马蕊，索罗丹，翟力军，邸明芝，刘燕，贾运发，于亚辉，胡晓江，李晓梅.应急接种人群麻疹风险认知与信息获取途径调查研究 [J].中国预防医学杂志，2017，18（10）：770－773.

　　[12] 刘燕，胡晓江，彭向东.北京市某高校大学生拒绝接种乙肝疫苗行为的质性研究 [J].医学与社会，2016，29（4）：70－72.

　　[13] 王丽，胡晓江，徐晓新，彭向东，伍琼.高校为什么停止统一接种？——基于史密斯政策执行过程理论 [J].中国卫生政策研究，2017，10（10）：35－41.

　　[14] 陈彬莉，肖索未，胡晓江，萨支红，彭向东.北京市某高校教职工适龄子女 2010 年全国麻疹减毒活疫苗补充免疫活动接种率影响因素研究 [J].中国疫苗和免疫，2015，21（6）：564－568.

　　2. 正在开展或研究成果处于发表中

　　[1] 中国 VAPP 病例数和补偿费用测算（杨谷）

　　[2] 中国疫苗 AEFI 风险补偿经费和筹资测算（陈诚）

　　[3] 疫情脊灰和疫苗脊灰风险的社会影响和援助项目的对比（张颖）

　　[4] 高教育水平父母儿童疫苗接种研究（秦梦怡）

　　[5] 中国流动人口疫苗接种情况研究（林玲）

　　[6] 中国 HPV 疫苗接种研究（李嫒熹）

　　[7] 疫苗事件对政策执行的影响研究（王丽）

　　[8] 中美麻疹疫情和相应的宣传策略对比研究（张颖、李远香）

　　[9] 疫苗类企业社会责任研究（李远香）

　　[10] 中学生流感疫苗接种（贾运发）

　　[11] 预防接种异常反应：风险的社会扩大和社会管理（彭向东）

　　[12] 我国高校属性对预防接种的影响（张馨怡）

彩蛋来喽

　　2018 年 6 月，彭向东完成了自己的博士论文答辩，博士论文《预防接种异常反应：风险的社会扩大和社会管理》，外审意见全是优秀。博士论文的后面，他详细回忆了跟随胡晓江教授的科研历程。本文摘取部分内容与君共享。

　　作为一位训练有素的优秀学者，胡晓江教授敏锐地意识到了免疫风险问题研究的重要价值。在她的鼓励下，我们得以把这个灵光一闪的创意抓住，提炼为一个可以深入研究的科学问题。之后也是在她的研究经费支持和全方位的帮助下，从选题、研究设计、申请资助、实施和资料分析，我们一步步将这个研究发展为若干个前沿的研究课题。取得了一系列研究成果，包括在 Lancet 这样的顶级期刊发表研究观点。

　　这些令人振奋的成果的取得已经是后来的事情了。在刚开始做这项研究的时候，我更多的是对研究过程和结果忐忑不安。因为我们遇到的这些疫苗"异常反应"孩子的家长，他们的遭遇和生存状态，完全远离了我以往医学和公共卫生背景知识的"舒适区（comfort zone）"。以至于在开展研究之初的一段时间，我曾经不知该如何与这些家长交往。甚至一度因为这个选题和研究结论可能"背叛"我的医学背景感到忧心忡忡。

　　胡教授的耐心和鼓励帮助我完成了这个适应过程。她从未急切地催促我们做什么或者不做什么，而是一贯的支持、理解和帮助。她就像是一位态度温和、平易近人、令人放心的亲人。但是，她并不是普普通通的存在，恰恰相反，她是高瞻远瞩、出类拔萃的领军人物。日常交往中，她是一位温和而聪慧的女性，令人如沐春风。学术方面，她接受过高水平的学术训练，达到了令人佩服的高度。在每周的研究小组讨论会上，同学们的文献阅读、选题、开题、研究进展、论文撰写都会及时汇报和讨论。她是当之无愧的学术引路人。她多次通读、认真修改我们的论文，提出问题和建议引导我们思考。她深刻的理解力、洞察力和批判思维，对我们极具启发。这也是她的独到和卓越之处。她指导下的学术训练令我们终身受益。

（王娟、齐晨）

扫描二维码即可阅读全文

王兰宁：用成果表明中国人也能
用好超级计算机

推送时间：2018 年 6 月 21 日

这是一个团队科研成果被习近平总书记点赞的北师大故事

北京师范大学南院，全球变化与地球系统科学研究院（下文简称"全球院"）正在组织学习习近平总书记在中国科学院第十九次院士大会、中国工程院第十四次院士大会上的重要讲话精神。对于全球院来说，这次学习有更加特别的意义：学院王兰宁教授团队取得的成果，在大会上被习总书记特别点赞了！

我们着力推进面向国家重大需求的战略高技术研究，超级计算机 10 次蝉联世界之冠，采用国产芯片的"神威太湖之光"获得高性能计算应用最高奖"戈登贝尔"奖。

习总书记提到的这个成果，就是基于国产芯片"神威太湖之光"，2016 年"千万核可扩展大气动力学全隐式模拟"、2017 年"非线性地震模拟"连续两年荣获高性能计算应用领域最高奖"戈登贝尔"奖（中国团队首次获奖及蝉联），打破了该奖自设立以来一直被西方国家垄断的状况。用时任评委会副主席日本东京工业大学教授松岗聪的话说，"这标志着中国正式成为了 HPC（高性能计算机）领域的世界领导者之一"。

实践反复告诉我们，关键核心技术是要不来、买不来、讨不来的。只有把关键核心技术掌握在自己手中，才能从根本上保障国家经济安全、国防安全和其他安全。

　　王兰宁是获奖团队中唯一的大气科学背景的成员，他接触超算的原因很简单，就是想要尽快地看到自己的大气科学实验的结果，计算速度的提高能大大缩短等待的时间。十几年的潜心研究，他对超算的理解也日益加深："有超算之前，由于计算能力的限制，数值预报模式的水平分辨率很粗，云分辨模式无法在大气模式当中得到应用。有了超算，就可以开展云分辨模拟。"

　　但是超级计算机的应用，并不完全取决于硬件，有了硬件，软件跟不上也不行，就好像八匹骏马只拉一个小板车，效率还是上不去。王兰宁至今记得一位美国计算专家的话——中国制造超级计算机没有用，因为不会用！

　　为了解决超级计算机的并行规模受算法限制的问题，王兰宁与清华大学以及国家超级计算无锡中心的老师们一起合作，创新性地提出"松耦合方案"，即把物理过程和动力框架分开，并负责完成数值模式中物理过程的耦合与调试，让超级计算机的硬件优势得到了充分的发挥，这样八匹骏马就能满载奔驰。

　　王兰宁很自豪地说："'神威太湖之光'用的是国产芯片，而且我们的算法让它高速有效地跑起来了，达到了世界先进水平。利用'神威太湖之光'，将全球大气环流模式的水平分辨率提高到了3公里，位居国际前列。而且这个算法可以应用到计算流体力学的很多领域，这也是高性能计算机的主要应用方向。我们的成果表明，中国人不但可以造好超级计算机，也能用好超级计算机。"

　　工程科技是推动人类进步的发动机，是产业革命、经济发展、社会进步的有力杠杆。广大工程科技工作者既要有工匠精神，又要有团结精神，围绕国家重大战略需求，瞄准经济建设和事关国家安全的重大工程科技问题，紧贴新时代社会民生现实需求和军民融合需求，加快自主创新成果转化应用，在前瞻性、战略性领域打好主动仗。

　　王兰宁是学气象的，专业方向是数值预报，既是科学，又是工程，既要像科学家那样大胆设想，又要像工程师一样小心求证。

　　在徐冠华院士的鼓励和支持下，他从2010年加盟我校全球院，带领模式组团队紧跟国家战略需求，努力掌握模式发展与应用的关键核心技术。他的生活很简单，每天在办公室和实验室待上十几个小时，发现问题，提出问题，不断地用实验证实自己的设想，发现bug的时候高兴，解决了bug的时候更高兴。

　　他是这样的，团队里的年轻人也是这样的，他们笑称："做模式研究就像打游戏通关，打游戏我得给人家钱，现在是我们拿了工资在做一件非常有意思的事情。"

　　话虽说得轻松，做起来其实一点都不容易。"现在所取得的一点点成绩，都是持续若干年努力的结果，因为实验结果获得的周期长，变数大，文章发表数相对少，团队的一些成员在职称晋级和绩效考核等方面都受了影响。但是这种努力和坚持是值得的，做科研，不可能一蹴而就，坐冷板凳的时候也得耐得住性子。"

　　板凳虽冷，但是成果是丰硕的，团队研发的北京师范大学地球系统模式BNU－ESM是第一个由国内高校研发并参与IPCC第五次耦合模式比较计划的地球系统模式，被成功用于评估碳排放转移国家贡献等气候变化评估工作；团队成员吴其重副教授在北师大建立了地球系统网格ESG的亚洲门户网站，与中国科学院大气物理研究所、中国环境监测总站等联合研发的"京津冀及周边空气质量预报高性能系统"被应用于各地空气质量预报预警及空气质量重污染过程效果评估。近年来，王兰宁更是带领团队在采用国产芯片（申威CPU）的"神威太湖之光"成功研发地球系统模式，在另一国产芯片龙芯CPU成功研发气象模式，并在国际上首次实现空气质量模式在众核架构处理器平台的加速应用。

扫描二维码即可阅读全文

檀传宝：用诗意创造教育的远方，
用小我实现大我的成全

推送时间：2018 年 7 月 2 日

这是一个教育人"用小我的愧疚实现大我的成全"的北师大故事

檀传宝，教育学部教授，博士生导师，北京师范大学公民与道德教育研究中心主任，全国德育学术委员会理事长。同时担任北京师范大学价值与文化研究中心、北京师范大学教师教育研究中心、南京师范大学道德教育研究所等教育部人文社会科学重点研究基地专职或兼职专家。截至 2017 年 12 月，已发表学术论文、学术评论等 200 余篇，撰写个人专著 10 余部、诗文自选集 2 部。其中，《信仰教育与道德教育》获得过中国高校人文社会科学研究成果一等奖（2003）；《德育美学观》获得过国家图书奖提名奖（1997）；《让德育成为美丽的风景——欣赏型德育模式的理念与操作》《走向新师德》入选"影响教师的100 本书"（2009），获得北京市人文社会科学优秀成果二等奖（2008、2010）、《公民教育引论》获得过中国高校人文社会科学研究成果二等奖（2015）等。独立承担或主持承担的科研项目数十项，其中包括教育部哲学社会科学研究重大项目"国民身份认同教育教材开发研究"、国家社科基金重大项目"《德育原理》教材编写"、联合国儿童基金会项目"寄宿制学校学生生活技能教育"研究、国家社会科学基金"十五"规划国家重点项目"欣赏型德育模式的建构研究"、国家社会科学基金"十一五"规划国家重点项目"学校实施社会主义荣辱观教育和公民教育研究"、教育部人文社会科学重点研究基地重大研究项目"师德现状与教师专业道德建设研究"、教育部"新世纪优秀人才支持计划"项目"未成年人学校德育问题的分析与对策研究"、教育部人文社会科学研究规划基金项目"十五"规划项目"网络环境与青少年德育研究"等。

这是他来北师大任教的第 7218 天。

1
德育专家的"文学"情愫

2018 年，是檀传宝在北师大教育学部正式执教的第二十年。对檀传宝来说，进入教育科研领域，开始德育研究并成长为著名德育理论专家，似乎是意料之外，又好像是命中注定的事情。

"青年时代，我其实是一直想成为一名文学家的。"回首自己的人生路，檀传宝至今仍对"做一名文学青年"怀有最美好的留恋。早在上高中时，檀传宝就醉心于中外文学作品，满心"拿一支笔走遍天下"的记者梦。但是因为高考的一次失误（要求八百字以内的作文他写了两千多字），他阴差阳错地进入安徽师范大学的政教系，可是诗和远方仍对他有着致命的吸引，使他无法忘怀。所以大二开始，檀传宝开始研习文学，并开始诗歌小说散文的写作。文学史论一本一本地看，经典作品没日没夜地读。功夫不负有心人，大三大四的时候，檀传宝就已发表了多篇文学作品，其中既包括小说，也包括诗歌、散文——小小说《月光如水》就曾被刊登在当时极有影响力的青年文学期刊《青春》上。一时间，檀传宝觉得自己的文学生涯前程似锦。

然而梦想是丰满的，现实是骨感的。大学毕业后的他回到自己的母校成为了一名农村中学教师，负责高三的政治课教学，繁重的教学任务和学生期盼的眼睛让檀传宝不得不重新审视自己的"文学梦"。"在 20 世纪 80 年代，高考是那些农民子弟最重要的事情。四年前我坐在台下，四年后我站在台上。我无法躲避台下那些嗷嗷待哺的目光。要坚持圆自己的文学梦，我就要放弃我的高三教学质量，而那样我实在做不到。"由于教学任务繁重，檀传宝逐渐搁置了自己小说散文的创作（因为这两种文学体裁的写作耗时较长、需要连续性），只保留了业余诗人的身份，但与此同时他也创造了连续七年高考平均成绩全县第一的绝好成绩。学生们都很爱听这个带着文学色彩又兼具理性气质的政治老师的课，甚至一些临县的学生也慕名而来。檀传宝很为自己的高中教学生涯自豪，直到一件事，深深刺痛了他的心，让他开始深刻思考政治教育、道德教育存在的问题。"那是一位我当时最得意的门生，在四年大学后成为我的同事。他对着劝阻他打麻将的我说：'老师你每天那么忙碌、取得了那么好的教学成绩，不也就只拿到了十元钱的奖金吗?！'他说这番话的时候，我很震惊，也很难受。""我兢兢业业地教他们，不光是帮助他们拿到理想的高考分数，更是希望他们能够养成良好的德行，有该有的社会担当！"在这件事情之后，檀传宝开始意识到：政治课成绩和德育的实际成效并没有直接相关，政治课作为学生品德培养的核心课程，实际上并没有真正发挥促进学生品德生长的作用。自此，他不断思考如何能够实际提高德育的成效、有效培养学生的道德品质的方法。最终在从教八年后他选择读研深造、报考北京师范大学。

尽管，檀传宝没能如愿成为一名文学家，也未继续做一名"成功的"高中政治教师，但是对文学的执着与学习，在高中教学的实践和经历都给檀传宝此后的发展和研究带来了极为深远的影响。"是文学让我有了诗与远方——也就是有了梦想，有了创造力，有了不为五斗米折腰的气魄，有了家国情怀，有了社会担当，也有了个人自信……当然，文学生涯也让我学会了抽象表达之外的另一种表达方式——感性表达。""如果没有文学青年的一面，没有高中执教的实践经历，我是完成不了博士论文《德育美学观》，也是主编不出《我的家在中国》这样优质的青少年读物的。"檀传宝如是说。直至今日，檀传宝仍维持着文学青年的心态，保持着内心的桀骜不驯，也坚持着自己的诗歌创作。换言之，文学家的梦想日渐远去，但文学却已经成为他的日常生活。

2
传道授业的育人之志

与大多数应届读研的同学不同，已经成家多年、有老有小的檀传宝的研究生学习之路并不平坦，但何其有幸，遇到了那么多可亲可敬的老师，他们对檀传宝有着知遇、栽培的恩德。檀传宝回忆学习生涯时说，是指导他攻读硕士的贺允清教授让他真正明白了什么叫"君子之德风"，是博士期间（南京师大）鲁洁教授严慈相济的教学让他有了最坚实的专业基础，是博士后期间悉心培养他的黄济教授，让他体验到了真正的"仁爱之心"。他们是檀传宝学习生活中的帮助者，研究路上的引路人，他们的学者风范、师者情怀也一直深深地影响着檀传宝。他曾专门撰文《先生之风——贺允清教授的师爱故事》及《仁者黄济先生》，回忆自己在北京师范大学硕士、博士后两个学习阶段的恩师，由衷感谢他们对自己的教导与爱护。1998 年博士后出站，檀传宝选择留在北京师范大学教育系（教育学部前身之一），做一名传道授业育人的大学教师，从一个从事中学政治课教学的德育实践工作者转变为以德育研究为主要使命的教育理论工作者。

在英东教育楼檀传宝的办公室里，有一块小黑板尤为引人注目。黑板上写着两条警示语——"厚德、敬业、担当"和"用专业给世界添光明"。"一个研究者是要有自己的信念的；一个研究中心更要有自己的核心价值观。"厚德、敬业、担当是不可分割紧密联系的，三者缺一不可。厚德是北京师范大学公民与道德教育研究中心的应有气质；敬业是对研究中心师生的本职要求；社会担当则是研究中心的终极追求。只有当公民与道德教育研究中心真正具备了这三种特质，才能称得上是一个一流的研究中心。谈及这两行字时，檀传宝颇有感触地强调："为人也好，做学问也罢，唯有拥有大格局、承担大责任才能不断取得人生真成就、大成就。""因为经常会有学生来我的办公室值班或问问题，我也真心希望他们能够明白这一点，所以写下这两句话。"檀传宝是如此要求学生，也是如此要求自己的。

檀传宝向来重视课堂教学。上午八点的课，他会在清晨六点就起来准备，有时候还会早早赶到学校停车场后在自己的驾驶室里把讲课内容"路演"一遍，连爱人最初也不太能理解他那么早到学校的"奇怪"心理与行为。但在檀传宝看来，一名优秀的教师的所谓"备课"，不仅仅需要备教材、备学生，更重要的是备教师的心理状态，即准备好上课时带给学生的那种教学状态和专业精神。"《教育法》中强调组织教学，这个组织教学不光是要组织学生，更重要的是要组织教师自己。"因此，他更愿意在正式上课之前至少提前半个小时或一个小时到自己的办公室调整状态，做好即将进入教学的心理准备。偶尔，他的学生也不太理解檀传宝。有的不理解为什么明明自己的同学都毕业了，导师还在一遍一遍地要求、指导着自己修改毕业论文；有的不理解老师的时间那么紧张、宝贵，为什么还要一遍一遍地陪着大家重复那些他早就知道的常识，而不把更多时间用在自己的科研上。而檀传宝对此就只有一个回答："我是你们的老师，我要对你们负责。如果我们不是师生，我们就什么都不是！"

"不可否认，科研对于一个研究型的大学老师来说非常重要。但是我认为大学教授的意义并不局限于此。因为每一个研究者的人生都极为短暂，而老师的根本意义在于薪火相传。"在檀传宝看来，自己所能做的事情非常有限，但是培养成才的学生们未来能做的事情将可能是无限的。所以他才愿意耐着性子一遍一遍重复相同的内容、为学生一遍一遍地修改那些稚嫩的作品。"我从来不会因为严厉要求或者严厉批评了自己的学生而感到愧疚。但是我会因为我没有做好老师应该做的工作而感到愧疚。"几个星期过去了，檀传宝还在因为未能出席自己指导的硕士毕业生的答辩（这也是至今他导师生涯中唯一的一次缺席）而感到愧疚。"那天是5月30号。"他对那个日子记忆很深刻。因为要赶在儿童节前送100套画本丛书《我的家在中国》给南疆的孩子们，他无缘自己学生的答辩，所以在临行前的那个清晨，他写下《小我的愧疚与大我的成全》一文以表达自己对学生的愧疚和对他们的祝福："以小我的愧疚去实现大我的成全！因为唯有如此，我们才能在极其有限因而无比珍贵的人生中不至于太过苟且。"

习近平总书记强调新时代要做有理想信念、有道德情操、有扎实知识、有仁爱之心的"四有"好老师。在檀传宝看来，"四有"归根到底就是有师德和有师能。他认为，作为一名老师首先应当热爱自己的工作、对教师岗位充满敬畏。同时好教师还应该能将师德和师能结合起来，真正地培养学生的学识、提高学生的专业能力，使之未来有卓越的专业能力去承担社会责任。

3
始终坚守的德育学术

在檀传宝看来，无论是对个人，还是对社会，德育都是一个极为重要的领域。所以硕士、博士、博士后，直到今天，他"坐不改姓"地做了二十多年的德育研究，形成了自己独特的德育理论见解。从《德育美学观》（1996）、《信仰教育与道德教育》（1998）的出版，到《教师伦理学专题》（2000）、《走向新师德》（2009）、《公民教育引论》（2011）、《浪漫：自由与责任——檀传宝德育十讲》（2012），再到《我的家在中国》（2016），著述不断，但初心不改。"有时人们一听到是做德育研究的，就觉得'没学问'、就觉得我们'很虚'。不可否认，确实有一些研究德育的人学问不够。但是这并不意味着德育研究本身不重要。反过来想，好的德育研究者越少，我们认真的德育研究就越显得可贵，越是严肃的德育研究出的成果就越重要！"

读博士期间，檀传宝主要研究的是德育美学观，到北师大从事博士后工作后，他逐渐开始了信仰教育与道德教育关系的研究。谈及当时为何会选择这一方向时，檀传宝表示，其实原因很简单。是因为信仰教育本身是直接影响着教育与社会发展的重大课题，而从20世纪80年代直到今天，信仰缺失问题始终都没有很好解决。"事实上，所有人文学科最严肃的主题都是个人与社会。"教育研究者的研究关切社会、关注教育现实和社会最核心的问题是其最基本的责任。檀传宝以"信仰教育与道德教育"为题的单本著作后来获得了一个青年学人极难获得的中国人文社科最高学术荣誉——中国高校人文社会科学研究成果一等奖（2003）。

2003 年，檀传宝创建了中国大陆第一家以公民教育、道德教育为研究领域的综合性研究中心——"北京师范大学公民与道德研究中心"。研究中心以道德教育、公民教育为研究主线，坚守"以学术增进社会进步，以德育成就幸福人生"的伟大信念，以提升个体生命质量、培养现代公民素养为己任。中心自成立以来，高质量地完成了许多重要的研究任务，其中包括联合国儿童基金会项目、社科基金国家重大及重点项目、教育部重大委托项目、全国及北京市教育科学规划重点课题等。中心还举办、参与了众多国内外学术交流活动，为中国及世界德育学术的发展做出了重要贡献。

近些年来，檀传宝还将自己的精力较多地投放到了中小学较为具体的道德教育问题上，尤为关注中小学生的国民身份认同教育。他根据当代教育学、心理学的先进理念主编的青少年德育画本丛书《我的家在中国》系列，已经在社会各界产生了极大的反响。在檀传宝看来，有效的德育必须让学生有审美体验、主体建构、综合学习的可能，爱国主义精神培养的关键也在于爱国情感的养成。所以他领导的创作团队努力贯彻德育美学观的理念，依循"在地图上旅行"的教育设计，开辟了山河、湖海、节日、民族、道路、城市六条"观光路线"，让学生在拟想的审美"旅行"中形成祖国意识和爱国情感——"我们可以带孩子玩故宫、长城，让他们了解中国的悠久历史；我们可以带孩子看长河落日、大漠孤烟，让他们欣赏中国的自然风光；我们可以带孩子坐高铁、逛浦东，以便他们体会改革开放给伟大祖国带来的巨大进步。尊重孩子的本性、遵循教育的规律，有效的德育其实就是美好的德育，并不需要强制灌输！"

除了德育领域的学术研究、著书立说，檀传宝还努力将当代教育学研究的其他成果运用到自己身边的教育教学的改革上。2001—2004 年，时任北京师范大学教育学院副院长的檀传宝，根据社会发展的迫切需求、立足于学生的发展实际，带领教育学院 7 个课题组进行了长达一年多的深入研究，最终确立"精品本科"的教育理念，突破了教育学本科专业原有的培养模式、课程体系，在全校率先实现了按照一级学科招生的改革目标。同时，北师大教育学本科专业也从根本上打破了"先分专业、后学习"的传统，实现了让学生"先学习、后选择专业"的模式转变。在新的模式下，学生可以利用一年半的时间充分了解教育学院所有专业，然后根据自己的兴趣挑选自己喜欢的专业。培养模式的转变，极大地激发了本科生的学习动力和活力。在此基础形成的强化教育基础课程、强调研究方法训练、提供丰富多样的选修课程的"精品本科"课程改革，更是为教育学各专业同学的全面发展打下了良好的基础，极大提高了北师大教育学本科生的竞争力，也有力推进了全国教育学人才培育的改革。2004年前后，先后有五所师范大学教育学院领导来向北师大教育学院"取经"，希望学习北师大教育学本科培养改革的成功经验。

同一时期另外一个令檀传宝十分自豪的是，他是北京师范大学4+2（后来演变为"4+X"）教师培养模式改革的先驱者——在学校有关领导的大力支持下，他领衔的研究小组为北京师范大学这一"领百年师范教育发展风气之先"的改革提供了最为系统、认真的先期研究以及最早版本的改革建议。后来，这项意义深远的教师教育改革为学校赢得了教育部全国教学改革成果一等奖。

"我有些像唐吉诃德。"檀传宝最后这样说。这指的是虽然人生常有挫折，但他像唐吉诃德向风车进击那样的奋斗精神与浪漫情怀不改！

文学已经赋予他浪漫气质、忧患意识、社会责任感，让他始终都想为学校和社会的改变努力劳作。恩师们的为人之道、治学态度已经教会他为人正直、自觉涵养一身正气，更让他深深热爱自己的教师身份，敬畏教育事业。中国高校人文社科研究成果一等奖，社科基金重大项目、教育部重大攻关项目等等，既是他教授生涯的独特印记，也对一个纯粹学者数十年神圣坚守的些许肯定。

"社会养育了我、师大哺育了我，我总要为社会、为学校贡献自己的力量。"檀传宝如是说，也是如是做的。我们比较好奇的是：这样一位严于律己的教育者、童心未泯的研究者、勇于创新的探索者，在未来新的旅程中又会给师大带来怎样美妙的故事呢？

（王娟、齐晨）

扫描二维码即可阅读全文

孙宇：我导的"每日一读"

推送时间：2018 年 7 月 6 日

这是一个学生讲述的跟随导师读书的北师大故事

孙宇，政府管理学院教授、博士生导师。长期从事现代公共行政、电子政务、互联网治理、信息通信技术变迁和技术政策以及信息化理论和实践等领域的教学和研究。

这是她在北师大任教的第 6328 天。

1

2014 年 9 月，我成为一名北京师范大学的硕士研究生。

相传，我的导师是政府管理学院的女神。她的课大家喜欢，科研也做得好，是一名大家喜爱的老师。

其实最开始我对她的了解泛于纸上，但是听师兄师姐说导师很负责，每个学生在我导的电脑里都建有一个单独的文件夹用于记录我们的点滴。所以我选择了跟随她度过我的研究生时光。

进入师门不久后，我就参加了师门新老生见面会，这是每个新学年的惯例组会，然后刚刚那段话就砸进了我的脑海里。

"我把你加进读书会群，咱们在微信上一起读起来啊。"导师笑着对我说。

幸好幸好，作为一个"网生代"的我还是挺愿意接受这种方式的，也方便啊。

随即，我被我导直接加进了她分门别类建立的师生互动群，有读书会、在校生群、课程群、年级群。

散会了，她走到了我面前对我说道："第一学期你的核心任务是进入角色，把课上好，想一想毕业的时候打算做什么，按照你的目标咱们一起商量确定培养计划，要找到那个适合自己的节奏。生活和学习上有什么事，随时联系我，微信、QQ、打电话或者是来办公室都行。记得每天关注读书会呀。"

那个时候，我恍惚觉得"每日一读"可能就是她打基础的方式之一，而我正式成为了其中的一员。从此开启了我的"每日一读"。

2

7点20分左右，手机一响，"每日一读"更新了，时间到了2015年3月，在宿舍床上的我看完就应该起床准备去学习了。

这已经成为了我生活的日常，"每日一读"开启着我崭新的每一天。

入学半年多了，意味着攻读硕士学位的我学习生涯已经过去了六分之一。

今天读的是《蒙古西征》，大家聊着聊着就聊到了中印。

"我觉得对于印度来说，中国在地缘政治这方面是有一定优势的。我们比印度海拔高很多，看印度是俯视角度。这对于印度来说就是一个硬伤。而且印度内部比较分散，容易乱，咱们是有优势的。"这是我入校半年来为数不多的发言，当时就是想单纯谈谈自己的看法。

"和印度交好的可都是些有话语权的大国。"本科师弟说道。

"咱们现在交好的国家也挺多呀。"博士师姐也出来说话了。

那天，我和师兄师姐师弟师妹们在读书群里展开了激烈的讨论。像往常一样，读书会有时出现激烈对话或者相互调侃，就这样你一句我一句的，在群里讨论了小20分钟。遇到这种情况，我导通常默默潜水，关键时刻画龙点睛。

"大家别把眼光局限在中印关系上思考地缘政治问题，从'一带一路'放眼中国地缘政治的大格局反过来思考中印关系，会有不同感触的。"原来她不仅仅是给我们提供读书的素材，更重要的是给我们抛出一个讨论问题的话题。

又读了一周左右，我几乎每天都有发言。去办公室交材料时我见到了她，不禁感叹即使坐在那里不动依旧还是熠熠生辉的女神啊。

她让我坐在办公桌侧面的沙发上。

我恰好看见了她电脑里条目清晰的文件夹，其中有一个是用我的名字命名的。

"你似乎比较关注政府议题，我看你对最近的每日一读回帖很多呀，也有自己的看法，你要不要想想在这方面有什么感兴趣的研究问题，咱们可以一起讨论讨论。"她提到这段时间对我的观察。

原来这"每日一读"不只是帮助我们养成读书的习惯，引导我们勇敢地去担负历史责任，还帮助我们发掘兴趣点，让导师观察我们的特点，然后再因材施教。

"好的，老师。我确实是对这方面比较关注，谢谢老师关心，我会进一步思考的。然后您之前让我做毕业规划，我初步决定直接工作，想去政府部门。"我紧张地说着我自己的想法，说完赶紧抬头想看她的表情。

她对上我的眼，认真说道："这样好呀，自己想清楚就很好。我把推荐给你看的文献发给你，你细化选题，回头你把研究设计发我，下次组会就给大家说说，行吗？"

肯定行啊，因为我从她的眼神里看到了肯定和鼓励。

从那以后，我对于少数民族地区的公共行政有了更多的关注，把我之前泛泛的阅读兴趣转变成了严谨的学术研究。我开始看文献，写小论文，确定毕业选题……她开始一步步带着我掌握研究方法，学会科学研究，探索研究创新。这个过程就像通关打怪一样，感觉还不错。2015 年底，我在万隆的 ICPA 第十一届年会上宣读了我的论文 "*Impact Study of Intergovernmental Competition on Local Government Portal Website Accessibility——An Empirical Analysis of Minority Autonomous Counties on the Silk – Road Economic Belt*"，论文也获得了大会颁发的 *Best Paper Award Honorable Mention* 荣誉。

3

时间过得好快，我就要毕业了。

"听说你工作刚定下来，来我办公室聊聊？"我导有惊人的信息掌握速度啊。

我在微信上回复她："好的。"

"老师，我要去援疆了。"

"确定了？"

"确定了。"

"自己的选择要坚守下去。正是通过每一名你这样的基层公务员的一言一行，才能把党和国家的温暖送到千千万万老百姓的心坎里。"她还是像第一次新生见面会上谈笑风生地说着语重心长的事情，温暖着她眼前的这个入学时有些迷茫、毕业时无比坚定的我。

之后，我们又聊了聊这几年她感受到的我的变化。她说很开心带我这个学生。还对我说，刚开始工作可能会遇到这样或者那样的不适应，但是要擅于把未知的和已知的联系在一起想问题，还风趣幽默地给我举了"视力很弱的蚯蚓通过努力疏通土地，改变生存现状"的例子，让我勇敢适应新环境，认真对待新工作。

其实，那天我有个遗憾，我没说出我心里想对我导说的话。

我的变化其实可能部分是因为我有她这个女神导师。她没有不管学生的兴趣，就一味下发任务，她知道所带的每一个学生的兴趣点。一学期要给本、学硕、专硕、博分别开课，指导着我们这么多学生，但是她总是笑着对待我们，用自己对学术、对工作、对生活的积极、乐观、向上的态度来感染我们。

我也没说出，我决定当一位人民公仆，和她通过"每日一读"发现的我对于公共行政的兴趣有关。也是因为她一天天培养出了我作为一名青年的历史责任感。

作为学生，我觉得她的"每日一读"是她培养我们的一种喜闻乐见的形式。在读着书、聊着天中潜移默化地成长。

4

我已经在新疆待了半年多了。

我导依旧每天不到八点就更新阅读内容，"每日一读"依旧为我开启着一个个有温度的日子。

我把故事写在这里，是真的感激我导有爱的培养，感恩师大建校快 116 周年，无数的好老师温暖了包括我在内的一个个师大学生。

对了，今晨，我们读的是《中国通史》之摊丁入亩（1723 年）。"每日一读"已经超过 1000 天了。

（王娟、何睿、凤男）

扫描二维码即可阅读全文

高益民：感恩师大，情系教育

推送时间：2018 年 7 月 9 日

这是一个有着教师情、教育梦的北师大人的故事

高益民，教授，博士生导师，教育学部国际与比较研究院副院长。主要从事比较教育学研究，专攻日本教育。先后主持"高等教育国际化与政府对策比较研究""高等学校分类管理国际比较研究"等省部级课题，发表《美国高等教育模式在东亚的移植及其变种》等学术论文六十余篇，出版《传统教育的现代命运》等著作多部。

这是他在北师大任教的第 7125 天。

1
抚今追昔念师恩

1986 年，高益民被保送到北京师范大学教育系读书，自此开始了他与北师大、与教育的故事。现已为教育学部教授的高益民回想起自己在师大 32 载过往仍历历在目——"我自己没有什么故事，但毕竟在这里三十多年了，也许可以讲一点师大的故事。"

1985 年冬，教育系高洪源老师受招生办委托前往大连，对当时身为高三学

生的高益民进行考察。高洪源老师不仅去了高益民所在的高中，而且不顾严寒和身体不适，坚持到高益民家里了解情况。高洪源老师为人谦和宽厚，在了解了高益民的情况后，对学生家长说了一番出人意料的话："孩子的综合素质比较好，报考我们教育系当然很欢迎。但是现在改革开放的大潮起来了，经济建设是中心，从孩子的发展考虑，学经济类的专业会不会更好？"当时在场的高益民听到高老师的这一番话，震惊之余，也为高老师着眼于学生发展的诚恳态度所打动，他从高洪源老师身上感受到了北师大特有的精神气质，不过这反而促使他决心报考教育系，希望自己某一天成为像高老师那样的好老师。

"二十世纪八十年代是一个伟大的时代。"回忆起初入师大的情景，高益民历历在目："那时国家虽然百废待举，但处处洋溢着蓬勃向上、信心满满的高昂情绪。来到师大，那种宽松、自由、活跃的气息更是扑面而来。我上师大那年赶上第二个教师节，全国政协主席邓颖超来参加开学典礼。典礼在东操场举行，邓颖超的即席发言很随性，她说她'五四'运动后为躲避军警的追捕从天津来到北京，曾在师大附小教过一年书，所以很希望北师大把她当作校友，校友会会长王光美当场很自然地站起来表示：'吸收邓大姐为北师大校友。'整个典礼的气氛轻松而热烈，同学们笑声不断。操场也没有戒备森严，尽管那天我迟到了，并没有被禁止入场，很随便地就进了场。"

也许是经历了太长时间的封闭和压抑，改革开放后整个文化界、思想界都特别活跃。"师大的讲座、沙龙、文娱活动非常丰富，特别是各种讲座特别有吸引力。那时候来做讲座的人常常是慷慨激昂，如饥似渴的同学们往往把教室挤得水泄不通，场上还常有激烈的论辩，讲座之后，心潮澎湃的同学们往往还要回宿舍接着讨论，有时熄灯后还会有很长的卧谈会。我们强烈地感受到了改革开放的时代气息，也感受到了师大深厚的学术气氛。"当时师大校园的学术氛围就已经非常浓厚，校领导也常在校内开讲座，"王梓坤校长的讲座我好像没有听过，但党委书记周之良、副校长顾明远、许嘉璐等校领导的讲座我都听了不少，其他校内外学者的讲座参加得就更多了。"

本科期间，高益民遇到了两位风格不同、性格不同但初心相同的班主任。一年级时的班主任是刚刚本科毕业、正在读研的许进军老师，因为自身也是学生，所以许老师能够更准确地理解学生的需求和渴望。"他没事就去我们宿舍和我们聊天，从国家大事聊到学习、恋爱。"也许正是因为年轻，许老师对自己和对学生的要求反而更高，"从上早操到班会到宿舍检查，许老师在每个方面都希望达到极致"。高益民从班主任许进军身上看到了一种敬业品质，至今不曾忘怀。一年后，班主任换成了张莉莉老师。"张老师完全不同，她的特点是质朴、散淡。她从不主动给学生施压，很少说应该干什么不应该干什么。"虽然张老师为人淡泊、豁达，但做事总是一步一个脚印。工作之后，高益民和张老师变成了同事，但他仍会时常得到张老师的指导。张老师每次见到他，还是像以前一样，总是先鼓励一番，然后又提醒他专心做自己的事。

类似的老师还有很多，如向玉琴、戴惠媛、高奉仁、黄会林、成秀兰等，他们的悉心指导、严格要求和身先垂范都让高益民受益匪浅。

"有些老师已经不在了，但我从来没有忘记他们。高奉仁老师以前多年担任师大学生合唱团的艺术指导。高老师因病去世时，我去参加告别仪式，现场没有哀乐，都是一支支的合唱曲。家属介绍说他躺在病床上的时候，还时而做着指挥的动作。可以说老师在最后离去的时候，传递出来的依旧是对艺术的热爱、对专业的执着。"

以人为本，关爱学生，是师大教师的风范。高益民的本科老师如此，研究生导师亦是如此。亲切和蔼、认真负责的苏真老师，学识渊博、胸襟宽广的顾明远老师，加上联合培养期间日本名古屋大学的马越彻老师，他们教他为学为人之道，是高益民学术道路和人生道路上的一盏盏"明灯"。

"顾老师有很多社会兼职，但他从不落课，也不忘事，读书会的时间有时调整好多次，我们都忘了，他也记得清清楚楚，现在想起来，那时的顾老师也已六十多岁了。博士论文那么长，顾老师改得很细，一个英文单词也不放过。顾老师现在近九十岁高龄，但工作态度没有丝毫改变，一个课题从大方向到小细节，从来没有轻视过。"老师们的言传身教感染着高益民，让他对教师的职业有了更丰富的理解："顾老师工作那么忙，但他从来没有因此耽误对学生的指导。我在名古屋大学学习期间，顾老师写信给我，有时一写就是三四页纸的长信，谈他的人生道路、学术体会，也谈国家的形势。那么长的信，里面没有一句说教的话，但却句句让我感受到老师的期望。"高益民说，老师的身教威力最大。20 世纪 20 年代，北师大的校训曾经只有四个字——"以身作则"，这也是很有道理的。

2
扪心自问常有愧

做教师近二十年，高益民似乎从来没有怀疑过自己的选择。"当教师一直是我的理想，虽然我对好几种职业都有兴趣，但教师始终是我最喜欢的。人能如愿以偿地做自己喜欢做的工作，也是一种幸运。"

在一次研讨会上，大家提到对自己的身份认同时，大多数老师认为自己首先是研究者，其次才是教师。高益民和另外一位老师则认为自己的第一身份是教师，其次是研究者。高益民觉得这个选择既与自己原有的志向有关，也与北师大的长期熏陶有关。"以前我们读书的时候就是把教师放在第一位的，现在顾明远先生为我们教育学部确立的部训首先也是'崇教爱生'，下一句讲'求真育人'，求真也是和育人联系在一起的。"

就世界范围看，特别是研究型大学的教师，把研究作为自己的第一身份认同是非常普遍的现象。"大学，特别是研究型大学在知识生产上肩负着独特的使命，所以大学吸引了很多有志于科研事业的人，而那些有志于教育的人在研究取向的评价体系下也会自然地把研究的重要性放在前面，这很自然，完全可以理解。更何况在现实中研究与教学的矛盾有时会非常突出。"

"但好像也不是那么不好选择。研究工作需要多少代人的努力和积累，一代不能完成，还有下一代。可是如果有一个活生生的年轻人在你面前需要指导和帮助，弃之不顾是不可能的。"不过，高益民对自己在学生身上投入的精力也不满意："说起来容易，但实际上并不简单。虽然心里希望把学生放在第一位，但常常做不到。行政、科研乃至家事都分散了不少精力，想起来还是很有愧的。"在学生规模迅速扩大、科研等任务不断加重的情况下，很多大学教师对人才培养都感到力不从心。

"想一想我的老师曾经是怎样对我的，再看看我现在又是怎样对自己的学生的，相比之下，心里确实很不安。"

20世纪90年代，电话还不普及，所以学校里经常会看到导师到宿舍楼找学生讨论问题或指导学生的情景。"感觉那时候老师们在学生身上投入的时间和精力很多，读博士的时候我住在13楼，有时就看到九十多岁的钟敬文先生拄着拐杖爬到三层来找博士生，他的学生不在的时候我也将老先生让到我们房间坐一坐。"

"那时我与中文系的李运富（现文学院教授）同屋，他的导师王宁先生也常来宿舍里和他谈事情。来得多了，对我也就有了一些了解，顺便也会给我一些治学上的指导。她知道我对佛学感兴趣，就回去把她祖父的佛学著作找来送给我读。"

老师们不仅关心学生的学习，往往在学生毕业之后还关照他们的工作和生活。"我后来工作，刚刚安排下住处，师母周蕖老师就挑了很多碗筷、餐盘让顾老师带给我安家，后来顾老师又拎来了电饭锅让我方便做饭。顾老师和师母对学生就是这样，学术上严格要求，生活上关怀照顾。可是他们好像又不仅仅是因为讲私人感情，而是为了更高的事业。我现在当了教师，但跟老师比起来实在差得太远。"

随着时代的变迁，学生也表现出不同的特点。在这种情况下，教育也需要做出调整。"这对我们来说确实是个挑战。因为教师学习和生活的时代不一样，年龄也比学生大不少，观念的转变以及知识和技能结构的调整并不容易。很少有人能做到像顾老师那样，九十岁的老人一边写得好书法，一边还玩得转微信，既通古又知今，总是与时俱进。我们现在时常抱怨学生，但在顾老师那里你从来不会听到这种抱怨，他看过的年轻人多了，但从来不会说一代不如一代这样的抱怨话。他总认为做教师的，需要时常反思自己，用学习的心态去发现学生。"

教师是一个专门职业，依赖于专业的知识与技能，没有这些，即使是真心付出，有时也未必收到好的效果。"教师常被比喻成园丁，其实养花的人心里最清楚，因为对花的习性不了解，或因照顾不周、照顾过度等等，把花养死是很常见的。教育其实也是这样，教师和家长仅仅在主观上有'都是为了你好'的意识是远远不够的，好心办坏教育的事太多了。"

"其实做教师的心里常有一些憾事。有的学生更适合鞭策，有的更适合鼓励，或者鞭策和鼓励都需要恰当的时机和情境。做学术研究也是这样，能够帮助学生选定一个适合自己的研究领域或题目，也不是件容易的事，这既需要教师的功力，当然也需要学生自己的天分和努力，总之要看双方的配合。做教师的这些年，我还是遇到过一些挫折和失败，想到学生在我这里没有得到应有的成长，还是会心生愧疚的。"

3
冷眼热心看世界

虽然说教书育人是教师的第一要务，但与中小学教师毕竟不同，大学教师肩负着知识生产的重大职责。"大学教师特别是综合性研究型大学的教师往往是通过知识生产来育人的，大学教师和学生是在共同发现真理的过程中而共同成长的。"不过，"研究的成果需要一代代人的不断积累，有时只有在历史的长河中才会显现出它的意义与价值。诺贝尔奖那样的研究成果只是极少数，绝大多数的研究不是在前人的基础上迈大步，而只是挪小步，甚至连小步都看不出来。"学术工作需要兴趣，需要激情，"热爱学术工作的人并不感到板凳冷，反而是热爱冷板凳。范文澜先生讲'板凳甘坐十年冷'，'甘坐'就是这个意思"。

本科毕业以后，高益民考入我校外国教育研究所（现国际与比较教育研究院）先后攻读比较教育学专业硕士和博士学位，主要研究日本教育。"一晃就是28年！"他说，"这个领域非常有趣，它逼迫着研究者常常对自己的研究视角进行反思，也促使研究者养成一种国际的视野。我的同事们都是研究美国、英国、德国、法国、俄罗斯、韩国等各国教育的专家，每天中午在一起吃饭的时候就是一场小型的交流会，大家会交流各国教育的信息和情况，有时候大家会就某个教育问题谈谈不同的国家可能会有哪些不同的解决思路。这是一种很有营养的'午餐会'。"

但是，无论哪个专业的基础研究，都会与实践有一定的距离，都很难直接解决实际问题。"保持并享受这种距离感是研究者的一个基本素质。有一个距离，冷眼向洋看世界，就更容易保持研究的客观性。研究者与出谋划策的谋士不同，研究者的直接责任是生产新知，谋士的直接责任是出好点子。研究者和谋士都会希望新知和点子产生实际的效用，也会为此而付出一定的努力，但社会有它的分工，研究者关注的重点还是在于发现一些深层次的、规律性的东西，至于说如何应用，那主要是从事应用研究的人、谋士、'工艺师'乃至实践工作者的责任。特别是我们的研究对象是外国，在谈到如何将国外的经验移植到中国这个重要问题时，尤其需要有审慎的态度，不能急于出点子、开处方。"

保持与现实的距离需要甘于寂寞，"'寂寞'是洪堡等人提倡的德国古典大学的基本精神之一，它一方面警惕随波逐流，另一方面还需要排除一些现实干扰。还是那句话，其实喜欢学术工作的人也不会感到寂寞，相反会尽量保持着安静的工作状态以防外界干扰。"国际关系状况有时就成为比较教育研究的影响因素，科研评价也会对科研带来影响。"比如说，SSCI主要还是英文文献，这种评价的过度强化就会对法语、德语、俄语、日语、韩语、西班牙语等语言的研究有不利影响。但我身边还没有哪位老师因此而放松了自己的研究。"高益民说："同事们都是喜欢才来做，因为有意义才来做。大家都乐此不疲，都是些成功地进行过自我洗脑的人。"他一点也不掩饰对国际与比较教育研究院这个研究集体的自豪感。

研究者必须把自己关在象牙塔里吗？高益民的答案是：那倒不是，更何况现在也没有象牙塔了。这里说的象牙塔主要是指坚守研究的目的、范式和操守，不能削弱研究者的角色和责任。然而研究的问题当然可以是现实问题，而且教育研究必须关照现实。中国教育的第一线确实需要研究工作者对许多实际问题做出回答。高益民说："我们过去对现实的问题关照不够，以至于让不少人感到理论与实践是互不相干的两个世界。近年来，中国的教育理论工作者不断革新研究范式，也逐步找到了研究现实问题的途径和方法。"

近十年来，高益民向其他专业的同事学习，参与了教育管理学院张东娇教授等人的相关项目，并利用自身的专业特点，对某些实践课题进行了中日比较研究。"我尝试着把日本名古屋大学的基于课堂实录的课例研究方法引进到中国的学校，因为这种方法在不断提升第一线教师的反思能力、研究能力、交流能力和教学能力，促进教师共同意识的形成，提升学校文化方面确实有一些积极效果。能改变学校的实践，这让我非常兴奋，也让我对社会科学的应用价值有了更深的体会。但是，我们研究者并不是简单地去参与实践，相反，恰恰是通过研究去影响实践，我们的直接目标还是发现实践中的规律，我们坚守的还是研究的规范，我们遵循的还是研究的伦理。也正因为如此，我们才拿出了与实践工作者不同却又对实践有启发意义的东西。"

在实践领域的研究中，中小学校长和教师的辛勤付出也深深地感染着高益民。"收获太多了！我们接触了太多有责任感、使命感、上进心和学习力的校长和教师，在第一线，我们固然发现了不少问题，但也更加感受到了中国教育的希望。作为教育同行，我们也更要虚心地向实践工作者学习。"

（王娟、齐晨）

扫描二维码即可阅读全文

李爱华：从跆拳道冠军、专业教练到高校教师，奋斗的人生最精彩

推送时间：2018 年 7 月 15 日

这是一个世界冠军在教师岗位上奋斗的北师大故事

李爱华，体育与运动学院讲师。1989 年，在山东郓城县宋江武校开始习武，1990 被选入到山东菏泽体校练习武术和散打，1995 年获得首届女子散打擂台赛冠军，被选入北京武警总部体工队跆拳道队，1995—2000 年期间入选中国国家跆拳道队专业运动员，曾五次获得全国跆拳道锦标赛冠军，其中 1996 年荣获世界青年邀请赛 51 公斤级冠军；1997 年荣获世界锦标赛第五名；2000 年调入中国人民解放军北京军区跆拳道队担任教练。

2008 年在北师大任职期间，曾先后 3 次获得全国跆拳道品势比赛的冠军，2016 年获韩国公开赛成年混双品势冠军、个人品势季军；2017 年获中国跆拳道公开赛品势成年组女子个人季军。任职期间主要担任体育与运动学院所有的跆拳道专业课、学校本科生及研究生跆拳道公共选修课程，十多年来共完成教学工作量 6800 学时，曾获"北京师范大学第十四届青年教师基本功比赛本科生文科比赛二等奖""最受学生欢迎奖""最佳教态奖"（2014 年），"北师大第二届最受研究生欢迎的十佳教师"（2015 年）、"北京师范大学袁敦礼体育教学科技奖"（2015 年）、"北师大第十五届青年教师基本功比赛研究生文科组二等奖"

"最佳教态奖"（2016 年）等多项荣誉。独立主持校级教学课题，并获评优秀课题奖，参与课题 7 项，发表学术科研论文 14 篇，核心期刊 1 篇，主编教材 1 部，参编教材 4 部。

　　这是她在北师大任教的第 3800 天。

　　初识李爱华，令人印象最深就是她身上干脆利落的军人气质与让人如沐春风的明亮笑容。2008 年作为技术人才引进，李爱华在北师大已经工作十年多。现在的李爱华是体育与运动学院的一名讲师，在繁忙的教学之余，还长期担任北师大跆拳道社团教练，带领学生们参加北京市高校跆拳道比赛，年年取得佳绩。担任体育学院研究生班辅导员，担任体院教工第二支部书记一职。作为中国大学生体协的第一个竞技国际级裁判员，近些年她在许多跆拳道比赛中担任技术官员和裁判工作。这十多年来，李爱华完成了从一名少校军官、世界冠军、专业教练向一名高校教师的巨大转变，她用自己的行动完美地诠释了什么是对体育事业的热爱、对教书育人的用心和对奋斗人生的追求。

1
百分百的教学，甘之如饴

　　谈起这十多年来的北师大时光，李爱华在课程教学上付出的心血最多。从部队的专业教练到高校教学名师，李爱华在角色与身份的巨大转换之间耕耘不辍收获不断。在课程教学方面，无论是本科生的专业必修课，还是研究生的公共选修课，她都是百分之百地投入。正是这种百分百的投入，让她的课一直备受学生好评，成为了师兄师姐选课经验中的"良心推荐"。在这十多年的教学过程中，李爱华积累了丰富的教学经验，形成了自己鲜明的教学特色，课程开展以来深受学生们的欢迎。

　　在李爱华看来，自己在教学上最突出的特点是专业理论知识和技术扎实，示范能力强，能使学生信服。针对不同基础的学生，能够做到因材施教，能充分调动起学生学练积极性。虽已过而立之年，但李爱华一直保持系统训练，从未放弃对专业技术的追求，经常自费到国外学习和训练，并参加国内国际跆拳道赛事。为了准备这些比赛，她常常在科研和教学的间隙中不断练习，这种身体力行、知行合一的教学方式，对学生们来说无疑也是一种巨大的激励。

　　李爱华是一位对体育事业有着坚定信仰的老师，在教学上总是激情满满。她认为："作为运动员，如果你没有必胜的信心，是不可能获胜的。"长年练习跆拳道的经历，让"礼义、廉耻、忍耐、克己、百折不屈"的跆拳道精神早已内化成了李爱华的一种习惯，她身上兼具运动员与军人的超强意志力，使得退役多年的她依旧能完美地做出跆拳道的各种高难度动作。正是这种对跆拳道的热爱，李爱华在教学过程中始终充满着热诚，她是把跆拳道教学作为一项终身的事业在做，这种对事业充满激情又极其敬业的精神也感染着她课上的每一位学生。

李爱华认为，教学中老师的人格魅力对学生们的影响很大。她坦言，做高校教师和跆拳道专业教练还是很不一样的，在部队做专业教练的时候，她对自己的"学员们"通常会比较"凶"，因为专业训练很枯燥，教练不"厉害"的话他们的潜能也不容易被激发，学员们最后的意志往往是靠"吼"出来的。但是，转变为老师就不一样了，高校老师的教学时间很有限，更需要高效率，采取有效的教学方法和手段，要善于懂得欣赏学生并发现他们的优点，激发学习兴趣，严格的同时更要有无限爱心和耐心。李爱华认为："在授课的过程中，一个眼神、一次击掌、一句问候等细节，都是对学生们的关心、鼓励和信任，当他们感受到这份爱和温暖的时候，他们会以最积极的状态上好每一节课程。"

因为开设了跆拳道的研究生选修课，李爱华的班上时常会有很多博士生。这些博士生中，有的人先前身体并不协调，但这些博士生身上那种锲而不舍的精神和对跆拳道的热爱总是能打动李爱华，今年已经有博士报名作为乙组跆拳道选手去参加北京市高校跆拳道比赛了，这样的一个巨大转变绝对离不开李爱华老师对其教学和训练上的鼓励和帮助。他们有的人也曾这样感慨道："正是在李爱华老师的跆拳道课上，通过不断地练习各种跆拳道动作，身体不仅得到了锻炼，精神层次也得到了升华，我找到了比写论文更有成就的事情，这让我不再因为写论文而精神抑郁了。"好几名博士生在读期间，一直坚持上李爱华的公共课，跟随李爱华练习跆拳道，目前均已到达跆拳道的黑带水平。

李爱华也常常告诫自己：有时候当老师仅仅具有爱心可能还不够。如果你的能力和学生的期望不匹配，学生早晚要"离你而去"。作为一名专业老师，可能需要永远地、不断地去磨练自己、完善自己，使自己拥有足够的能力去给予学生，只有到那个时候，作为老师才会在教学的过程中游刃有余。

2

与京师跆拳道社，风雨同舟

在李爱华看来，自己对专业教学的专心致志，从根本上还是源于自己对跆拳道事业的一腔热爱。因为热爱跆拳道事业，所以李爱华义务做了北师大京师跆拳道协会的技术总指导。在李爱华的悉心指导下，京师跆拳道社从当初起步时的不到十人，发展成了现在超过百人的社团。从 2009 年到现在，十多年里跆拳道社取得了累累硕果，在各类北京市高校跆拳道比赛中屡屡斩获佳绩，其中冠军荣誉 20 项、亚军 12 项、季军 10 项。并且每个学期李爱华都会帮助协会的成员们进行考级，使社团发展形成一个良性的循环。可以说，京师跆拳道社的这十年漫长岁月，离不开李爱华老师一路陪伴。

在 2018 年 5 月 19 日举办的第十四届首都高等学校跆拳道锦标赛中，北师大派出了 11 名选手，这支由李爱华跆拳道课上的同学以及跆拳道社团的成员们组成的队伍，经过队员们刻苦的训练和李爱华老师的悉心指导，在比赛中获得了品势三金一银二铜、竞技一金三铜的辉煌战绩。本次比赛中，李爱华也被大会组委会评为"优秀教练员"。从早上六点从家出发，到晚上十点从大兴赛场回到家，一站就是十几个小时，一天一口饭没吃。正所谓，"成功的花，人们只惊羡她现时的明艳！然而当初她的芽儿，浸透了奋斗的泪泉，洒遍了牺牲的血雨"。当人们惊叹这些北师大非专业的运动员和高水平运动队专业人士比赛取得如此成绩时，李爱华却早已习惯了背后的默默付出。凭着对跆拳道事业的热爱，她也始终无怨无悔。不论是在评职称中遇到多少障碍，还是在工作中遇到什么委屈，李爱华都始终坚定地与京师跆拳道社的学生们站在一起。甚至为了准备 2018 年北京市高校跆拳道锦标赛比赛，元旦时做完手术刚三天的李爱华，依旧坚定地出现在了训练场上。可是，背后的这些故事，李爱华始终没有告诉过任何一个她曾指导过的学生。这份对于跆拳道事业的热爱，对于学生社团的关怀和帮助，全然可以被称之为"人间大爱"了。

3

永不言弃，奋斗的人生更精彩

来北师大的第 11 个年头，从个人角度而言，李爱华实现了从跆拳道冠军、专业教练到高校教师的巨大转变。在这个过程中，李爱华可谓尝遍了其中的酸甜苦辣。尽管在这个过程中遭遇了一个又一个人生的挑战，但是李爱华说她从不放弃。

在部队里早已经是营级干部的李爱华，选择了从讲师做起。这十多年里，李爱华是承担教学任务最多的教师之一，最多每周要上八九节大课，经常有同事称呼她为"女超人"。作为北师大第一个开设跆拳道课程的老师，李爱华宁愿自己累一点，多开一些跆拳道课，也不愿意看到学生们选不上课。2018 年春季学期体育学院的跆拳道选修课，上课人数竟然达到了 38 人，当武术教研室杜主任去监考的时候，她吃惊地说："这应该是两个班的人数，上这样的大课的确太累了。"十年如一日，李爱华在教学上可谓注入了太多的心血。可是，作为高校教师，仅仅在教学上努力是不够的，高校教师必须要完成学校规定的科研任务。在教学上熟悉稳定以后，李爱华开始向科研转向。对于常年专注于训练、教学的李爱华来说，在研究体育问题、撰写相关论文这些事情上实在没有优势。尽管这样，李爱华也在很短的时间里就掌握了基本的科研技巧，撰写了 14 篇科研论文，核心期刊 1 篇，主编教材 1 部，独立承担了教学课题 1 项，参与课题 7 项，超额完成了学校学院所规定的科研工作量。

从世界冠军到专业教练再到北师大教师，每一次角色的转变都会给李爱华带来巨大的挑战。在北师大任教的十多年里，她遇到的最大挑战是学英语。因为多年从事跆拳道专业训练，她根本没有时间把精力放在英语学习上。在英语的备考过程中，几乎从零基础开始的李爱华，经历了太多次的挫折了。从刚开始的二十几分、四十几分，再到后来的上线，李爱华付出了常人难以想象的艰辛。

谈起自己准备英语考试的过程，李爱华刚说几句话，就已经哽咽了。如果不是家人的关心和支持，李爱华是坚持不下来的。在备考的过程中，常常是儿子帮着李爱华批改核对做过的英语试卷，让她哭笑不得的是，有时候儿子还会故意多给李爱华几分。也正是家人的这份爱，李爱华才能"屡败屡战"，始终保持一颗昂扬奋斗的心。

习近平总书记讲，成为一名好老师，一定要有理想信念、道德情操、扎实学识和仁爱之心。学为人师的意义在于教化从容，行为世范的境界是能砥砺无穷。当老师是一份职业，而成为师匠是一种追求。我们相信她一定会在令她感觉最幸福的教学上百分百用心，在最令她痴迷的跆拳道事业上百分百用力，在令她感受挑战最多的科研道路上百分百地付出。因为，在她看来，只有奋斗才不会辜负这仅有一次的人生，奋斗的人生更精彩！

（王娟、郭文杰）

扫描二维码即可阅读全文

梁赛：志存高远 行则将至
——科研路上的求是者

推送时间：2018 年 7 月 16 日

这是一个海归博士后立志做出色科学家的北师大故事

梁赛，环境学院研究员、博士生导师。2007 年和 2013 年分别从清华大学获得环境工程专业学士学位和环境科学与工程专业博士学位，博士毕业后在美国密歇根大学从事博士后研究，目前主要从事环境经济系统分析与政策优化方面的研究。曾获北京市优秀毕业生（2013）、清华大学优秀博士毕业生（2013）、清华大学优秀博士学位论文一等奖（2013），曾获北京市第十四届哲学社会科学优秀成果奖二等奖（2017）。

这是他在北师大任教的第 246 天。

1
情牵环境 心系祖国

2017 年，梁赛结束四年美国博士后生涯，通过中组部青年千人计划引进到北师大任教，对于启航不久的北师大旅程，他非常期待也非常高兴。

因为科研上突出的实力，高质量的产出，梁赛入选中组部青年千人计划。他表示高产出与研究方向、研究特色有关。但是从学科共性来看，又有两方面的共同因素。一是长时间的积累。梁赛的大部分产出出现在博士期间的后半段时间，起初从环境工程转到环境经济的研究方向面临思维方式的转变，博士前三年导师对他没有发文章的要求，只是要他把系统的思维方式磨练出来，博士前三年是零产出的状态，从第四年开始厚积薄发，开始批量产出成果。到了博士后，思维方式上又发生了一次质的改变，从追求发文数量到追求文章质量，放长线钓大鱼，文章质量得到了极大提高。二是心态。中美比较来看，国外科研人员工作效率很高，真正有效的工作时间很长。这也是国外研究者看似很轻松，但还能出很好成果的一个主要原因。所以，要摆正心态，该休息就好好休息，该工作就全身心工作。

将来在哪儿发展？留美还是回国？这是梁赛在美国读博士后期间经常与人讨论的话题。对此，他也进行了非常理性和系统的思考。他觉得回国开启科研事业是因为国内与国外比有多方面的优势。从学科发展角度上看，全球环境现在和未来的主战场在中国，在中国研究环境问题就是站在了科研阵地的最前沿。梁赛认为只有扎根中国，才能更深刻和系统地了解中国的情况。放眼全球，虽然国内外学校排名上会有差异，但从某些学科的影响力上来看，国内与国外的水平是相当的。另一方面，个人发展的潜力和空间不同。国外的发展空间存在"天花板"效应，取得终身教职后会有发展的瓶颈期，而国内的文化体制与自身相融，科研上升空间大，如果自己足够优秀，在科研梯队上是可以一直往上发展的。

关于为什么选择来到北师大，梁赛做了各方面因素的综合考虑。他经过各学校政策和地域的比较，在清华大学、北京大学、北京师范大学、南京大学等环境学科较好的几个学校平台里挑选了北师大，他认为北师大平台的综合吸引性更大。

回想起自己的科研成长之路，梁赛特别感谢他的爸爸。爸爸对梁赛一生的发展影响非常大。父亲鼓励他要做一个出色的科学家，而且要成为在核心领域做出核心贡献的科学家。所以梁赛从很小开始，受这种思想的引导和鼓励，决定要好好读书，将来做一个科学家。清华本科毕业的时候，他已经明确认定自己喜欢科学研究，就直接选择了读博，在后续的学习中，正好有去国外读博士后的机会，就去国外继续深造。

2
木铎金声 谆谆教诲

早在赴北师大任教前，梁赛在博士后阶段就开始协助导师指导学生。他认为带学生是一个不断摸索并慢慢熟练的过程。他打了一个很贴切的比方，指导学生就像学车一样，若教练开始只说了车的基本构件是什么就让你自己去开，你可能会不知从何处下手，打消了学车的兴趣；若教练特别严格，规定很细致，那你可能怕细节出错，自己开的时候也会不敢开了。指导学生也是一个复杂的过程，不能太精细，也不能太粗略。既要给学生一个系统的训练，达到举一反三的效果；又要保证学习兴趣，把握好"度"。明年招到学生后怎么去把握这个度，梁赛表示很有挑战，要继续去摸索。

来到北师大之前，梁赛没有教学授课的经历。他坦言，上课比较有压力，课上需要讲到什么程度、学生能不能接受，都是需要考虑的问题。北师大的新教师入职培训对梁赛帮助很大，经过教学设计、教学实施和教学评价的体验式训练和反复指导学习，尤其是教学技能工作坊（ISW）封闭式的集中培训，对教学过程的改进提升特别大。参加完新教师培训，课上学生大概是什么样的反馈状态，应该使用何种教学法，梁赛做到了心中有数。

正式入职不到一年的时间里，梁赛从最初对师大模糊的状态发展到有比较清晰的认识。首先，北京师范大学是全国师范院校的标杆，北师大对教师的要求更高，教师更要注重自己的行为处事和言谈举止。其次，对师大的学科体系，尤其是对环境学院的教师们有了全面深入的认识。再次，对北师大的学生有了比较深刻的认识。梁赛感慨地回忆起："我发现环境学院本科与研究生招生分数线是非常高的，这也意味着北师大与清华北大的生源质量是没有太大差距的。我还参加过本科生科研项目立项基金的评审，对本科生的科研水平和科研素养很震惊，师大有一些本科生可以发表文章、申请专利、单独立项，甩出我们当年入学的本科生很远的水平。"

现在，学生对读不读博士很犹豫，梁赛对于这个问题也谈了自己的看法："国内确实是有这个问题，本科生在保研时、硕士生在考博还是转博时有疑问，根源在于对人生发展规划认识不明确。国内的高中与本科阶段的就业引导、就业规划的意识还不是很强，导致学生在读不读硕博研究生，毕业之后做不做博士后，去企业还是科研院校、高校、出国等选择上，都是迷茫的。不只是在读博这个问题上，总体来看还是人生规划这方面的问题。"

在毕业后的去向问题上，梁赛建议迷茫无措的学生把可能的选择及其优劣势列出来，使用排除法并结合个人目前的兴趣爱好、性格品质选定一个比较适合自己的。他为学生分析了具体的方向和特点："第一，企业，包括国企央企、NGO 组织、民营企业，特点是没太大压力，完成领导的任务即可，八小时工作制，每天的很多内容都是重复性的；第二，科研单位，包括高校、研究院（偏科研性质的工作，比如设计院、规划院等），特点是高校时间比较自由，可以选择感兴趣的研究方向，指导学生也是在培养人才，但要面对文章、项目的考核压力。研究院是标准的上班时间，工作虽然与专业相关，比较感兴趣，但是可能面临着在自己感兴趣的项目上重复工作；第三，国外发展；第四，独立自主创业，特点是面临更大的风险，时间全是自己的，责任也全在自己，一旦创业成功，实现了人生价值，走向了人生的蓬勃发展道路，可是一旦破产了，面临的压力非常大；第五，转行，需要考虑的是具不具备转行的素质，转行之后你的同行、领域是不是接受你，你是不是想去挑战新的领域。"

3
身兼重任　笃行致远

梁赛深感国家、学校、家庭对自己的期望，对自我也有明确的要求，所以在谈到对自己未来的规划时，他表示经常认真思考这个问题，并条理清晰地分为了短期、中期和长期规划。

短期来看，课题组建设是重点的目标。梁赛认为首先应在学生培养上下功夫，让课题组有效地运转起来，建立起课题组的学生梯队，由高年级、中年级、新入学的学生组成三个梯队。着重培养一批技术过硬、科研比较成熟的高年级学生，他们成熟的科研思维与模式可以带动中年级和低年级梯队的学生，形成有层次的科研梯队，达到课题组内部的良性运转，导师在梯队的层面指导调控会比单纯地一对一指导效果好得多。若课题组梯队运转良好，导师在课题组管理、学生培养上压力会小一些。

中期来看，注重攻克个人科研规划。在本身的知识背景和优势上发展出 1 ～ 3 个研究方向，既要现在比较前沿，又要未来 5 ～ 10 年受关注度高、理论和实际需求高。梁赛希望做到形成自己的研究特色，建立独特的研究方向。

长期来看，达到更高的目标。在国家人才计划的基础上争取更上一层楼，往更高的人才计划、科研平台去冲刺。

梁赛笑称自己是一名有点"特殊"的青年教师，因为目前的职称压力比较小，科研经费压力也比较小。但是，作为青年教师队伍中的一员，他很关注青年教师普遍存在的问题，关心他们的专业发展，希望他们的待遇得到改善。高校青年教师科研压力大、经济压力大、家庭压力大，但承受的压力与待遇、考核机制存在不匹配的问题。青年教师是工作上的主力，又是家庭上的主力。工作上的主力意味着在科研上、教学上要承担更多的任务，这是必然的，在人生的黄金时期不去努力，等到退休时不可能心血来潮干一番大事业。家庭上的主力意味着经济压力、孩子的教育压力、生活压力都压在青年教师身上。针对这种情况，学校可以制定灵活的青年教师考核体系，比如从每年考核放宽到2～3年考核，从数量考核向质量考核倾斜，不仅对教师自身发展好，对学校整体学科发展也会起到有益作用。青年教师教学质量和文章质量的提高，有助于提升学校的整体学科水平，达到"双赢"的局面。此外，提高青年教师的待遇，可以使他们全身心投入到工作中去。

　　虽然来北师大时间并不长，但是梁赛已准备好在环境学科的科研之路上一展拳脚，为国家、学校以及所在研究领域的发展做出自己的贡献。

（王娟、李姿）

扫描二维码即可阅读全文

黄海洋：让数学助学生走得更远

推送时间：2018 年 9 月 3 日

这是一个数学教师三十七载如一日，为教学事业默默耕耘的北师大故事

黄海洋，数学科学学院教授，博士生导师。1978 年入学进入北京师范大学数学系，先后获得硕士、博士学位。1981 年起在北京师范大学数学系任教，曾到意大利 Trento 大学，荷兰 Utrecht 大学，美国 Pennsylvania State 大学访问交流。讲授过数学分析、泛函分析、复变函数、常微分方程、偏微分方程、线性代数、数学模型等课程。主要研究方向偏微分方程及其应用。2018 年荣获北京师范大学第十届"最受本科生欢迎的十佳教师"称号。

这是她来北师大工作的第 13505 天。

"仿佛夏日里拂过的一阵清风，吹进了我们的心坎；宛若幼林间参天的一棵古树，扎根在我们的心田。三十七载如一日，种得桃李满天下，时间如匆匆流水，冲不淡的，是你严谨认真却不乏温情脉脉的师风。"北京师范大学第十届"最受本科生欢迎的十佳教师"评选组委会致黄海洋的颁奖词萦绕在耳畔，让我们深深感受到一位老教师对学生的深沉关怀，对教学的严谨态度，也让我们体味到这位老教师执教多年的累累硕果。

从"十佳教师"评选到获奖，黄海洋自己最大的感受就是获得了学生的认

可，她说这是作为一个教师获得的最大成就感。因为深受数学科学学院学生的喜爱，黄海洋在这届评选之前被推荐过两次，但很遗憾最终没有通过全校的评选。黄海洋为两次浪费数学科学学院名额深感抱歉。这次，当她又被学生推选出来的时候，她一开始有点拒绝，但是在学生的热情鼓励之下，她开始换位思考，把评选工作也当作了教师应尽的一种责任，认真配合学生组织的竞选工作。

谈起这次成功获评的原因，黄海洋谦虚地说："这次获奖可能和接触面有关系，我讲授时长三个学期一轮的《数学分析》课程，接触到的学生有限，而近两年迅速扩大的北师大数学建模竞赛活动使得我接触到了更多的学生。"谈起数学建模，黄海洋脸上流露出满满的笑容，她非常感谢全校学生的热情支持。自2004 年开始讲授《数学建模》课程起，她不断探索从基础数学到应用数学教学的转变；将数学建模教学从课堂延伸到课外；把数学应用到其他学科领域，自2005 年起她与其他教师一起组织北师大校内数学建模竞赛；主动与北师大各学科的专家，如文学院的王宁教授、减灾院的陈晋教授和方伟华教授、化学学院的汪辉亮教授、水科学院的王红瑞教授等合作，为数学建模竞赛命题。自2009年起她担任北京市大学生数学建模与计算机应用竞赛组委会秘书长，将组织校内数学建模竞赛的经验推广到北京市各高校。可以说，黄海洋和她的团队一起用了 10 多年的时间走出数学科学学院，让全校更多的学生了解数学建模，发现数学有用，并将数学应用于各学科领域。

黄海洋说，她致力于数学建模教学的初衷是因为认识到，数学专业的学生最终能够从事数学研究的人毕竟是少数，大部分的学生将从事数学教育和数学应用研究，所以"数学建模"课程非常重要，应该让学生了解数学有什么用，数学该怎么用。她从 2002 年开始师从刘来福教授接触数学建模，自 2004 年开始教授"数学建模"课程，边干边学，将科研和教学融为一体，可以说是一路见证并伴随着北师大数学建模的发展壮大。目前数学建模已经有了一个稳定的教学团队，越来越多的年轻教师参与数学应用的教学和研究，使得北师大数学与其他学科交叉有了更快更广的发展，也使得北师大的数学建模竞赛不断取得好成绩。现在关注数学建模竞赛的学生越来越多，让黄海洋感到十分欣慰。她说：这些成绩的获得离不开学校教务处领导的政策导向支持，离不开各院系一线教师的认真的创新性的教学，更离不开北师大广大优秀学生的热情参与和努力拼搏。"数学只要被运用，就能被人理解和掌握。"坚定的语气和朴素的语言中蕴含着她对数学应用理念的深刻理解。

从 1981 年留校任教至今，黄海洋在北师大度过了她整整 37 载教师岁月；从她来到北师大读书算起，已经在北师大生活了 40 年，因此对北师大有着深厚的感情，对北师大数学科学学院怀着深深的敬意和沉甸甸的责任感。2012年之后，由于学院需要，服从教学安排，黄海洋的教学重心转回到"数学分析"上。"数学分析"是数学专业占最多学分的基础课程，在数学科学学院有很好的教学传统，十多年前王昆阳教授带头开展"数学分析"教学改革，郇中丹、刘永平、黎雄等许多教师都在其中做了大量的工作。黄海洋认为，她重新投入的"数学分析"教学正是延续了这项教学改革的理念和方法，获得了学生的好评。"数学分析"教学改革的目标是培养高水平的数学研究人才。因为数学成才一般都在20—30岁，在国际上新的数学研究成果大多数都是年轻人做出来的。所以从数学入学的基础课程起就应该与数学研究的前沿接轨，有难度才有高度。她总鼓励学生说，怕难就别来北师大，即使"连滚带爬"往前赶，只要坚持到底，最后一定能够站到新的高度。为了调动学生学习的积极性和主动性，养成独立思考的习惯，每周日晚上她要求并参与学生组织的数学分析讨论班，让学生轮流上台讲解习题，对学生讲解不到位的地方在课上再进行修正和补充。她认为，数学是描述自然规律的一种语言，要掌握一种语言，除了多讲没有别的捷径；数学是以公理化的形式和精神来陈述和探索的，理解公理化体系的逻辑架构，增强推理演绎的思辨能力，离不开同学之间的讨论和辩论。她很赞成周立伟院士提倡的学习方法，"看一篇不如抄一篇，抄一篇不如写一篇，写一篇不如讲一篇"。对于数学专业刚入学的新生，课程内容多难度大，尤其是"数学分析"课程学习就像经历涅槃重生，峭壁攀登，很少有人晚上11点前休息，绝大部分学生没有周末，也从此养成"学数学"的生活和工作习惯。黄海洋为这次评选工作占用了不少学生的宝贵时间深感歉意，同时也为得到学生的称赞和支持感到欣喜。

正如黄海洋热衷的数学那样清晰明确，黄海洋朴实无华的话语简洁而有力，透露了她对数学学科的非凡热情和对教师职业的深刻理解。一万余天的师大时光，三十七载执教生涯，黄海洋日复一日地钻研她钟爱的数学。的确，数学是一门富有迷人魅力的学科！下学期她将继续带领着学生进入数学的殿堂，共同探究数学的真谛。

感谢教务处、校团委、校学生会给予本报道的大力支持！

（王娟、何睿）

扫描二维码即可阅读全文

郑伟：三尺讲台育桃李　一片丹心寄校园

推送时间：2018 年 9 月 5 日

这是一个"十佳教师"耕耘讲台、传承师德的北师大故事

人物卡片

郑伟，哲学学院副教授、硕士生导师，北京师范大学第十届"最受本科生欢迎的十佳教师"获奖者，主要研究方向为马克思关于人的学说、辩证法。著有专著《经验范式的辩证法解读：阿多诺"否定的辩证法"研究》《经验与星丛：阿多诺"否定的辩证法"研究》，发表学术论文《阿多诺的"经验"概念解析》《概念同一性与对象多元性的理论建构及其超越》《市场经济中的前现代价值观及其后果》《正义的主体及其边界》等。讲授本科生课程"马克思主义哲学""马克思主义发展史""哲学概论"，硕士生课程"马克思主义与社会科学方法论""马思主义哲学史专题研究"。

这是他在北师大任教的第 2213 天。

北京师范大学第十届"最受本科生欢迎的十佳教师"已由全校本科生一票票投出，这个由教务处、校团委、校学生会联合主办的活动一直以来备受本科

生喜爱和欢迎。同样，荣获"最受本科生欢迎的十佳教师"的教师们也备受鼓舞。

当被问及荣获"最受本科生欢迎的十佳教师"奖项是什么样的心情时，郑伟说这是一种"突如其来的荣誉"。它既是同学们对教师教学工作的肯定和认可，更是一种鞭策。郑伟认为，自己能够有幸获得"十佳教师"的称号，主要有三个方面的原因，一是与同学们形成相互尊重的学术氛围，与大家在课上课下开展愉快真诚的互动交流，实现教学相长；二是想方设法把各位同行老师的帮助、指导和建议切实体现在日常的教学过程中，逐步提升教学质量；三是家人的理解和支持，让他能有更多的动力、更大的信心去做好自己的工作。

2012 年，郑伟来到北师大从事教学科研工作。随着教学年龄的增长，他越来越发现自己这项"工作"的态度由一开始的"喜爱"和"珍惜"变成了"尊敬"乃至"敬畏"——"来师大工作已经有六年了，讲台上的教学经验，学生的亲近、尊重与认可，这些使我对教师这一行业有了更深的认识。"他认为，除了传道授业解惑这种基本的技术性层面，"教师不仅仅是一个工作，教师本身更是内含着非同一般的道德要求"：它贯穿在从业者的每一个具体行为中并外化为"言传身教"。

从 2012 年起，郑伟就承担了哲学学院思政班的班主任工作。在担任班主任期间，他被同学们亲切地称为"暖男"班主任。对学生们的学业和生活，他认真负责，时刻保持着关注，积极支持和鼓励班级活动的召开。同学们在学业和生活中感到迷茫与困惑时，都愿意找他交流。面对学生们的需求，郑伟也及时与学生进行沟通，帮助同学们解决困难，给他们以开导和引领，他的亲和力和平易近人也得到了学生们的爱戴和尊敬。

1
教学相长的课堂，亦师亦友

郑伟对自身工作的态度是，"教师对自己一定要有一个较高的理想追求，不然就会很功利地对待自己的职业和学生。即使这个要求永远也不可能完美实现，也要时刻去追求"。在教学之初，郑伟表示也曾面临着诸多的困境，如对自己的讲课方式是否为学生所接受以及对课堂纪律的担心等。在很多同学看来，马克思主义哲学这一类的课程，从中学时代就在接触：他们已经听了很多年，来上课一开始更多地是因为这是一门"必修课"。郑伟说："我有一个亲戚，考上了一个理科的大学。每次上课她和同学们都要提前去抢'好座位'。我就问她：

'理论课还用抢座位吗？'她的回答出乎我所料：'有！最后一排！'"这不是一个笑话。如何让学生更有兴趣地参与这门课程并意识到自己的存在，是一个使课程"活"起来的前提性条件。郑伟进行了很多尝试。其中，值得分享的就是规则课堂——上课之初，就把课程的要求和评分的各种标准，以及学生的权利和义务，特别是老师的权利界限跟学生们交代清楚，从而创建一个比较民主的课堂氛围。只有同学们首先意识到了自己的主体性，自觉学习才会成为可能。在此基础上，郑伟会用自己的教学方式，跟大家交代清楚，课程到底想要教给同学们什么东西，避免死记硬背。通过一些风趣幽默的方式，与学生们进行课堂互动，加深学生对知识点的理解和认识。用心授课的郑伟，在教学的过程中，也会遇到一些突发情况和比较有个性的学生，面对这样的情况，郑伟会选择在课前或课后和这些学生聊几句。这样的互动，会让师生的关系有所改变并互相尊敬，情况慢慢地就会有所改善。

"看到有那么多的学生选我的课，认真听讲，这让我很欣慰，虽然有时候也会有些累，但能看到那么多的学生愿意并且能够在自己的课堂上学到东西，我也很开心。"郑伟表示，在北师大任教的 6 年中，他慢慢地对课程有了进一步地了解和认识，对自己的教学工作也有了新的要求。在教学的过程中，学生的教材只是一部分，还有很多的知识和道理需要老师来进行补充和传授。"老师最有效的教学方法应当是按照学生们的理解方式来进行引导，并且结合学科最前沿的内容进行教学。这样学生们才会主动地在课堂上认真学习，融入到课堂生活中来。"同时，马哲的课程，需要把最前沿的知识和学生的教材良好地结合起来，这就对老师的教学水平提出了更高的要求。课堂是否形式精彩和内容深刻，直接取决于教师自身的知识储备："在对课程进行讲授的过程中，也是对我自己科研工作的梳理，知道了自己在做什么、要做什么。这些年来的教学工作也与我的科研内容相结合，我在一边教学一边进行着自己的学术研究，并取得了一定的成果。在北师大教学的这六年，无论是课堂上的教学，还是在学校里的工作，都让我感到很愉悦，这让我找到了一种职业幸福感。"

2

浓厚的学科兴趣方有深刻的教学经验

对于马哲一类的课程教学，培养出浓厚的学科兴趣是首要工作，只有这样才能够把它当作自己的工作并认真负责地对待。郑伟在本科时学习思政专业，那时他就对文中经常引用的马克思主义哲学话语产生了浓厚的兴趣，因而时常去图书馆读阅马克思主义经验原著。没想到，读得越多，兴趣也越大。在浓厚兴趣的引导下，郑伟从马克思主义哲学专业的硕士和博士，直到博士后，一路走来。

郑伟的学习生涯以及现在的教学工作已经离不开马哲的学习和研究，可以说，马哲已经与他的生活息息相关了。"现如今，我对自己的要求就是，一方面做好自己的教学和科研工作，另一方面就是在自己的生活中，接受马克思主义哲学的洗礼，不断对其加深理解，提升自己的社会修养。第一点，我一直在做，也一直在努力。第二点，也是我们大家共同的目标，我们应当不断地运用马哲的原理，结合自身所面临的各种新环境，克服自己的缺点，不断地在马克思主义哲学的熏陶下，提升自我修养。"在日常生活中反思自己，并提升自我，这也是马克思主义哲学这门课程所要教给学生的一个重要东西。马哲的教育，不仅在于告诉我们认识和发现社会规律，也在告诉我们由己及人地认识和改善这个社会，这也是我们所有师生以及社会人士能够获得幸福感的理论前提。

"学为人师，行为世范"，教育本身就是一个教学相长的过程，那些在课堂上比较有吸引力的老师往往都遵循着师生平等的要求。"我们应当知道在讲台上，老师的授课虽然是老师在进行知识的传授，但这同时也是学生们进行听讲并进行筛选审视的一个过程。"郑伟认为，老师在课堂上可以要求学生，比如布置作业等，但对待学生应当给予足够的尊重和平等的交流，不应该有师生的等级意识，否则，就会很难被同学们所接受和认可，很难与学生进行有效沟通和传授知识。所以，老师应该对自己做出严格的要求，同时，对学生平等对待，这样就很容易取得相互的尊重。这也是他一直身体力行的。

在教学的过程中，尤其是在课堂上，一个老师的教学不仅仅是告诉学生们该怎么做，更重要的是去言传身教，去和同学们一起去做。"学生们可能会有着自己的兴趣和爱好，老师的职责或许就是在支持他们的同时，寻找到其喜好和学术的平衡点，教育并帮助其在学业、学术上取得进步和成果，从而在与学生的长期共同努力之下，以期使得其学业获得进步，学术能力也有所提高。"

教师不仅仅是辛勤的园丁，他们更以自身的行为和素养指引着学生。言传身教，他们的博学和修养，影响着一代代学子。郑伟说，他的这种认识，来自于培养他的老师们——"我们都有自己的老师。我们向自己的老师们学到的不仅仅是工具性的知识，同样也会学到做人的境界"。郑伟认为，自己的老师们传承给他以下几个方面的人生财富：一是无论做什么事情，当结果没能达到自己期望的时候，不要忙着去抱怨，应该先考虑自己是不是在哪方面存在问题和不足，自己在哪方面没有做到位，在哪里还有进步的空间。二是无论做什么事情都要细心、到位。一定要把自己分内的工作做好，不要总想着给自己找借口，推卸责任。万一失败了，就要记住教训，总结经验，以后尽可能不再犯类似的错误。三是在不违背道德和法律的情况下，宽容地对待他人。郑伟认为，在自己成长的过程中，"老师们的人格修养给我留下了很深的印象。温文尔雅、和蔼可亲又一丝不苟的人格和学术魅力深深地折服了我，即使我学业有不到位的地方，导师也会给予我最大的耐心和鼓励，传授方法，帮助改正，告诉我该怎么更好地完成，这让我受益颇多。正是这种良师益友的关系，给了我巨大的动力，让我丝毫不敢懈怠自己的工作并努力提升自己的修养"。郑伟表示他从自己老师的身上学到了很多，也一直在努力进步，更重要的是，他愿意传承老师们的那种良好的修养和崇高的师德。宁静致远，克服自我，正如北师大校训，"学为人师，行为世范"。踏实做好工作，追求高尚人格，用心培养学生，才能真正成为一名良师。

"在北师大的工作生活中，能够深切地感觉到自己就像北师大大家庭中的一员，有很强的归属感。温暖的工作环境和对工作的喜爱，使得我对自己的工作更加充满信心和动力。"学校老师之间那种君子之交，融洽的氛围也深深地吸引着他，"在学校的各种氛围都越来越好的情况下，更要做好自己，严格要求自我，提升素质，为祖国培育一代一代的优秀青年"。最后，郑伟特别强调，"十佳"典礼的颁奖词他"实不敢当"——"这是我终生追求的目标，也是我所理解的'至善'的境界。"

"台上台下，学为人师；课前课后，行为世范。高山仰止，淡定从容，他用和风细语般的话语荡涤学生心灵的尘泥；谆谆教导，循循善诱，用充满激情的投入在潜移默化中感染着一颗颗求知的心。静能寒窗苦守，韦编三绝；动能点石成金，琢璞成器。郑伟老师用自身的实际行动告诉我们，将最平凡的事情做好就是最大的不平凡！"

——北京师范大学第十届"最受本科生欢迎的十佳教师"郑伟老师颁奖词

（王娟、赵世杰）

扫描二维码即可阅读全文

李小龙：年少文学梦，终成学文人

推送时间：2018 年 9 月 12 日

这是一个续写文学梦的北师大故事

李小龙，北京师范大学文学院副教授，主要研究中国古代文学与中国古典文献学。著有《中国古典小说回目研究》《墨子译注》《武林旧事校注》《论语全解》《西湖梦寻注评》《夜航船》等。

这是他在北师大任教的第 3694 天。

大约一年前，我们向文学院李小龙老师提出采访要求，李老师因时间原因而婉言谢绝，他淡泊的心境和谦虚的态度让我们印象深刻。这次"十佳教师"荣誉的获得也为我们提供了一个再次约访的机会。温和宽厚的李老师接受了这次采访，向我们谈起了十年来执教生涯的点点滴滴……

从"十佳教师"到为师之道

"获得'十佳教师'称号，是一件让我感到特别幸福的事。"在师大十年的执教生涯中，李小龙获得过大大小小的奖项，但他心里最看重"十佳教师"这个奖项。不同于其他奖项，这是真正由学生推举评议出来的，无论从哪个方面来说，都是对老师最大的认可和鼓励。

李小龙十分坦诚地说："从前获得的一些奖项我的家人朋友都并不知情，但对于'十佳教师'，我曾非常欣喜地告诉父母和亲人，与他们一起分享自己的喜悦。"李小龙参与"十佳教师"评奖的过程，也多亏了学生的帮助。"学生很体贴，没有让我做什么，帮助我准备了参选材料。我很感动。"

"获得学生的认可，我非常高兴。多年来，我自己设定了一个底线，尽量不参加与教学或科研无关的事；但学生的活动我会尽量参加。"看得出来，在李小龙眼里，"学生"被放在了很重要的位置上。真正把学生放在心上，学生才会把老师记在心里，这一朴素的为师之道，也是他高票当选"十佳教师"的秘谛的吧。

如果说，经由本科生评选出来的"十佳教师"是学校全体本科生对李小龙教学的充分肯定，那么，来自研究生的支持和认可，则说明了他在科研路上砥砺前行、勇攀高峰的收获。从 2010 年开始，李小龙开始带自己的硕士研究生。在他的研究生眼里，李老师是一个热情的老师、宽厚的兄长、真挚的良友、亲切的伙伴。而迎来送往八届研究生，他也在不断总结为师之道。对此，李小龙颇有心得。

首先是教学相长。人文学科领域的学术研究百家争鸣，并无一成不变的定论。李小龙特别注重每位学生自己的学术观点和学术思考。有一件让李小龙印象深刻的事，他曾发表了一篇文章，自己的学生看后，却提出很多意见，甚至否定了文章的核心观点。但李小龙对不同的学术观点也非常包容，尽管他还不能完全认同学生的某些看法，但也坦言这些意见对他也很有启发。最主要的是，这个过程让李小龙感到欣慰的有两点：一、学生敢于对老师的文章进行质疑，这是非常可贵的，这表明学生不迷信、不畏惧权威，有独立之精神；二、更可贵的是，学生的质疑源于他自己的知识积累，有理有据，这表明学生有扎实的基础，有很好的学术潜力。的确，教师要对学术成果负责，出于对人格的守护，对学术的执着，是为真，是为诚；而虚心聆听、容纳异见，则出于对学生的爱护，对学术的尊重，是为仁，是为善，也正是一位学者广博的视野和胸襟所在。

其次是做温和的"严师"。"严师出高徒"是传统的教学理念，李小龙提出"严师"的教师观，并非苛求他的每一个学生超群卓绝，而是有感于人的惰性，有感于良才的自我浪费，希望做一位严格的老师，好让学生珍惜短短几年的读书时光，积极进取，锲而不舍，做真正有价值的学术研究，过真正有意义的研究生生活。他坚持每个星期开一次读书会，要求学生要有丰富的阅读经验，并在阅读过程中有自己的思考。看的书越多，心得和思考越多，对文学的理解也会越通透。之前李小龙和学生共读经典《世说新语》，读书会每次要持续三四个小时，坚持了一年多。他说希望可以和学生坚持读《世说新语》二十年，真正把经典读透、读通。在高强度的学术训练和严格的学术要求中，李小龙和他的学生都获益匪浅。

有趣的是，热爱文学的李小龙是个性格温和的人。出于对学生的爱护，有时候难免"下不去手"，很少批评学生，也希望学生能够在积极的环境中学习和成长。考虑到学生的个人成长和未来发展，他还是希望自己做一名"严师"，让学生在短暂的读书时光里一丝不苟，稳扎稳打；同时，出于对学生的关爱，他也时刻注意保护学生的自尊心和自信心，不希望学生在一个充满压力和批评的环境中学习。在这一严一宽之间，看似矛盾的温柔"严师"，其实都是他对学生最真心的赤诚和无尽的爱护。

急学生之所急，需学生之所需，李小龙在教学岗位上默默付出着，也快乐着。严格要求是他，慈爱有加也是他，李小龙在科研领域里辛勤耕耘着，也坚定前行着。

传承：尊师重教，心系学生

高山仰止，景行行止。为师之道的形成既是自己不断沉淀不断探索的结果，更离不开百年师大师范传统的传承。李小龙在师大读书的时候，就深深感受到师大"尊师重教"的传统，更感受到师大百年中文风雨兼程中各位先贤和前辈治学之严谨、从教之认真。他的导师郭英德教授对他影响颇深。李小龙和同门师弟谢琰每隔一段时间都会登门拜访他们的导师，师生之间共论学术心得和学术规划，总结这段时间的教学和科研的得失。每当走出导师家门，他们都深感压力倍增，重任在肩，不敢懈怠。师生之间不仅仅是学术观点和科研方法的传承，更是一代学人以个人品格浇筑的为师之道的传承。

无论是前辈学者的言传身教，还是个人对教师身份的自我认知，都让李小龙树立了这样朴素的教师观：身为一名教师，把教学做好是第一位的。李小龙认为："作为教师，首要工作应该是把学生教好，让他们成才，帮助每个学生都找到自己的方向，在他们的人生中有一个合理的自我定位和良好的自我发展。我们想一想，每年毕业那么多学生，对社会的影响是更大的，我们经常说'桃李遍天下'，其实就是这个意思。这才算真正实现了作为老师的价值。"是啊，只有真正心系"桃李"，才能浇灌出"桃李天下"。

教学：执教生涯的永恒命题

笔谈终浅，更须躬行。为师之道是否适合课堂，是否适合学生，需要在教学中实践，更需要在实践中检验、调整和修正。从初为人师到"十佳教师"，始终萦绕李小龙十余年教师生涯的一个课题是"怎样才能把课讲得更好"，他说了三个方法。

第一个行之有效的途径是"问老师"。李小龙说："刚留校的时候，对于如何把课上好是迷惘的，于是就向我的导师郭英德老师请教。"郭老师会去听他的课，并向他提出宝贵的意见和建议。最重要的是，刚留校那几年，李小龙仍会坚持去听郭英德老师给本科生开的课。当他站在一名教师的角度再去听这些课时，就发现了一些以前当学生的时候没注意的内容。"原来做学生时就是老师讲什么我听什么。当了老师之后我再去听课才发现，我的老师讲课的时候，会有对课堂的控制和安排，有对节奏的张驰与时间的调配。"在从容不迫、一张一弛之间，原来都是扎扎实实的"师范"功夫。李小龙老师还会去听文学院古代文学方向其他老师的课程，以便转益多师，砥砺教学的硬功夫。

第二个方法是自己练习。在虚心求教的同时，李小龙不断打磨自己，在刚走上讲台的时候，为了做好充足的课堂准备，他曾经一板一眼地对着镜子练习，还让家人做他的听众，让他们来为自己的讲课挑刺，听听自己对节奏的把握和对课堂的控制有没有问题。

第三个，也是最重要的途径，就是和学生的交流，学生觉得课程哪里需要改进，哪里可以保持，都是非常有价值的意见。李小龙说，他的几个研究生助教给他提了很多意见，他都非常看重，而每学期末的学生评教和评语，他都全部保存在电脑里，认真看过之后，对照修改或调整。

或许是古典文学的熏陶和洗礼，或许是个人品格的内在力量，在李小龙身上，能够看到传统文人的那种处处自谦和时刻自审的品质，不谈优长，只谈问题。得到学生的表扬和肯定，李小龙以"鼓励"一带而过，毫不自矜；反而谈到自己讲课的"毛病"，他的话多了起来。他坦言自己讲课语速比较快，可能有时会让学生难以辨别重点和难点，也容易让学生误认为没有自信，其他老师和学生也曾向他提出过这一问题。谈及背后原因，他认为一是与自己的性格有关，容易在课堂上兴奋和激动，讲课进入状态时不免难以克制；二是不想拖堂占用学生的课余时间，同时又希望把自己的看法更多地拿出来与同学交流，因而只能加快速度。其实，仔细想来，李小龙"语速快"的背后是对课堂的无限热爱，更是对学生的拳拳热忱。正因为热爱这三尺讲台，热爱这一间课堂，触及心灵才会为之兴奋，而教师的情绪又会深深感染和调动学生的情绪；正因为对学生的负责和爱，才努力想在有限的教学时间里讲授更多的内容，把更丰富的思考传递给学生。

虚心求教前辈同仁，注重学生评价和反馈，使得李小龙练就了过硬的"技术"。不断融合个人研究心得，打磨自身教学能力，形成独树一帜的教学风格，从而把教学从"技术"真正变成"艺术"。这次的"十佳教师"对李小龙来说，正给予了他一个为师生涯调查问卷的真实答案，同时也是一份令人满意和欣慰的答案。

科研：带学生挖掘文学宝藏

李小龙坚持教学本位，但也并不否认科研的价值，只不过，他对科研的重视，既有身为一个研究者对学术世界上下求索的狂热；也有身为一个教师对课堂教学"源头活水"的关注。他说："大学的教育，还是要有创新的研究作根基，不能照本宣科。我们师大的学生分辨力是很强的，他们重视课堂上的实质性内容，宁肯牺牲趣味也愿意要干货。那么这个'干货'就一定要从自己的科研中来。只讲书本上固定的陈词，没有自己的研究心得，一定说不透，也讲不深。文学研究中没有定论，只要有自己独到的见解，就一定会把学生带入一个更广阔的境界，学生才会被你感染和启发，以你的研究为引领，他们才会开掘出属于自己的文学宝藏。"李小龙一直以此作为自己的教学目标，希望能够用自己的研究心得启发学生，调动每个学生全部的艺术想象，重新擦亮古典文化中那些闪闪发光的东西，那些值得挖掘的瑰宝，让学生真正能够进入它，并且将之变成人生的重要部分，这就是文学研究的意义和价值所在。而要做到这一点，教师就必须是一个能用自己的成果来引领课堂、启发学子的研究者。

教师，理想的职业选择

说到教师职业的选择，李小龙表示做一名老师就是自己最理想的职业。他表示，自己的性格很适合当老师，喜欢把个人的想法分享给别人听，如果学生听了有收获，自己也觉得特别充实和幸福。他中学时便酷爱文学，高考志愿全部填报了中文专业，而且勾选了不服从调剂，他当时心想："如果不能上文学院，那我宁愿不上大学。"少年时代的李小龙对文学热爱得近乎执拗，执拗中还有几分可爱，也造就了大学时期热爱文学研究的他。他坚定地说："在成为一名教师的意识还没有特别明确的时候，我已经下定决心要做一名学者，去研究古今中外的文学。再加上我个人性格又喜欢把自己的想法与别人分享：所以当一名既能研究文学、又能把研究心得与人分享的老师，这就是我最理想的职业选择。"能够坚持理想是幸福的，而有能力选择并获得自己的理想职业更让人钦佩。

中国古典文学的洗礼和熏陶，让李小龙老师更加深刻地认识到中西方文化下教师观的差异。当问起他什么时候发现自己适合当老师时，李老师娓娓道来："经常会有朋友问我：你的爸爸妈妈是不是老师？因为大家发现我特别喜欢教师这个职业，但实际上我的父母都不是老师。"虽然父母没有人在教育领域，但家人都非常支持他做一名教师。李小龙认为父母对自己选择老师这一职业的认同可能深受传统文化的影响。当代社会，教师这个行业似乎处在一个尴尬的地位，一方面几千年的传统文化把教师看成一个很重要的职业，要求老师做道德楷模，做"人类灵魂的工程师"；另一方面，接受西方文化影响的当代社会又越来越把教师当作一个普通职业来看待。所以，当今的教师都处在中西方文化的夹缝之中。中国古人认为"天地君亲师"中，"师"是非常重要的一环。"师者，传道授业解惑"，以人文学科为基础的传统文化需要"老师"这一角色去引领，才能有真正的文化传承；而西方的文化以自然科学为基础，所以西方人会说"吾爱吾师，吾更爱真理"，真理是可以超越老师的，老师也只是一个普通的职业。由此出发，李小龙提出了"建设新文化面临着如何重新评估老师的重大命题"，这既是李老师身处教师行业的真切体验，更是他对教育领域的殷切希望和对新文化建设的满腔热忱。

能够投身到理想的事业中去，是幸福的；能够在理想职业中思索自我存在的意义和价值，则是清醒的。对文学和文学研究的激情与梦想，让李小龙能够义无反顾地"行我所爱"，而多年古典文学的滋养和淘洗，更让他在"爱我所行"的路上，走得冷静而坚定。

深悟校训："人师"亦"仁师"

身为人师，既要启钥智慧，又要传承仁德。李小龙谈到近年来从中央政府开始自上而下对师德的强调，认为这是符合我们传统文化特质的。这有利于重新建立起社会对教师的尊重，从而形成文化传承上的良性互动。他说："我的导师郭英德教授曾经写过一篇文章《经师与人师》，提到古人有'经师易遇，人师难遭'的说法，让我对我们校训中'学为人师，行为世范'中的'人师'二字理解更加深刻。"只传授知识的老师其实只是"经师"，而不是"人师"，"人师"不仅仅是对学生知识的输出，更包括了品行的影响。老师能够教给学生的知识是有限的，要让学生在信息发达的社会形成自我获取知识的能力，就是要让学生拥有那个"点铁成金"的"金手指"；而在"知识"和"方法"之上，更重要的是教师的人品，引导学生做一个合格的人，一个有道德有良知的人。而对知识的追索，应该重新回到"德"本位上来，学习的目标，应该是让自己变得更好。"那么，究竟什么是让自己更好、更幸福呢？我从小生活在很穷很落后的农村，但那里的人其实生活得也很幸福。经济发达和科技发展只不过为人的幸福提供了条件，但人活得是否幸福却还有更重要的东西，那就是人和人的关系，所以我们还是要回归传统文化对道德的重视。一个道德滑坡的社会，经济再发达也不会让人感到幸福。事实上，中国传统文化以德为根基，表现出对人的本质更为深刻的理解。"

身为教师的李小龙正是以"人师"为高标，用自己的"滴滴汗水""点点心血"践行"学为人师，行为世范"的校训精神，兢兢业业"作育英才"，相信在不远的未来，便会"桃李天下"。

文学，照亮了他年少的心灵；后来，他走上讲台，再次擦亮了文学的光芒。像萤火，像烛光，闪烁在无数像他一样为文学痴狂的孩子面前，在他们探索世界、探索心灵的路途上，熠熠生辉。

寄语学生

第一，要学会学习。知识当然重要，但更重要的是获得知识的方法。我们知道"授人以鱼不如授人以渔"，我相信，我们的学生都不会满足于"鱼"，而要进一步得到"渔"。

第二，要学会质疑。有"疑"，才有学习的内驱力，不轻信任何既定的知识，才能不断去探索未知。

第三，要学会"学"到"德"的迁移。"德"与"学"是一体两面，正如孔子所说："博学而笃志，切问而近思，仁在其中矣"。只有真正博学的人，才会通晓世界运行的规律，也才会成为真正拥有大德的人，所以，格物致知并不是最终目的，而是通向仁德的正道。

（王娟、李姝）

扫描二维码即可阅读全文

胡思源：实验是探寻真理最好的方法

推送时间：2018 年 9 月 14 日

这是一个心理学人从学生成长为教师的北师大故事

胡思源，心理学部副教授，部长助理。博士毕业于中国科学院生物物理研究所，宾夕法尼亚大学神经学系博士后。2013 年入北京师范大学心理学院任教，讲授实验心理学，实验心理学实验，心理学高级实验技术等课程。曾获 2014—2015 学年和 2016—2017 学年北京师范大学优秀新生导师；2017 年北京师范大学高等教育教学成果奖二等奖（排名第二）；2018 年度北京师范大学最受本科生欢迎的十佳教师。主要研究方向为认知功能的神经机制。试图从功能模块的角度出发，以注意的神经网络为核心，研究其与相关认知功能模块之间的交互作用。还结合行为和影像研究，从发展的角度来考虑，研究注意网络的神经机制及其可塑性。

这是他在北师大任教的第 1937 天。

在北京师范大学第十届"最受本科生欢迎的十佳教师"颁奖典礼上，这样评价一个老师："风度儒雅，气质温润，他用磁性的声线让实验心理学课堂具有温度；思维严谨，逻辑缜密，他以理性的魅力征服了一批批学子。学识渊博，孜孜不倦，他在探索人类最复杂秘密的道路上踽踽前行；言传身教，循循善诱，他引导着每一个学子在心理学求学之路上不忘初心。始于颜值，敬于教学，忠于品质——胡思源老师，诠释了什么是心理人的坚守，什么是心理人的求索。"
他就是心理学部胡思源老师。

从 2007 年开始，胡思源就已经与北师大结下了不解之缘。最初时，他在北
京师范大学认知神经科学与学习国家重点实验室读博士后，中间去了美国两年，
而后又返回北师大任教。这样兜兜转转算起来他已经来北师大将近 10 年了。这
10 年里胡思源从一个学生到科研工作者再到教师，经历了不同的角色转换，在
科研、教学与学生培养等方面积累了一定的经验，这是他作为青年教师最为宝
贵的"财富"。

在教学方面，胡思源主要担任"实验心理学""实验心理学实验"的任课
教师。"实验心理学"是一门实践性很强的课程，每个学生都要完成多篇实验报
告才能结束课程任务。在"实验心理学"的课堂上，他就尝试把做科研的实际
过程引入到其中来，从而将科学研究与课堂教学结合起来。在课堂上，他从文
献初选开始，再具体化感兴趣的题目，再到完善选题报告，整个过程让学生们
能充分地理解和实践心理学实验设计要怎样开展。他还会详细介绍课题申请的
一般内容和过程，还会对怎么选题、撰写论文、报告，学术研究应该遵循什么
规范等等问题进行重点讲解。

在课堂上，同学们都可以尽情展示自己的实验报告。一个同学在上面讲，
其他同学就作为"专家"对报告进行打分和提问。这样从课题报告的设想到课
题报告的结论，两次报告下来，每个人的展示都会得到老师和同学们充分的
"专家意见"。根据这些意见，同学们收获了很多不一样的实验报告思路。这样，
经历过整个课程后，学生们对于问题提出、报告撰写、论文评审、汇报展示等
内容有了全方位的了解。

对于实验心理学这门课，胡思源认为："在这门课里，我想教给大家怎么用
科学的方法做心理学的研究，我希望教给大家的是规范性和严谨性。所以，我
们在课堂上并不要求大家的实验完成度非常高或者是有显著的结果，我们主要
是关注科学实验的标准流程和规范性。"也正是经历过这样的"锻炼"，上过实
验心理学的同学们在本科生基金项目申请的整个过程中，会将课上的内容很好
地应用到其中，这为学生们未来的学习和工作打下了良好的基础。

曾经上过实验心理学的 @Strawberry 同学这样评价道："胡思源老师上课认
真仔细，有的时候会突然来个小幽默，但他自己却不笑，属于有点'腹黑型'
的教师。虽然实验心理学课程的作业非常多，但是老师也是在努力给我们提供
展示和实践的机会，每次都会提出中肯的建设性意见和指导，也会用他的机智
一针见血地指出问题所在，是个温和又'腹黑型'的老师。"

　　为人亲和，使得胡思源在私下里和同学们保持着比较亲近的关系。胡思源的课上都会建立一个QQ群，同学们在私下里遇到问题的时候常常会向胡思源求教，几乎24小时QQ在线的胡思源"有求必应"，都会耐心地一一回答同学们的问题。他的助教陈晨同学对此可谓是印象深刻："我很幸运有机会做胡老师的课程助教，非常敬佩胡老师，老师尽最大可能地为学生提供支持和帮助。任何时候只要同学们提出问题，老师都非常耐心地一一认真回复，并且对于学生们的每次作业，胡老师都要仔细给予学生反馈。每次实验心理课后，看着老师被同学们团团围住，即使是与课程内容完全无关的问题，胡老师也都会极其认真地解答。"有师如此，实在是令学生们感到幸运的事儿了。

　　在学生培养上，胡思源也是如此地细心呵护、无微不至。从正式入职师大以来，胡思源带的第一届硕士生刚刚毕业，自己带过的本科生也马上毕业了。作为本科生新生导师，胡思源认为，有的本科生缺乏主动性，如果他不找学生，学生也不会主动找他，即便是有时候会布置一些任务给学生，还需要自己不断地催促才能使其按时完成工作，这可能是从应试教育中带来的惯性，是本科生急需转变的一个过程。而研究生不同，经历了四年的本科教育，即将进入社会，会把学习和科研任务真正当作自己的事情，非常主动，几乎不需要自己在后边催促。胡思源会在关键问题上，对自己的学生严加要求，耐心指导，对于学生科研当中遇到的问题及时予以解决。每当看到学生们的点滴成长，胡思源也会有点激动，因为看到他们，仿佛就能看到学生时代的自己，这是多么令人感觉幸福的一件事啊。

　　回首几年来的北师大时光，胡思源觉得自己应该更努力一点。获评十佳教师的他十分感谢学生们对自己的肯定，也表示自己会在今后的教学道路上付出更多的时间和精力。现在的胡思源，也会常常感觉到自己在教学、科研、行政工作、家庭等角色转换过程中的精力不足。但是，他也相信自己能够做好各种事情的平衡，在探索真理的实验中，在五尺讲台的课堂上，在烦琐细致的工作里，在送孩子上学的路途上，只要更努力一点，他就会做得比以前更好。

（王娟、郭文杰）

扫描二维码即可阅读全文

叶波：让学生体验舞蹈的魅力，舞出美丽人生

推送时间：2018 年 9 月 17 日

这是一个青年舞蹈家传授学生舞蹈的北师大故事

叶波，教授，硕士生导师。著名青年舞蹈家，国家一级演员。全国"桃李杯"舞蹈比赛连续两届金奖获得者，主演多部原创舞剧多次荣获国内外大奖，文化部"十杰"青年获奖者，个人成就显著。2015 年以人才引进调入北京师范大学艺术与传媒学院舞蹈系任教。主要研究方向是中国古典舞徒手身韵及道具应用、舞蹈人物表演与实践。

这是她在北师大任教的第 965 天。

1
十佳教师，莫大幸福

6 月 15 日，经过多轮评选，叶波被评为北京师范大学第十届"最受本科生欢迎的十佳教师"。获得这项荣誉，叶波在意外中流露着惊喜。"教师以学生为本，能获得学生的肯定，我感到莫大的幸福。三年以来，感谢同学们的默契配合，这是一个教学相长的过程。"她很喜欢教师这个崇高的职业，当初怀揣着

"教艺育人"的梦想选择了来北师大教学，在她看来，"在课堂上，老师可以尽己所能，将多年的练舞心得与学生分享，引导他们掌握练舞的方法，帮助更多对舞蹈感兴趣的学生体会舞蹈之美，何乐而不为？"

课堂上，老师需要面对的是不同性格、不同基础的学生。在分享初为人师的收获时，叶波感慨道：认识到了老师要尊重学生个性的重要性，三年来，她对普高生与艺术生因材施教，收到了良好的教学效果。此外，每学期总有一些对舞蹈感兴趣但又羞于表演的学生，慕名选了叶波的选修课，或者向叶波请教舞蹈技巧，她经常鼓励这些学生。"练舞就是练心，每个人都能创造美感，不必拘于成法，用心体悟，表现出来，就是最美的。尤其是古典舞，只有在心领神会的基础上，舞姿才能进入诗情画意的意境。"上过叶波舞蹈课的学生们都会被她的循循善诱、精心引导所感染。

2
入京求学，感念师恩

早在幼年时期，叶波就与舞蹈结下了不解之缘。挺拔的身材、俊秀的外形、清澈的眼眸，年轻的叶波，从小就显露出非凡的舞蹈才华及浓厚的舞蹈兴趣，5岁便开始了练习舞蹈之路。12 岁那年，出类拔萃的她被北京舞蹈学院附中的老师选中，离开家乡云南，独自到北京上学，之后一直作为重点培养学生。她刻苦练习，不断查漏补缺，四年后以优异的成绩，被保送到北京舞蹈学院古典舞表演专业攻读大学，毕业后留到了中国歌剧舞剧院舞蹈团继续表演生涯。

回顾求学经历，叶波对自己的导师感激不已。从小到大，她参加过无数次比赛或演出，每一次全国舞蹈比赛前都离不开导师的细心照顾和精心训练。她感慨道："一路走来，导师对我的付出都是百分之百的，蒙受过这么多老师的厚爱，我必须把这种对学生用心的精神传递给我的学生。"叶波永远不会忘记全国"桃李杯"舞蹈比赛前自己在导师家里住过的那段时日。夏日炎炎，为了保证她居住得舒适，老师让她住进家里唯一的空调房，而老师夫妇二人则在客厅打地铺；为了让她的舞鞋穿得舒服合脚，在每次练习之前老师都会一针一线地亲手帮她缝好长长的鞋带，练习结束后再帮她拆开。为了呵护她正常的起居饮食，老师会拔掉她睡觉那屋的电话线，会让自己的女儿提前下班回家为她做饭……说起来老师的关爱，叶波满怀深情，滔滔不绝。

回忆起老师对自己的要求，也必是严于他人的。在重要演出前，往往是好几位老师合力对她进行训练指导，一个动作不到位就会招致严厉的批评也是家常便饭。这么多年过去了，叶波对于自己导师的感情，是在万分感激中深存敬畏之情的。当她捧回一个个大奖，当她获得一次次赞誉，当她被评为青年舞蹈家、国家一级演员时，她不仅笃定了天道酬勤的信念，也亲历了严师出高徒的千锤百炼之境。

3
亦庄亦谐，良师益友

师者，行为世范，历经十八年的演员身份后，叶波也渴望像自己的导师一样，将所沉淀的心得体会、舞台经验分享给更多热爱舞蹈的人，所以她选择了高校的教师岗位。来到师大后，对学生，无论是课上的高标准、严要求还是课后的善解人意，春风化雨，她一直效法老师的为人师表、言传身教，尽心尽力培养学生。

熟悉叶波的学生都知道，这位平时面带笑容的女神老师一上课就立刻变成不留情面的严师。练习舞蹈需要聚精会神，因此叶波非常注重保持良好的课堂纪律，她最常向学生们强调的是，"一进练舞教室就要收心、静心，自己为当天的排练做准备"。在她的严格要求下，只要她一迈进教室的门槛，原本叽叽喳喳的教室就会立刻变得鸦雀无声。此外，叶波从小就是一个严于律己的人，从5岁开始，便自己在黎明起床练功，通过勤快的练习来修炼舞蹈技巧。因此对待惰性较强的学生，叶波会在学习进度方面严格地进行督促："这节课布置的练习作业，决不允许在下节课上没有体现。因为我相信勤能补拙，不下苦功夫，舞蹈练习是没有成效的。"尽管课上的叶波是严肃认真的，但课下同学们会一扫拘谨和畏惧，聚到叶波周围讲述自己的烦恼或困惑，向这位"知心姐姐"寻求帮助。

叶波说："同学们跟我反映的多是有关学业、生活以及爱情的苦恼，我会结合自己的经历，以朋辈的身份为他们答疑解惑，提出建议，学生们还是很喜欢和我分享生活感受的。"叶波对学生就是这样，严厉与关怀兼备，这种令学生又爱又惧的风格，是她从她的老师身上感受到的。直到现在叶波一谈起导师，仍是肃然起敬。

4

身韵教学，别出心裁

　　叶波的舞蹈课是学生心中的"红课"，必须靠抢才能成功。无论是叶波开设的哪种类型的舞蹈课，学生们总是争先恐后地抢选，因为她的课堂，总会给人带来不一样的体验与收获。谈到授课秘笈，叶波笑着说："我比较注重让学生将生活体验与舞蹈结合，避免只传递那些抽象的理论。我有将近20年的演员经历，所以对舞台很熟悉，老师当年教给我的那些理论和技巧，我都是在舞台上慢慢体会到的。所以现在我在教学过程中，都是结合自己的舞台经历和生活体验教给我的学生们，让他们注重积累和体验。"这样一来，理论变得鲜活起来，更加利于学生理解并运用相关的舞蹈理论和技巧，这个教学方法是叶波在几年的教学过程中对不同受教育背景的学生进行因材施教的实践成果。

　　由于现在有百分之七八十的舞蹈专业学生都是普高生，在舞蹈理论和基础方面与艺校生差距较大，但是普高生往往也是出成果的群体，这就要求授课老师针对不同专业水平的学生采取不同的教学方法。叶波说："我上课除了比较幽默之外，也会将我自己的体会深入浅出地告诉来上课的学生。一般来说，舞蹈练习的过程中会有不同层次的感知和认识程度，我会分成好几个阶段讲给学生，让他们自己体会舞蹈练习是一个循序渐进的过程。"面对舞蹈基础相对薄弱的普高生，如果直接讲授专业理论和技巧，往往起不到好效果，因为学生有可能没学过，这时候就需要老师转变教学思路，所以叶波经常引导学生提高形象思维能力，教他们如何观察生活，并将生活中的启示运用到舞蹈里。

　　学会呼吸是练习舞蹈的必修课，专业理论中所要求的是吸气时，气息要随着脊椎一节一节向上提起来，而对于许多学生而言，用意念控制脊椎和肌肉力量是一件很难的事情，许多练舞者需要好多年才能运用自如。叶波在教学生呼吸时，有固定的方法——"首先闭上眼睛感受花开的过程，花慢慢地开放，在想象花收回来的时候加上呼吸，接着再讲理论知识，眼神如何收神，如何放神，如何舒展身体，这样学生们接受得很快。"这样的教学方法，离不开叶波从小对于自然之物和人物神态的细致观察以及传神地模仿。她将生命体验融入到舞蹈教学中，使身韵教学堪称典范。舞蹈表演中身体从上空要向地面轻轻地落下来，怎么把握其中的美感？对此，叶波要求学生观察秋天的落叶，"像一片树叶落下来那样轻盈、舒展，感受其过程。这样就击中了学生的内心，舞姿一下子就展现出来了。"上过叶波表演实践课的同学们纷纷表示，"上叶老师的课，每次都会受益匪浅，即使是基训这样历经反复锤炼的基础课程，在她的即兴演绎之下，每每都能推陈出新"，不只是基训课，也有同学对叶波老师的古典舞课堂感触颇深，他们说："叶老师的古典舞课堂，一直要求我们'形神兼备'，在她的引导下，我们会很快进入古典舞充满诗情画意的意境之中。"

8月10日，由张苏、叶波教授共同创作的《山河图》荣获第九届华北五省市（区）舞蹈大赛专业青年组表演一等奖、创作二等奖。这个师生共同努力，历经近一年的修改、磨合、排练的作品，经过北京地区的专家初评，从442件报名作品中脱颖而出，成为代表北京赛区的56件入围作品之一，并最终荣获大奖。该作品还曾于7月受中国舞蹈家协会的邀请，赴台参加海峡两岸青少年舞蹈交流展演活动，受到了两岸业界专家的一致好评。作品得奖，叶波难以抑制激动的心情，看到学生们一年来的进步，学生们发自内心的自豪和成就感，叶波感觉比年轻时自己拿奖都要开心快乐。

谈到未来，叶波满怀期待："希望自己的课堂能让更多学生满载而归，能使更多学生体会到舞蹈的魅力，能帮助更多学生在舞台上少走弯路，舞出美丽人生。"

叶波老师颁奖词

一舞回红袖，一扇敛绿腰，她的身姿宛如风飞雪，翩若兰苕翠，轻似游龙举。她知性貌美，春风化雨，在翩若惊鸿、婉若游龙的舞蹈教学中，将每一个学生从教室送到舞台的聚光灯下绽放异彩。她是一名舞蹈家，更是一位秉持匠心的教师！

叶波老师是我们学院优秀的专业教师，她将理论与实践相结合，将凝心与塑形相结合，将艺术体验与生活体验相结合，在舞蹈专业传授中育人，在育人中提升学生专业素养，是一位德艺双馨的好老师！

——胡智锋 艺术与传媒学院院长、教授

感谢教务处、校团委、校学生会给予本报道的大力支持！

（王娟、刘艳红）

扫描二维码即可阅读全文

林敦来：当老师是一场自我修行

推送时间：2018 年 9 月 20 日

这是一位年轻的公共英语老师的北师大故事

人物卡片

　　林敦来，博士，副教授，硕士生导师，2018 年荣获北京师范大学第十届"最受本科生欢迎的十佳教师"，2014 年荣获北京师范大学青年教师基本功比赛研究生文科组二等奖。目前主要从事语言测试与评价和大学英语教学方向的研究。主持并参与多项国家级科研课题，2015 年申获国家社科基金青年项目，在核心期刊上发表多篇论文，出版《中国中学英语教师评价素养研究》《教育硕士英语课程建构——应用语言学视角》《北京师范大学大学英语测试体系建构》等著作多部，参编多部公共英语教材。

这是他在北师大任教的第 4068 天。

1

6 月 15 日，北京师范大学第十届"最受本科生欢迎的十佳教师"颁奖典礼上，林敦来作为获奖教师上台接受学生代表献上的鲜花和奖杯，这一刻林敦来无比地激动和兴奋。"北师大有太多优秀的老师，他们是我的楷模，我当时就抱着积极参与的心态，也是响应学院的号召，报名参加了这个活动，没想到自己能获奖，这是一个意外的惊喜。"谈及北师大外文学院，林敦来满满的自豪感，林敦来硕士就读于北师大外文学院，2007 年硕士毕业后便留校任教，到今天从事教学工作已经有 11 个年头了，他主要教授本科生和硕士生公共英语课以及专业硕士英语课程。"作为一名公共外语课老师，这次获奖一定程度上说明了学生喜欢我的课程，这是对我 11 年教学生涯最大的肯定，也是对我未来教学事业的莫大激励。"

教学是老师的本分和使命，给学生上课不是完成每天的例行任务，而要怀着敬畏心和使命感去上好每一节课。当被问及教学经验时，林敦来微笑着说我也没什么特别的经验，只是我多了解了些学生的特点，面对不同的学生要因材施教。在给大一新生上公共英语课时，林敦来有着自己独特的教学方式，从高中到大学这一转型过程对于大一学生来说可能会有些许不适应，他们有的还未摆脱高中上课的模式，林敦来则根据大一学生的特点因材施教，循循善诱。对于年轻的大一学生来说，他们需要一些监督和指导，林敦来会给予学生适度的监督，帮助他们逐步成为自主的学习者。他会在黑板上写下课堂上布置的作业，并在下节课对他们完成的作业进行检查，作业形式有独立完成的作业和小组作业，学生们不仅要能够独立完成作业，还需要养成团队协作的意识。林敦来的课堂互动性极高，他会向学生不断抛出问题，期待着他们的精彩回答。英语课是一门语言课，要会说英语，避免"哑巴英语"。在课堂上的互动交流不仅能够锻炼学生的口语表达能力，还能够间接检查学生作业的完成情况，提示他们未关注到的知识点，起到监督学习的作用。

上学期在林敦来的课上有位男生经常上课迟到，林敦来注意到这个问题后，就找这个同学聊天，本以为这个学生学习态度不端正，经过和他的沟通交流过后才发现他有睡眠困难症，晚上经常性失眠。一个老师要学会关心学生，学生和老师之间的关系就是双向互动的关系。林敦来就经常和这个同学交流谈心，之后这个同学能够正常上课，并且在课堂上积极表现，在这个学期又选修了他的英语课，并且成功当选上英语班的班长，和他建立起了比较密切的关系，经常在一起探讨一些英语学习的问题。

2

精于专业，勤于专业，在英语学科专业方面的深入研究对于林敦来的教学是非常有益的。林敦来会把自己平时对学术的积累转化到教学过程中来。因为从事语言测试与评价的方向研究，他很清醒地认识到空谈教学目标是不可行的，教学目标很宽泛不好评价，当在课堂教学上融合进细化的教学目标时，可操作性更强，就可以很清楚地量化这些目标，能够更清楚地看到课堂效果。课堂评价有促学作用，一次小提问、一场小测验都是评价，评价虽简单却能够获得及时的反馈，有针对性的描述性反馈能够让学生获取有效的信息，通过评价可以让学生认清自己在哪里，要往哪里去，知道怎样到达目的地。

公共外语课的成功推行是集体协作的结果，公共外语课的老师们设计了一套比较有特色的大学英语测评体系，作为主要的研究者，林敦来在开发和设计试题上有着重要的贡献。他积极与郭乙瑶老师一起编写有关英语测评的著作，详细介绍了北师大大学英语课程框架及评价体系，对现今大学英语测试体系的理论和实践工作具有很高的参考价值。

在林敦来的课堂上，小组学习很受学生们的欢迎，林敦来会在开学第一节课让大家分组，选好自己的组员，然后根据小组的特色来取名，这样的小组会有一种身份认同，他们每个人都有自己的角色，积极为小组学习做贡献。学生们来自中国的各个省份，个人风格迥异，外语学习的习惯有很大的不同，通过小组学习的方式能够让他们看到不一样的风景，小组内推选出一名小组长，负责统筹大家的英语学习，林敦来也会通过和小组长交流来了解各个小组的学习情况。

3

从事英语教学最经常被人问到的问题就是如何学好英语，从学生到老师都会有这个疑惑，英语学习很重要，但是如何学好英语是一个难题。林敦来认为学习英语主要是以使用为主，很大一部分同学在高中的时候就已经有很好的英语基础了，许多同学甚至参加了国内外知名英语考试，成绩优异，达到免修我校大学英语的条件。这些学生就要根据自己的英语水平深入到自己的专业领域学习，以内容为导向，阅读大量的英文文献，努力在专业领域上获得比别人更多的话语权，也为下一步学术研究做铺垫。

　　长期以来，中国学生学习英语的一个很大的特点是侧重阅读而忽略表达。实际上学好英语要从语音开始抓起。语音是外语学习最重要的一个部分，在大一新生刚入学的时候，林敦来就给他们介绍语音学习的相关书籍和影片，有些学生坚持了一年就有很大的效果。"在中国这个环境中学习英语，follow me 不如follow the tapes（audio files）。要多去看一些英语国家本土的影片，去仔细品味native speakers 的发音。"林敦来是土生土长的福建人，初讲英语时候也带有很浓厚的南方口音，在英语语音学习的过程中也磨砺了很长时间，才改正自己的发音，学习英语一颗恒心很重要。

　　除了深耕英语学习的这片沃土外，林敦来也很注重学习交流，他组织了一个小型读书会，并担任会长，每次读书会 8~10 个人，这个读书会的成员会分享自己在语言测试与评价方面的阅读心得。心得还被撰写成"来"读书稿件，在外研社学术平台上发布。目前已经做了十期的分享推送。他开展了一年半的读书学习，激发了很多人的读书热情，年轻人在一起读书学习别有一番乐趣。林敦来也会让自己的研究生参加这个读书会来开拓学生的视野，在平时的学习和生活方面，林敦来也给予学生很多关怀，从教 11 年，林敦来担任过英语专业的班主任工作，也担任英语专业本科生导师，带过两届共十名英语专业本科生。"在和学生相处的过程中我会生出一种幸福感，因为自己当时的职业规划就是老师，有人经常会问我，如果再给你一次职业选择的机会，你会选择什么，我的答案还是会义无反顾地选择教师这个职业，我喜欢看书学习并乐于分享自己的看法，老师对我来说再合适不过了。"林敦来指导学生时一直都是善于倾听学生的想法，在毕业论文的选择上，他会给学生一些方向，同时尊重学生的选择，最后达成一致的意见。"如果老师让学生做一个不感兴趣的课题，这无疑是失败的。"

　　德国哲学家雅斯贝尔斯曾说过，教育的本质意味着，一棵树摇动另一棵树，一朵云推动另一朵云，一个灵魂唤醒另一个灵魂。在当老师的这段旅程中，林敦来为了这样一个圣洁的目标，去结识可爱的学生，探寻更多有趣的事情，从而发现未知的美，达到彼岸的真谛。

寄语青年学子

踏踏实实做人，勤勤恳恳做事！

感谢教务处、校团委、校学生会给予本报道的大力支持！

（王娟、李冬美）

扫描二维码即可阅读全文

董路：夫险以远，勇而至焉

推送时间：2018 年 9 月 27 日

这是一个师大土著永远好奇不断挑战的北师大故事

董路，生命科学学院副教授、硕士生导师，北京师范大学第十届"最受本科生欢迎的十佳教师"获奖者，主要研究方向包括鸟类物种形成模式及过程、雉类的保护遗传学与鸟类血液寄生虫的遗传多样性及影响因素等。主持国家自然科学基金项目3项，国家重点研发计划子课题及北师大教学改革项目各1项。2015 年入选中国科协首批"青年人才托举工程"计划。承担本科生"普通动物学""普通动物学实验""鸟类学"和研究生"系统与进化生物学"等课程。指导本科生生物学野外实习。担任 2012 级励耘试验班（理科）辅导员工作。

这是他在北师大任教的第 2122 天。

这是董路在师大的第十八个年头，也是他成为教师的第六年。

谈及第一年参评就获得了"北京师范大学第十届最受本科生欢迎的十佳教师"这个奖项时，董路再三表示非常荣幸，对他而言，拿到自然基金项目都远比不上这个荣誉，因为"十佳老师是同学们选出来的，同学们的评价是至高无上的"。从宋杰老师到张雁云老师，董路的师大学生时代是一路听着十佳教师的课成长起来的，张雁云等老师"教学是本分"的思想也深深影响了这个青年教师，更增加了这个荣誉在他心目中的分量。

自 2012 年留校任教以来，董路承担了"普通动物学""普通动物学实验""生物学野外实习"和"鸟类学"等本科专业课程，平均每年超过 64 学时。他认为学生们推选自己是多种原因促成的。第一个原因就是好玩，动物学、鸟类学是生动的，也是有用的。如在动物学课程中他负责讲授无脊椎动物，同学们往往不了解这些微小的动物，但其中很多类群跟人类的疾病有关，学习了它们的基本特征便能知道如何简单防治，可以服务自己和家人的健康。而且无脊椎动物还是科学研究经常利用的模式动物，个体小而贡献大，这就调动起了学生们的学习乐趣和兴奋感，学生们评价他拥有"一讲课就让人自觉放下手机的法术"。而且，"普通动物学"等课程是大一的专业基础课，生科院每个年级的学生他都要教一遍，至少在生科院里积累了口碑，再加上他常带着学生进行野外实习，在 2012—2016 年还担任着励耘理科实验班的辅导员，课堂内外反复接触，学生们为他"乐观阳光的心态"所感染，给他的评教分数多年都在 4.8 分以上。此外，他南极、西藏的科考经历，想必也吸引了不少学生，让他们意识到，原来师大的老师也可以有很多机会去"上山下海"！

1
喜欢挑战、充满好奇心

董路的课程除了好玩，还强调科学思维的训练，开学第一课他总会问学生们什么是动物，到底哪些特征是动物的最基本特征，这让学生意识到他们之前从来没有从科学的角度考虑过这么简单的问题。传统的实验课以观察和画图为主，而他的实验课总是让学生们通过观察去提问题，去认识生物的多样性，在每个环节为学生设置挑战，驱动学生开动脑筋。他也把自己的课程看作是帮助学生完成高中到大学过渡的课程，鼓励他们从"一言堂"的模式中脱离出来。学生们可能一开始不适应，但年轻人总是喜欢去应对挑战的，当学生们慢慢开始思考、提问时，董路表示自己有时甚至会"招架不住"，要不停地查阅书籍和最新研究成果来解答学生的疑问，而他也很享受这样一个教学相长的过程，他的不少课题灵感就来源于学生们提出的问题。

好奇心是从事科研工作的动力源泉。董路表示自己天生好奇，喜欢尝试新鲜事物，而自己的研究对象也令自己长期保持着好奇之心，虽然鸟类的物种数并不多，但形态、颜色、行为等等千变万化，就像我们院子里的麻雀，它们身上永远有新鲜事在发生，你以为很熟悉它们了，但要准确描述它们与近似鸟类的区别，也并不是那么容易。而在我们北师大的校园内，仅春天迁徙路过的鸟类就能超过80种，有记录的鸟类超过160种。我们冬天最常见到的乌鸦，你又能知道它们夏天都去了哪儿吗？鸟类这个丰富多彩的研究类群让他时刻保持着新鲜感。

始终精力充沛的师长们也引导着董路在教学科研的路上不断探索。他的办公室对面就是郑光美院士和张雁云老师的办公室。郑先生已经八十六岁了，但他每天都保持着充沛的精力，每年野外实习还带着学生上山开展小专题研究。周围的师长们都保持着对事物的持续探索精神，也"逼"着自己不断前进，董路笑称自己虽然已经"奔四"，但跟郑先生比起来还是年轻半个世纪，更应该花精力去钻研、去探索。

2
"学生的成长总还是需要时间的，我也是。"

董路在培养学生方面也非常重视科学思维的训练，"来到这个一流的学校，一流的学科，就是要做一流的科研工作的"。他相信，三年的时间里，学生不仅是完成一个课题，更重要的是提升处理困难和与人交往的能力。董路反思自己，培养学生的经验还在慢慢积累，"学生的成长总还是需要时间的，我也是"。

其实董路跟师大的缘分远远不止十八年。中学时代，董路就是在师大附中度过的，教他的老师基本都是北师大毕业的，受到中学老师的影响，骑着自行车到北师大逛了一圈之后，他便早早将北师大定为了自己的目标。来到北师大以后，董路在郑光美院士、张雁云、张正旺等老师的影响下确定了自己的研究方向。"既然喜欢鸟类，北师大的鸟类研究组是国内最领先的，就留在师大，一直一直做下来了。"他说，"十佳教师颁奖典礼对我而言更像是一个成年礼。十八年是孩子降生到成年的历程，十八年的时间对培养我的母校也有一个交代，或者是一个献礼。"

"夏云暑雨，冬月祁寒，夫险以远，勇而至焉。越过险峰雪原，驰骋极地雨林，南极冰川看到华夏目光，世界屋脊听到人类跫音。三尺讲台，生命故事引人入胜；一片丹心，生态文明薪火相传。他是智勇兼备的科学家，他是桃李天下的好老师！"十佳教师的颁奖词可以说是董路的最佳写照。收获"十佳教师"的荣誉之后，董路打算在教学上精益求精，前进的道路是没有尽头的，他将通过录课的形式细扣教学细节，思考如何将经典的教学内容与科学前沿及新的教学手段等结合起来。在科研上，董路仍将主攻利用分子生物学、基因组等工具回答进化问题，南极、西藏都踏足过的他，来年将前往哈佛深造，加快自己思维方式的转变，谈到未来，他面带微笑："相信是很有挑战的一年!"

（王娟、林晗）

扫描二维码即可阅读全文

李翀：学生的认可高于一切

推送时间：2018 年 10 月 8 日

这是一位五届"最佳教师"得主的北师大故事

李翀，经济学教授、博士生导师。主要研究的领域为金融学、世界经济、西方经济学等。在北师大担任宏观经济学、金融市场等课程的教学。著有《超主权国际货币的构建》等 9 部专著，出版《宏观经济学》等 12 部教材，发表了《论中美两国贸易失衡的原因、效应和解决方法》等论文约 200 篇，主持包括重大项目在内的国家社会科学基金项目 7 项、省部级科研项目 4 项，获得省部级以上科研奖励 6 项，省部级以上教学奖励 6 项，还获得首届"教育部跨世纪人才""全国优秀教师""国家级中青年专家"等荣誉称号。

这是他在北师大的第 6570 天。

五获"十佳教师"

北京师范大学第十届"最受本科生欢迎的十佳教师"获奖名单揭晓，李翀名列其中。这已经是李翀继第一、第二、第三、第八届"十佳教师"后，第五次获得该奖项了，这在北师大教师队伍中创造了一项纪录。在不久前，李翀还荣获"四有"好老师金质奖章荣誉称号，该荣誉称号主要奖励师德高尚、爱岗敬业、关爱学生、教风端正、教书育人、为人师表的教师。当被问及在师大从教18载、五次获得由本科生投票选出的"十佳教师"荣誉有何感受时，李翀脸上洋溢着幸福，他很开心能够得到学生的认可和喜爱。传道授业三十七载，获得各种教学奖不少，可李翀最在意的还是学生对自己教学的评价。在他被评为第八届"最受本科生欢迎的十佳教师"时，有位学生发来电子邮件祝贺："您可能不在意这样的奖励，但我们还是感到很高兴。"李翀是这么回应的："不，我很在意这项奖励！我觉得没有什么奖励比得到学生的肯定更令人感到高兴的了。"在他看来，这是来自学生真实的评价，学生的认可是对自己最高的评价。

"学生完整听完教师一门或者一门以上的课程，亲身感受到教师的教学风格和教学方法，亲身体会到他们从课程学习中得到的收获，他们最清楚教师的教学水平，他们对教师的评价是最真实的。"其实，李翀早在1995年就已经荣获"全国优秀教师"称号，但他仍然认为能够得到本科生发自内心的认可更为宝贵。因此，他格外珍惜由学生一票一票投出来的"十佳教师"称号。

要把课讲明白

把课讲明白是一名教师首要的责任。至于怎样才能把课讲明白，是要付出艰苦的努力和不懈的探索的。按照李翀的理解，要把课讲明白，就要做到深入浅出。虽然深入浅出只有简单的四个字，但却体现了一名教师的教学能力和水平。深入浅出包含两个方面的功力：一是深入，也就是必须对教学内容有透彻的理解，这就涉及教师的学科学识和研究水平；二是浅出，也就是使用最简洁和最通俗的语言表达出来，这就涉及教师的语言表达能力和逻辑思维能力。就拿货币理论这个基础而又深奥的宏观经济学原理来说，由于李翀做过重构货币理论的研究，研读过关于费雪方程式、剑桥方程式、凯恩斯货币理论、弗里德曼货币理论的原著，对货币理论发展史有一个深入的理解和清晰的把握，因而李翀可以很透彻地讲解"货币理论"这一章的内容，并指出各种货币理论优越的地方和不足的地方，以及它们之间的相互联系和区别。深入浅出是李翀的一个教学特长，他擅长于把晦涩难懂的知识点讲述得很通透而又不缺乏准确性。

李翀认为，在教学中不仅要注重授业解惑，而且要给予学生思想。要做到"给思想"，可不是仅仅依靠读懂了一本教科书然后把内容复述给学生就可以完成的，这需要有扎实的学科功底和深入的科学研究。在讲授宏观经济学原理时，李翀注意把各种经济理论的讲授过程变成阐述经济思想发展的过程，使学生能够理解我们的经济学前辈们是如何从事学术研究工作的，他们的思想是怎样形成和发展的，使学生在无形之中得到了思维方式和经济思想的训练。李翀说，他最喜欢听到学生说的一句话是：听了您的课后，激发起对经济学的兴趣。尤其令李翀感到高兴的是，很多学生都对他说了这句话。

李翀还认为，教学和科研是高校教师的天职。高校教师首先是教师，必须具备较高的教学水平。同时，高校教师还是学者，必须在科学研究中有所建树。教学和科研是相辅相成互相促进的。科学研究中的成果，可以应用到教学中来；在教学中遇到的问题，又可以促使人们去进行科学探索。科研为教学积蓄养料，教学是科研的集中迸发。"我目睹部分高校教师科研水平较高而教学水平较低，他们可以被称为优秀的研究人员，但不是优秀的高校教师。"

至于在具体的教学过程中应该注意的事项，李翀有如下心得：第一，注重细节。高校教师的教学细节有三个要素：熟悉讲稿、控制语速、注意教姿。第二，形成风格。教学风格与一个教师的性格有关，但没有必要刻意追求某种教学风格，能够发挥自己特点的风格就是合适的。但不论什么风格，最终还是为了增进教学效果。第三，逻辑严谨。教师在教学的过程中应该根据学生思维方式的特点，有层次有条理地展开分析，注意逻辑上的严谨性。

教书更要育人

教书育人是一个老生常谈的问题，但又是一个不易做到的问题。李翀认为，育人不仅是传授知识，而且是培养学生分析问题和解决问题的能力，以及培养学生正确的价值观和人生观。教师不仅是学生知识之灯的点燃者，也是学生灵魂的启蒙者，李翀很注重学生人格和能力的成长。首先，李翀凡是要求学生做到的，自己首先要做到，他用自己对教学一丝不苟的实际行动去告诉学生要对职业有敬畏之心，应该努力去做好每一件事情。其次，李翀在教学中不仅讲授各个经济学原理，还利用这些经济学原理去分析和解决实际经济问题，培养学生理论联系实际的学风。再次，李翀注意结合教学内容分析中国经济的过去、现在和未来，激励学生为祖国的繁荣而奋斗。听过李翀课的学生，都说他的课程洋溢着爱国热情。一位学生曾代表全班同学给李翀写了一个节日贺卡："李翀老师，你思路严密的头脑，条理清晰的讲课，治学严谨的态度，都给我们每一位同学留下了极其深刻的印象。从您身上，我们才真正懂得了为人师表的含义。"

李翀培养了一批博士和硕士研究生，但他在整个教师生涯中从来没有离开过本科生的讲台，即使他在中山大学担任学校领导工作时也是如此。正如平庸的教师在说教，好的教师在解惑，而卓越的教师在启迪。做一名卓越的教师，就要在传授知识的过程中启迪学生的智慧，让学生在丰富多彩的学习过程中体会到学习的快乐、成长的幸福。很多学生尚且年轻，欠缺人生阅历，难免会遇到人生的困惑，但在课堂上老师的一次次用心启发，不经意间就会如同烛火之光，驱散学生心中的阴霾。

十年树木，百年树人，李翀走过了三十七年的教学之路，教过数不清的学生，为我国高等教育事业作出了贡献。在这一切成就的背后，都有李翀对高等教育的热爱，使他在那三尺讲台上不断践行着自己的教育理念。李翀曾说："到我退休的那一天，我可以坦然地说，我用心教书了，我对得起我教过的所有学生。"

与师大的"缘分"

在回忆自己青年时期的人生道路选择时，李翀告诉我们："本来我有机会走仕途，但是我放弃了仕途，坚持在教学和科研的道路上走下去。"正是基于对教育事业的热爱，李翀在人生的岔路口上毅然选择了教师这个职业。对他而言，教师不仅是一个职业，更是需要一辈子用心打磨的神圣事业。细数起来，李翀与北师大结下了缘分，注定了他最终扎根师大、情铸教育的今生。

翻开李翀的履历，本科毕业于中山大学，硕士就读于北京大学，博士毕业于北京师范大学。看到这个简历很多人都会疑惑："既然硕士就读于北大，为何博士阶段不继续在北大深造，却选择了在北师大就读呢？"对此，李翀的回应是："机缘巧合。"李翀是我国培养的第一批经济学硕士，他获得硕士学位以后，由于国内还没有建立经济学专业的博士点，便回到母校中山大学任教。后来，随着各校相继建立起经济学的博士点，李翀希望继续深造攻读博士学位。但是，当时北大没有招收李翀相近专业的博士研究生，他便转向选择人大和师大。人们常说：本科选学校，硕士选专业，博士选导师。李翀怀着对陶大镛教授的敬意报考了北师大，成为了北师大第一届经济学博士研究生和第一个毕业的经济学博士。就此李翀初遇初识北师大，从此与北师大结下了一生的缘分。

李翀于 1988 年在北师大获得经济学博士学位以后，由于某些原因谢绝了系里的挽留，选择回到中山大学任教。在毕业以后 12 年的时间里，李翀每年都会到北京拜访恩师陶大镛教授，陶大镛教授每次见到李翀都会邀请他返回北师大任教。2000 年，考虑到恩师的再三邀请，考虑到与北师大的渊源，考虑到作为北京人的妻子希望返回北京，以及其他的原因，李翀决定返回北师大任教。由于李翀是 2000 年元旦过后第一个来北师大报到的教师，在北师大留下了一个很有意思的工作证号：00001。其后，李翀在经济与工商管理学院担任了 8 年的院长，为北师大经济与工商管理学科的发展做出了很大的贡献。

中大、北大是李翀的母校，而北师大不仅是他的母校，还是他最终的家，这是李翀与师大的缘分。如果说能在师大追求理想、锻造学问是李翀的幸运，那么能拥有李翀这样一位好教授，也是北师大的幸运。

李翀曾在中大从教 18 年，师大任教 18 载，这是一位格外用心严谨治学的教师，这是一位笑容可掬如沐春风的教授，这也是一位对教育有着独到见解的灵魂工程师、烛火照明者。教育事业对李翀而言犹如天职，无论投入多少心血和多少热情都不为过。连续多次获得北师大最受本科生欢迎的"十佳教师"奖，今年荣获"四有"好老师金质奖章荣誉称号，李翀在北师大的传奇教学经历仍在继续，而他仍会继续坚守初心，用笔续写与北师大的缘分。

"授业解惑，以心交心；潜心专研，以理喻理。悠然治学，尽显学者风采；钜学鸿生，定为师者品格。桃李不言，下自成蹊。李翀老师带给学生的，是条分缕析的金融知识，是治学严谨的思辨逻辑；用'经邦济世，励商弘文'的理念，教会我们学会天下人。"

——北京师范大学第十届"最受本科生欢迎的十佳教师"李翀老师颁奖词

感谢教务处、校团委、校学生会给予本报道的大力支持！

（王娟、韦晓玲、李冬美）

扫描二维码即可阅读全文

邓文洪：我在埃蒙森海的二十一个日夜

推送时间：2018 年 10 月 22 日

这是一个动物学专家在南极科考的北师大故事

邓文洪，生命科学学院教授，世界雉类协会专家组成员，参与第 34 次南极科学考察，并获得"优秀共产党员"称号。

一望无垠的深蓝色海域映衬着纯白的世界，在海天之间鲣鸟自由地翱翔，在海冰上可爱的企鹅摇摇摆摆地走着，这里渲染着最纯净的颜色，编织着充满神秘而梦幻的童话，这里也暗藏着数不清的危险和残酷，这就是南极。

4 月 21 日，中国第三十四次南极考察队圆满完成各项考察任务，顺利返抵上海。此次南极科考，北京师范大学共派出 4 名成员参加。此前，生命科学学院张雁云教授、全球变化与地球系统科学研究院的博士生李腾与硕士生赵剑完成科考任务已顺利返校。而比这三位师生晚些出发的邓文洪教授，也完成了在南极埃蒙森海域考察鸟类和哺乳类动物的工作，随同科考队伍返回位于上海的中国极地考察国内基地码头。

从 2 月 21 日到 4 月 21 日，历时两个月，从南极跨越赤道，从南太平洋到北太平洋，海上跨越 110 个纬度，这对一位生物学家来说，是一次终生难忘的经历。在此次科考中，邓文洪教授获得了"优秀共产党员"的称号，并成为在

"雪龙"号"南极大学"一次科考行程中唯一一位授课两次的大学教授。

"寒冷、烈风、缺水，这就是南极"

从北京启程至广州，从广州直接飞到新西兰的基督城，再从基督城登上"雪龙"号，跨越南纬45°到南纬65°的魔鬼西风带，再历时一个星期左右才能到达南极。"两万一千吨重的'雪龙'船行驶在广阔的海面上，却犹如一片起伏漂动的树叶。"魔鬼西风带给邓文洪教授留下了深刻的印象。而对南极的描述，他用了三个词来概括，"寒冷、烈风、缺水，这就是南极"。

这里年平均温度 -25℃，即便是暖季，温度也在 -10℃左右。而且南极常年刮风，普通陆地上最大风力是十二级，风速在33米/秒，而南极风速常常可以达到100米/秒。不仅如此，南极还潜藏着许多危险。虽然南极大部分被冰面覆盖，冰雪覆盖的平均厚度是2000多米，但冰面暗藏着冰缝，而且难以察觉，一旦踩上去，掉进冰缝没有生还的可能。"早期有许多人因此丧生，现在有了超声波探测仪才解决了这个隐患。"邓文洪说。

就是在这样艰苦恶劣的环境下，南极科考团队完成了在埃蒙森海38个站位的物理、海洋、化学、生物的调查，覆盖面积达52万平方公里。"就鸟类来说，南极圈的鸟类很少，一共就45种。新西兰、澳大利亚等国曾描述过南极圈内生存的一些鸟类，但在埃蒙森海，只有在1992年，美国调查了一些海洋生物，但不是特别全面，几乎没有其他国家做过深入的调查，而此次中国的南极科考对埃蒙森海的系统调查相对于此前的美国、韩国的调查更加全面、更加深入。"

此次跟随第三十四次科考队到南极，邓文洪教授的主要工作是调查埃蒙森海的鸟类和哺乳类动物。这也是他第一次到南极科考，他准备了近半年的时间。接到调查任务之后，他买了一些关于南极的书籍，尤其是关于鸟类和哺乳类的书籍，提前半年阅读了以往的调查数据，"只有先认识它们，才能记录准确数量、分布的空间格局"。

南极是人类知之最少的大陆，自然环境恶劣，充满不确定性，而要拍摄南极埃蒙森海的鸟类和哺乳类动物，过程更加曲折和艰难。

埃蒙森海位于南极大陆西南部，到处漂浮着浮冰，这里生活着大量的企鹅和海豹，而科考的这段时间，埃蒙森海可以看到一种类似荷叶的冰层，而"雪龙"号就在荷叶冰中缓缓行驶。

每天，邓文洪教授都需要来到"雪龙"号的甲板上进行拍摄记录。甲板上风大而且寒冷，在呼啸的烈风中，一旦落水，几乎没有生还的可能。因此科考人员除了需要穿上专业的企鹅服保暖外，在甲板上工作还需采取其他防护措施。"在做海洋物理、化学取样时，都会有一些安全带，一头绑在腰上，一头固定在船上，我几乎每次拍摄都要系上安全带。"

在烈风中被固定在甲板上，拍摄时，相机的使用需要用手操作，他的左手戴着两层手套拿着相机，右手只能戴一层手套，但是在操作时为了方便快速捕捉到那些稍纵即逝的瞬间，手套尖端的部分需要剪掉，露出手指，才能迅速按下快门。在这样的情况下，手难免会冻肿。

就这样，邓文洪教授经常捧着400毫米的长焦"炮筒"拍鸟，在风里一站就是几个小时。

科考期间，南极地区昼长夜短，黑夜只有三到四个小时。太阳下山后，邓文洪教授要把数据、照片进行整理，刚准备休息，天就亮了，他又得回到甲板上拍摄。所以，这段时间的调查和记录，他是不分昼夜连轴转。"那时候有一种感觉，人非常疲惫，但是躺着也睡不着，生物钟已经打乱了。"谈起这三周的工作，邓文洪教授依旧能清晰回忆起那种疲劳的状态。

最终，邓文洪教授一共拍摄了六万多张动物及景观照片，平均每天两千多张，一共观测到27种南极鸟类，8种哺乳动物，其中25种鸟类和8种哺乳类动物都有清晰的照片记录。他完成了第一次对埃蒙森海鸟类和哺乳类动物细致全面的调查。和上一次美国的观测记录下19种鸟类、拍摄照片仅有8、9种相比，此次鸟类和哺乳类动物的拍摄记录结果更加充实，成果更加明显。邓文洪教授也因为出色地完成了国家交予的任务，在335位科考队员中脱颖而出，成为18位获得"优秀共产党员"称号的队员之一。"他们有时候都劝我说歇一歇吧，但是我想一旦歇一下，错过一种鸟就有遗憾。来南极一趟不容易，尽量多记一些东西，对得起自己的专业，也对得起国家的信任。"谈起工作的成果，邓文洪教授表示这是义不容辞的责任。

"这次科考，我对国家有了更深刻的认识"

南极地区是地球上唯一的受人类影响最少的地域，是地球留给人类最后一块不可再生的研究基地。那里储存着丰富的自然资源、大量的地球古环境和宇宙来物信息，科学界称这里是科学的圣堂，了解全球变化的预警器。1984年，中国第一次派出科考队到南极，考察建立长城站。1989年建立了中山站，我国的南极考察相对其他国家起步是比较晚的，而此次南极科考，相比之前要更加全面和深入，我国第五座南极考察站的选址奠基及前期建设任务已完成，所在岛屿是多国科考热点区域，它将推动我国南极科考进入国际前沿地带。而埃蒙森海的生态调查将为建立南极保护区提供最基本的生态本底调查数据。

在调查中，邓文洪教授观测到两种濒危的鸟类，一种是柯氏鹱，另一种是黑眉信天翁，它们都被世界自然保护联盟列入了濒危红色目录。"有这两种濒危鸟类存在，另外还有其他鸟类，构成的海洋生态系统，确实需要建立保护系统，完成一些物理海洋或者底栖生物的基础工作，全方位提供底本调查，这是我们需要做的。"邓文洪教授从物种多样性、种群数量和分布模式等方面对这一海区的鸟类和鲸鱼、海豹等哺乳类动物进行调查。整个航段，他记录了包括阿德利企鹅、帝企鹅在内的27种埃蒙森海鸟类，占了南极圈繁殖鸟类物种数的60%，为本底调查提供了鸟类和哺乳类动物的数据。

"一旦我们在这个地方建立了保护区，中国将保护该片海域的生物多样性和维护生态系统健康，这个战略意义是非常大的。"邓文洪教授表示，"我们做的工作是搜集资料，为未来打下基础。"在这次科考中，邓文洪教授对于国家有了更深刻的认识，他说："这次科考让我感受到祖国的伟大，我们的国家确实很有战略思想，一步步考虑得都很深远。"

一趟科考旅程下来，邓文洪的手机里装满了南极灵动的生物和美丽的画面。在访谈的过程中，邓文洪不时拿起手机，向记者展示在南极拍摄到的珍贵照片："令我印象比较深的就是这张照片上的鸟，它叫漂泊信天翁，在鸟类中翼展最大，翅膀展开能够达到3.5米。"有机会和南极各种生物近距离接触，捕捉这片神秘大陆奇妙生物的身影，并记录下它们的分布和数量，对于他来说，既是工作，也充满快乐。

就在结束南极科考归来后不久，邓文洪又要踏上野外考察的旅程，步履不停，继续发现和走近自然界那些不为人所知的奇妙生物。而对于那片美丽的大陆，邓文洪期待在不久的将来，还有机会再次登临，那时他希望能观测到更多有趣而丰富的生物，进一步体验神奇的科学之旅。

（本文首发于校报第422期第2版）

（汤晶）

扫描二维码即可阅读全文

刘宝存：中国要在国际上发出自己的教育声音

推送时间：2018 年 10 月 24 日

这是一个立足国内、面向国际的北师大故事

　　刘宝存，教育学部教授，教育学博士，教育部长江学者特聘教授，国务院政府特殊津贴专家。现任教育部人文社会科学重点研究基地北京师范大学国际与教育研究院院长，教育部国别和区域研究培育基地北京师范大学国际教育研究中心主任，兼任亚洲比较教育学会会长、世界比较教育学会联合会执委会委员、中国教育学会比较教育分会副理事长、中国教育学会理事、中国教育发展战略学会常务理事和学术委员会委员、中国教育发展战略学会国际教育专业委员会学术委员会主任委员和常务理事、《比较教育研究》副主编、全国教育科学规划比较教育学科组成员等职。主要从事国际与比较教育、高等教育、教育政策与管理研究，主持国家级和省部级科研课题 30 余项，发表学术论文 180 余篇，出版《大学理念的传统与变革》《为未来培养领袖：美国研究型大学本科生教育重建》《世界一流大学的形成与发展》等著作多部。

这是他在北师大的第 5110 天。

一封顾明远先生的回信

说起与北师大的情缘还要从考取研究生谈起。从外语到教育学，跨学科考研的刘宝存当时还不到 20 岁，对北师大以及北师大的教育学科都知之甚少。他经常开玩笑说："我甚至不知道北京师范大学比聊城师范学院还好。我报考北师大的比较教育学专业，是因为觉得它比其他学校和专业更适合我这个学习外语专业的学生。"当时全国范围内一年只招收两万多名硕士研究生，考研难度系数不小，教育资源和手段没有今天这样丰富和便捷，再加上跨学科考研，刘宝存心里面没底，便鼓足了勇气给顾明远先生写信，期盼得到指导。

令他没想到的是顾先生亲自给他回了信，并指导他如何准备考试如何复习。一个知名的教授如此用心地对待一个素不相识的学生，这让刘宝存很受鼓舞。三十多年过去了，刘宝存依旧保存着顾先生写给自己的回信，这段独特的经历也深深影响着他自己对待学生的态度。"只要有学生需要我的帮助，我一定竭尽所能提供帮助。"在刘宝存报考北师大研究生时，聊城师范学院的刘大文老师也默默给予了刘宝存很多支持。"当时刘老师在北师大做访问学者，北师大的老师向刘老师了解我的情况，刘老师为我说了很多好话。这件事情是我到北师大读研究生后顾先生告诉我的。其实刘老师并没有教过我，但在我求学之路上刘老师对我的帮助弥足珍贵。"人生有幸，得遇良师，刘宝存很感激在成长道路上得到了这么多老师的关怀。

硕士毕业后刘宝存到山东大学任教，主要从事高等教育研究。当时山东大学没有教育学科，他在从事研究的过程中感觉到了局限性。为了更好地致力于他喜欢的比较教育研究，1999 年他又回到北师大深造攻读博士学位，后继续做博士后研究工作，便留校任教。一路兜兜转转，刘宝存重新回到了北师大。北师大作为全国师范院校和比较教育学科的排头兵，有着悠久的历史、宽广的舞台以及一大批像顾先生这样的杰出学者，所有这些都为刘宝存提供了更好的发展平台，也不断地激励着刘宝存践行"学为人师，行为世范"的校训精神。

"要对得起老师对自己的栽培"

在研究生期间，有一门课是刘宝存的硕士生导师符娟明教授开设的"外国教育名著选读"课程，杜威的《民主主义与教育》是其中的一部名著，课程作业是交一篇基于名著研读的学术论文。当时教育学专业科班出身的同学选择了从很小的问题去切入来进行深入研究，而刘宝存则是泛泛而谈杜威的生平以及教育思想，不免流于肤浅。这次的课程论文让他认识到自身的不足和差距所在，需要实现思维方式和研究方法的转型。

　　从此刘宝存便埋头于书香墨海之中，从最基础的教育学术著作读起，打下了扎实的基本功。研究生期间的苦读开启了刘宝存学术生涯的大门，他慢慢地明白了如何从事教育学术研究。刘宝存的硕士生导师符娟明教授是新中国最早从事比较教育研究的学者之一，是著名的比较高等教育专家，她主编的《比较高等教育》是我国第一部比较高等教育著作，影响甚大。1999 年刘宝存再次回到师大攻读博士学位时，博士生导师王英杰教授也是我国著名的比较高等教育专家，他治学严谨、胸襟宽广、淡泊名利、谦逊儒雅，是一位深受学生爱戴和敬畏的学者。在自己的研究生阶段跟这样的名师学习是一种幸运，同时也是一种压力、一种动力。刘宝存经常说的一句话就是"作为一名学生不能给自己的老师丢人，要对得起老师对自己的栽培"。

　　现在已经是国际与教育研究院院长的刘宝存，虽然行政工作繁忙，却从来没有松懈过学术研究，始终紧密关注学术前沿和发展动态。他每天早上坚持 6 点半出门，到了办公室就开始工作，直到晚上才入家门。刘宝存笔耕不辍，如今已经发表了 180 余篇学术论文，出版多部学术著作，学术之花连年盛开是他用勤奋浇灌出来的结果。刘宝存经常对自己的学生说："在一个人的成长过程中，机遇和伯乐是非常重要的，但机遇和赏识都是建立在自己勤奋、努力和坚持的基础上的，没有自己的勤奋、努力、坚持作为基础，当机遇和赏识来临时也不会抓住。"

　　在培养学生方面，刘宝存提倡目标管理。他会向学生提出总的要求，让他们按照自己的实际情况来制订学习计划。"培养学生不仅是让他们学好课业、完成科研任务、发表学术论文，提高专业能力，还要教学生诚恳做人、踏实做事，大方向选择对了，未来的路才能走得更远。"每周一刘宝存会安排固定的时间召开师门会，与学生进行交流，一般由学生来汇报自己的研究成果或论文进展，师生共同点评，帮助汇报人更好地进步。刘宝存带过的学生众多，培养了不少人才，学生们自称为"刘府弟子"，从这个戏称也可以看出刘宝存与学生的关系密切，但这并不表明他会放松对学生的要求。"我这个人对自己的要求比较高，做事情会提前计划，按照计划完成各项工作。我对学生的期望也比较高，要求自己的学生也这样做。心中有规划，遇事早准备，方能走长远。"

　　刘宝存经常说比较教育学科有两大特色：一是服务性，即为政府教育决策服务，为教育改革实践服务；二是国际性，即担当国际交流与合作的平台，培养国际化人才。国际性是比较教育学科的特征之一，也是北师大比较教育学科的重要特色。作为比较教育学科的负责人，为顺应世界教育改革的趋势，刘宝存积极推进人才培养的国际化，2010 年他所在的国际与比较教育研究院与瑞典斯德哥尔摩大学合作联合开发了"教育领导与政策"全英文教学国际硕士项目，2011 年正式招生，这是我国比较教育学专业第一个学术性全英文教学国际硕士项目。

长期以来，北京师范大学一直是我国比较教育学科的重地，这使得刘宝存有较多的机会参加国际学术交流与合作，代表中国比较教育学界在国际上发出中国的声音。2016 年 1 月亚洲比较教育学会理事会在菲律宾召开，刘宝存当选为亚洲比较教育学会会长，这是亚洲比较教育学会自 1995 年成立以来，第一次有中国比较教育学者担任此职务。2018 年 5 月在柬埔寨召开的亚洲比较教育学会理事会上，刘宝存连任亚洲比较教育学会会长。"作为亚洲比较教育学会会长，我会致力于提升包括中国在内的亚洲比较教育在世界比较教育学界的影响力，推动亚洲各个国家和地区的比较教育学科的交流与合作，推动亚洲和世界比较教育学界的交流与合作。"同时，刘宝存也是世界比较教育学会联合会执委会的委员。作为来自中国的学者，他积极推动中国与亚洲和世界各国的交流与合作，努力扩大中国教育的话语权和影响力，维护中国的合法权益。

寄语北师大

世界上的师范教育和大学没有固定的发展模式，中国的师范大学需要研究和学习国外的先进经验，但是不要老想着看齐国外模式。北师大作为师范教育的排头兵，要敢于担当，探索出一条适合中国国情的师范院校发展模式，按照"四有好老师"的标准培养高水平的教师。

（李冬美）

扫描二维码即可阅读全文

郑新蓉：在不断自省中探寻教育的意义

推送时间：2018 年 10 月 26 日

这是一个教育学人致力于教育研究的北师大故事

人物卡片

郑新蓉，教授，博士生导师。北京师范大学中国民族教育与多元文化研究中心主任。主要从事教育学、教育法与教育政策、基础教育改革、多元文化教育、性别研究以及妇女教育的教学和研究。著有《性别研究与妇女发展》《现代教育改革的理性批判》《性别与教育》等专著。任全国妇女研究会常务理事、全国少数民族研究会常务理事。北京市第十二届至十五届人民代表大会代表。

这是她在北师大任教的第 14614 天。

1
在北师大一待就是 40 年

"教师是个特别美好的职业。但是要做好，太不容易。"这是郑新蓉到北师大正式执教 30 多年后的感悟："说它美好，是因为这是人可以长时期深刻地影响另一个人甚至另一群人的事业，在社会当中，这样的职业是很少的。教育可能扭曲别人的灵魂，也可能扶正别人的灵魂。这关乎能否给人以系统的知识，能否给人以比较健康的人格，能否用自己的经验让学生未来的路走得更好。因此教师责任特别重大，也不太容易做好。"

回想起自己的职业生涯，郑新蓉感觉自己像是与师范大学有着命中注定的缘分。1976 年，高中毕业后的郑新蓉一开始在家乡县城的一所小学做代课教师，后来又转做中学教师。1978 年恢复高考，因为在职教师只能报考师范类大学，她毫不犹豫地选择全国最优秀的师范大学——北京师范大学作为自己的理想大学。谈到为什么选择教育学专业时，郑新蓉说道："我这个人好奇心比较重，所有的专业都能想象出来是怎么回事，比如地理呀、物理呀，唯独教育想象不出是怎么回事。"于是，带着疑问，郑新蓉走上了对教育学的探寻之路，这一走就是 40 年。

少年时代，郑新蓉曾梦想过从事报社记者、律师、医生等职业。这些职业都与教师有共同点——都是与人打交道的。但她最终选择了教师当作自己的职业追求，"冥冥之中，我与教师这个职业有着不可分割的缘分，想来也是内心必然的选择"。在郑新蓉的教师生涯中，她教过小学、中学，带过大专生、本科生、硕士生、博士生和博士后，除了幼儿园，每一个阶段和类型的学生她都带过。10 月 6 日，是郑新蓉来北师大的第 40 年。正因如此，今年她看到新生入学时格外的感慨："40 年前我就是这样来到了北师大。"

2
专注教育与社会的关系

郑新蓉从事的专业领域是教育社会学，主要关注教育和社会的关系。"所谓的社会主义和共产主义，其核心是人自由的全面发展。"这是她在本硕七年期间形成的事业追求和信仰。过去 40 年里，我们国家快速发展和完成财富积累，在教育社会学视野里，郑新蓉敏锐地认识到社会的分化，就在于城乡教育的差距，不同阶层教育的差距。乡村教育、乡村教师、留守儿童、女童发展等问题几乎成了郑新蓉这么多年科研的重点和培养学生的主轴。"让社会上所有的人全面发展，是最大的社会公平，也是我们最美好的社会理想。"郑新蓉认为，教育社会学要紧紧盯住社会现实。为此，这么多年，她带领团队多次去全国农村特别是中西部农村实地调研这些现实问题。

郑新蓉的学生也主要在教育社会学和民族教育领域进行探索，她的研究提醒着学生，永远不要忽略给那些处于边缘的人更多关怀和帮助。学生周序这么评价她："她的厉害不在于曾经出席第四届世界妇女大会并成为最早将性别平等理念带入教育领域的学者之一，不在于她身兼数职，而在于她的所有学生，从她身上都能够感悟到一种情怀、一种胸襟、一种境界。"

20 世纪 90 年代，她带领学生主要探索教育的性别平等，尤其关注西部贫困地区的女童发展。1995 年 9 月，郑新蓉在全国率先开设"性别与教育"这门课程。直到今天，郑新蓉的一批学生还在关注教育的性别问题。近十年来，郑新蓉的研究转向少数民族教育，她带领学生深入我们国家的边缘少数民族贫困地区，研究少数民族由于语言和文化的差异带来的诸多教育不适应的问题。"在今天我们觉得网络覆盖了全球的时候，地处不同语言文化、不同社会经济发展水平的学校的孩子们，对现代信息的感知也是不一样的。"她带领学生关注城市农民工子女的教育机会和权利问题。郑新蓉做北京市人大代表期间，一直呼吁给北京市农民工提供学历补偿教育。"他们（农民工）当年可能因为看不到教育内容的趣味性和实用性而放弃了读书，可是他们一旦进城，看到读书和不读书命运不一样，教育兴趣和动机就会增强。而当他们想读书的时候，城市对他们其实是关门的。我们的城市需要有快速、免费的补偿学历的政策。"

这些年，郑新蓉研究的重点开始从孩子转向教师。她开始关注农村和少数民族教师的配置问题，她发现城镇乡村学校的师资有特别大的差异。乡村教师很多是城市就业无门又回到大山的大学生，同为 80、90 后的青年，也同在这个繁华时代里，不同家庭背景，就业的机会却大不一样。过去村里教学点教师全是男性，现在基本以女性为主，农村籍女性在城市就业受阻以后，不得不回到村里找安稳的工作。在她看来，民族问题、贫困问题、性别问题是交织在一起的。多年的研究和教学经验，使郑新蓉更加坚信，好老师要时刻记得自己肩负的社会责任，心中要有国家和民族。

3
"大师门"成长记

　　郑新蓉对学生有严格的"素质"要求。第一个是身体好。因为科研需求，团队经常深入全国最艰难最贫困的山区。"所有的乡村教育，你不走进它、不亲眼看到它，不在那里待一段时间，不可能有深入的了解。做学问的过程当中，哪个学生下去待的时间最长，待住了，甚至跟当地人打成一片，她/他就能做成好的论文。"一位去年毕业的博士生，她的博士论文就是三四次深入云南边境地区少数民族寨子里后做出来的。在大山深处做调查时，郑新蓉鼓励学生："谁能爬到山顶看教学点，谁就能够来继续读教育社会学。"更多的时候，郑新蓉是为学生的成长而感动和自豪。郑新蓉谈到她有一个女学生，初次调研住到农村教学点老师家里，第二天起床看到尿桶直接浇到菜地里去，特别吃惊，她完全不知道菜是粪便浇出来的。第二个条件就是一定要深入中国社会的实际。她要求学生做学问的时候，先看看发生了什么，思考发生这些事情的"事理"，在"事理"的基础上，再来看"学理"，即什么样的理论能认识和解决这些问题。不要拿抽象的概念去简单地套用中国的现实。

　　谈起对学生的培养，郑新蓉动情地说："我们疼爱学生如同自己孩子，但整个大的社会甚至是整个大的世界，是不会随着我的爱心、我的仁慈而庇护我们的年轻人。我常说，风雨不怜打鱼人。另一方面，历史的车轮总是向前的，相信年轻人，他们应当有更美好的未来，也应当加倍的努力。"

　　多年来，郑新蓉的学生团队有一个非常好的学习帮助氛围，这与郑新蓉的有意培养有关。"在我的团队，我始终希望，上一年级的是下一年级的榜样。你到什么年级，你在这个团队要承担相应的责任。当年稚嫩的学生变成师姐后，给师弟师妹交代各项工作的时候，怎么与机构和相关人员打交道，怎么准备访谈的提纲，讲起来都是自信满满，神采飞扬。"在她看来，同学有困难的时候，没人意识到或意识到不去帮，那么教育就是失败的。有一次郑新蓉听到一个临毕业学生说，她本科来北京的时候，是一个人来到学校的，博士毕业走的时候，也没打算告诉其他同学。"我心里一下子就揪住了，我想无论如何要安排同学送，让她对北京的记忆，对师生的记忆，一定要是基于人的感情存在的。"互助、友善的关系是教育的核心，没有互助友善就没有教育。郑新蓉深知，教育需要尊重和耐心，她试图尊重每个学生个性，发现他们独特的长处，用信任树立学生的自尊。

　　她的学生们因为项目的原因常常成群结队，久而久之会形成相伴若干年的相互激励关系。毕业多年的同学们任何一个进步都会挂在同学群里：出了一本新书，发表了一篇文章，评了一个奖，大家彼此分享和激励，这个氛围一直存在。"一生当中，该点拨的时候有人点拨，该激励的时候有人激励，该帮扶的时候有人帮扶，我觉得可能对人的一生还是很有价值的。"

　　从入校到毕业，"团队"的观念一直存在学生的心中。郑新蓉现在有一个课题，就是带着兄弟院校的自己毕业多年的学生一起做，如今她们又带上了自己的学生，就这样一届一届把对教育的热爱传承下去。郑新蓉带了一百多个学生，现在大多活跃在教育界。有一个毕业的学生，第一次作为老师带自己的学生，又兴奋又紧张，遇到问题的时候，经常找郑新蓉说体会到了老师当年的不容易。"教书育人是很难的，越是临近退休，对自己更多的是自省和自责。我们是在一个浮躁的年代当教师，虽然也是高歌猛进，机会多，物质的繁荣多，浮躁的东西也多。"有时郑新蓉给学生布置了任务，因为自己太过繁忙，发现了问题并没有及时地帮助学生解决；或者对于学生成长的每一步，有时盯得还是不紧，事情太多，对自己和学生的要求就都放松了。

　　在她看来，教育也是遗憾事业，很多时候，郑新蓉都是回头了再来反省自己，觉得当初如果换个方式做可能会更好。"当老师这个事业，其实就是越做到后面，越小心翼翼。因为你特别明白，教育是多么缓慢的事情，是多么触碰心灵才产生效果的事情。越年轻的时候，靠着年轻，靠着活力，就这么推着推着就走。年龄大了我们与学生的差异越大，就变得越来越敏感。当所有的学生的年龄都比自己的孩子都小很多了，他们的心事想法，时代给他们的感受，你也越来越看不见了，你也觉得教育也越来越难。"曾经有一个学生，一入学就担心以后找什么工作。郑新蓉就跟她讲："为什么要把三年后的事情放到现在来担心呢？你一学期多读十本书，等你读完几十本书的时候你可能就不这么焦虑了。"可是老师的努力赶不走社会带给学生的焦虑，学生就是一本书还没读完就又去想找工作的事情。"每当这时，我都觉得既无力又遗憾。"

4

"当老师最大的幸福，
就是把你的所思所想分享给学生。"

　　郑新蓉说："一个老师最大的幸福就是把你的所思所想、锤炼过的知识分享给学生。"郑新蓉获得"2018年北京市师德先锋"称号后，一个十几年前毕业的学生说:"郑老师,你可能记不得我。但当年听了你的性别与教育的课,彻底改变了我的人生。"有同学这样评价郑新蓉的课:"在我听过的所有大学教师的课当中,郑老师的课是另一种风致的、如诗般的课。在课堂上,即便是在她成段地背诵马克思著作中的原话时,即便是在她痛斥当前教育功利主义、拜金主义现象时,她也感动着自己,感动着听课的我们。"课堂上的学生,虽然有人听不懂,有人不专心,但郑新蓉的风采依然影响着一代一代的学生。有的学生或许已不记得课程的内容,但是老师讲课的热情还激励着他们。

三十多年前刚刚留校,郑新蓉讲授的课程是"马克思主义教育论著选"。在她以后的研究中,她也始终用马克思主义作为研究基础。"学校是培养和引领未来新人的地方,不是社会需要什么,学校就给什么。学校的人应该走在社会的前列,引领社会。我读书的时候,顾明远先生做我们教育系的主任,他说:'你们以后就是中国的教育家。你们怎么样,中国的教育就会怎么样。'我也是这样对学生讲的:'你们中多数人今后都将成为在教学生产和知识传播领域里工作的人,所以说,当前你们的学习,不仅关乎当下你们的成长,也关乎教师的成长,甚至包括今后教育学术界开什么花,长什么果,这都和你们有关。你们怎么样,可能学术的方向就会怎么样。'"

20世纪90年代中期,郑新蓉开设的新课程是"性别与教育"。这门课让师大的女生了解到原来性别确实会阻碍女生的一些发展,让女生们学会更好地与男性共处。2011年,她主持面向全校本科生开设了"北师大女教授讲堂"课程,"北师大有那么多精彩的女教授,她们散在各个学科,我就想把她们都拢在一起。让她们特有的智慧、豁达、坚定给年轻的女学生树立榜样。我自己也在这门课里得到了滋养。遗憾的是,我们最想将这门课面向博士和硕士研究生,但是一直没有开成。"直到现在谈到这门课,郑新蓉都热情满满,她说:"当前这种'知识分子走技术化路线、研究领域越来越狭隘'的现象,并不完全是学科分化的结果,从更深层的意义上说,是资本主义异化现象在当前的一种表现。我国的学者曾经非常热情地拥抱科学、理性和自由,但人们后来却越来越发现,对科学和理性的过分强调和不恰当的认识,给学术研究带来了功利化、狭隘化和片面化的倾向,学术研究被物欲所垄断,这时候我们才猛然发现:马克思所批判的异化现象,原来就悄无声息地在我们身边产生。学术思考被研究技术异化,研究者本人被研究工具异化,我们心中原有的理想反而被踩在脚下。"

当郑新蓉提到她主持的"教育学的研究方法论"课程时,感触无限:"朱红文老师,连续五年担当我这门课人文科学方法的老师,他在课堂上神采飞扬,侃侃而谈。很多次想请他吃饭,但是一直未成。一次下课我说请你吃饭吧,他说下次吧。十分钟后我们却在教授餐厅碰面，彼此相视而笑。"

　　回望在北师大的岁月，郑新蓉在教育学的田野里已耕耘了 40 个春秋冬夏。这 40 年，她从师从名师到耕耘教坛、培养学生，也获得了一些成绩和荣誉。"北师大优秀的人有很多，我跟他们一比差距还很大。"对此，郑新蓉唯愿自己能在未来做得更好。

（王娟、陈雅婷）

扫描二维码即可阅读全文

萧放：始于情怀，忠于情怀

推送时间：2018 年 10 月 29 日

这是一个民俗学者致力于民俗研究和普及的北师大故事

萧放，中国社会管理研究院/社会学院教授、博士生导师，国际亚细亚民俗学会副会长、中国民俗学会副会长、中国民间文艺家协会理事兼中国节日文化研究中心主任、全国文化艺术资源标准化委员会委员。主要研究岁时节日文化、传统礼仪文化。主持多项国家与省部级科研课题，出版著作十余部，发表学术论文百余篇。曾多次获政府与行业学术奖励。

这是他在北师大任教的第 3340 天。

"师范"之情之思

师范初心不改。高中毕业之后，萧放便回到农村劳动，恰赶上恢复高考这一历史转折点，1979 年他"如梦一般地"上了大学。当年懵懵懂懂的青年因为师范学校不仅免学费，还提供伙食费，便毅然选择师范院校，怀有成为光荣人民教师的初心，还谈不上坚定信念，没想到这几十年他都没有离开过师范学校，也最终成为了一名师范学校的教师。萧放说，是"朴实与情怀"让他对师范院校格外钟情。

"师范"师生共建。萧放认为，学生受老师的影响很大，老师在课堂上不能率性随意地讲，"率性有时是不负责任的"。"四有好老师"强调好老师应该有仁爱之心，老师和同学不是一般的购买和服务的关系，而是有情感和人性交流在其间的。教师是一个特殊的职业，我们"不一定天天说老师是灵魂工程师，但也不能认为他就是售货员；也不一定时刻标榜师道无上尊严，老师却也应该受到应有的尊重"。萧放还反复强调的一点是，对教师的要求除了科研能力，还有就是"情怀"，这一点传承于他的老师们，也践行于他自身，更是对学生们的殷切期盼。他认为学问与情怀是为人师者最重要的。

反思师范教育。作为在师范院校工作几十年的老师，萧放对师范大学的教育进行了反思。他认为，虽然师范大学对各个层面的教育都会覆盖，但目前做的最多的是中小学教育，高校教育和幼儿教育这两大块还有待重视，既然要把师范作为基本特色，对薄弱环节"两头抓"就有一定的必要性。师范院校应该既可以作为给其他高校输送教师的师范大学，也可以作为培养幼儿教育人才的基地。

从历史风俗到社会民俗

从求学经历看，萧放当得上近年来的学术热词"跨学科"，他经历了从历史风俗到社会民俗的转向，在求学过程中不断探索，最终确立了自己的终生研究方向。

本硕都在进行历史研究的萧放最后却选择了"民俗学"这样一门"离开书桌，走进田野"的学科。萧放回想，是因为在做历史研究的时候已经对风俗民俗问题产生了兴趣，对社会也有所考查。萧放的本科毕业论文做的是"明朝后期阉党和东林党之争"，在做这个选题的过程中，他就对明后期的风俗和社会有了较多的认识，之后更是将对"风俗"的兴趣拓展到了"民俗"上。硕士阶段，萧放依然选择了"明清史"作为自己的研究方向，老师不仅让他们熟读《明史》《清史稿》《马克思恩格斯论历史科学》等等论著，还让他们出去进行田野调查，理论和实践两手抓。因为他研究的是经济史，便前往景德镇调查瓷业，去接触老窑工、老的瓷业商人等等。他到过高岭土开采的山洞，开过现场座谈会，也进行过访谈调查，这实际上已初具民俗学特有的研究方法和思考模式。

硕士毕业后萧放到湖北大学工作，20世纪90年代初他就申请了"湖北风俗文化研究"这样一个课题，自己跑了鄂东鄂西几十个县去查资料。1991年，萧放来到北师大，先后跟随张紫晨先生和钟敬文先生做访问学者。评上副教授后，萧放又在 1996 年考回北师大攻读博士学位，师从我国著名民间文艺学家、民俗学家、教育家、诗人、散文家钟敬文先生。走上节日民俗研究这条路，是萧放的兴趣使然，亦是名师指点。

萧放的博士论文想要研究《荆楚岁时记》所体现的中国人的时间观，至于如何从民俗来体现时间观念，钟老为他加了"生活"二字，即研究《荆楚岁时记》及其所反映的传统中国民众生活中的时间观念，帮助他确定了研究题目。在写作上，钟先生也给过他这样的指点："写文章不要太用力"，即具备了很好的写作能力和驾驭能力，书写起来才能举重若轻。"老师的引导很重要，在关键的地方做一个点题，把握你的研究方向"，这篇博士论文荣获得了中国民间文艺山花奖，也成为萧放此后节日研究的重要基础之一。

在读博及博士后期间，钟敬文先生对萧放的指导不仅在学术上，更在为人处世方面。钟老把所有的课题经费全都投入到工作中，萧放评价他是"人格高尚的楷模"。钟老总是教导他们不要着急，把自己的事情做好，"淡泊以明志，宁静以致远"就是萧放在做访问学者时钟老给他的题词，经过了这么些年，萧放对钟老的教导有了更深的体会："老师是从比较高比较远的角度看问题，你可能会碰到一时一事的问题，但其实放远看就不是大问题了。"

萧放回想自己的求学经历，本硕博阶段所遇到的都是好老师，他认为，要想遇到好老师，学生就必须有主动性，通过提升自己来接近好老师。而萧放"靠近"老师的方式之一就是通过取书报邮件，读博阶段他每天都要为钟先生取书报邮件，这样就能每天与钟先生见面，从而交流很多的内容，这是他"求学"的自觉性。

几代师生铺就的公益路

赶着微信公众号的热潮，萧放和师生们从 2015 年冬至开始运营"北师大民俗学"这个公众号，到现在为止他们发布了 180 余篇原创文章，已经有将近一万人的关注，受众大多是中小学老师和民俗学学生，还曾经与"章黄国学"一起被评为国家网信办文传榜国学十大公众号之一，可以说是民俗学界办得最好的公众号之一。《二十四节气——中国人的自然时间观》这本书就是公众号文章的集结出版。这三年来的运营全靠老师同学无私的投入和奉献，一届届自觉地将这个公众号交接、运营下去，他们就是要做纯公益性质的公众号，给社会大众普及民俗知识，传承民俗文化，为专业学生提供一些专业动态和讲座信息。

在他们这个公众号的影响下，毕业后分散到国内各地的学生们在各自的大学也都办了相关的公众号，一起投身到传统文化的普及推广工作中。

因为做节日民俗相关的研究，萧放还特别关注国家节日的传承情况。他在《人民日报》《光明日报》等各类报刊上发表了七八十篇文章，宣传节日传承。萧放笑称自己应该是在除体育频道外其他所有中央电视台节目上都做过嘉宾，还在人民广播电台、地方的公益讲堂、国家图书馆等地也都做过相关的访谈或者讲座。社会普及虽然牺牲了很多时间和精力，但在传统文化社会动员和传承上面做了很多有价值的事情。"公益没有什么利益，但是要去讲，因为可以影响大家。"萧放认为传播是一个大公益，"当我们把这些东西传承给大家的时候，大家就会意识到你所做的是有意义的，你的学生也会更有出路"。节日传承是国家需要，萧放认为自己也是在做力所能及的事情，比如开设"岁时与传统礼俗"通识课，就是让同学们了解传统文化的一种方法，培养他们对传统文化的认识和文化自信。

一起到田野中去

民俗学这个学科的特性就是要"到田野中去"，而萧放他们团队培养学生的特点就是"一起到田野中去"，十几个人的团队里老师少，学生多，硕博士都加入了课题研究。最高效的方式是所有老师一起出动，带领学生们去田野调查，调查往往持续四五天到一周，白天调查晚上开会整理资料，虽然很累，但很有成效。田野调查的方式非常有效地帮助学生接触社会，了解社会。在这个调查的过程中，老师和学生朝夕相处，关系十分和谐。

"当学生对'民俗'这个民间的生活文化感兴趣时，他本身就具有了跟人沟通的欲望和潜质"，萧放任首席专家的《百村社会治理调查》是面向基层的大调查，该调查是国家社科基金重大课题的重要组成，也是学校交叉学科平台建设的重要抓手，目前已启动试点40多个村落，近百名校内外师生参与，几乎每个同学的课题和论文都与之息息相关，同学们就在田野和课堂中成长。学生在调查的过程中需要知道如何跟人沟通，如何获得需要的东西，在调查民俗文化、乡村社会治理等的过程中，他们甚至还要给当地人当参谋。学科的特性放大了学生与人沟通的潜质，更给了他们最真实最接地气的生活体验。

新时代民俗与社会治理新征程

2015 年，我校创新办院体制，成立社会学院，同中国社会管理研究院作为一个实体，两个牌子，进行新型社会治理智库一体建设，致力于建成国家社会治理高端智库和社会学学术重镇。萧放的学术生涯也开启了新型智库"民俗学与社会治理"的新征程。他积极筹划"乡村振兴与社会治理"研讨会，参撰的"关于新时代坚持和发展'枫桥经验'的建议"获中央主要领导重要批示，推动实际工作。他组织召开"民俗学的实践研究：村落传统与社会治理"研讨会，缅怀和继承钟敬文等老一辈民俗学家学术精神，回顾与总结中国民俗学科近二十年来的发展历程与学术成果，探讨新时代民俗学发展的机遇与挑战。国务院研究室原主任、中国社会管理研究院/社会学院院长魏礼群说，智库建设要发挥咨政建言、理论创新、社会服务、引导舆论等功能，需要一大批"大家"和"名嘴"，萧放教授就是一个。

"情怀"是萧放在访谈中最常提及的一个词，这种"情怀"是他选择民俗学的初心，也是民俗学这个学科对他潜移默化的影响，他的师范观、公益路和对学生的培养就无一不体现他的踏实作风与理想情怀！

寄语青年学子

期待更多的年轻人关注社会基层，关注民众的生活状态，尊重每一个生命个体，让我们为美好的社会共同努力！

（王娟、林晗）

扫描二维码即可阅读全文

赵朝峰：站稳教室三尺讲台，
守住内心一片安宁

推送时间：2018 年 11 月 12 日

这是一个高校思想政治理论课教师用心上好每节课的北师大故事

赵朝峰，法学博士，北京师范大学马克思主义学院教授、博士生导师。从事思想政治理论课教学 13 年，入选高校思想政治理论课教师 2017 年度影响力人物、北京市宣传文化系统"四个一批"人才、北京优秀德育工作者以及全国优秀科普专家，北京师范大学第十届最受本科生欢迎十佳教师，主持 2 项国家社科基金课题、2 项教育部人文社会科学课题、2 项北京市课题，研究成果曾获北京市哲学社会科学优秀成果奖一等奖、教育部高等学校科学研究优秀成果奖一等奖。

这是他在北师大任教的第 4809 天。

在第十届"最受本科生欢迎的十佳教师"颁奖典礼的舞台上,当主持人问道:"常听学生说,您的课不仅幽默风趣,而且能引人深思,达到这样的效果,请问您有什么秘诀吗?"赵朝峰谦虚地说:"其实我做得并没有像你说得那么好,是因为北京师范大学的平台非常伟大,北京师范大学的同学非常优秀,这让我始终怀有一颗敬畏之心,敬畏北京师范大学的三尺讲台,敬畏北京师范大学的同学,敬畏我所从事的学术研究,这也促使我下足笨功夫备课,用好新方法授课,讲出社会历史发展的大道理,讲好人生成长的小道理。如果自己确实取得了一点成就的话,那就可以归结为一句话——努力践行习近平总书记提出的'四有好老师'的要求。"这一番真诚的回答,不仅赢得了现场热烈的掌声,更是赵朝峰多年来从事教学工作的生动写照。

心怀敬畏,站稳讲台

从教 20 余年来,赵朝峰始终牢记北京师范大学教授张守常先生和张静如先生当年的叮嘱:"当老师一定要站稳讲台。"赵朝峰始终秉持"课比天大"的原则,下尽苦功夫,用心上好每一堂课。

作为一名高校思想政治理论课教师,赵朝峰多年来一直讲授"中国近现代史纲要"课程,深知思想政治理论课的教学难度和挑战。他说:"无论是理工科同学还是文科学生,大家都知道鸦片战争、辛亥革命、五四运动、抗日战争等这些耳熟能详的名词。况且北京师范大学的同学思维活跃,知识面广,综合素质高,对教师有很高的期盼和要求。"因此,"讲好课程,必须提高课堂品质;教育他人,必须首先丰富自己,用一潭水的储备才能教给学生一碗水的知识"。为此,赵朝峰精心准备教学过程的每一个环节。他常说:"只要态度认真,工作一定具体,只要工作具体,结论一定深刻。"为找到课堂教学所需要的资料,赵朝峰积累了海量的教学视频和图片,从海量的历史资料中精心挑选教学所需的素材。听过赵朝峰课的同学都知道,他课件里的故事和资料都是"度娘""知乎"里找不到的。

赵朝峰所承担的"中国近现代史纲要"课既是一门寻求历史真相的"求真"课程,又是一门说道理、培养正确历史观的课程。他说:"历史现象不会再现,但历史规律则会一再重复。掌握历史规律、鉴往知来就是读史可以明智的道理。"为更好地掌握中国近现代历史的发展规律,他非常重视用马克思主义增强分析历史的说服力,用科学的理论指导历史研究和教学,并用典型的历史人物与青年学生的成长成才相结合,既讲出社会发展的大道理,又讲出个人成长的小道理，使学生在徜徉历史的长河中，形成深邃的历史眼光，置身于中华民族伟大复兴的征程中，激发出强烈的历史使命感。也正是因此，赵朝峰的课堂总是丰富饱满、妙趣横生，深入浅出地阐释着一个又一个深刻的道理。

教学有方，注重实效

在北京师范大学学生总结的选课攻略中，赵朝峰是同学中届届相传、争相首选的"中国近现代史纲要"课老师。他的课堂不仅坚持内容为王的原则，而且在教学方法上也独具匠心，这使得他在历年学生评教中一直获评优秀。"赵老师的课风趣幽默""他是我最难忘的公共课老师""改变了我对思政课的认识"。这些评价是学生对其教学成果的高度赞誉，也是学生正确历史观的体现，有的学生因此换专业报考赵朝峰所从事的中共党史专业，追随他攻读硕士研究生。

教学有法，教无定法，贵在得法。赵朝峰讲授的"中国近现代史纲要"课没有形式上的热闹和表面上的花哨，课程实实在在但却一点也不平庸。他总是引领着学生注目教学内容，不时激发他们的思维浪花。赵朝峰的课程没有空洞的理论说教，他善于用"问题导向"法调动学生的兴趣，用历史与现实的结合启发学生的思考。他常说："好的教学方法才能呈现出高质量的课堂，讲求现代教学方法，不是去迎合学生，而是要想办法讲道理。任何教学形式必须服务教学内容。"他认为讲好思想政治理论课不能靠单相灌输，必须善于引导、注重交流沟通。像学术研究必须进行学术史的回顾一样，在课堂上，他经常对同学进行"问题普查"，以了解学生已经掌握或具备的知识，找出他们的知识空白点，从而有针对性地进行讲授，做到有的放矢，着力解决同学中存在的知识缺失和认识偏颇问题。他说过："需求是第一推动力，课堂教学也要掌握好学生需求。只有从学生需求入手，才能够达到让学生坐下来听进去、记得住用得上的目的。"为此，他精心设计了一系列教学必须解决的问题，诸如"中国古代王朝为什么会周而复始地更替？""近代中国的革命是怎样发生的？""马克思主义为什么在其产生后70年才传入中国？""1928年南京国民政府统一全国后，中国共产党为什么还要革命？""卢沟桥事变的爆发是历史的偶然吗？""如何看待国共两党在抗日战争中的作用？""第三次国共内战爆发的责任应该由谁来负？"等等。

由于历史事件都有特定的空间和时间，赵朝峰善于对历史进行纵向和横向比较。在讲授鸦片战争时，他会把当时的中国和世界进行对照，指出这种时代的差距，分析其原因和影响。在讲授中国近现代社会的发展变化时，他举出清代掌故遗闻《清稗类钞》中记载的火车时速以及鲁迅春节回家所经波折的例子，再对照当代中国交通事业的发展，让学生在对比中认识到中国近现代社会发展的重大变化和改革开放所取得的巨大成就。针对有些容古虐今的心态，赵朝峰通过1948年出版的《中华民国统计年鉴》中高等教育状况与当今中国的高等教育事业的发展进行对比，用事实和数据让学生充分认识到中国特色社会主义取得的根本成就，让家国情怀树立在他们的心灵深处，并转化为实现中华民族伟大复兴中国梦的自信力量。修过赵朝峰课的学生，在毕业数年之后，仍会不时发邮件感谢赵朝峰的课堂讲授。他所授的"中国近现代史纲要"课荣获北京师范大学示范课。

以研促教，责任担当

教学效果的提升离不开严谨的学术思考和研究，赵朝峰始终秉持用学术讲政治的观点，非常重视科学研究，用学术研究增强教学内容的丰富性和答疑解惑的深刻性。他引用习近平总书记的话说："学生往往可以原谅老师严厉刻板，但不能原谅老师学识浅薄。"杰出的学生往往受有思想、有学术成就教师的影响。赵朝峰认为做老师既要博学又要专精，他还结合自己所学的专业解释道："我是研究中共党史的，中国共产党就是靠建立革命根据地起家的。高校思想政治理论课教师也要有自己的学术领域，聚焦研究问题。"近些年，他先后主持了多项国家社科基金项目、教育部人文社会科学项目以及北京市规划办项目，研究成果曾获教育部、北京市哲学社会科学优秀成果奖一等奖（多人合作）。

在课上，赵朝峰是优秀的思想政治理论课教师，在课下，他是优秀的社科理论普及专家。他多次应邀为国内的一些党政军机关、团体组织和企事业单位授课，所授课程深受学员欢迎。赵朝峰经常说："做一名教育工作者和高校思想政治理论课教师，必须讲好党的创新理论，弘扬主旋律，传播正能量，这是学者应该承担的社会责任。"

"唯有站稳学校的讲台，才能守住内心的安宁。"这是赵朝峰结束我们采访时说的话。

> 日出曦园，深耕教学育桃李。
> 月洒木铎，激扬文字道哲思。
> 三尺讲台筑梦人，亦庄亦谐述历史。
> 春华秋实笔不辍，发人深省著文章。
> 纲要课，风景这边独好。

——北京师范大学第十届"最受本科生欢迎的十佳教师"赵朝峰老师颁奖词

（王娟、刘艳红）

扫描二维码即可阅读全文

王友军：一个不想做"学术新星"的学术新星

推送时间：2018 年 11 月 19 日

这是一个年轻海归学者奋力教书育人的北师大故事

人物卡片

王友军，钙信号转导研究及光遗传学钙工具应用专家。美国马里兰大学帕克分校神经与认知生物学博士，北京大学神经生理学硕士，烟台大学生物化学学士。教育部"新世纪人才支持计划""青年拔尖人才"。现为北京师范大学生命科学学院教授，在抗性基因资源与分子发育北京市重点实验室工作。王博士一直从事钙信号转导研究，近年主要研究 STIM – Orai 蛋白介导的钙池操纵钙内流（SOCE）的激活及调控机制，中草药抑制剂筛选鉴定及相关工具研发。近 5 年在 *Nature Cell Biology*，*Nature Communications*（2 篇），*Angew Chem Int Ed*，*PLOS Biology* 等杂志以共同通讯的方式发表 SCI 收录论文 12 篇。论文被引用超过一千次。多次受国际会议/期刊邀请做报告、撰写书稿、综述及评论文章。

这是他在北师大任教的第 2016 天。

1
"能来到北师大，是我的运气"

"科研人员不应该是撰写基金申请书的机器。"2012 年，在先后目睹身为知名科学家的博士后导师时常为科研经费不足而焦虑奔波、博士后师兄五年内连写十七份基金申请才在评终身教职前的最后时刻拿到一个项目之后，年轻的王友军下定了从美归国的决心，那一年距他离开祖国已经过去了整整十二个年头。

十二年间，我国的科研界已经发生了翻天覆地的变化。雄厚的资金和强大的政策支持，每年都在吸引着无数青年才俊回到祖国怀抱。而与北师大的邂逅，王友军反复强调，这是偶然，也是他的好运。"很意外，在我向北师大发送简历的第二天就收到了回复。"热情的院系领导和生命科学学院优秀的科研平台，给予了他巨大的吸引力。"院长帮我争取了当时学校能给的最好的待遇，包括教授职称和科研经费等。虽然可能需要等一等院里才能腾出实验室空间，但是院里的公共仪器平台非常完备，所长也已经搭建好了非常好的钙成像平台，两位领导还把自己的学生转给我，这些都让我来了之后可以直接开展工作。"这一切的便利，是生科院领导和老科研人对于优秀学术人才的珍视和器重。

王友军最终也没有辜负这份期待。在归国不到一年的时间内，凭借卓越的科研成绩，他斩获了教育部"新世纪人才支持计划"等称号，并在 *Nature Cell Biology*，*Nature Communications*，*Angew Chem Int Ed*，*PLOS Biology* 等顶尖杂志上发表 12 篇前沿科研文章，实现了一个学术成果迸发的小高潮。

2
"科研就是做别人没做过的事情"

把时间轴拉回 1993 年的那个夏天，18 岁的王友军面临着人生第一次重要选择。尽管高考发挥得并不十分理想，但第一次离开家的喜悦仍然使他兴奋并雀跃着。

"我是个有很强好奇心的人，喜欢一切新奇的东西。在报志愿时，尽管还是一个懵懂的状态。但我不想从事那些日复一日重复同样操作的工作，更不想毕业后的人生一成不变，一眼就望到头。"浏览高考志愿手册时，王友军被"生物化学"四个陌生的字眼吸引了。带着几分对于未来的期待，他踏入了烟台大学的校门。因为是清华北大援建的，当时的烟台大学给学生的训练系统而严格。

在这里他开始进入实验室，第一次接触到科研工作。"我逐渐意识到自己是适合并且热爱做实验的。我是个较真的人，在平时生活中，这个特质可能比较容易招人烦，但是做学术需要的就是较真。"22岁，"较真"的王友军没有选择回老家从事那种人生一眼望到头的工作，"我想考研究生，而且要考最好学校的研究生"，时间不会辜负努力的人，半年后，他站在了北京大学的门前。而读研究生的生理学研究方向也更加契合了"满足好奇心+自由度大一些"的要求。

硕士毕业后，随着世纪之交最后一波大的出国潮，王友军到美国马里兰大学攻读博士学位。国外的求学生涯清苦而孤寂，他将大量的时间倾注到了实验之中，"做科研，就是走一条少有人走过的路，在这一过程中你会发现一个新问题，为了解决它去做出各种努力，尽管事前不知道能否解决问题，但是毕竟做了一些前人没有过的尝试"。王友军一点一点地学习怎么做科研，并寻找适合自己的研究方向，严谨的导师给予了他扎实的研究训练，而宽松的博士后合作导师则为他提供了更加自由的思考空间，"我发现自己更喜欢简单直接，可以快速看到变化的实验，所以慢慢将兴趣转移到了细胞内信号转导的研究上，比如钙信号的荧光或电生理展示，就很有意思"。提到自己的研究设计，一向沉稳的他语气变得轻快起来，像是在讲一位熟稔的老友，又像是在向当年走上科研之路的自己致意。

3
做科研，就像攀树摘最好的"桃子"

近年来，王友军在科研上一直保持着较高的产出，在跨学科领域的国际杂志上时有斩获。提及自己的学术成就，他表示这和之前所受到的严谨扎实的学术训练和多年来丰富的知识储备是分不开的。他认为，对于年轻科研工作者而言，要做好科研不光需要开阔的眼界，更重要的是要沉下心来，"多花些时间，多学点东西"。严格的自我要求与吃苦耐劳的精神对于一个人在学术道路上能走多远至关重要。"他是一位执着的学者，一个春节都做实验的行者。"生命科学学院分党委书记张雁云教授如是说。王友军对自己常年为科研工作泡实验室打趣道："我这可是笨人用的笨办法，希望大家不要学我这样。"他觉得"小班教学""宽进严出"的教学运营模式，对于提高一个学校的教学与科研水平也很具有重要的创建意义。

王友军形象地将做出科研成果比作"摘桃子"。一个领域好比一颗桃树，待解决的问题就是树上长的桃子，科学家就是站在树下的摘桃子的一群人，大家都想摘到自己能够到的最好的桃子。最重要、最容易出成果的方向就好比树上最好的桃子。很多时候，大家都能看得见这个桃子在哪里，谁的梯子够高而且动作快，就能摘到这个桃子。青年科学工作者利用新实验室有限的资源搭梯子的速度可能不够快，梯子可能也不够高，这时候的最佳策略可能不是去抢那个最好最高处的"桃子"，而是摘那些可以优先够到的好"桃子"。等实验室的研究积累足够打造最强的梯子时，就可以考虑最好的"桃子"了。

回顾这些年走过的路，围绕怎么更好地搭梯子建团队，王友军总结了三条新独立的科研工作者尽快开展工作的"浅薄经验"。"首先要尽量选一个科研平台比较完善的氛围良好的单位。比如北师大生科院这样，领导不光在新人入职前尽量为我们争取各种待遇；入职后，前任和现任各级领导一直在想方设法购进我们科研所需的各种相关实验设备，还经常优先为我们新人提供一些科研资源。领导支持 + 平台支撑 + 学生和经费，有了这些基本条件就很容易出成果。这相当于已经有人帮你搭好梯子（平台）并扶稳了，你只需要尽快地爬到顶上摘桃子就行了。这样比你现搭实验平台造梯子要快多了。"第二点经验就是尽量不要单打独斗，要多开展国际合作科研工作。"现在做科研对于设备的要求是特别高的，强强联合容易出成绩。"学校以及实验室之间应该广泛地开展校际及国际合作，和国际上热爱科研且同处于起步阶段的老师合作，每个人都可以尽情发挥特长，会加快科研成果的产出效率。"现在对于很多老师来说，他不是想不到如何做最好的科研，而是早就想到了，但是由于进度慢，时常摘不到最好的'桃子'，只能退而求其次。"王友军认为开展国际合作最大的好处就是可以一方提供一半的梯子，将搭梯子的速度提高一倍，从而可以提高科研效率，尽可能帮助科研人员摘到他科学素养中认为最好的"桃子"。

与此同时，王友军还提到，对于青年科研人员来说，可以适当地把自己的目标调低一点。先解决手边一些容易解决的问题，以此培养和锻炼团队，同时慢慢开拓一个前沿方向。这种方式可能花费时间会长一点，但是会更稳妥一点。因为这样可以在保证自己有学术产出的前提下，再把蛋糕做大。"我没有想到要做学术新星，想的总是如何先把眼前的事情做好。"王友军认为，科研是很有趣的，但科研界有时也是比较残酷的。有些科研人员因为专注于解决一些很难的问题，在一段时间内没有产出。而如果他们暂时未能解决这个问题，"尽管他们依然是十分出色的研究者，但是却似乎不再受到重视了"。他认为这种现象对于我国科研的发展是十分不利的，"很多面向重大问题的研究的风险是很高的，失败率很高。但如果十个人里有一个人能做出来，我们就能在科学探索的前沿领域多占一席之地。国家应该更多地鼓励和支持高风险的创新性研究，为这些勇于解决难题的科技工作者，特别是暂时没有成功的那些人，提供更多的保障。就算他们目前还没有解出相关难题，他们的工作也会是后续工作的铺路石，对推动我国的科研发展也有着独特的贡献"。

4

"教育不是工厂，是农场。"

"我在教育学生，学生也在教育我"，谈及初来北师大的那段日子，王友军感慨良多。尽管从博士后时期就开始帮合作导师带学生，但如何当一个称职的导师，如何帮助学生更好地发展，仍然时常令他困扰。他直言自己最开始由于教育热情太高，以至于忽视了教育的基本规律和前辈的告诫。像他的一位同行说的那样，总有一种新导师的冲动，想变成武侠小说里那种武功高强的老前辈，一下子就把自己的毕生功力传给学生。从小到大，一直严格要求自己并努力做好各种事情的他也不自觉地认为自己的学生当然也要走最优的求学之路。导师要高标准要求学生，学生不光不要走自己走过的弯路，还要能吸取自己好的治学经验，从而以最快的速度成长为一个优秀的科学家。"最开始建立实验室时，对当时手下仅有的两个硕士生要求很严格。很久之后，我才知道那段时间他们经常感到沮丧，因为他们认为自己很努力了，却没有得到我的认可和表扬。"面对这一现象和其他类似的事件，王友军也感到很困惑和苦恼，并请教了很多同事和领导。他慢慢地开始对自己的教学方式进行了反思，终于真正体会到，"之前要求学生的标准仅仅是基于我的理想期望而设立的，并不适用于每一个学生。虽然在我严格要求下，学生们的产出都很高，也发了高质量的文章，但这是他们的兴趣所在和真正想要的吗？学生的读研目的不同，优点和特长不一样，每个人舒适区的范围也不同。因而，应该因材施教，在学生本来的水平上，给他们定一个努力一下就可以达到的目标"。

明白了这一点以后，他不再为学生改进程度达不到预期而苦恼，因为"教学生就跟养孩子一样"，重要的是看到他们的成长。摸索了几年，王友军觉得培养学生一定要结合学生需求和读研目的，制订最合身的培养计划。培养过程中，他依然和以前一样，鼓励学生走出舒适区，多花点力气学东西，并及时调整用力气的方向，达到自己能够挑战和承受的最佳区域。"人学东西是要花些力气的，导师就是那个告诉你如何用力的人。"回想起自己的求学经历，王友军深以为然。不过，"科研又容易又困难，做科研就要把做事情做好的劲头保持下去。"这是王友军始终坚守的。"教育不是工厂，而是农场"，他非常赞同一个老领导转发的这一言论。"做教育就像播种，每颗种子拥有自己的成长规律。导师能做的就是把种子埋进土里，施肥，浇水，细心耕耘，然后静待他们自己的成长，如此而已。"如今，王友军的实验室已经小有规模，作为导师他也踏出了自己的舒适区，打破之前的教学框架后，他也取得了一些教学上的成果，并先后有两个学生获得国家奖学金及国际会议上的墙报展示奖等。

"通过教育学生也被学生教育，我的人生也更加完整了。"王友军的精彩人生还在继续，虽说自己不是"学术新星"，但是多年来的成绩和与年龄不匹配的白发告诉我们，"走出舒适区，花点时间学东西"，他一直在身体力行。2018 年上半年，王友军的文章发表在了化学领域的顶级期刊 *Angew Chem Int Ed* 上；2018 年下半年，其又有一篇文章生物学重量级杂志 *PLOS Biology* 接收，并被邀请提供一张候选封面图。这些都是最好的证明。

寄语北师大和青年学子

希望我们师大能进一步改善和创造教研条件，吸引到更优秀的学生，引进更多的青年人才，早日迈入世界一流大学的行列。

希望师大的青年学子们眼光放长远，多思考，多努力，认真地生活，不辜负这段美好时光。

（王娟、孟昕）

扫描二维码即可阅读全文

陈黎：开朗若星河

推送时间：2018 年 11 月 26 日

这是一个教学名师对课程反复推敲精益求精的北师大故事

人物卡片

陈黎，北京师范大学数学系毕业，获理学学士。毕业后到北师大天文系工作，期间先后攻读天体力学专业硕士和天体物理专业博士，并取得相应学位。现为教授，博士生导师，曾任天文系系主任。主要研究领域为高能天体物理及计算天文，为研究生开设课程"计算天文学"，为本科生开设课程"数学物理方法""计算方法"等，曾获北京师范大学本科教学优秀奖、北京师范大学励耘优秀教师奖、钱瑗教育基金优秀教师奖、北京师范大学十佳教师、宝钢优秀教师奖、北京高校优秀党员、北京市优秀教师、北京高等教育教学名师奖等。

这是她在北师大任教的第 13413 天。

1

数学系出身的天文人

　　陈黎是 1977 年恢复高考的第一批学生，插队的时候就特别喜欢数学，甚至自学了微积分。填报志愿时，陈黎一心是奔着北大去的，但因为一些特殊原因没能进入北大深造，而北师大包容地接纳了一批同样原因未能如愿进入北大的学生，其中就包括一开始并未将北师大作为志愿的陈黎。

　　积淀了十年的生源，学生的程度参差不齐，当一部分学生对反三角函数还没建立起概念的时候，另一些学生已经对泛函分析了如指掌了。但无论什么基础，大家对于来之不易的学习机会都极为珍惜，于是就有了这么一个说法，"数学系早上和晚上的灯是连在一起的"。当年 77 级三位高个子的科任老师——董延凯、郝炳新和杨存斌，教学严谨，文化底蕴深厚，学生们送他们雅号"三高"。陈黎尤其喜欢郝先生，觉得听他讲课就是一种享受，他教态轻松，板书清晰，言语机谨，一堂课下来，学生会发现刚才左右挥洒的板书竟连成了一个逻辑的整体，这需要何等的功力！郝先生待学生极好，当年半数以上留学的同学都有他的推荐信。不仅是郝先生，数学系许多老师都一心为学生着想。当年大学对英文的要求不高，陈黎等 7 位同学一入学就通过了免修考试，但系里觉得英文不能荒废，便请了著名的留学归国教授蒋硕民先生给英语免修的同学办了个班，研读英文数学专著，使大家受益匪浅。也就是这般简单的师生交情，老先生却在毕业的关键时刻为她说了话，促成了陈黎留校北师大天文系，而这些陈黎直到多年后才听说。

　　进入全新领域的陈黎急需为自己"充电"，她选择了与数学关系紧密的天体力学和天体测量方向，并在 3 年后（当时不允许立即考试）顺利考上了南京大学的天体力学硕士研究生，陈黎回忆起来不乏自豪："考研微分方程我是满分的。"

2

"教书科研都要坐得起冷板凳"

　　不管是身边人还是陈黎自己，都认为她挺适合当老师的，她开玩笑称自己是"少年老成"，小学当学生干部替老师管理课堂，中学演过独幕话剧中的老师，还得了表演优秀奖。她说当老师是自己这辈子的无悔选择。

老师是份匠人的职业，须匠心独具。可能大家都不太看好匠人，尤其是在各方面压力或者诱惑都很大的当今社会。但陈黎认为匠人精神是好老师必备的。

匠人精神体现在对教学的热爱和不断打磨的乐趣之中。"老师这种职业有点像当演员似的，有一种表现欲，能把自己知道的东西以明确、浅显、有趣的方式展示给学生，是非常令人陶醉的。"在得到中级职称之后，陈黎前后承担了四五门不同的课程，是当时天文系开设课程种类最多的青年教师。她参加了北京师范大学第二届青年教师教学基本功大赛，经过精心准备，陈黎最后获得了理科组一等奖，专家评审组认为她的板书设计讲究、语言诙谐生动，"多一句嫌多，少一句嫌少"。这是对她教学能力的充分肯定，但她认为比赛仅是一种 show，能反映水平，却不见得是教学常态。因此她告诉督导可以随时来听自己的课，无论什么时候她对课程的要求都是力求达到比赛时的状态。要想做到这样，肯定是要花费很多功夫，比如对于 PPT 的应用，她在字号、符号、布局、动画、用词等方面潜心琢磨，要求每页的展示都符合视觉的舒适度和习惯，配合必要的板书，内容在单页上自封闭。PPT 的形式必须突出重点，避免花哨。把课件的重点放在知识点和知识体系的联系上。她体会到"一门课不匝上十遍二十遍是不敢讲出来的"。匠心的投入也带来了可喜的结果，最近 8 年，她连续 4 次被本科生推荐为最受欢迎的"十佳教师"候选人。若是问已经毕业的学生，北师大天文学系教书好的老师有谁，他们大多会提起陈黎来。

经过了数十年的教学实践，陈黎认为应让学生从课程中体会什么是严谨的科学态度。除了课程本身的严谨性，她还通过若干科研实例讲述如何严谨地对待"新发现"，陈黎表示："我要把自己的科学态度带给学生。"一定不能为了一时的所谓成果弄虚作假，害人害己。高校各类教材层出不穷，陈黎对此也有反思。她坚持要对自己负责，对教材负责。既然有国外的经典教材"珠玉在前"，"如果你出的教材没有新意，就不要出教材"。陈黎坦言自己对待这件事是非常谨慎的，既然打算出书，就要有自己的新鲜点，目前她已经和科学出版社签约出一本关于"计算天文学"的专著，这也是她多年教学科研的成果体现。

教书是一种输出，陈黎也很注重"输入"。她至少每年会听一门不同院系的新课，所听课程不止局限于北师大校园，她还去中科院、清华等学校多次听课学习。"不少课不能完全听得懂，但至少开阔一下我的视野。""终身学习"的习惯在她身上已经深入骨髓。年轻人流行用"薄荷英语"等软件督促自己学习英语，陈黎也乐此不疲，目前已经读了 40 多万字的小说。

"不管是教书还是科研都不要图虚名，要坐得住。"有些科研工作是非常平淡琐碎的，甚至过程还有些"痛苦"，但又是"苦中有乐"的，若是半夜突来灵感，陈黎就很兴奋，甚至爬起来写一夜的程序。科研项目的前期准备是漫长又寂寞的，短期内往往看不到"回报"，陈黎认为，科学研究如果限制在有用无用上就不用往前走了，要有心胸做一些短期无用的事。

"慧眼"硬 X 射线调制望远镜（Hard X – ray Modulation Telescope，简称 HXMT）卫星是中国第一个高能天文卫星，这颗卫星从开始到上天花了十几年的时间。陈黎带着几位天文系的师生一开始便参加了项目的预研究。这一过程历时四五年，很锻炼人，关于软件编写和管理的内容都得一点点从头学过，且这期间是没有专门经费支持的，但天文系培养的两名硕士生现在已经成为项目的中坚力量。陈黎的第一个博士生已经是卫星地面系统的主要负责人。这一颗"中国智造"的卫星在双中子星并合产生引力波（GW170817）联合观测中也发挥了自己的作用，"这么一件天文届的大事是有中国贡献的，中国贡献里也有北师大的。我们都是贡献者，虽然贡献很微薄。"最近几年，陈黎陆续拿到了国家重点研发计划上百万元的支持。

3
对学生要有爱心和心胸

毕业工作至今，陈黎一共担任过七个班级的班主任，这应该是天文系当过最多任班主任的人了。她发自内心地喜欢学生，学生对她的反馈也都特别好。她一直记着一位转系的学生对她的评价："在天文系你是对我们最好的老师，没有之一。"并且深受感动。陈黎反思，一个喜欢教学的老师，肯定是个喜欢学生的人，能够通过与学生的交流获得成长。

陈黎对学生的关注不只在学业上，在担任 8 年系主任和 1 年党总支书记期间，她能认得所有的本科生，因为当时没有主管本科生工作的书记，本科生有事都可以直接找她。她能非常敏锐地看到孩子的内心，因此也获得了学生们的信任。"相对于教师而言，学生其实是弱势的，当你平等地对待他的时候，他会和你推心置腹。如果你获得这份信任，必然会尽全力去帮助他。"她曾经为了因家庭原因苦恼不堪的学生，二话不说直接赴外地家访，为解决学生的心理问题不遗余力。甚至已经毕业多年的学生在遇到困惑的问题时还会来寻求她的帮助。陈黎总是根据多年的经验和自身经历，为学生分析情况、出谋划策，助他们度过难关。

陈黎认为当一名教师，有爱心不难，有心胸却比较难做到。在她的课堂上，学生有质疑之处可以直接打断她，相互讨论，看谁能说服谁。她欣赏学生有独到的见解，且她对学生有一个承诺：如果学生能挑出她课堂里的一个错误，期末考试就给这位学生加分，包括知识性错误、错字、标点等。陈黎还有一个特点就是从不拖堂，她笑称是因为自己上学的时候就特别烦拖堂的老师，因此她特别能体谅学生的心情。

陈黎说自己其实就是特别普通的一个老师，但她又如此特别。她对于名号和头衔清醒而谦逊，她戏谑地说："我根本不是天文学家，我跟数学系的说我是搞天文的，我跟天文系说我是学数学的，其实我就是一个普通的教书匠。"她实事求是，反感空话套话，开会的时候坚守"有事说事，没事散会"的原则；她知足常乐，对物质生活要求不高，合唱团、舞蹈队都能觅得她的身影；她天性好奇，新的软件和语言都想了解，还乐于自嘲"都老太太了还做出很有兴趣的样子"。她的眼底是浩瀚星空，她的心胸亦开阔明朗！

一段给某班毕业生的寄语：

To 阿勇：这么酷的小伙子，不该总这般气定神闲吧，亮出你的喉咙来。

To 小优：俺觉着你目前取得的成果多半来自你优秀的基因，你的勤奋还没用上呢，春华秋实，所以要不惜力哦。

To 觉皇：记得过去俺说过，"最不担心的就是你"，因为你有调节自己的最佳方式。只要坚持下去，未来你定会是天文界的一个人物！

To 赫兹：重感情、有思辨精神的你其实蛮让我担心的。把控好心绪，莫辜负了聪慧才干，相信阴影总是避着阳光。

To 口爷：谁要是怀疑你的学习和创造能力，我会和谁急，这也包括你自个儿！从容应对挑战，学霸才哪跟哪儿啊，要做有大胸怀、大智慧的人。

To 娇娇：什么叫以柔克刚，水滴石穿？或许你就是个范例。姹紫嫣红中，你是那抹清香。

To 思琦：这么优秀的女孩儿真让我犯愁，如果优秀还不自信就更让我犯愁！感恩生命对你的厚待，没有什么是你做不来的，常常要考虑的是割舍。

To 安琪：这么难的几年都走过来了，你给我带来了许多惊喜。最担心你个性的棱角在社会中被碰得遍体鳞伤，开心、健康、释放心灵是我对你最大的期盼。

To 小寒：你这班上的小女汉子，仗义、幽默、伶俐、肯于付出，给小伙伴带来了无尽的快乐。不过不许太任性啊。

To 闫炎：你的潜能是你未曾很好挖掘的，要善做选择，自信从容，坚持不懈，扬长避短，未来一片好果子。

To 珍珍：大学四年中，你心智成长得最令人满意，继续发展，无论是专业还是为人，我看好你哦。

To 纯纯：你是个特立独行的姑娘，沉静、爱读书，这在当今的浮华社会风气中难能可贵，且行且珍惜。

To 芋头：江南淑女的外貌与坚毅执着的内心堪称最佳混搭；大文大理的背景将铸就你坚实的生活平台，那你还有什么好怕的吗？

都说教师是个"怂人干不了，好人不爱干"的差事，做得再漂亮也不过是个匠人。我是个拙人，在我看来，能当个好匠人也不是易事。匠人要有好手艺，知识底蕴不够，书是没法教的。但学富五车也不等同于一个好教员。几十年来我受益于各学科良师，这为我勾勒出一位优秀教师的标准：

1. 充满人格魅力的人，有激情、有热心、有爱心、有耐心、有胸怀、有责任感；

2. 他把每一次课都当作一堂新课，全力以赴；他热爱他的职业，以至于愿意把她当作事业；

3. 他有灵感，有创造力，能够在教学中体会到成就感并把这样的情感传承到每一个听众；

4. 他尊重学生，信任学生，把他们当作自己的朋友，愿意分享他们的快乐，分担他们的痛苦；

5. 他真诚坦白，虚怀若谷，即使学生表现得"不敬"，他也会为学生精辟的见解击掌；

6. 他恪守职业道德，无论是在人生的高潮还是低谷，都不敢误人子弟。他尽管受学生欢迎，但一定不是靠取悦什么人得来的。

这些感悟不仅限于做老师这个行当，推而广之与青年学子分享。

（王娟、林晗）

扫描二维码即可阅读全文

李葆萍：扎根到教育教学实践中去

推送时间：2018 年 12 月 3 日

这是一个 Seeker 实现教学理念落地的北师大故事

人物卡片

李葆萍，管理学博士，北京师范大学未来教育高精尖创新中心学习科学实验室主任。研究方向为：智慧学习环境、信息技术创新教学、综合问题解决能力评测等。主持教育部人文社科项目"智慧教室的智能模型与评估工具研究"、北京市教育科学规划课题"北京市中小学师生对智慧教室环境感知研究""北京市城乡中小学教育信息化建设均衡性研究"等项目，接受石家庄教育局、深圳罗湖教育局、Intel 公司、北京拓思德教育有限公司等多项委托课题。先后指导30 余所学校信息化教育教研工作，发表论文 40 多篇，专著 2 部，教材 1 部。

这是她在北师大任教的第 5965 天。

1
教师之路：由憧憬到探索

　　父亲是老师，且从小到大都生活在校园里，令李葆萍对老师这个职业相当熟悉，对师范院校有着天然的亲切感和崇拜感。李葆萍高中毕业后就读于陕西师范大学电化教育专业（即现在的教育技术专业）。上学时候的很多教材都是北京师范大学的老师编写的，作为全国师范院校一直以来的排头兵，北京师范大学这几个字，早就在她本科学段的心底里埋下了向往的种子。

　　毕业后，李葆萍通过考研来到了北师大，当从前仅通过书本认识的老师真实出现在她的课堂学习、课题研究甚至是个人生活中那一刻，让她切实感受到了这些前辈的精深学问和人格魅力。再到后来留校任教，李葆萍跟这些老师的关系又从师生变成了同事，"能在生命中这么长的一段时间有这样的交集，我非常荣幸"。

　　虽然对老师这个职业相当熟悉并且有所憧憬，但对于一个刚留校的新手来说，李葆萍还是感受到了不小的压力，对教学这个岗位充满了敬畏之心。她坦言，自己当时"因为还没真正地走上讲台，对老师的工作没有直接体验，所以对于老师这个职业带有很多理想主义的想法，不过一旦开始执教，一切都变得不简单了"。她接手的第一门课程就是全校学生的计算机公共课。这门课课程内容变化很快，学生基础差异大，授课班额也特别大，少则七八十人，多则能达到一百多人。该怎么设计教学内容和活动，如何让每一位同学都能参与投入到学习活动中，在课程中有所收获，就成了她备课中琢磨最多的问题。为了达到更好的教学效果，李葆萍不断地向老教师们请教，征求同学们的意见，每次备好课以后都会反复地在头脑中演练上课的情境，一天到晚总是在琢磨这些问题。她还记得以前上课时，如果第二天有课，她头天晚上做梦就经常会梦见自己怎么上课，怎么提问。这种情况持续了三五年，直到她能够从容地站在讲台上，能灵活地处理教学中的各种情况，授课效果得到了同学们的认可，每门课的教学评估超过 4.5 分以上时，这种现象才逐渐得以缓解。

　　刚工作的时候，基本开设的都是全校公选课，同学们来自各个院系，她和学生交往时间主要就在课堂上，李葆萍也会主动在课间和同学们交流思想、交流生活中的各种话题。因为那时候和同学们年龄相差不多，很多同学也愿意在课下主动和她交流一些学习和生活中的困扰，这些让她在教学之外感受到了教师工作的意义和责任感。在工作中当有些事情让自己沮丧或情绪不高时，偶尔走在路上突然听到有学生向她打招呼时，她就会感觉做老师的充实与价值，她说，"在那一瞬间我对工作就会特别有成就感，作为一个教师我很自豪和满足，我觉得一定要对得起同学们的尊重"。

李葆萍所在的科研团队有一个重要特点，就是经常深入中小学教学实践，指导一线教师们如何利用信息技术提高教育教学质量。她在研究实践中不断地反思，怎么把这些来自中小学一线的教研成果和对老师的指导和自己的教学结合在一起。2012年开始，她参与指导的很多学校均配备了平板电脑，对于学校来说，如何整合这些新设备和新技术一头雾水，而探索如何在这种新的环境中开展信息化教学工作，需要李葆萍结合自身的学科优势给学校提供教研指导。对于这些新技术带出的新问题，李葆萍增加了新的思考和从容。"这些年和刚入职的时候又不一样了，同学们先是带着笔记本，再就是每人都会带着手机来到课堂上，老师的讲授已经不足以吸引同学们的注意力了，我们必须改变过去的教学方法，以促进学生的学习。"李葆萍认为同学们带着平板电脑等移动终端走进课堂，需要打造的是平板电脑以及手机这些新媒体融合的教学班级，如果不引导同学们用好平板电脑或手机等支持学习，他们就会把平板电脑或手机作为娱乐工具来看待。

早在2014年，她就探索手机在研究生专业理论课和本科生程序设计课两类课堂教学中应用模式。研究生的课堂强调对知识的深层建构，需要同学们更多的思维共享和碰撞，她会设计研讨的问题，让学生画思维导图，通过手机分享成果，进行讨论。在程序设计的教学里，学生能够把他们的想法用画图或是代码的形式记录下来，并用QQ分享交流，这些学生的作品成为她的教学素材，通过对作品的同伴评价和点评，一方面可以及时了解学生们学习程度，另一方面还可以激发学生们的学习兴趣。"当老师把自己的作品作为教材的时候，同学们往往听得格外认真，也能够主动互相修改，很多学生课下也会随时在群里提问、讨论。"这一方法最终达到了"打通课堂内外"的良好效果。

褪去了初为人师的青涩，李葆萍不仅对教育教学更加自信，也对身为教师这一岗位充满更大的热情："做老师真是一件荣幸的事情，既可以探索自己的教学方法，还可以把研究跟实践结合起来。"后来，李葆萍不满足于使用QQ平台来进行互动学习，她带领团队根据脑认知的"间隔效应"自己设计开发程序语言学习的APP"DQuiz"，用来帮助同学们学习C语言。目前两轮的使用显示APP的应用适应了学生的学习，也提升了学生的学习效果和效率。在熟悉教学乃至综合科研与教学之后，李葆萍越来越感受到了参与到教育教学实践的价值，参与到教育教学实践也促使她不断地提升与进步，她坚定地认为，教师这个职业重在积累，重在深耕，并且"教师这个职业越往后越发现充满了探求的魅力"。

2
未来学校：科研理想的实现

李葆萍师从我校教育技术学较早一批的学者李秀兰老师，开展信息技术对教育教学的融合应用方面的研究。她经常带领研究团队的成员进入教学一线开展科研工作。从一开始的多媒体教室，到后来电子白板教室，再到现在的平板电脑教室，她一直在探索不同学习环境中的教育教学规律，并将其转化为可操作的教学策略，帮助老师提高学科教学的效果。

回顾这几年的科研经历，李葆萍不无感激地提到身边各位师长对自己的指导和帮助，引导她从一个科研菜鸟逐渐找到科研如何深耕的体验。八十多岁的何克抗教授一直坚持进入条件最艰苦的农村学校进行教学试验和指导，这样的一种精神一直激励着她不能懈怠。2013年，黄荣怀教授推荐李葆萍去香港教育大学做访问学者，促使她进入智慧学习环境这样一个前沿研究领域，也为她现在的科研工作奠定了坚实的研究基础。

2016年，余胜泉教授邀请李葆萍到北京市未来教育高精尖创新中心负责科研工作。在这里她得以承担深圳罗湖区未来学校的设计项目。以往关于智慧学习环境的研究成果有了落地应用的机会，"虽然现在都倡导教育教学方式的变革，但是已有的教室环境、空间设计、课程管理等都限制了变革的实现，像这样从零开始建设学校的机会是非常难得的"。

在未来学校的项目中，李葆萍全面参与学校的建筑设计、教育教学系统设计、教师发展系统设计以及学校的组织管理构架设计中来。开放的学习场所，灵活弹性的学习空间，线上线下融合的学习活动，跨学科的课程体系，基于学习表现的评价体系，支持混龄式教学、探究性教学的管理方式等都将在这些学校以其特有的风格呈现，这样的参与让李葆萍常年来对智慧校园环境的研究与体验均有了落点。在交流中，她特别表示，"感谢教育技术学院这样一个集体，更加感谢高精尖创新中心提供了这样的平台，帮我实现自己的科研理想"。

3

"学生可以随时质疑我"

李葆萍和她的研究生每周都有一次组会,相互交流各自学习研究的情况。在学生的指导过程中,李葆萍特别强调同学们要有独立的研究能力、实事求是的科研态度和敢于质疑的科研精神。她认为老师要帮助同学们确定研究方向,判定研究的价值,提供开展研究所需要的指导和各项保障条件,研究中遇到的各种专业问题应该放手让同学们自己想办法解决,不能形成对老师的依赖。"当你深入到一个具体的研究问题里,不要迷信老师的权威,如果你真正深入研究挖掘,一定比老师掌握更好,我要向你们学习。"这是她反复告诉学生的话,她鼓励学生培养起自信,敢于提出观点,敢于质疑,"导师的责任并不是培养听话的学生,学生随时可以质疑我,反驳我。"她告诉学生只要自己有充分的学识做基础,就应该有自信质疑权威,与权威平等对话交流。

对研究结果要有预期,但更应该实事求是。研究中用了更新的教学方法总是预期会有正面影响,但学生有时候拿来的数据会跟预期不一样,同学们可能就不愿意汇报这种数据,这时李葆萍就会跟他们说,研究就应该实事求是,除非数据收集本身有问题,否则就应该直面实验的结果。去年李葆萍的学生对两种老师指导方法开展了对比研究,最终的学校效果与他们的预期不一致。为了寻找原因,李葆萍和学生更加深入地查阅文献,再次走到课堂中老师和学生进行更加深入的访谈和观察,最后他们发现学生的认知负荷可能是导致这一现象的原因,进而设计教学实验加以验证。这样的过程就让同学们体会了科学研究的严谨性和科研对现实问题的指导意义。

学习之外,李葆萍还会经常带着学生们集体活动,已经毕业或出国深造的学生还经常回来分享生活、工作、情感的感悟等,为师弟师妹传授自己的经验。李葆萍团队自称 Seeker(探寻者),师生联系紧密,在团队里共享研究,没有保留,"我能够感受到在这个团队中大家互相支持的,学生是爱我的,我也爱学生"。

在实践中寻求真理,是李葆萍最鲜明的特点,她就是一名探寻教育领域真理的 Seeker。

4
寄语

师范教育的发展要紧跟世界发展方向，跨学科已经成为国际社会的前沿趋势，将脑认知、神经科学、计算机科学等知识用到教育教学规律中来，将有助于我国基础教育教学的变革与发展。特别重要的一点是，研究者仍需要扎根到教育教学实践中去，寻找我们理论可以验证和落实的基地，寻找教育中的真问题，从实践中汲取营养，运用最新的技术和理念，以做好我们的教育和教师发展。

（王娟、林晗）

扫描二维码即可阅读全文

郑兰琴：做学问要于无疑处找疑

推送时间：2018 年 12 月 10 日

这是一位科研工作者不惧挑战、开拓创新的北师大故事

人物卡片

　　郑兰琴，副教授，硕士生导师，国际英文项目博士生导师，加拿大阿萨巴斯卡大学博士后，2004 年 8 月毕业留校，一直服务于教育学部教育技术学院。自参加工作以来，已经在国内外学术期刊和国际会议上发表论文 80 多篇，出版英文专著 1 部，中文专著 2 部，教材 1 本。曾荣获省部级教学奖励 2 项，校级奖励 14 项；2016 年荣获国际奖励一项 *IEEE TCLT Young Researcher Award*。目前主持北京市教育科学规划"十三五"规划重点课题一项。曾主持国家级和省部级课题 3 项以及其他校级和委托课题 10 多项，参与科研项目 30 多项。独立主讲一门全英文博士生课程、一门全英文硕士生课程、两门本科生课程。目前担任国际英文期刊 *International Journal of Mobile Leaning and Organization* 的编委，国际

英文期刊 *Journal of Computers in Education* 的主编助理，担任 10 多本 SSCI 期刊的评审人，担任教育技术领域多个国际会议的程序委员会委员。曾协助组织十次学术性国际会议，每次大会都取得圆满成功，为北京师范大学赢得了荣誉。

这是她在北师大任教的第 5200 天。

1
不忘初心，never give up

回顾自己的求学之路和职业生涯，郑兰琴感觉自己与北师大似乎有注定的情缘。郑兰琴的爷爷是家乡有名的语文老师，每次回老家过寒暑假的时候，都能看见爷爷的学生从北京上海等地回到家乡去看望爷爷，爷爷告诉她："当老师最大的幸福就是看到自己的学生不断成长，在不同岗位上为国家做贡献。"这些话在郑兰琴幼小的心灵中埋下了种子，她立志也要成为一名光荣的人民教师。此外，爷爷曾经在北师大即当时的京师大学堂师范馆进修学习过一段时间，郑兰琴得知此事后，内心有一个声音告诉自己一定也要考上北京师范大学，因此来北师大学习一直是郑兰琴的梦想。

功夫不负有心人，2001 年，本科毕业后，郑兰琴如愿来到了北师大读硕士，由于本科学的是计算机科学专业，郑兰琴在硕士阶段选择报考了教育技术学专业，师从黄荣怀教授，学习计算机教育应用方向。说到自己的导师黄教授，郑兰琴表示"感谢黄老师给予了我很多机会，使我学到了很多东西"。记得在第一次师门会中，黄荣怀教授语重心长地对学生说："你们从今天起就是高级知识分子了，要学会应用知识、生产知识、创造知识。"这句话始终回荡在郑兰琴的心间，一直激励着她严格要求自己完成学业，并逐渐走上教学科研的岗位。

从教以来，郑兰琴一直以"四有"好老师的标准严格要求自己，她要求自己一定要在方方面面做到最好。她的人生信条是：只要坚持的路是对的，就 never give up，如果没有天分就要靠勤奋和坚持不断追求自己的理想。郑兰琴也一直用自己的实际行动证明着积极进取、坚韧不拔的力量。

2
科研之本在于创新

在开展学术研究方面，郑兰琴对自己和学生最重要的要求就是创新。创新是科研的动力。"学术之树之所以能长青，是因为对已有知识的继承、发展和创

新，要不断、持久地创新，学术之路才能走通，科研工作才能够持久。"对待如
何创新，郑兰琴强调首先在教育研究工作中要观照实践，仰望星空的同时也要
脚踏实地，可以有很多想法但是需要一步一步地去落实。因此，无论是在实验
设计还是去学校跟踪访谈调研时，都要善于发现实践中存在的问题，作为研究
者需要思考我们能够提供什么样的支持和帮助，从而理解问题并解决问题；其
次质疑批判精神是创新的另一个重要来源，郑兰琴表示在自己的积累和探索过
程中，质疑精神极大地推进了学术科研的深入进行，帮助她由人云亦云走向自
主发现问题，开辟新的研究道路。郑兰琴也鼓励学生大胆发扬质疑精神，她认
为可以用新方法解决老问题、或者采用老方法解决新问题。

郑兰琴的研究方向集中在计算机支持的协作学习、学习分析和教学设计三
大领域。在学术科研中，郑兰琴要求自己做每项研究都要有所创新，要在方法、
知识或者理论层面做出实际贡献。"只有创新，学术之路才能不断持续并越走越
宽。"在实践中，郑兰琴始终保持严谨的作风和谦虚的态度。她坚持将自己放在
观察者的位置上，发现教学实践中存在的问题，并试图做出解释，为教育实践
工作者提供有效的解决方案，而从不以专家的身份对中小学的课程和教学进行
干预，"我在中小学教学方面还是个新手，不希望让自己处于高处去指导别人的
工作"，郑兰琴以身作则，为学生在学习的道路上谦虚治学、不断进取树立了
榜样。

3
教学既是技术又是艺术

对于每一节课、每一页课件，郑兰琴都要经过反复的修改和打磨才在最终的
课堂中呈现。她曾经于 2016 年参加学校的教学基本功大赛，对待 15 分钟的比赛，
郑兰琴丝毫没有松懈。她准备了一个多月的比赛讲稿，吸收了学部老师提的诸多
建议，并在此基础上不断改进。为了使呈献给学生的课件承载最大信息量以达到
最佳教学效果，课件的每一页如何设计、每一页上的每一个字如何表述，都要经
过她的反复斟酌。通过这次比赛的经历，郑兰琴更加体会到了教学基本功的重要
性，即使比完赛了，她依然还会思考这次的教学是不是还可以进一步改进。"站稳
讲台对大学老师来说非常重要，教学是无底洞，永远都有提升的空间。"

对于大学这样的科研机构来说，偏重学术的现象往往比较普遍，然而郑兰
琴始终认为教学是不容忽视的，"教学是个良心活，做不好科研只影响我自己，
但是如果做不好教学，则耽误了一批学生"。教学之本在于设计，能不能上好一

节课，很大程度上取决于前期的设计是否合理。而教育技术核心的知识体系就是教学设计。为了做好教学设计，郑兰琴严格要求自己一定要认认真真地备好每一节课、上好每一节课，并尽最大努力做到个性化教学。她认为每个学生都是不一样的、独特的个体，教育公平就是要能够为每一位学生提供个性化的服务，教育公平不是一刀切。由于每个学生的基础不同，喜欢的任务也不同，郑兰琴在教学中会经常思考如何给学生安排适合自己的教学内容，并提供及时的反馈。她的课堂都建有 QQ 群，以便自己及时和学生互动交流，及时为学生解决问题。她对教学高度负责，即使工作繁忙，也始终将教学放在首位，每天只有把课上完了才能心安。

4
严在当严处，爱在细微中

成为研究生导师之后，郑兰琴深感责任之重大。尽管角色发生变化，郑兰琴对每一位学生的关爱却是始终没有改变的，"当导师最大的幸福是和学生一起做研究，一起学习成长"，她还会开玩笑地对学生说："我和你们在一起的时间比和家人在一起的时间还多呢!"其实这也是事实。她对每一个学生都悉心指导，倾注真情，根据每一个学生的特点确定培养目标和方法。由于每个学生的基础、目标和兴趣都是不一样的，刚接手学生时，郑兰琴都会先和学生聊一聊他们对未来的打算，了解他们希望自己的未来按照什么样的路径走，指导他们在出国、就业、读博之间做出正确的选择。对不是很明确自己未来计划的学生，郑兰琴会耐心引导他们尽早思考自己的人生规划，逐步明确自己的人生理想、职业理想和生活理想。在培养学生时，郑兰琴也会因材施教，各有侧重，尊重每一位学生个体，并根据每位学生的特点给予他们学业规划和职业规划相应的建议。她通过每周小组例会和读书交流会的方法，组织学生进行文献阅读和读书交流汇报，及时对学生的学习情况进行监督和指导，对学生严格要求。

在和学生的日常交流中，郑兰琴会尽可能和学生打成一片，她像一位知心大姐姐平易近人，关心学生的生活起居，对学生的每一个问题都认真回答。她认为好的老师一定要师德高尚，认真负责，真情实感地为学生的未来着想，为学生的人生铺路。"学生的成长就是我的快乐，学生出人头地，成为各个行业的精英，就是我最大的幸福，希望我的学生青出于蓝而胜于蓝，为国家和社会做更多的贡献。"

寄语北师大

"学为人师，行为世范"深深印刻在每一个师大人的心上，期待四年后的师大花甲重开之年，我们再聚首看东风桃李开遍。不管时光如何变迁，北师大是我永远的心灵寄托！衷心祝福北师大永远年轻，青春永驻，人才辈出！

寄语青年学子

在大学主要学习三件事：做人、做事、做学问，其中做人是首要的，做人要有疑处不疑，做学问要于无疑处找疑。

海纳百川，有容乃大。有了开阔的胸怀和视野，学术之路和人生之路才能越走越宽。

（王娟、余婷婷）

扫描二维码即可阅读全文

万安伦：让编辑出版学科有学有理

推送时间：2018 年 12 月 17 日

这是一个"万规范"为编辑出版学科奋斗的北师大故事

人物卡片

万安伦，新闻传播学院教授，博士生导师，文学博士。担任出版科学与文化研究中心主任、中国传媒大学兼职教授、中组部专家库专家、首都文明礼仪研究基地主任。《人民日报》《光明日报》等特约撰稿人。曾任《中华英才》半月刊社副总编、北京师范大学出版科学研究院副院长兼教育培训中心执行主任等职。主要研究编辑出版、数字出版、媒介融合、传统文化、地域文化、文明礼仪、文学奖励等。出版学术著作《中外出版史》《数字出版研究》《中国文学奖励史》等 12 部。出版编著 30 余部，发表论文近百篇，主持国家级、省部级等课题 26 项。2014 年获中宣部"五个一"工程奖。

这是他在北师大任教的第 3830 天。

刚刚过去的 11 月，北京秋季的绚丽多彩渐渐离我们而去，走在北师大校园里清晨凛冽的寒风已悄然而至。对于万安伦而言，这个冬天却是那么的"火热"。

11月6日，由中国教育电视台和高等教育出版社组织"最美慕课——首届精彩100评选展播活动"，他的"中国出版史"从1850门慕课中脱颖而出，刚上线就被评委会特别推评为三等奖。

11月10日，他与博士生王剑飞合作的论文《中国造纸术在"一带一路"上的传播节点及路径探源》荣获2018清华国家形象论坛一等奖第一名。

11月28日，他与博士后刘浩冰合作的论文《编辑出版人才培养40年：历程、机制及问题挑战》荣获中国编辑学会的第19届年会论文一等奖第一名。

他的经中宣部和国家新闻出版广电总局批准向"十九大"献礼的《中外出版史》（2017年9月高等教育出版社出版），目前正被印度知名出版社进行学术外译。

站在国家文化软实力及编辑出版学科建设高度的万安伦，又有怎么样的故事带给我们呢？

1
搭建编辑出版学的理论框架

由于现代编辑出版学在中国发育较晚，再加上是一个偏重实践的专业，理论建构不完善，极致者甚至认为"编辑无学""出版无理"。万安伦近年来就在忙于用其几十年来的积累思考搭建该学科的理论框架，而这种创造性的工作成果也陆续通过他的专著、学术论文、慕课等多种形式展现出来。

出版是实现人类文明的路径，也是人类文明的主要表征。四大文明古国的特征就是出版，他们采用了各式各样的出版载体，古中国有兽甲兽骨、青铜器具，古巴比伦有泥板，古埃及有莎草纸，古印度有贝叶。"没有出版就不能称为文明，出版是文明的实现路径和形象标志，一体两面。"万安伦谈起自己熟悉和热爱的编辑出版史，神采飞扬，他指出他的整个出版理论建设就是据此展开的。

万安伦将人类漫长的出版历史分成了三大阶段，第一阶段是"开启文明的硬质出版"，这一阶段世界各地共同探索人类文明，这一阶段的青铜、甲骨、泥板、石碑等载体要么不易携带，要么耗价过高，文明的进一步发展需要更加轻便的载体；第二阶段是"以柔克刚的软质出版"，在这一阶段中国制造出了植物纤维纸，西方的帕加马王朝开始制作羊皮纸，相对于这时期世界其他地区的出版载体，植物纤维纸造价低，柔软易携带，能承载较多信息量，对人类文明进步和文化发展做出了重大贡献；第三阶段是"有容乃大的虚拟出版"，十八世纪声光电磁的录音录像技术的发明开启了虚拟出版的全新时代。从硬质载体到软质载体再到虚拟载体，出版载体的主体地位在更新迭代，但并非完全的取代和被取代关系。在当下的虚拟出版时代，仍有大量的石碑等硬质出版和植物纤维纸等软质出版。我们现实生活中也面临微信公众号的纸质化和纸媒的数字化等问题，这所有的问题其实都是出版的问题。万安伦还列出了出版研究的四大维度，即出版载体、出版符号、把出版载体和出版符号结合起来的出版技术、出版活动及成就，而出版的六大体系是出版思想、出版载体、出版符号、出版技术、出版活动及成就、出版制度及版权。这是一套全球首创的研究理论体系，是万安伦十多年来原创性的积累和思考，这一理论具有极强的解释力和穿透性，创新度很高，得到了学术界的高度认可。

万安伦是按照"三原一方"的基本逻辑来搭建出版学科的基本架构的，即原史、原著、原理和方法论"四足鼎立"。他指出，编辑出版学的学科建设总体上表现为"相当薄弱"和"长期跛足"，学科建设之路"道阻且长"。目前，万安伦及其团队已经出版了《中外出版史》《中外出版原著选读》，受到了国内学界的肯定，也引起了国外出版社的关注，已经在进行英文出版的合作事宜。在万安伦之前，原著选读这件事在世界范围内并没有人做过，一是因为编辑出版学科实践性强，学界对理论缺乏关注和重视；二是因为出版形态变化多端，研究者难以长期跟踪研究，比如在纸质出版鼎盛时期的 19 世纪和 20 世纪，纸质出版的未来掘墓人——虚拟出版的录音录像技术——已经出现；三是因为学界没有一个高屋建瓴的思考来统领研究，理论和实践两张皮，"编辑无学，出版无理"。万安伦所要做的"有学有理"，这正符合习近平总书记在中央全面深化改革委员会第五次会议上就出版工作所批示的意见：加强内容建设，深化改革创新。"路很艰苦也很漫长，但我们也很有信心。"

2
出版专业的学科定位

从实践到理论，与编辑出版学领域打交道 20 多年，万安伦对编辑出版学的热爱自不用多言。多年来，他一直坚守初心，为编辑出版学科的发展默默耕耘。

北师大的编辑出版专业历史悠久，1993 年就开始招收研究生，是国内较早从事编辑出版研究生招生的六所高校之一，2005 年编辑出版研究所升格为出版科学研究院，又在 2014 年将教学科研功能转入新成立的新闻传播学院，成立了出版科学与文化研究中心。目前编辑出版学是新闻传播学下面的二级学科，该方向总共有 3 位老师，可谓是人少精干，从 11 月万安伦的三次获奖就可见端倪。

万安伦认为，编辑出版学的发展目前还没有达到理想状态的原因是学科层级偏低，而编辑出版学的六大属性决定了它搁在哪个一级学科下都是"挂一漏多"。万安伦在论文《对出版学科理论逻辑和结构范式的思考》创造性地提出了出版的六大属性："文明性""编校性""传播性""科技性""经管性""实践性"，并提出应该据此来界定出版的学科地位。目前各高校往往根据其中某一属性对"编辑出版学"进行划归，如根据其"文明性"架构在文学学科之下，复旦大学、浙江大学就是如此；根据"科技性"划归在信息技术学科之下，武汉大学、南京大学便是这样；更常见的情况是依据其"传播性"架构在新闻传播学科之下，北京师范大学、中国传媒大学属此情况；也有根据其"编校性"架构在图书馆学之下的；还有根据其"经管性"架构在管理学学科下的；甚至有依据其"实践性"直接将出版专业架构在出版社的。万安伦认为，应该将编辑出版学科升级为一级学科，下面再根据六个属性建立起二级方向。

"在'一带一路'背景下将出版专业升级为一级学科对于国家文化软实力和国家形象建设都具有重要意义。因为中国的四大发明有两项是出版学科的，一项是出版载体的造纸术，另一项是出版技术的印刷术，而这两项技术正是经过'一带一路'传播到世界各地，直接推动人类文明跃升和文化进步。"人类出版与人类文明是形影关系，出版将伴随人类文明永远存在，只是形态不一。从早期的甲骨文青铜铭文到现在的虚拟传播，一路下来只是形态改变，实质是没有变的，它的六大属性也没有变化。"我个人还是想在有生之年把这个学科的学理搞明白，尽力研究学术和建设学科，但这还是需要领导和社会的支持。"

3
人称"万规范"

作为首都文明礼仪研究基地主任的万安伦是一个严谨规范的人，《首都市民行为规范》是他主持起草的，他本人也以身作则，对学生也是要求符合规范。由于他严格按照校纪校规等行为规范要求学生，因此学生们亲切地给他起了个外号"万规范"。正因为他严格按照规范执行，无论是中国学生还是留学生都对他心服口服。

打铃上课，铃响下课，万安伦课堂的时间管理非常规范，决不拖堂，他的课堂考勤也非常规范，学生不能迟到、早退、旷课，课上不能做与本课无关的事情。学生出勤是平时分的四个维度之一，曾经有个韩国留学生对于自己的分数有异议，万安伦就拿出考勤记录来，上面写着学生每次出勤、作业、笔记和互动的分数，平时得分就是根据这四个维度的得分总算而来的。原来满腹质疑的留学生在看到这些记录之后心服口服，最后是鞠了三个躬退着出去的。而且，第二个学期依然选了"万规范"老师的课。

"如果因为抓课堂规范被学生们打分打下讲台了，我也很坦然，因为我没有私心杂念。"万安伦始终坚信大学是要为社会培养合格人才，"走上社会，再有才华，道德有瑕疵，行为不规范，他人会信任你吗？领导敢把重要任务交给你吗？"曾经有个学生读书会晚了四分钟，万安伦批评其多次。非常看重准时的万安伦，跟他人约见都非常注意守时，一般都会提前点儿到。上课时会提前 15～20 分钟到教室，准备好课件教材，再温习一下课程，或者跟学生聊聊学习、问问情况，这对学生们来说也是一种软性的约束。

万安伦培养学生有一套自己独特的做法。第一条是重实战。"在科研中学习科研，在写作中学习写作"，万安伦非常重视学生的课业论文、学术论文和学位论文的写作，他经常要求学生反复修改他的《中外出版史》《数字出版研究》等课程的课业论文，希望将普通的课业论文修改提升到 C 刊发表水平，"把一篇普通的课业论文从思想到逻辑再到表述都提升到 C 刊及以上水平，这种实战型学术训练是我的研究生必须经历的。"对学生的学位论文更是从选题到开题，从内容到注释，都从实战出发，实训实练。第二条是重理论。他强调研究生阶段重在学习逻辑和思考问题的方法，而不仅仅是知识性的东西，因为知识可能很快会过时，只有养成理论抽象和学术思考的能力才能终身受益。第三条是高要求。他要求自己门下的学生，硕士研究生毕业时必须至少发 1 篇 C 刊论文，博士生每年必须至少发 1 篇 C 刊论文，他的一名博士生 2018 年一年就发表了四篇C 刊论文。第四条是坚持读书会制度。每周一次，师生一起追踪学术前沿，师生共同交流读书体会和写作心得，还能沟通情感，这是万安伦给学生们的一个时间保障，这个时间学生一定是能够找到老师的。无论自己多忙，读书会制度都一定要贯彻，这也是他"规范"的一个体现。

没有一个真诚的育人者，不受师生的爱戴和尊敬。长期以来，万安伦潜心问学，不断求真的科研精神和乐育人材，高标准严要求的育人态度，都在打动着我们。相信他带领的团队在编辑出版学科领域攻坚克难的故事会更加精彩，让我们一起期待！

万安伦教授寄语青年学子

青年学子们：

你们现在是在校的本科生、硕士生、博士生，经受大学数年的"氛围""浸润"和"亲炙"，将分别成长为学士、硕士和博士，也就是古人所谓的"士"，"士不可以不弘毅，任重而道远！"

"岁月葱茏宜进学，青春光景好读书！"偶得之句，诸君勉之。

（王娟、林晗）

扫描二维码即可阅读全文

李实：当老师要有一种神圣感

推送时间：2018 年 12 月 24 日

这是一个"中国收入分配先生"在北师大培养人才的北师大故事

人物卡片

李实，经济与工商管理学院教授，博士生导师，中国收入分配研究院执行院长，人的发展经济学研究中心主任，教育部"长江学者"特聘教授。主要研究领域包括发展经济学与劳动经济学，其中收入分配、公共政策、贫困、劳动力市场等为近年来研究重点。曾三次获得孙冶方经济学奖，2006 年主编的《中国人类发展报告 2005》获 2007 年联合国人类发展奖，2010 年获张培刚发展经济学奖，2013 年获北京市优秀教师称号，2014 年获中国农村发展奖，2017 年获得第八届中国经济理论创新奖，2018 年获得全国扶贫攻坚创新奖。

这是他在北师大任教的第 4893 天。

1

一直在贫困研究的路上

对于深耕贫困研究 30 余载的李实来讲，荣获全国脱贫攻坚奖"创新奖"并不是个意外。翻开李实的履历，我们发现，很多领域大大小小的奖他几乎都拿到了。当走进李实在后主楼 17 层的办公室时，他着装朴实、言语亲和的形象，让我们无论如何也不能把他和这些耀眼的荣誉联系在一起。

早在 1985 年时，李实就开始潜心研究中国的收入分配和贫困问题。从事贫困研究的三十多年里，扎实的理论研究、广阔的国际视野、踏实的调研走访，这些都是李实能"有所收获"的秘籍。

30 多年间，李实躬耕不辍，一直致力于对中国贫困问题进行全面系统的研究，攻克了一个又一个国家重点课题和国际合作项目。1996 年，李实完成了中国社会科学基金"九·五"重点项目"政府、企业、个人三者分配关系"；2008年前后，李实受国务院扶贫办委托开展了新世纪第一个十年农村扶贫开发战略的政策研究；2009 年对有关"深化收入分配制度改革研究"的国家发展改革委规划司"十二五"规划前期重大问题研究课题进行探究，与此同时还承担了国家扶贫领导小组办公室委托的第一个十年农村扶贫开发纲要的实施效果评估；2010 年完成国务院扶贫办公室委托课题"新时期中国农村扶贫开发政策体系研究"；2011 年完成国务院扶贫办公室委托课题"新阶段中国农村扶贫开发战略研究"；2013—2017 年连续五年，承担并出色完成国务院扶贫开发领导小组"年度减贫形式分析"委托课题。《关于农村低保和建档立卡的瞄准性》等相应研究成果多次获得国家领导批示，被国务院扶贫开发领导小组专家咨询委员会内部报告采用，并得到时任国务院副总理汪洋"希望你们继续深入开展扶贫政策理论研究，为脱贫攻坚献计献策"的批示。

为了让贫困研究变得更加全面、丰富，在多年的研究工作中，李实始终保持广阔的国际视野，频繁往来于国内外院校和研究机构进行学术交流与合作。李实于 2002 年曾任日本一桥大学教授，先后八次前往英国牛津大学经济系进行合作研究，九赴瑞典哥德堡大学从事研究交流。鉴于他的卓越成就，国际学术界送给李实一个亲切的称呼："中国收入分配先生"（Mr. China income distribution）。如今，李实已经与美、英、法、日等国经济学界建立了各种形式的合作关系。随着科研课题的不断深入，李实的研究团队仍在充实扩大，并不断提出具有学术价值的观点与政策性建议。依靠学者之力形成高端智库，为国家反贫困事业贡献自己的力量，国际影响力不断扩大，李实和团队收获了风雨兼程后的春华秋实。

"纸上得来终觉浅，绝知此事要躬行"，李实用 30 多年的时间让这 14 个字变得掷地有声。30 多年间，他曾走访过上百个贫困县，对贫困地区集中养老、留守儿童和留守老人、基础教育和教育致贫、少数民族贫困、因病致贫、参与式扶贫等问题做了大量的调研与思考。就在今年，李实受到中央网信办委托，前往贵州调研大数据、互联网在贫困地区脱贫攻坚战中的作用。为了能够更切实地了解到贫困地区的现状与互联网发展情况，他率队深入武陵山区，实地走访贫困村和贫困户，向他们发放问卷、一起座谈。而对于这些经历，李实总是轻描淡写，似乎还沉浸在学术的海洋，似乎永远在路上。也许在他看来这是一位师者也是学者所必须要经历和忍耐的。

扎根在一个领域，把学术做实，根据环境的变化不断深挖开拓新的思考，是这位时而会走出象牙塔的教授教给我们最简单而又不凡的学术真谛。

2
"很享受当老师的感觉"

除了致力于发展经济学与劳动经济学领域的研究，李实还是经济与工商管理学院的一位普通教师。2005 年 7 月前，李实在中国社会科学院经济研究所做研究工作时没有接触过本科生。正式调任北师大 13 年间，他开始接触本科生，并常年承担一门本科生研讨课。"通过与学生越来越多的接触，我感觉我自己很享受当老师的感觉。"而这种享受，可能要从他小时候说起，"我从小就有当老师的情结，上大学后可以说是对这份职业更加情有独钟。在北师大这 13 年中，虽然给本科生上课不多，还是以辅导研究生、博士生为主，但是越来越喜欢当老师。"

愉悦的同时，李实也深深地感受到作为一名教师的神圣感与身上所担负的社会责任。在他心里，教师的一言一行都在无形中影响着学生，这让所做的事情也变得更加有意义。

李实对于自己接触过的一届又一届本科生、研究生、博士生和研究团队，都给予了很高的评价，他认为北师大的学生做事认真、踏实，求知欲与合作精神都很强，这些一直让他引以为豪。作为师者，谈及学生，李实始终有着一种谦逊的态度，因为在他看来，老师同样能从学生身上汲取到新鲜的养分，能从他们的提问中激发很多新的思考。

3
我的学生观

多年来，李实一直秉持着三点育人观念。"管大事不管小事"是他的第一个信条。"管大事就是在一些大的事情上要把握他们对学习的态度、对人生的态度，让他们认识到自己对国家发展应当承担的责任；不管小事就是给学生在学术方面充分的自由，让学生有自己的选择，"他这样解释道，"比如学生在写论文之前一定要自己选题，这是基本原则。要让他们找到自己喜欢的事情，挖掘自己喜欢的领域，学会主动地去思考一些问题。这是每个研究型学者所必须经历的过程。"这样的要求并不意味着对学生放任不管，反而是要做到收放自如，学生一旦确立选题，李实则会尽可能提供相应的帮助，共同挖掘、攻克研究的要点难点。这样，可以充分培养学生的主动性和自主性。

经常与学生保持交流和联系是他的第二个信条。李实经常利用自己的能力与经验，为学生提供尽可能多的机会，无论是参与研究课题还是参加研讨会，让他们能够尽早接触科研方面的工作，开阔眼界。

鼓励学生参与调研活动是第三个信条。"研究和学习之间的关系是相辅相成的，一定要把眼界放宽，光啃书本是不够的。"尤其是经济方面的研究，需要联系现实中的实际问题，更少不了实践。李实也是近年来，学院里指导"本科生科研训练与创新创业项目"最多的一位老师，每年都会指导 4 ~ 5 名学生或者课题组，带领本科生进行相关的科研创新研究。他时常鼓励学生要主动参与各类调研活动，利用假期多去了解社会、洞察社会，这样的研究才能结合社会热点，才会接地气。"不了解社会，经济学研究是做不好的。"

4
我眼中的师大

基于长期与世界一流大学的合作交流的经验，李实也经常反思北师大如何建设和建成世界一流大学。他认为如今我们任重而道远，仍要为完成两个方面的转型而继续努力。

第一个转型是在时代的大背景下，传统的计划经济向市场经济转型，政治、教育、社会等多方面都在经历变化，所有学校都面临着转型，师大也不例外；第二个转型是北师大作为师范院校，要重视社会科学学科的发展，要拥有更大的格局、更高的视野和更长远的发展战略观。李实认为北师大需要在第二个转型过程中做出更大的努力，从学科建设和全局观等方面向国际一流大学看齐，争取建设成更加全面的综合型院校。

李实也一直关注着学校青年教师的成长。在他看来，青年教师首先要坚守自己的教师岗位，对这份职业怀有崇拜与热爱，不忘初心，愿意付出和奉献。教学工作中，善于把教学和研究相结合，"能够为学生提供新的世界观、方法论，带来不同的思考方式和认知视角，引领学生走向更广阔的国际舞台，这是我们师大老师肩负的责任"。在科研方面，李实经常鼓励青年教师要坚持不懈，肯下苦功，甘坐"冷板凳"，坚持在一个领域做下去，并做深、做精，做到极致。在能力和水平达到一定水平后，要更注重保持持久力与耐性。

"坚守"是采访中李实频频提到的词，回望三十余载的学术之路和教师生涯，李实也如此脚踏实地地践行着、耕耘着。学者的睿智，内心的热爱，坚定的力量，成为了他岁月的印记，更折射在低调的李实身上，变成无法掩藏的闪烁光芒。

寄语青年学子

希望我们的莘莘学子能够继续保持勤奋刻苦、踏实认真的学习态度。更加注重创新，培养自己对学术的坚持和独立性，拥有对科学的钻研精神，争取成为德才兼备的人。

（王娟、黄小雨）

扫描二维码即可阅读全文

第二篇

02

| 聆听师道 |

郭玉英：学为人师"师"物理，
木铎钟声"声"教育

推送时间：2018 年 1 月 3 日

"做物理教育基础研究工作不仅要充分支撑中学物理课程标准的研制和修订，还要引领一线教学按照课标的要求实现既定的目标。"

——郭玉英

人物卡片

郭玉英，物理学系教授，博士生导师，教育部课程教材专家工作委员会委员，中国教育学会理事，中国教育学会物理教学专业委员会前届理事长，本届学术委员会主任委员。《义务教育初中科学课程标准》研制和修订、《高中物理课程标准》修订组核心成员。主持完成了多项研究课题，目前正在完成教育部规划课题"基于科学概念学习进阶的教学设计模型研究"基础上，深入开展区域和学校的教学改进研究。

人物事迹

出版专著《从传统到现代——综合科学课程的发展》，译著《科学 技术 社会教育》，主编《物理比较教育》《物理新课程教学案例研究》《义务教育初中科学课程标准解读》《中学理科课程标准国际比较与研究（物理卷）》《中学物理教师教学能力丛书》《中学物理教学概论》《中学物理教学设计》《初中物理》等著作和教材。最新出版《基于学生核心素养的物理学科能力研究》，正在主编《中国物理教育研究丛书》。在国内外学术期刊发表论文 60 多篇，最近在科学教育顶级期刊 Journal of Research in Science Teaching（JRST）发表关于科学解释学习进阶方面研究的论文。

1
师大结缘，三十年风雨育英路

已届花甲之年的郭玉英，谈起自己的师大情缘时还是那么神采奕奕。从 1987 年硕士毕业留校任教至今，寒来暑往，转眼执教已经 30 年了。谈起自己追随阎金铎先生、顾明远先生读书时的许多情景仿佛还在昨日，而如今她也早已"桃李满天下了"。郭玉英说："我和师大注定是要结缘的。"她的姨妈是师大1948 届历史系的校友，曾向年少的郭玉英讲述过不少有关北师大的故事，从那时起她就向往北师大，也立下了终身从教的志向。经历了上山下乡和在农村中学任教，郭玉英在恢复高考并送走自己的学生之后，也开始追寻自己的"师大梦"和"教师梦"。她在曲阜师范大学物理学系本科取得了全优的成绩，毕业时以优异的成绩考入北师大物理学系教授、时任中国教育学会物理教学专业委员会理事长阎金铎先生门下，成为了一名师大人，1987 年研究生毕业之后留校任教。从此开始了作为"师大人"的学习和生活。

作为年轻教师的郭玉英，得到了很多老师的照顾和关心，在教学、科研上进步很快，对师大的感情也越来越深了。阎金铎先生常说："搞物理教育的人，中学物理要精、普通物理要通、理论物理要观点明"，常常手把手地带着新老师们从教学实习到课题调研，要求非常严格，使郭玉英和同事们受益匪浅。而刚留校的那几年里，住的是至今仍被用作学生宿舍的学 12 楼，生活条件很差。刚生完孩子的她，夜里由于限电还只能点起自制的煤油灯给孩子喂奶，当时系领导和教研室的同事们不仅送来了炖好的鸡汤，还有取暖的煤球炉子，至今回想起来，感动之情溢于言表。

令郭玉英终身难忘的是导师们在学术成长方面的引领和帮助。20 世纪 90 年代初从牛津大学访学回来的她，成为阎金铎和顾明远先生合招的学科教学论方向的第一位博士。国外访学打开了她的学术视野，导师的国际视野、重视理论思维和关注现实的情怀对郭玉英产生了很大的影响。在博士论文选题的时候，她想把综合科学课程作为主攻方向，这一想法得到了阎金铎和顾明远先生的鼓励和支持。当时正值国家新一轮基础教育课程改革，在浙江省等地做综合科学课程的试点，顾明远先生支持她去浙江实地调研，并提供了大量相关资料，组织专家进行开题。正是在这两位先生的支持下，她从国际科学课程发展的历史和趋势，结合中国科学课程的实践，提出了我国科学课程发展的方向。她的博士论文获得答辩专家和学术界好评，在此基础上出版了她的第一部专著。这个研究为她参与国家课程改革项目和后来一直沿着科学教育研究方向不断迈进奠定了基础。读博和参加课程标准研制、修订的经历，使她深深地体会到："北师大人是要参与到国家决策之中的，北京师范大学定位学科发展，一定要有高站位，一定要对包括基础教育在内的国家教育体系的发展起到促进作用，这才是我们研究应该有的目标和高度。"她也以这样的标准来要求和激励学生们。

郭玉英的学生姚建欣博士在毕业论文的后记里曾经这样写道："在许多地方，博士是一份艰苦工作，但在郭老师门下的这五年，我却一直在幸福地成长。更幸福的是，郭老师总能引领我进行突破：突破学术的瓶颈、人生的困惑。"她的学生们都对老师有着同样的感恩之情，但她认为做老师就应该这样。她说："师大严谨治学的精神，师大对国家师范教育的引领和师大老师对学生及年轻老师的关爱，这些都是潜移默化传承下来的。我的老师原来怎样对我，我当老师就怎样对待学生，这些都是从老先生那里学的，师范就应该有这样一种师道传承，要不我们怎么做老师呢？"

2
物理教育，也要重视基础研究

在物理教育领域耕耘了一生的郭玉英对物理教育研究有持之以恒的科研取向。她长期致力于中学物理课程与教学的研究，在物理教育理论、学生概念和能力发展等基础研究领域不断深耕沃土。郭玉英认为作物理教育基础研究工作不仅要充分支撑中学物理课程标准的研制和修订，还要引领一线教学按照课标的要求实现既定的目标。中学物理课程标准是中学物理教学的指导性文件，而确定课程标准对学生的要求需要基础研究的支撑，需要做大量深入细致的研究工作。另一方面，即使有了基础研究支撑的课程标准，如何克服重重困难，将新的课程标准与一线物理教学结合起来，需要开展对一线教师持续的培训，这同样离不开基础教育研究成果。

利用国外最先进的科学教育研究方法和工具来解决中国基础教育研究中的问题，是郭玉英在基础教育研究中主要努力的方向。早年在牛津访学时，郭玉英就借着机会到当地的中学去听课，她就深深体会到西方教育有它自己的传统和特色，和我们的教育确有很大的差别，但他们的科学教育研究确实有值得我们学习和借鉴之处。有这么一句话对她触动很深："中国的基础教育不错，但是中国的教育研究不行。"而对于基础教育的研究，郭玉英认为应该针对中国真实的问题进行研究，在借鉴国外实证研究方法的同时，也要结合中国长期以来经验加思辨的教育研究模式。国外的研究往往遵循着一种科学研究的范式，这种范式由模型、证据、逻辑等要素构成，而追溯研究范式和模型的形成与西方科学哲学的研究又有紧密联系。在用他山之石攻玉的同时，针对中国自己的问题也需要建构符合中国国情、中国特色的理论。

"十年磨一剑"，郭玉英和她的学生始终坚持在科学教育研究领域努力耕耘。2017 年 9 月，郭玉英与其学生姚建欣博士在国际科学教育顶级期刊 *Journal of Research in Science Teaching*（JRST）上发表了他们在科学解释学习进阶方面的研究成果，展示了他们利用国外研究模型和方法并借鉴中国的传统研究理路开展中国基础教育研究工作的不懈努力。此篇论文系该刊首篇全部由中国大陆学者独立完成研究并撰写发表的论文。在具有高影响力的学术期刊上向全球学者分享中国教育研究的成果，传播我国教育文化，这是我国科学教育研究成果国际化的重要一步，在研究方面充分展现了我校在师范教育中的引领作用。

郭玉英常常这样解释自己的工作，做基础物理教育的研究工作其实是需要"上下贯通"的。无论是理论研究，现实问题的解决，或者是基础教育实践的测评，还是深入课堂的实践都能帮助中学老师进行教学改进，一个基础教育的研究者需要在观念、理论、方法、技能等各个层面融会贯通。从课标到教材，再到教学、评价，一系列的工作都是和研究密切相关的，这就要求基础教育研究者在本科生教学、基础教育科研、社会服务方面付出很大的努力。梅贻琦曾慨言："大学者，非有大楼之谓也，乃大师之谓也。"大学教育既是如此，中学教育也是这样，没有具备深厚学术底蕴的老师，中国物理教育事业就不可能有长足的发展，国家科学技术的发展就有落于人后之虞了。

3

学生培养，做学生成长的"助推器"

谈及培养学生，郭玉英也有自己的心得和体会。对学生概念和能力发展的研究是物理教学领域研究的最基础问题。从带第一届硕士开始，郭玉英就让自己的学生从研究学生概念和能力入手，之后的学生就沿着他们所做研究的方向不断积累，从而进入基础物理教育研究的大门。每周一次组会，在组会上讨论自己所学的心得和体会让学生们收获颇多。另外，郭玉英认为在操作中学习是培养学生的重要方式。老师在做什么，就让学生跟着一起做，做着做着学生就入了门。对于学生发表的第一篇论文，郭玉英总是和自己的学生一起改，从一句话到一个段落再到整篇文章，总是要经历 8~10 遍的反复修改，也只有经历这样的过程，学生们写论文的能力才会有质的提高。

郭玉英注重引导学生开阔自己的学术视野。从大量的文献阅读开始，不仅包括国内研究领域的前沿文献，还包括国际关于相关问题研究的最新资料，这些都是学术研究的基础。在阅读的基础上，郭玉英非常鼓励自己的学生"走出去"，鼓励自己的学生参加国际最前沿的学术会议。从亚太到欧洲，再到美国，每一次国际科学教育的会议，郭玉英有时带着自己的学生们一起去，或者鼓励他们投稿，资助他们独立参加。这样除了增加学生的阅历，最重要的还是培养学生们国际学术交往的能力。她也常常让自己的学生代替自己在会上发言，介绍本团队的研究成果，介绍国内最新的学术研究进展。也正是这样的培养方式，为学生们打开了通向科学研究最前沿的道路。

郭玉英培养的学生们，后来大部分都当了教师。硕士毕业生大多去了中学，博士毕业的多留在大学任教。对于中学物理教学而言，越来越呈现出教学与研究相结合的模式。中学看重物理老师的不是具体技能的强化训练，而是他们对于物理本身的理解，现在越来越注重他们对物理教育的理解和开展研究的能力。参与研究项目的经历，对于他们日后进行课堂教学设计，在如何引导学生思考、怎么给学生提问题、怎么评价学生对于问题的理解、给学生做什么样的练习题等方面都大有裨益。最重要的是学生学会了如何针对教学中遇到的问题开展研究，需要一种综合性的研究能力，这种能力是在开展基础物理教育研究的过程中形成和发展起来的，需要手把手地带领学生走入科学教育研究的大门。现代的中学越来越意识到学校要发展，老师要提升，就必须把教学与研究结合起来，需要有研究基础和研究能力的教师，这就和她一直致力于带领学生开展关于中学生核心能力与核心概念发展的研究工作紧密联系起来了。

寄语北师大

教师是一个古老的职业，也是一个有前途、有生命力的职业。随着时代的变化，不管多少职业会消失，教师这个职业永远不会消失，教师职业对国家的发展和民族的进步非常重要。希望北京师范大学能够重视像物理课程与教学论这样的学科，能够踏踏实实地沿着"师范"的道路更上一层楼。

寄语青年学子

有志于做教师的青年学子们，你们做了一个非常好的职业选择。做好一名教师很不容易，你们首先要做好吃苦的准备，教师这个职业发展是终生的，但是只要你们热爱这个专业，喜欢你们的学生，能够不怕艰苦地在这个专业上发展，就一定有更加光明的前途。

（王娟、郭文杰）

扫描二维码即可阅读全文

张百春：让每一堂课都充满情感和亮点

推送时间：2018 年 1 月 10 日

"老师不仅仅是'教书匠'。我希望我的每一堂课都带有我的名字，让每一堂课都成为一场全身心投入的'表演'，我努力让每一堂课都充满情感，让每一堂课都有与众不同的亮点。"

——张百春

人物卡片

张百春，哲学学院教授、博士生导师，中国宗教学会理事，中华全国外国哲学史学会理事，国际儒联理事，欧美同学会理事。1993 年毕业于俄罗斯圣彼得堡大学哲学系，获得哲学博士学位。入选 2000 年度教育部优秀青年教师资助计划，入选 2006 年度教育部新世纪优秀人才支持计划。2013 年荣获俄罗斯国家奖章——普希金奖章。研究方向：宗教学，东正教，俄罗斯哲学。2009 年承担国家社科基金项目"当代俄罗斯东正教会与俄罗斯社会转型"（已结项，成果为"优秀"），目前正在承担国家社科基金项目"东正教灵修传统研究"。开设"宗教学概论""基督教概论""宗教社会学""宗教与文化"等本科生课程，"宗教哲学专题"等硕士生课程，"圣经与西学东渐"等博士班课程。已出版专著《当代东正教神学思想：俄罗斯东正教神学》（三联书店出版社，2000）；《风随着意思吹：别尔嘉耶夫宗教哲学研究》（黑龙江大学出版社，2011）等。译著有《神人类讲座》（华夏出版社，2000）；《论人的使命》（学林出版社，2000；上海人民出版社，2007）；《精神与实在》（中国城市出版社，2002）；《论人的奴役与自由》（中国城市出版社，2002）；《陀思妥耶夫斯基的"大法官"》（华夏出版社，2002，2007）；《末世论形而上学》（中国城市出版社，2003）；《神与人的生存辩证法》（上海人民出版社，2007）；《协同人学与俄国哲学》（香港，2010）；《俄罗斯哲学与欧洲文化的危机》（安徽大学出版社，2017）；《认识论与俄罗斯哲学》（安徽大学出版社，2017）；《俄罗斯文学的哲学阐释》（安徽大学出版社，2017）等。在国内外已发表学术论文和译文一百余篇。

1
投入感情做学问是一件幸福的事情

谈到宗教学，张百春整个人顿时洋溢出自信和喜悦，就像谈起自己引以为傲的孩子，他说："我愿意为宗教学的教学与研究投入全部的情感和力量。"

张百春的本科专业是数学，因为不习惯数学逻辑分明的"理性"思维方式，执着于对"能够让他投入全部情感"的学习追求，在硕士学习阶段，他选择了哲学专业，之后机缘巧合，他获得了国家教委公派到苏联留学的机会。就这样，他在圣彼得堡大学哲学系学习了五年。俄罗斯的风土人情深深地吸引着他，在融入俄罗斯社会生活的同时，张百春开始关注东正教，他说："我的宗教研究启蒙于俄罗斯的东正教，俄罗斯根植于宗教里的社会文化让我着迷。"醉心于学问的张百春终于找到了自己喜欢的并愿意为其投入一生情感和精力的研究方向，就像找到了"阔别重逢的老友"，这令他欣喜不已。五年的留学为他探索人生方向拨开了迷雾，让他与宗教学（东正教）研究紧紧地缠绕在一起，开启了他人生的新征程。

张百春于1993底回国，在自己的就业选择方面遇到了一些困难。因为国内在东正教的研究方面比较薄弱，他又不是宗教学科班出身，所以适合他的工作机会就相应少了很多。1994年春季，他选择了中国石油大学（北京），在人文学部任教。尽管那里没有涉及宗教学的相关课程，但是他依然认真地对待自己讲授的课程，其中"自然辩证法"课被评为石油大学第一批（10门）品牌课。在石油大学工作期间，他充分利用学校为他提供的良好环境，从事自己心爱的学术研究。在 2002 年底，他以宗教学专业学者的身份被调到北京师范大学哲学系。一路走来，机遇与挑战并存，张百春在不断摸索。幸运的是，在当代俄罗斯著名哲学家霍鲁日教授的精心指导下，他找到了东正教研究的切入点——灵修传统，并用这个题目成功申请到国家社会科学基金项目，这更加坚定了他的科研方向。

如今，张百春在国内相关领域中已经是佼佼者，这不仅是因为他对自己的研究领域的热爱，更与其对自己的严格要求紧密相关。他认为，研究外国哲学，外语必须过关。对外文材料的利用，应以准确性为前提。在他眼中，能否做现场翻译是衡量一个人外语学习是否过关的重要标准之一。同时，专业的现场翻译还需要深厚的笔译功底。多年来，张百春翻译了 20 余本俄文书籍，其内容主要涉及俄罗斯哲学与东正教。正是因为多年的潜心治学，张百春在俄罗斯哲学界和宗教界建立了广泛的学术联系。在学院和国际合作与交流处的大力支持下，从 2005 年起至今，他邀请了几十位俄罗斯等国的哲学家到北师大举办讲座，其中系列讲座有十多个（每个系列讲座 5～8 次不等）。在这些外国学者中间，特别值得一提的是俄罗斯科学院从事哲学研究的四大院士，他们都曾应邀来北师大做过讲座，其中有两位院士做了系列讲座。这对于我们学校来说，是非常宝贵的资源。所有这些外国学者的讲座，都是由张百春做现场翻译。正因为有他的现场翻译，即使不懂俄语的人，对于报告内容，也不会出现任何理解的障碍。在现场翻译过程中，张百春说自己没有任何压力，他很享受翻译的这个过程。目前，大部分系列讲座已经由他整理成中文，正在陆续出版。

"在宗教学研究过程中，并非总是一帆风顺，我也遇到过来自各方面的阻力，自己也付出了很多努力，但是在这个过程中，宗教研究让我在精神领域得到了升华，我也逐渐体会到投入感情做学问是一件非常幸福的事情。"随着对东正教研究的深入，张百春的俄罗斯情结越来越浓厚。用他自己的话来说，"对俄罗斯哲学和东正教的研究是我一生追求和热爱的事业"。宗教学不仅是他研究的方向，更改变了他的处世态度。张百春一直坚持认为：真正的学术研究是能够改变研究者自己的，如果一个研究者所研究的东西连自己都不能改变的话，那就不是真正的学问。"以前我们教育孩子要爱憎分明，但是宗教研究现在让我明白这个观念是非常狭隘的。我们周围的憎恨太多了，不需要再教给孩子怎么去恨了。我相信，在未来的理想社会里应该只有爱。同样的道理，也可以上升到国家层面，就是在国际社会共同体里不应该树敌，而是要始终保持着大爱和宽容。只有足够大的格局，才能促进人类共同的发展。"

全身心投入学问中所产生的幸福感和成就感改变着张百春的生命经历，增加了他生命的深度，拓展了生命的广度。丰盈的人生经历让他更加珍视老师的职责，同时坚定了他对于践行情感教育的信心。

2
老师不仅仅是"教书匠"

"我希望我的每一堂课都带有我的名字。"张百春为本科生开了一门课程——"宗教学概论"，在条理清晰地向学生讲授必要的宗教学知识的基础上，他还对宗教信仰做出理性的分析，对当下中国信仰缺失现象进行冷静的思考。他用春风化雨的方式改变学生对宗教的偏狭观点。在这门课程里，张百春特别关注宗教情感问题，在此基础上，他提炼出自己对宗教学和哲学的独特理解。"张老师这种授课方式以及他对讲课内容的选择对我们个人的哲学学习是很有帮助的。"哲学学院哲学专业 2015 级学生龚千容如是说。张老师的宗教学课程不仅让学生对宗教的总体特征与概况有了一定的了解，更重要的是，让学生重新反思自己过去在哲学专业学习方面的感受和所得，这为他们未来的学习以及选择自己的研究方向提供了更多切实的帮助。

对于本科生的教学，张百春投入了很多感情。在他眼里，学生们就像一张白纸，有很强的可塑性，老师不仅仅是"教书匠"。对老师来说，知识的传授只是最基本的要求，更重要的是老师对正确的价值观的追求以及他们对学生和课程的情感投入。他不太喜欢完全按照现成课件来灌输枯燥的知识，而是努力把每一堂课的讲台变成自己心爱的"舞台"。对于他来说，每一次讲课都是一场全身心投入的"表演"。张百春对自己有着很高的要求，希望自己的课堂是不可替代的，在他的心里，这种"独一无二"就是指带着自己的真情实感讲授每一堂课，让每一堂课都有与众不同的亮点。在整个讲授过程中，他一直处于积极的"表演"状态，这让他在讲课过程中与学生能够有创新思维的碰撞。而这种碰撞的结果就是让他能即兴地讲出一些令他自己都惊讶的东西，这样的教育才是一种创造性的教育。

学生们课后的反馈让张百春很高兴。他一直都在努力探索，如何能让自己的课程对学生发挥最大的影响。他一直强调老师，尤其是文科领域的老师对于打开学生的知识视野和人生格局的重要性。知识只是手段，开发学生的潜能，打开学生人生格局才是课程的真正目的。因为格局是可以变化的，它与人的一生相关。

出国留学的经历对开阔人的视野，打开人生格局，有不可替代的作用。张百春认为，在当今全球化的时代，没有过硬的外语功底，无论是学术研究还是国际交流，都只能停留在表面。根据自己在国外学习的经验，他鼓励学生出国留学，学习地道的外语，并充分地利用外语，借鉴国外先进的教育经验和成果，做到扬长避短。"有一个学生特别喜欢宗教学这个专业，并报考了我的硕士，第一年因为英语只考了40分而没有被录取。他还要继续考，但是我建议他改学其他语种出国深造，最后他转向学习意大利语，并成功实现了自己在国外学习的梦想。"国外有很好的语言学习环境，可以充分利用它来提高自己的外语水平，丰富自己的学科领域。所以，张百春建议有条件的同学一定要争取去国外学习的机会。

除了给本科生讲课外，张百春还是硕士生导师和博士生导师。由于社会环境等客观原因，以及学生自身的主观原因，张百春从不强迫他的学生研究宗教学。但是，与此同时，他又很期望能够有学生将他的学术研究延续下去。他理想中的研究者，做学问要投入全部的情感，这也就意味着学生要有很高的素质。很多人觉得学术研究是一种很苦的事情。但是，对张百春而言，完全的情感投入让他在学术研究中获得了难以言表的快乐。他对心爱的学问后继无人的现状充满了遗憾，唯希望能把自己的更多精力都放在科研上，并做出更多的成果。

3
我们缺乏情感教育

宗教学的研究带给张百春的不仅是知识的充裕和对人生真谛的重新认知。有关宗教情感的研究和思考，对他的教学理念产生了深刻的影响。

张百春认为，目前教育的大部分资源都集中在技术层面，在学生的情感塑造方面缺乏投入，这对下一代的人格培养以及社会融入等是非常不利的。现代教学有比较成熟的模版，但是情感这个层次的教育却是没有模版可依的。情感教育缺乏会使孩子缺乏神圣感和敬畏感等一系列高尚情感，造成情感交流的困难，甚至会导致学生行为的失范。作为一名老师，需要对自己的职业有深刻的反思。老师要对自己所讲授的课程，还有学生，投入真正的爱，并用这种爱感染学生，让学生真正认可和接受所讲授的内容，这样才能培养学生树立正确的人生观和价值观。

谈到情感教育，很多教师是迷茫的。张百春认为，这是因为他们缺乏对情感教育的了解。在他看来，我们的情感教育可以在宗教学中得到启发，可以在各类宗教教育里寻找到情感教育的新途径，挖掘和开发情感教育的资源。"比如，各类宗教的传教士都是满怀激情地传播自己的信仰。那么，是否能够对宗教的传播方式进行研究，探究一下为什么信奉宗教的人对他的信仰比较忠诚？其实，各类宗教在培养自己信徒的情感方面，都有非常丰富的经验，只要我们选取合适的角度，必然可以从中汲取我们所需要的资源。"张百春认为，情感教育并非易事，它需要教育工作者投入积极的、真实的情感。

4
逆水行舟，不进则退

对于学校的发展，对学校教师的发展问题，一直处在教学第一线的张百春老师有自己的看法。他觉得教师教学和科研的分离也许是一个不错的选择，学校可以"因才而用之"。"有些老师适合讲课，就去安排他们去讲课，有些老师适合做科研，就安排他们去做科研做学问。能够把二者结合起来是最好不过的，但这类例子是非常稀少的。"这样就可以让老师在自己擅长的领域内提高效率，发挥更大的作用，让讲课或科研都能成为一种享受，从而避免它们成为对老师的捆绑。从长远来看，这样做不管是对科研还是教学都是有好处的。

张百春有很多学术和社会的兼职，其中国际儒联理事的职位多少令人惊讶。的确，他自己承认，成为国际儒联的理事纯属偶然，因为他对儒学没有深入的研究。不过，他对儒学以及中国的整个传统文化充满情感，寄予厚望。他说："我的古汉语水平依然停留在高中阶段，因此无法通过古汉语直接从中国文化里汲取营养。但是，我希望下一代不会有我们的尴尬。我认为，对于中国学生，古汉语也应该像英语那样，需要通过相应的级，比如六级或八级。因此，我呼吁，加强中国学生（所有专业）的古汉语教育，争取能够用古汉语直接学习中国文化，因为中国文化的绝大部分（如果不是全部的话）都是用古汉语写成的。"

对于未来教育的发展，张百春充满了信心。他认为，随着社会的进步，单纯的知识传授已经远远不能满足教育的要求。在他看来，情感教育一定会得到越来越多的重视，这必定是未来教育尤其是中国教育的发展趋势。光追赶世界先进教育是不够的，中国的教育要有自己独特的理念。"虽然教育的改革存在困难，但我们要起带头作用，不能仅仅满足于国内学术领先，要提出自己全新的、具有中国特色的教育理念（比如情感教育优先，古汉语教育优先等），要利用好教育学这个传统优势学科的资源，切忌固步自封，学校发展光'顺水推舟'是不行的，更需要'逆水行舟'的勇气与魄力。"

（王娟、李芳）

扫描二维码即可阅读全文

骆祖莹：争做课堂教学自动评价的"探路者"

推送时间：2018 年 1 月 12

作为信息科学与技术学院的一名教师，骆祖莹从 2013 年开始从事课堂教学自动评价研究，通过开展课堂自动考勤、学生表情分析、学习注意力分析、课堂教学语音分析、基于对话文本的师生互动评价与课堂教学过程解构等具体研究，对课堂教学自动评价进行了多角度的思考。

本采访主要是了解骆祖莹关于"课堂教学自动评价"研究的起点、内容、意义等方面的思考。

人物卡片

骆祖莹，信息科学与技术学院教授，博士生导师。1985—1992 年，先后获得天津大学工学学士与硕士学位；2002 年博士毕业于清华大学自动化系；2002—2005 年期间，先后在清华大学计算机系和多伦多大学电子工程与计算机系从事博士后研究，2005 年 9 月，到北京师范大学信息科学与技术学院任教。自 1999 年起，先后在中科院计算所、清华大学、多伦多大学、北京师范大学从事集成电路辅助设计计算法研究、高性能计算、用于课堂教学效果自动评测的情感计算等方向的应用理论研究工作，共发表论文百余篇，其中 SCI 检索论文 12 篇、EI 检索论文 50 余篇，申请专利 7 项，其中已授权专利 3 项，出版译著 1 本。

人物事迹

曾主持国家科技部 863 课题，多次主持国家自然科学基金项目。其参与的研究成果"集成电路逻辑测试基础技术"荣获 2005 年度中国计算机学会创新奖入围奖（三等奖）、"超大规模集成电路物理级优化与验证问题基础研究"获得 2005 年度教育部科技成果二等奖。常年担任本科生"集成电路设计""微纳电子器件设计"课程、研究生"超大规模集成电路设计"及"情感计算"课程的任课教师。其先后培养 14 名硕士研究生，多人继续攻读博士学位。

1
勇于开拓，做课堂教学自动评价的"探路者"

师小萱：骆老师，您能和我们分享一下您的研究经历和研究内容吗？

骆祖莹：自 1999 年 31 岁到清华大学自动化系读博士以来，我先后在清华大学、中科院计算所、多伦多大学、北京师范大学从事集成电路辅助设计（IC-CAD）研究，主要从事集成电路低功耗设计、散热设计、片上供电网络设计等方向的 ICCAD 算法研究，目前已主持完成 1 个科技部 863 课题和 2 个国家自然基金面上项目，发表了百余篇学术论文。最近这几年，则主要从事课堂教学自动评价研究，2018 年上半年即将出版的学术专著《课堂教学自动评价理论、技术、应用》汇集了我们这几年所取得的研究成果。

师小萱：听起来很有意思。您能简单和我们介绍一下什么是"课堂教学自动评价"吗？

骆祖莹：所谓"课堂教学自动评价"是基于信息技术、对传统课堂评价的一种技术改进，即将现代信息技术融入课堂评价中，通过开展课堂自动考勤、学生表情分析、学习注意力分析、课堂教学语音分析、基于对话文本的师生互动评价与课堂教学过程解构等具体研究，收集和分析课堂教学过程所产生的基础数据，进而自动形成教学实践所需的课堂教学评价报告。换句话讲，也可以认为：课堂教学自动评价是一项对课堂教学众多评价指标进行量化建模、自动分析与评价、服务于课堂评价实践的计算机应用技术，也是一项改进课堂教学效果的教育技术。

师小萱：技术背后应该有理论支撑吧，您能简单介绍一下这项技术实施背后的相关理论吗？

骆祖莹：简单来说，课堂教学自动评价理论首先根据教育评价人员的习惯，生成并使用带有时间信息的师生对话文本、自动将连续的课堂教学过程离散为一个教学场景时间序列；再使用各种信息技术顺序地对每一个教学场景进行准静态分析，获得大量的分析数据；最后对这些数据进行计算机自动处理，得到用于产生课堂教学总体评价的各种评价数据。教育用户可以根据各自评价目的、选用符合自己需求的数据，进行汇总分析，撰写符合教学评估需求的课堂教学评价报告。因此，课堂教学自动评价系统就像医院里的B超/CT设备一样，对课堂教学过程进行多角度地分析与判断，获得大量的检测数据，而教育评价人员则像医生一样，看着这些数据写出所需的课堂教学评价报告。

同时，为了对课堂教学自动评价技术进行完善、发挥教育评价人员的丰富经验、满足广大家长了解自己孩子在学校里真实表现的需求，我们还专门为课堂教学自动评价理论设计了一个课堂教学视频在线播放与在线评价环节，通过让专家和家长在线填写关于课堂教学的电子量表，不仅可以获得大量的第三方评价数据，而且可以对相应的自动评价算法进行校准。而通过这样一个技术，就架起了家庭与学校课堂之间沟通的桥梁，可以把孩子在课堂的真实表现完整地展现在父母面前。

师小萱：骆老师，您认为实施课堂教学自动评价有什么优势、作用和意义呢？

骆祖莹：简单来讲，课堂教学自动评价应用各种信息技术对课堂教学过程进行评价，其具有全员、全过程、量化、多参数、大数据分析、全自动、客观性等优势，在实施过程中仅通过相关设备进行数据采集，能够减少评价人员进班对课堂教学过程的干扰。一般而言，课堂教学评价只对课堂教学效果进行自动分析，课后快速处理所得出的大量评价数据仅作为结论性评价的依据，教师和学生根据数据就能自主地对自己的课堂教学和学习效果进行评价、反思和改进。课堂教学自动评价更适应于应试教育课堂教学评价，能够切实减轻教学评价人员的劳动量，避免传统课堂评价所带来的局限，实实在在地改进和提高课堂教学质量。另外，从未来教育发展的角度来讲，课堂教学自动评价还能够为基础教学研究积累第一手的教育大数据，一方面能够改善我国教育研究中定量分析不足的状况，另一方面还能够为我们国家教育的理论创新提供扎实的数据支撑。

2

理论创新，将信息技术融入课堂评价中去

师小萱：您刚才提到了 2018 年上半年即将出版的《课堂教学自动评价：理论、技术、应用》一书，您能介绍一下自己团队的研究成果吗？

骆祖莹：自 2013 年，我的第一个研究生唐传高投入课堂教学自动评价研究方向以来，已经过去了四个春秋，这期间先后十名博硕士研究生相继投入这项研究，着力研究了课堂教学自动考勤，学习注意力、学习表情、学习情感的自动分析，基于师生对话文本的课堂教学解构与课堂教学自动评价，以及基于课堂教学视频在线播放和电子量表在线推送的课堂教学自动评价系统等技术，取得了令人满意的研究成果。我们结合自己在课堂教学自动评价理论与应用上的思考，才写出了这本拥有 15 章内容的学术专著，为课堂教学自动评价这个全新的教育技术和计算机应用技术首开新声。

具体来讲：本书的第 2—12 章，我们从技术角度论述了如何使用文本处理、计算机视觉、音频处理技术、情感计算、网络与数据库等信息技术对课堂教学进行专项自动评价。第 13 章对课堂教学自动评价理论进行了完整论述。第 14 章论述如何构建校级课堂教学自动评价系统，第 15 章给出了课堂教学自动评价的多种典型应用。鉴于信息和教育都是内容庞杂的大学科，作为教育与信息之间的交叉研究，在写作过程中，我们突出课堂教学自动评价特有的研究内容，而尽量简写相关的信息与教育学科背景知识。我相信，这本书的出版将会推动课堂自动评价技术投入实际应用的进程。

师小萱：这本书在实践运用中到底有什么样的作用呢？您有什么研究设想吗？

骆祖莹：作为国内外面向课堂教学自动评价的首部专著，本书服务于数量众多的教育和技术人员。本书对课堂教学评价的各种指标进行了量化建模，他们可以利用这些模型开展应用技术研究。尤其对于从事中文信息处理、人工智能、和高性能计算的研究人员，课堂教学自动评价可以提供一些有意思且不太难的研究问题。

对于教育专业的学生和一线教师而言，本书可以作为课堂自动评价的教科书使用，本书不仅论述了课堂教学自动评价理论，而且给出了一种凭借一己之力对课堂教学进行自动评价的技术。

对于教育管理人员和教育研究人员而言，可以利用本书所论述的课堂教学

自动评价理论体系来构建面向基础教育质量监测的全方位、规模化、常态化教育评价体系，并开展面向基础教育质量提升的教育大数据研究。

对于教育产业而言，基于本书所论述的课堂教学自动评价理论，不仅可以开发出类似于 B 超/CT 那样大量应用的课堂教学自动评价硬件系统，而且可以开发出应用于课堂教学自动评价的软件处理与数据服务系统。

3
对接未来，让信息技术助推教育质量提升

师小萱：骆老师，您是如何想到从事课堂教学自动评价的研究？

骆祖莹：2013 年启动了国家自然基金面上项目"基于 GPU 集群层次式并行计算的 3D 芯片电热综合分析与综合优化"研究，通过使用 CPU 多线程、GPU 众线程、多节点机等并行计算手段进行算法加速，取得了很好的并行加速效果。当时就想从高性能并行计算的角度切入课堂教学自动评价的研究，先是打算使用并行计算技术手段实现课堂内众多学生的学习表情实时识别，通过表情来评价学生的学习效果。

师小萱：您又是如何从算法研究转向到课堂自动评价这个领域的，您能分享一下这个心路历程吗？

骆祖莹：这个问题比较复杂，需要从如下多个方面进行回答。

一是学校的高度重视，符合学校发展的大趋势。集成电路对于北师大而言，多它不多，少它不少，而教育则是北师大的招牌。一方面，学校千方百计地从各个角度强化教育学科，2014 年北师大成功申办了"中国基础教育质量监测协同创新中心"，这大大强化了对课堂评价研究的需求；另一方面，这项研究具有明显的应用需求。相对于集成电路辅助设计的算法研究，不仅北师大校内教育研究对于课堂教学自动评价有需求，而且广大中小学对于课堂教学自动评价也有更现实的需求。北师大具有国内最好的基础教育研究成果的推广平台，一旦这项技术发展成熟，势必会形成集群效应，发挥北师大在教育研究领域的"领头羊"作用，推动"双一流"建设的大步迈进。

二是学生们更感兴趣且难度相对不高。一方面，和集成电路研究相比，研究生对课堂教学自动评价所涉及的计算机视觉和文本处理研究更兴趣，就业前景更好；另一方面，通过我们开展的理论与算法研究，发现课堂教学自动评价所需的技术都较为成熟，存在大量的开源代码，而修改这些开源代码以适应课堂教学自动评价的需求难度不大，课堂教学自动评价研究在技术上是可行的。

三是研究具有首创性，研究前景广阔。由于搞教育的不懂技术、搞技术的不懂教育，目前教育评价自动化研究几乎全部集中于难度较小的在线教育评价，课堂教学自动评价无人问津，所以我们在课堂教学自动评价方向上的研究具有创造性，在世界范围内也具有首创性。

自 2014 年评上教授后，我不再单纯地聚焦于发表论文，而是更想服务社会、实现个人更大价值。将课堂教学自动评价服务于基础教育，则是一个功德无量的研究方向。北师大有最好的教育研究资源，实现信息技术与教育的深度融合，具有很好的发展前景。我相信，课堂教学自动评价研究能够为促进未来教育发展提供一个很好的技术手段。

（王娟、郭文杰）

扫描二维码即可阅读全文

姜桂萍：中国首位艺术体操硕士的
人生三昧——勤·善·诚

推送时间：2018 年 1 月 16

"我坚信，天道酬勤、地道酬善、人道酬诚。"

——姜桂萍

人物卡片

姜桂萍，体育与运动学院教授，博士生导师，教育学博士。研究方向：运动与健康促进研究；运动对儿童发展的促进研究；体操类、体育艺术类教学与创编研究。主持国家社科基金等 5 项课题；在 CSSCI、SCI 等级别发表学术论文 40 余篇；一直以来作为国家级教材的主编，在高等教育出版社、人民体育出版社等出版著作及主编教材 10 余部，出版运动健身音像作品 10 余部；研发的健身器材获得国家专利。一直以来围绕运动与健康促进进行了多维度的工作，如在汲取民族传统秧歌精华的基础上，根据人体运动规律创编了我国第一套健身秧歌，作为国家推广项目，深受大众喜爱，并在中央电视台播出，在《人民日报》《光明日报》《工人日报》等多家媒体进行了报道。中央电视台、北京电视台曾对其进行了专题访谈；在中央电视台等进行系列运动健身教学、研发了"科学微运动"系列课程并制作成微课；在北京高校等举办多场"科学运动，健康人生"的现场讲座及健身活动指导。

1
勤学苦练的"老五分"：
中国首位艺术体操硕士是如何"炼"成的

1970 年，在长春市青岛路小学读二年级的姜桂萍被选中赴长春市体育馆参加训练，年少懵懂的她看到体育馆辉煌气派，一种莫名的情绪在她小小的心里泛起了涟漪——"我从来没有见过这么漂亮的体育馆，一片红地毯。虽然还不知道什么是体操训练，但特别喜欢这个地方"。可是，母亲并不支持她练习体操，认为她应该认真学习，练习体育不在好好学习之列。姜桂萍没有放弃，每天都像是上紧了的发条，一心要练习体操。终于，架不住她的坚持，母亲同意了姜桂萍去体育馆参加训练，自此，姜桂萍就开启了艰苦、自觉、勤奋的体操训练之路。

每天清晨五点半，身为队长的姜桂萍就起床带领其他同学出早操。她总是以身作则，以十倍于别人的标准来要求自己。姜桂萍坦言："其实我条件并不突出，老师见我训练很刻苦，成绩又好，便让我当队长。"后来《长春日报》还对她进行了专门的采访。多一份汗水的付出，多一份严格的要求，让姜桂萍在众多热爱体育、有体能优势的孩子中脱颖而出。时隔多年，我们还能透过报纸感受到姜桂萍坚定有力的眼神和娴熟精准的动作。

1975 年，姜桂萍进入吉林省歌舞剧院从事专业演员工作，在计划经济年代，几乎每天晚上都有演出任务，她曾参加过芭蕾舞剧、中国古典舞剧及涵盖不同风格的舞蹈专场演出。涉猎广泛的舞蹈演出实践，为其今后专业发展奠定了坚实的基础。在每天基本功训练时，面对高强度的控腿、踢腿等，她不像其他没有练过体操的伙伴那样累到哭泣，反而乐在其中。她反复强调："如果条件允许，建议从小开始练体育，不仅能培养坚定的意志，还能承受痛苦的磨砺。"姜桂萍从小进行体操训练，一方面，让她拥有了成熟的竞争心理，能够坦然面对挫折与困难；另一方面，高强度的体能训练也培养了她勤奋努力的品德。对于歌舞团练习中的每一个动作，姜桂萍都练习过不少于百遍，可谓烂熟于心。她也因为勤奋刻苦的精神和优秀的专业素养被歌舞团领导称道。所以，她坚信，天道酬勤。

时光飞驰，姜桂萍与舞蹈自由相伴的日子很快过去，她面临着更加重大的人生选择。1980 年高考时期，我国高等院校当时还没有舞蹈本科教育，东北师范大学教育系的学前教育专业当年也没有招生。姜桂萍并没有心灰意冷，而是凭借自己的努力，进入体育系学习。

大学时期，没念过初高中的姜桂萍需要用四年的时间，学完别人九年学习的内容。姜桂萍没有轻易放弃，而是制定了详细的赶超计划。她还像学习舞蹈时那样孜孜不倦，严于律己。每天 4 点多起床学习日语，直到六本厚厚的日语书被翻得很旧很旧，她记得熟到不能再熟。努力总是被大家看在眼里，姜桂萍经常被同学们作为榜样。在大学学习期间，无论是公共课还是专业课她总是积极回答问题，老师经常给她五分的满分。后来，同学们就以此给她取了"老五分"的绰号，直到现在同学聚会，姜桂萍还时常被叫"老五分"。这个看起来有点儿玩笑的绰号，是同学们对姜桂萍专业素养的肯定与赞赏，更是一名女大学生对自己的高标准、严要求。

因为专业成绩突出，1981 年就有老师想要收姜桂萍做自己的研究生。姜桂萍感受到老师的厚爱之后，更加用功学习，不仅学习自己的专业课，而且对篮球、乒乓球等项目也十分重视。身为乒乓球菜鸟的她，为了能抓住一切练球机会，哪怕是掉到对方区域内的球，她也跑着去捡。就这样，通过自己的努力和真诚付出，她取得了学年专业第一名的傲人成绩，于 1984 年在东北师范大学留校。她不无感慨地回忆："能成为东北师范大学体育系自 1970 年以来第一个留校的女生，唯一的秘诀是勤奋与刻苦，利用别人睡觉的时间，努力学习。"

1988 年，她在北京体育学院获得我国第一个艺术体操硕士学位。1993 年，因业绩突出在东北师大被破格提升为副教授，于 1994—1996 年，公派赴日本筑波大学，从事运动与健康关系研究。后来她有幸师从我国体育泰斗级学者田麦久教授，用 3 年时间完成了博士学位。导师那种大家的风范、渊博的学识、治学的态度对她影响深刻，使她受益终身。辉煌的履历表上，写满了姜桂萍一步一个脚印的努力与坚持，这是她写就的一份关于拼搏和梦想的人生答卷。

2
与北师大的情缘

姜桂萍坦言："来北师大纯属意外，这要追溯到 1997 年 4 月的全国体育学科会议。"当时，30 多岁的她早已提升副教授，并且还担负着东北师大体育系副主任的职责。在此期间她还担任了全国体育教育专业主干课程中体操学科指导纲要召集人，为了参加这次会议，她将民国以来的体操资料，以及欧美和日本相关方面的资料都全部找来，认真分析。如此充足的会前准备，成就了她的精彩发言，同时引起了同行朋友的关注。会后就有老师问她："你想来北师大工作吗？"当晚，北师大体育系的系主任找到姜桂萍，向她发出诚挚的邀请："你来北师大吧！"同时，还邀请了她在日本攻读医学博士的先生也一起加入北师大的大家庭。

姜桂萍感受到北师大在开会期间的盛情款待与热情邀请，便将材料寄到北师大。1997年6月北师大给她发了商调函，但东北师大因工作需要，领导没能同意她的离开。心怀感恩的姜桂萍念及东北师大将她破格提升为副教授、送她去日本留学的恩情，依旧留在东北师大教书育人，直到所指导的研究生都顺利毕业。

2001年姜桂萍作为引进人才来到北师大工作。谈及此事，姜桂萍说："其实我特别惭愧，东北师大培养了我，所以我不能说走就走，要继续留在东北师大工作，完成自己的工作。同时，我也特别感恩北师大，尽管我没能及时到北师大工作，但北师大为我的到来做了很多的工作，所以，到北师大以后必须努力地工作来报答。"

从事体育教学的同时，姜桂萍不忘科学研究。多年坚持不懈的科研工作和精益求精的科研精神，也使得姜桂萍在科研道路上收获颇丰。姜桂萍主持国家社科基金等5项课题；在CSSCI、SCI等级别发表学术论文40余篇；近二十年作为国家级教材的主编，在高等教育出版社、人民体育出版社等出版著作及主编教材10余部，出版运动健身音像作品10余部并在央视等播出；研发的健身器材获得国家专利，可谓硕果累累。比如，由高教社出版的《瑜伽》，是姜桂萍二十余年从事瑜伽运动的教学经历及科研成果的结晶，她对瑜伽动作拉伸肌肉及肌肉放电等运动机制深入研究，通过显而易见的方法呈现"筋长一寸，延寿十年"的俗语，使读者在参加瑜伽锻炼时目标明确、由浅入深、科学有效。

目前，姜桂萍正在进行着国家社科基金课题"促进儿童动作发展及影响因素的教育干预研究"，动作发展是儿童身体发展的重要组成部分，儿童期间能够形成多种基本的动作技能，此时期进行动作发展的促进将使儿童受益终生。2012年我国《3—6岁儿童学习与发展指南》将动作发展作为幼儿健康的重要目标之一，但如何将其在学前教育过程中落实到实处还存在着一定的困惑。为此，姜桂萍团队从调查儿童动作发展现状入手，运用红外动作捕捉系统、Anybody人体仿真系统等人体运动科学的方法、手段对儿童动作发展进行深入的研究。特别是在运用韵律性身体活动作为干预手段，深入幼儿园进行跟踪研究。她回顾道，儿子两岁时，在教育孩子的同时受到启发，出版了《幼儿韵律活动》，之后又制作出版了对应的音像作品，时至今日仍得到幼儿园老师的高度认可。由此可见姜桂萍的研究视野极具创新性和超前性，使二十多年前的研究到目前仍具有实效性。目前她和她的学生也正在为此深入幼儿园进行实验，并得到幼儿园的大力支持。这些都源于姜桂萍的团队长期帮助幼儿园设计幼儿活动的实践和付出。她说："和其他人接触，真诚对待人家，人家就会真诚对待你。"

　　姜桂萍不仅醉心于研究，而且热心将研究成果服务于社会。第一，她以教材的方式将研究成果贡献给大家。她担任教授近 18 年，一直被教育部教委聘为高校体育专业主干课程教材主编，出版 10 余本书籍。其中，她在人民体育出版社出版的《柔力健身球》，被《体育报》专门进行评论报道，并被台湾大展出版社翌年引入版权并出版。第二，她以音像作品将学术研究用十分接地气的方式表达出来。她坚信民族的就是世界的，以秧歌的走步作为切入点，创编民族运动健身作品，十分贴近生活。在央视频道播出后，深受观众的好评，并在国家层面进行推广。第三，她将体育科学大会报告专业性地呈献给业内外的精英学者。连续四届在四年一次的全国体育科学大会上做报告，在北京市教育工会会议上进行专家讲座，在中国教育学学术年会进行报告，作为中国第一个奥运冠军许海峰的博士学位论文答辩委员等，无一不彰显她在业界的影响力。第四，她以微课及高校讲座等方式将知识分享给大众。她在京师讲堂讲授的"科学微运动"系列微课，在北京高校等举办的现场讲座及活动指导，围绕运动健康促进而做的多维度工作，如在中央电视台教学、制作并讲授微课、在北京高校等现场讲座及活动指导等，都无一不向社会大众分享着她的专业知识和前沿的研究成果。谈及支撑她走下去的原因，她说："我这一生中都在感恩中度过，感恩学校和社会的厚爱。"

　　姜桂萍最近正忙碌于"运动对健康促进"慕课的制作。在"健康中国"已成为国家战略的今天，如何将四十八年的运动经历和三十三年的高校教学经历进行更好的总结，服务于大众健身的需求，助力于健康中国的实现，是她今后努力的方向。

3

深受爱戴的"姜妈妈"：
真诚与善良换来学生深情告白

从小参加集体生活，培养了姜桂萍乐于助人、替他人着想的性格。在歌舞团演出期间，她总是那个不断清扫别人扔下的果皮纸屑的弯着腰的女孩。直到现在，姜桂萍和朋友聚会时，还会有人时不时打趣她："你还记不记得小时候，我们吃完东西一扔，你就跟在背后扫。"大家哈哈地笑起来，不仅是对幼时集体生活的追忆，更是对姜桂萍的由衷赞美。大学时代，她和每个同学相处融洽，人缘极好，大家有什么事情、有什么需要都去找她帮忙，甚至能随意拿来她的个人用品而不被责备；毕业后，做了老师的姜桂萍更是对学生悉心教导、关怀备至。

姜桂萍来北师大17年，一直都特别享受课堂教学的每一个瞬间，她以感恩的姿态上好每一堂课，关心、教导每一位学生。她每年的工作量都远远超过500个学时，可谓"大负荷、门类多、多层次、全覆盖"。她同时带本科、硕士、博士专业课程，还负责了专业硕士、在职硕士的相关课程，对于教授全校学生的公共体育课程一视同仁，尽心尽力。

2002年体育与运动学院建院初期，姜桂萍曾担任体育与健康系主任。自此，姜桂萍开始了在北师大的公共课教学生涯。她和学生们保持联系，甚至连公共课，如瑜伽、形体、体育舞蹈等课上的同学都能叫出名字。她一直将上课点名的过程看成是相互认识的过程，希望以此提高学生上课的积极性，拉近与学生之间的距离，而且确实也收到了非常好的课堂效果。有一位来自大山里的孩子，性格内向，在课上不敢表达自己，在姜桂萍的引导下逐步敢于做一些舞蹈动作，用身体展示自己。那位学生感动地说："我原本特别没有自信，做梦都想不到自己还能够跳舞。原来我都不敢在别人面前说话，老师这么和蔼，让我没有了心理负担，现在我在别人面前敢说敢讲了，都要好好感谢姜老师。"

给研究生上公共课的时候，一到课间，姜桂萍就会与学生们亲切地聊起毕业、专业等问题。她与学生亦师亦友，还会向课上教育系、心理系的学生请教。她在教课的同时，又从学生身上吸取知识，促进她目前的国家社科基金项目。她从来不苛责成绩不好的学生，总是说，"不是一定非要达到什么标准，安全第一、量力而行、循序渐进、掌握方法，比原来强就行"。而学生也总是说，"一到姜老师的课，就像打了鸡血一样高兴"。

姜桂萍从 1996 年开始指导研究生，毕业的学生已经在华东师范大学、人民大学等高校工作，有的已经成为了教授、博士生导师。目前她是学生眼中的"姜妈妈"。在专业课上，她对学生严格要求。而生活上，她对学生无微不至地关怀。学生生病，她嘘寒问暖，为学生送水送药。看到学生脸色不好，她马上上前询问，才知道学生刚刚去献了血，于是又耐心叮嘱学生注意休息和饮食。而学生毕业之后，五彩缤纷的鲜花总是从各地飞到她的手上。有学生还说："除了我妈妈，就您对我最好。"

对此，姜桂萍总结道："在工作中感恩，在一切中珍惜。珍惜工作、爱惜学生，学生就会喜欢你。我特别喜欢我的工作，能给大家带来快乐，能和这么多优秀的学生一起学习，真的很幸福。"

彩蛋：学生深情告白

研究生期间最幸运的莫过于遇到一位好导师了，姜桂萍是一位温柔美丽、有自己教学特色的好老师，学生们都亲切地称呼她为"姜妈妈"，下面就是学生对"姜妈妈"的深情告白。

刘　颖：

只为了在人群中能够遇见你：

姜老师的课是我的大师姐和二师姐推荐的，她说上完姜老师的瑜伽课可以让自己在繁重的课业和任务中放松身心，有点"忙里偷闲"的味道。粉丝这么多，口碑这么好，那还等什么，撸起袖子把课选啊！

初次邂逅：

在我的课表中出现了《健身瑜伽》这门课之后，很兴奋，脑补了很多姜老师上课的画面。第一次去上课，体验了一下老师的教学方式，特别让我惊讶的是，在每节课程结束的前 10～15 分钟，老师都会让学生平静地躺下来，在轻柔的话语的引导下放松全身。回到宿舍，身体和心理上我都感觉到轻松了很多，睡眠也得到了很大改善。所以第一次试听结束以后，我就决定要坚持下去。

我眼中的姜老师

灿烂的笑容，耐心的讲解，平易近人的风格——很温暖。全身的运动服，特殊的瑜伽鞋，标准的动作——很专业。看问题独特的视角，敬业的精神，因材施教——这很"大牛"！

缘分那么深

和姜老师的师生情谊远远不止在瑜伽课上那么简单，听到老师说要组织研究生参加校运动会的开幕式表演，我就毫不犹豫地报了名。第一次进行瑞球的训练时，感觉瑞球上的老师是如此的灵动和优雅，瞬间让我爱上了瑞球，学会了动中求静，在球上寻找身体的平衡点。

赵　桐：

第一节课便感受到姜老师的热情活力，课堂轻松愉悦，寓教于乐难能可贵。课后姜老师经常与我们分享她种植的花花草草，想必是一位热爱生活、充满阳光的人。当时感受最深的是姜老师的"鼓励式"教学语言，这应该是她教学的常态，我并不知道老师是否意识到自己的教学用语很鼓励人。2004 年出版的《好教师：在教学和教师教育中的一些主流话语》一书中，作者摩尔（Alex Moore）提出，更重要的是概括出三种关于"好老师"的表达，分别是魅力型教师、效率型教师和反思型教师。姜老师大概属于第一类吧，独特的人格魅力总是很吸引人啦。

"天道酬勤、地道酬善、人道酬诚"。姜桂萍是这样说的，更是这样做的。她用勤奋和刻苦浇灌着心中的梦想和追求，在一步又一步的攀登中，不忘初心，以真诚和善良，砥砺前行，收获最动人的风景，也为他人带来最美好的情谊。

（王娟、周明婷、李姝）

扫描二维码即可阅读全文

汪明：利用防灾减灾研究，
为百姓多做一些事

推送时间：2018 年 3 月 7

"我会经常提醒我自己："你的研究是不是真的能帮助到需要的人呢？"我自己有一个经验的观察，基本每次有灾害发生，不管是大灾还是小灾，最受影响的永远是最底层的老百姓，我们称之为脆弱群体，尤其是在农村、在山区，这种影响更加明显。所以既然我选择了做防灾减灾研究，那就理应多为百姓做一些事。"

——汪明

人物卡片

汪明，地理科学学部教授，北师大研究生院副院长兼培养处处长。主要从事灾害风险科学与防灾减灾工程研究。担任国家减灾委专家委专家、中国保险学会副秘书长、国家减灾中心特聘研究员。曾获北京市第八届高校青年教师基本功比赛一等奖、最佳演示奖、最受学生欢迎奖（2013），北京师范大学青年教师基本功大赛一等奖、最佳教案奖、最受学生欢迎奖（2012），北京师范大学京师英才奖（2012 年、2013 年），2013 年度北京师范大学优秀辅导员，校教育教学成果一等奖。主持自然科学基金项目、国家重点研发计划课题、国际重大科技合作项目、部委委托、国际政府间合作课题 15 项,发表学术论文百余篇,其中 SCI/EI 论文 40 余篇;获得软件著作权 4 项、国家发明专利 2 项、国家标准 3 项,作为主要贡献作者撰写政府咨询报告 3 个。先后参与汶川地震、玉树地震、鲁甸地震、盈江地震、尼泊尔"4·25"地震等重大自然灾害的应急响应科技支撑工作。

1

留学归来,幸为人师

在谈及自己的从教历程时,汪明坦承:"我走上教师这条路是很偶然的。"在汪明的本科同学中,他是唯一当老师的。确实,汪明自己也从来没有想到有一天会步入教师这一行。

2000 年他离开学习生活了四年的清华园,与众多同窗一样选择了出国深造,仍然学习土木工程专业。于是,2000—2006 年,汪明在美国马里兰大学硕博连读,获结构工程博士学位。马里兰大学的校风一直以"创新创业"著称,所以那时的汪明最想做的就是自己去创业,创建属于自己的公司。后来由于创业所需条件不完全具备,博士毕业后他去了美国阿姆斯(RMS)风险管理公司做高级灾害风险师。国外的待遇虽然很优厚,但汪明总想回国做点事,完成他的创业梦想,他计划在中国建立自己的风险管理公司。但仅凭个人之力去实现这样的创业梦想,何其艰难!因此,很快他便不得不另谋他途。

后来,一个很偶然的机会,汪明拜访了北师大减灾与应急管理研究院的史培军教授,"那时史培军教授在国内已经是防灾减灾领域的顶级专家了,史老师详细询问了我的情况,给我介绍了北师大减灾院的概况,我了解到北师大的灾害风险科学研究在国内处于领先水平,且由于减灾院独建院的时间还很短,各方面工作仍处于起步阶段,拥有广阔的发展空间。所以,对我而言,师大减灾院是一个非常优秀的平台,我也就萌生了从教做科研的想法"。

2008 年 6 月,汪明正式成为一名师大人,由此开始了自己的教学科研生涯。在师大的头几年,汪明每年带领免费师范生组成的"滇峰之队"赴云南支教,在与同学们的朝夕相处中,汪明逐渐体会到"师与范"对于学生成长的重要,而学生成长之乐也正是教师之幸。"在师大待得越久,我越认为从教是真正适合自己的。尤其是当你发现,你帮助了学生、影响了学生,心里总是由衷地高兴,当你成就了学生,你也就成就了自己,我想这应该算是做老师最大的幸福了吧。"

2

教学相长，乐此不疲

教学是一门艺术，更是一门学问。《礼记·学记》有云："是故学然后知不足，教然后知困。知不足然后能自反也，知困然后能自强也。故曰教学相长也。"对汪明这样一位年轻的教师而言，提升教学质量与水平绝非朝夕之功，只能在具体的教学实践中不断摸索、不断积淀。

刚来师大的第一年，汪明参加了北师大青年教师教学基本功大赛，虽然最后只拿了三等奖，但通过与不同专业老师的交流、与老师评委的互动，汪明的教学技能得到了一次全方位提高。

第二年，他再次参赛，经过一年多教学经验的积累，加上准备非常充分，这次他荣获一等奖。之后他被学校推荐参加北京市高校青年教师教学基本功大赛。当时，学校指派国家级教学名师王静爱教授作为汪明的指导老师，对他教学方案的设计、材料的选取、教态的运用、言语的表达等方面进行了耐心指点。汪明说："直到现在，每每想起王老师的悉心指导，我都感动不已。她把自己那么多年的教学心得与经验都毫无保留地传授给了我，除了感动之余，我更多了一份对教学工作的敬意。"汪明清楚地记得，那时他以为自己准备得足够好了，所以就去找王老师，想讲给她听一遍，以为能得到好评，但没想到，王老师却告诉他说，"虽然你确实下了很多功夫，但是却没有真正用功夫，还有很多需要改进的地方。"王老师的话让汪明无比惭愧，他第一次被一位资深教师的教学精神所震撼，而这种精神的核心要义就是追求极致。"后来我才逐渐明白，一个真正的好老师没有一点追求极致的精神是不行的，这种精神源于他对学生的浓浓挚爱，浸于他对教育工作的无限忠诚，表现于他对课堂授课的精益求精。他从不满足自己现有的教学水平与能力，总会竭力通过各种方式不断适应丰富变化的教学实际，从而更好地满足学生成长成才的需要。"

功夫不负有心人，由于汪明的出色表现，他终获北京市高校青年教师教学基本功大赛一等奖。从此，汪明在教学之路上走得更加坚定，也更加自信了。

3

治学有道，心念基层

来到师大以后，汪明根据自己土木工程的专业学习背景，结合减灾学院的研究内容与思路，将"农村地区防灾减灾研究"定为自己的重点研究方向。之所以会选择这个研究方向，一是因为他从小就对防灾减灾的重要意义有着切身体会，对防灾减灾抱有很大的兴趣。"我家所在的小镇是在长江的一条支流上，旱涝灾害频发，记得有好多次，河水高出我们小镇十多米，顷刻之间就能吞没整个小镇，特别是1992年夏天，如果不是解放军战士们奋不顾身地抢险救灾，我们的小镇都不知被淹了多少回了。"二是因为防灾减灾与土木工程专业存在内在的逻辑联系，防灾减灾很多方面的研究需要运用到土木工程专业的相关知识。

如今，经历十多年的科研生涯，汪明已在防灾减灾研究方面取得了不少成果，当年那个有志青年早已成为学界的知名教授。实际上，科研成果背后折射出的是汪明一以贯之的科研信念，知名教授荣誉之下累积的是汪明日复一日的辛勤付出。在他看来，"从事科研工作的前提是你要找到最需要它的群体，唯有如此，你才能认识到研究本身的价值，才能热爱它，才能把它作为一生的志业来对待；从事科研工作的核心使命是以问题为研究导向、不断追求真理；从事科研工作的落脚点在于运用研究出的成果造福最需要它的人民群众"。他非常反对那种为了科研而科研、为了发文而写作的研究态度与做法，因为科研本身是手段而非目的，科研是为了要解决实际问题，而不是为了要纸上谈兵。因此，十多年来，汪明大部分的科研工作都是围绕农村、山区、灾区的防灾减灾而展开的，他希望自己的研究能帮助到百姓，使他们在面临灾害时能少一些伤亡、少一些损失。"我会经常提醒我自己，'你的研究是不是真的能帮助到需要的人呢？'我自己有一个经验的观察，基本每次有灾害发生，不管是大灾还是小灾，最受影响的永远是最底层的老百姓，我们称之为脆弱群体，尤其是在农村、在山区，这种影响更加明显。所以既然我选择了做防灾减灾研究，那就理应多为百姓做一些事。"

4
初心不改，守护平安

这么多年来，汪明是那样想的，更是那样做的。目前，汪明的研究区域一个是在四川山区，一个是在云南的偏远落后地区。"从2010年开始，我一直在云南做农村房屋防灾减灾的调查。以前不实际调研，我总觉得随着我国经济社会的快速发展，那些偏远农村地区的防灾减灾设施应该不至于很糟。但去了以后才发现，这些地区的房屋建筑本身就存在很高的安全隐患，更谈不上有效防灾了。"

经过艰辛调研，汪明获取了大量一手的资料和数据，基本掌握了这些地方的防灾减灾状况，也找准了这些地方防灾减灾的症结所在。汪明先后参与了云南盈江地震、鲁甸地震的灾害评估与重建工作，汪明注意到，震级并不大的地震在我国落后山区却造成了极为不相称的巨大伤亡。"灾区的大部分建筑都是土坯房屋，年久失修，建造随意，地震伤亡最大的就是这些住在简陋房屋中的最底层的百姓。当地经济落后，百姓为生计奔波，所以不能贸然采用与城市灾后重建一样的建筑构造方案，必须充分研究当地的实际情况。"但如何才能打造出既能适应土坯房屋实际又能具备较强防震抗震功能的房屋重建方案呢？汪明率领团队立即开始了技术攻关，最终设计出夯土结构抗震加固技术。该技术利用价格低廉的帆布材料，以及团队研发配置的粘结剂，进而有效提升土坯房屋的整体抗震性能。实验表明，加固后的土坯房屋即使经历超九度大震依然能确保安然无恙。这种加固技术在云南边远山区进行了示范和技术展示，相关研究成果在 *Construction and Building Materials*、*Bulletin of Earthquake Engineering* 等期刊发表，并荣获国家发明专利 2 项。

5
国际救援，不辱使命

2015 年尼泊尔发生 7.8 级大地震，受国家部门委派，汪明带领团队深入尼泊尔地震灾区一线帮助恢复重建。"我们在新闻上看到的都是他们城市的受灾情况，但我们去调研以后才知道，受损最为严重的不在城市，而在偏远的山区农村，因为农村的民居建筑大量的是石砌房屋，这些房屋完全由泥巴和石头堆砌而成，实在难以抵御强震。"于是，本着"因地制宜、实用有效"的原则，汪明带领团队针对尼泊尔石砌房屋研发加固技术。他们深入尼泊尔地震灾区一线，通过大量的结构实验，主要包括墙体往复试验和大型振动台实验，设计了十几种适宜尼泊尔当地石砌结构的抗震加固方案，在有限成本的条件下，尽可能使得加固后的房屋有足够的抗震能力。实验证明了运用木板和钢丝网组合的方式对尼泊尔常见石砌体房屋进行抗震加固最为有效，且能满足当地建材可获取性和成本控制要求。在抗震试验获得成功后，汪明率团队多次深入尼泊尔山区农村地区，开展加固需求调研和技术示范及推广工作，开展现场技术培训，指导尼泊尔当地技术人员和当地工匠掌握施工作业和质量控制方法。这些方案得到了尼泊尔政府的高度认可，被郑重写入了其灾后重建规划，以在其全国各地加以推广使用。

2017年8月，汪明获得尼泊尔政府嘉奖，以表彰其在尼泊尔恢复重建中做出的贡献，这是尼泊尔国家重建局自2015年成立以来首次向对恢复重建做出贡献的个人进行表彰。汪明用实际行动践行了自己的科研宗旨，也用自己卓越的品质与扎实的研究成果为国家赢得了荣誉。

结语

而今，除了教学科研工作外，汪明还担任北京师范大学研究生院副院长兼培养处处长。汪明告诉我们："当时组织找我谈话的时候，我就表示，既然我选择去研究生院做培养处处长，我就会把这份工作作为我的第一要务，全身心投入，保证这个管理岗位的职责。"因此，汪明现在将主要精力放在了行政工作方面。即便如此，汪明也没有在教学科研方面松懈。他有一套自己的时间计划，"每年至少给学生带两门课，每周至少要给学生开两次组会，组会的时间一般定在中午或晚上"。为什么是中午或晚上呢，原来每天中午十一点半和下午六点下班的时候，汪明都会来到位于京师科技大厦的学院办公室准备教学内容、阅读资料文献、指导学生。因为那个点正好是人们出来吃饭休息的时刻，所以汪明总是逆人流而行。一开始大家见到他往回走还很诧异，后来也就慢慢了解了。对汪明而言，教学永无止境，科研永无止境，奋斗也永无止境，他愿意永远这样，做一个无畏的探索者、潜心的教育者、力行的实践者，不求最好，但求更好。

（刘国瑞）

扫描二维码即可阅读全文

李兴：永远相信努力　永远怀有期待

推送时间：2018 年 3 月 13 日

　　这是一位与俄罗斯研究有着不解之缘、学术成果累累的国际问题专家，也是一位真诚质朴、心系学生的老师。平日里看起来，李兴或许有些不拘小节，但只要面对学术研究，他总是一丝不苟，非常严谨。课堂内外，他总喜欢和研究生们讨论热点学术问题，师生间时而谈论热烈，时而会心领意，眉宇间专注的神情显露出他们对专业领域的热爱与坚持。

人物卡片

　　李兴，政府管理学院国际关系专业教授，博士生（后）导师，亚欧研究中心主任，教育部区域国别研究基地—北京师范大学俄罗斯研究中心学术委员会主任，教育部"新世纪优秀人才"。国家社科基金重大招标项目主持人和首席专家。兼任中共中央对外联络部当代世界中心特约研究员，中国太平洋经济合作全国委员会专家委员，上海合作组织大学区域学学术委员会委员。俄罗斯核心期刊《比较政治研究》编委。主要研究方向是俄罗斯—欧亚区域研究，国家战略与大国关系研究，国际关系理论与当代中国外交研究，"一带一路"和金砖国家研究。独立主持和完成国家重大项目等在内的国内外省部级科研项目二十余项，独立与合作出版著作近二十部，在国内外重要期刊发表学术论文约300篇。

"他把学生的点滴进步装在心里"

上过李兴老师课的研究生们提起他来，用了很多词汇：学识渊博、生动幽默、信息量大等。博士生吴赛跟随李老师学习已经四年，他说："这是一位博学、严谨、幽默、有洞察力的学者和老师。"谈起李老师的课堂，吴赛滔滔不绝地细数起一个个令人记忆深刻的片断。

在学习《国际政治理论》课程时，有一个结构现实主义理论非常抽象，难以理解，这让当时读研究生的吴赛十分头疼，觉得无从下手。然而到了课堂上，李兴以深厚的专业功底把这个抽象的理论举重若轻地讲述出来，结构清晰，一下子让同学们茅塞顿开。回忆起这堂课，吴赛说："那种豁然开朗的感觉至今记忆犹新。"

课前，李兴认真备课，课堂上却从不照本宣科，而是给同学们很多发言讨论的机会，鼓励大家进行思想碰撞。他爱用日常生活中的小事做类比，分析国际局势，带动课堂气氛。历史知识特别丰富的李老师讲起课来，学生常有穿越时空、如沐春风的体会。

除了精彩的课堂讲解，李兴还关注学生们的成长，将学生的点滴进步装在心里。临近毕业时，吴赛去参加了一个面试，结束后自觉不是很满意。李兴得知后鼓励他说："你研一那次发言回答得不就挺好吗？把那几个观点摆出来，对方肯定认可。这次不满意没关系，下次就有经验了。"这样的鼓励已经让人感动，令吴赛不禁动容的是，他没想到自己研一刚入校学习的一次发言，临近毕业时老师还记得那么清楚。

李兴对学生们满怀关爱与期待，他常用自己的求学经历鼓励踌躇满志的学生们，他说："一个人一生能做好的事情并不多。如果选择了学术这条路，一开始就要下定决心，持之以恒，坚定不移地朝着目标努力。"他将扎实的学识传授给莘莘学子，更以自己的言行践行着三十年前的信念选择。

"搞研究没有捷径可走"

"问渠那得清如许，为有源头活水来"，来到北京师范大学工作已经十余年的李兴在专业领域硕果累累，这正是基于他青年时代打下的扎实深厚的专业基础。

1989 年，李兴进入北京大学历史系，跟随导师徐天新教授学习。面对当时风靡一时的"经商下海"时代大潮，李兴却毅然选择专心搞学问。北大浓厚的学术氛围，使他在苏联问题研究和欧美问题研究方面视野开阔，"学术精神得以熏陶"，为他以后的学术研究打下了深厚的功底。四年后，李兴顺利考入中国社会科学院研究生院读博士，跟随当时中国苏联东欧史学会会长、国务院欧亚发展研究所所长陈之骅学部委员学习。在导师的指导下，李兴撰写了国际关系史方面的博士学位论文《冷战时期的苏联和东欧关系研究》。沉浸在社科院研究生院良好的学术气氛中，李兴更加专注于科研，学术水平突飞猛进。

博士毕业后回到北大从事博士后研究的李兴，申请到了中国博士后基金，前往俄罗斯圣彼得堡大学国际关系系进修学习。

坐上国际列车从北京出发，跨越欧亚大陆，途经蒙古人民共和国和广阔的西伯利亚，辗转莫斯科，历经五个昼夜，年轻的李兴只身来到圣彼得堡，那一年是 1997 年。第一次出国的体验给他留下了难忘的记忆，地大物博、人烟稀少的俄罗斯带给他强烈的震撼。2000 年，李兴又由国家留学基金委委派到基辅大学国际关系学院造访 1 年。在国外高等学府学习与研究的经历给他带来了更开阔的视野和更深入的思考。

学者的成长与发展，离不开良好的学术氛围与学术条件，但同时，更为关键的因素是学者个人的专注与勤奋。李兴常常提醒他的学生们，搞研究没有捷径可走，平时就要善于积累，"写文章不可能一蹴而就，平时有想法就要及时记下来，关键时候这些积累说不定就会派上大用场"。要勤于思考，"研究国际问题，不能光看表面现象，要善于抓住事物的本质"。

不久前，李兴作为嘉宾参加了俄罗斯中心举办的"一带一路"研究生国际学术论坛。他对年轻人所表现出的"头脑灵活，聪明务实，获得信息渠道多"的鲜明特点非常欣慰，很是赞许，但同时，他希望年轻人要静下心来扎扎实实做学问，"既然选择做学术，就要坐得住'冷板凳'，耐得住寂寞"。

"做有价值的学问"

如今，李兴的学术成果丰硕，主持了教育部人文社会科学重点基地重大项目、国家哲学社会科学基金重大招标项目等，独立或合作出版了《转型时代俄罗斯与美欧关系研究》《亚欧中心地带：俄美欧博弈与中国战略研究》《俄美博弈的国内政治分析》等著作近二十部，在国内外重要学术期刊上分别以中、英、俄三种语言发表学术论文近 300 篇。

他还经常应邀参加国际学术会议，并做主题报告，从中国学者的视角出发，与各国学者一起研讨国际问题。

2015 年，他与俄罗斯高等经济大学合作，出版了俄文著作《亚欧一体化进程中的中俄关系：合作还是竞争?》，这是中俄学者合作研究"一带一路"对接合作，并在莫斯科出版的第一本俄文专著。在这之后，李兴又与莫斯科国际关系学院合作，出版了中文专著《亚欧中心跨区域发展体制机制研究》，书中提出的一些观点引起了国内外学术界的关注。

"大国是关键，周边是首要"，李兴老师长期致力于中俄美三国关系的研究，他认为，"中美关系与中俄关系，是中国最重要的两组大国关系。中美俄三国之间是互动关系，我们应该平行、平和、平衡地推进中美关系和中俄关系，最大限度地捍卫和保障中国国家利益"。"'一带一路'是当今最有影响的全球化倡议。"独到的见解，冷静的分析，显示出他作为一个客观、理性的国际问题专家的洞察力，也表现出一个中国学者内心深藏的对国家发展的深刻关切。

中国外交同样也是李兴多年关注的研究方向，"中国的大国外交，不是简单地指大国之间的外交，而是指从韬光养晦到奋发有为，要有大国作为、大国担当、大国胸襟、大国气度、大国贡献，提供造福世界的'公共产品'，造福世界各国人民。这里造福世界的'公共产品'既包括安全、经济等'硬实力'，也指规则、制度、理念等'软实力'。中国的大国外交，不搞大国主义、强权政治、冷战思维、以强凌弱。中国的大国外交，是以中华民族的伟大复兴为战略目的，不在于一时一地的经济得失，不囿于一时一事的成败输赢"。这是李兴于2017 年 10 月发表在《人民论坛》上的一篇文章中的观点，不久前被人民论坛网选入"2017 年最具价值的 70 个观点"。提出有价值的观点，做出有价值的研究成果，这是他一直追求的目标，也令他深感欣慰。

"永远相信努力，永远怀有期望。"这是李兴对年轻人寄予的殷殷期望，也是他身体力行，用自己的热爱与专注潜心学术研究的人生信条。

（汤晶、知思）

扫描二维码即可阅读全文

林崇德：师爱是我们教育学生的感情基础

推送时间：2018 年 3 月 15

"我是北师大的毕业生，学为人师，行为世范，是师德的要求。而师德中的师爱，应该是师德的灵魂，应该是师德建设的重中之重。因此我热爱每一个学生。"

——林崇德

人物卡片

北京师范大学资深教授，中国心理学会前理事长，教育部人文社会科学委员会委员兼教育学·心理学学部召集人，中组部联系高级专家。林崇德教授长期致力于思维理论研究。在过去的 30 余年中，林崇德教授围绕儿童青少年智力与能力的发展与培养，开展了大量的研究。这些研究有力地推动了我国基础教育改革，提高了教育质量，也促成了思维理论领域的重大突破。

云山苍苍，江水泱泱。先生之风，山高水长。在学界，我们若称某人为先生，则该人必在学问与做人两方面都足以堪称后学之楷模。

今天，师小萱就带领大家走近一位中国心理学界的老先生——北京师范大学心理学部资深教授林崇德先生，跟随先生之风，领略其治学与修身的山高水长。

林先生的办公室内除了书还是书，因为原来的书架再放不下新书，所以他只好把新书放置在地上。办公桌上堆满了林先生的文稿，其字落落大方、遒劲有力，彰显着一代学人的赤诚理想。

"我非常感谢学校宣传部安排这么一个机会，让我前来给大家讲教育的故事，我想教育的故事从哪儿开始着手呢？应该是从我选择志愿、为什么要当老师、后来怎么能够考上北京师范大学入手。"

1
志存高远：少年立志为人师

令我们没有想到的是，林崇德最初的理想是做一名铁路工程师。他说："1954 年，我上初中一年级的时候，学习了一篇关于詹天佑的课文，我被这一位伟大的爱国主义者詹天佑先生的事迹深深地感动，我立志要当一个詹天佑这样的人物，为中国的铁路事业献出自己的一生。"如果林崇德当时按照这样的理想规划自己的人生，也许我们现在所熟知的林崇德就会是一位杰出的铁道工程专家。可谁也不会想到，就是这样一个立志做工程师的少年，最后竟坚定地投身教育界，且终生不改其志。

林崇德说之所以有这种转变，很大程度上是受班主任孙钟道老师的影响，"我这种志愿从初中一年级一直到高中三年级，但是高三，也就是 1960 年 3 月，一堂物理课彻底改变了我当时的志愿。1960 年 3 月，我就读于上海中学高三六班，班主任是上海市的劳模、物理特级教师孙钟道老师给我们上物理课。按照当时的教学要求，老师先是提问，提问以后给我们同学打分，打完分以后等于是复习了，接着讲新课。可是那天我的班主任，物理特级教师孙钟道老师，他提出的问题有一个同学怎么也没有回答出来。班主任老师启发他，他还是没有回答出来，这个时候我们同学看到我们敬爱的孙钟道老师突然语调都变了。他说了下边一段话：'同学们，你们马上要毕业了，你们马上要离开上中，你们将到全国各地的高校加以深造，若干年以后你们将走上各自的工作岗位，那时候当我听到来自全国捷报的时候，说你们这个人表现很好，那个人表现很出色，那个人表现很突出，这是我当人民教师的最大的欣慰，最大的幸福，也是最大的荣光。'忍泪说到这儿，孙老师已经激动得说不下去了，他拿着板擦转身去擦黑板，想掩饰一下激动的心情，可是黑板上没有写下一个字，他又回过头来，眼里含着泪花，艰难地说：'如果哪天传来说，咱班有谁做了对不起党和国家、对不起人民的事，这将是我此生最大的耻辱。'一位年近花甲的老教师、一位著名的物理学教师、一位特级教师、一位上海市劳动模范，他居然最后说了一句话：'同学们，如果学生不争气，那是当老师最大的耻辱。'我们全班同学都为当时的情景所感动、所震惊。我可能是最受启发、最受教育、最为感动的一员"。林崇德被老师执着的教育情怀所打动的同时，也从老师的话语中第一次领悟到学为人师的价值与幸福。

林崇德家境贫寒，母亲还身患重病，为减轻家庭压力，他一度想放弃自己读大学的理想。正好那时兰州有一个铁路专科学校到上海中学免试招一批插班生，于是林崇德报了名，并很快被录取，该学校承诺给他每月提供 22 元的助学金。"孙钟道老师知道此事后，三次找我谈话，他鼓励我应把目光指向上海交通大学或当时最好的铁道学院——唐山铁道学院（即如今的西南交通大学），将来当一个中国现代的詹天佑。"正是这几次谈话从此改变了林崇德的人生轨迹，"尽管当时我已经获得学校的甲等助学金 10 元零 5 毛，但老师又帮我从学校申请了每月 2 元的生活补助，到高三时，我没钱买复习资料，又是老师帮我从学校额外申请了 1 元的补助"。

高中毕业前夕，林崇德有感于孙钟道老师的教诲，想起老师平日里对自己的默默关爱，他一改先前做铁道工程师的愿望，立志做一个像孙老师那样高尚的人民教师。因为在孙钟道老师身上，"我看到一个人民教师在一个学生成长中的作用，我对比了一下铁道工程师和人民教师之间的异同点，可以这样讲，我对比了一下詹天佑和我的班主任孙钟道老师之间的异同点，我决心改志愿，我决定要当一个像我班主任孙钟道老师那样的人民教师，当一个教育家"。所以后来林崇德把 23 个高考志愿全部填了师范院校，最终以优异成绩被北京师范大学心理学专业所录取，成为北师大首届心理学专业本科生。"为什么选择了心理学呢？我当时已懵懂地知道，培养人必须从心灵入手，可以说从那时开始，成为心理学家的志向再也没有动摇过。"

2
不忘初心：身逢困境愿无违

1960—1965 年，林崇德在北师大度过了五年的求学时光，他和当时所有的同学一样，等着顺利毕业后服从国家的工作分配，为建设社会主义贡献自己的才智。但历史走到 1965 年时，整个中国社会日益深陷极左思想的泥沼中而不能自拔。在那样特殊的年代下，中国的心理学研究也被视为"九分无用，一分还对外国心理学歪曲"的伪学术。于是，包括林崇德在内的 1965 届北师大心理学毕业生并未如愿等来国家的分配。"因为当时的北京市委书记兼市长彭真同志说过，有些分不出去的学生，留下来在北京搞刘少奇同志倡导的'半工半读'，也就是搞职业教育，于是我先搞了一年'半工半读'，但是后来半工半读教育无疾而终。"后来几经波折，林崇德被分配到北京市雅宝路中学任教。受"文革"冲击，该学校的硬件设施受到了极大破坏，正常教学秩序一直无法恢复，学生无心学习，还时常发生各种打架斗殴事件。

摆在林崇德面前的完全是一个烂摊子，他本着对教育事业终生无悔的理念一干就是 13 年。当时，学生很不好管，打架斗殴实在是太正常不过的事，甚至有不少学生因为打架性质恶劣、情节严重，被公安局法办过。"但是我从来不去歧视他们，我热爱他们，我想改变他们。我当时有个想法，我是北师大的毕业生，学为人师，行为世范，是师德的要求。而师德中的师爱，应该是师德的灵魂，应该是师德建设的重中之重。因此我热爱每一个学生。"

在那样特殊的年代，林崇德一度冒着自己被撤职的风险保护了一大批学生。"其中一个叫王建清的学生，普普通通的一个警察的儿子，没有任何政治背景，在东北军垦农场八年，后来入了党。从一个泥水匠一直做到了东城区的副区长，还担任了 2008 年北京奥运会场馆建设的总指挥。2004 年他到北师大来看我时，含着眼泪说，'老师您还记得我吗？当年贫下中农把我押在您面前，说抓到一个反革命分子，是您保护了我。您的师爱我永远难忘。'"

十三年的中学教学生涯让林崇德逐渐积淀了对教育工作的感悟，被评为"朝阳区优秀教师"，也坚定了他学为人师、行为世范的人生追求。

3
乐育耕耘：桃李满园终不悔

1978 年 12 月，以党的十一届三中全会胜利召开为标志，党和国家以巨大的历史勇气拨乱反正，开启了改革开放新的伟大征程，"左倾"错误思想得到清算，社会各项事业逐渐步入正轨。这一年，北师大的心理学专业也终于恢复招生，但受历史与现实多种因素的制约，心理学专业的建设仍然是困难重重，最主要是师资力量的严重不足。于是学校找到林崇德，想让他回母校担负起建设心理学的重任。

"那时，我已经在中学长期主持教育教学工作了，我能舍得离开中小学吗？但来动员我的是我的同班同学、我们心理学专业的支部书记赵中天同志，他对我说：'你是党用人民助学金把你培养出来的心理学工作者，你应当归队，你回来搞心理学是党的事业的需要。'就这样我回到了北师大。"于是，在之后不到一年半的时间里，林崇德在北师大接受了研究生教育。

之后，林崇德开始为 1978 级、1979 级心理学专业的本科生讲授发展心理学，1986 年林崇德从讲师被破格评为正教授，1989 年林崇德被国务院学位委员会批准为博士研究生导师。"1985 年开始，我担任博士研究生副导师，到现在为止，我共带了 88 位博士研究生、15 位博士后（大多数是自己独立带的，也有与其他老师合作带的），至于硕士研究生就不做统计了，不过其中一半以上后来都考了博士研究生。"林崇德这样评价自己的学生。

第一，思想进步，忠于党，忠于国家。比如他的一个学生，现在已经是国内知名的心理学教授，他在美国拿博士学位时，妻子已经怀孕，但他执意要让妻子回国生孩子，生一个中国的孩子。

第二，业务过硬。比如，心理学专业第一个长江学者李红教授，第二个长江学者方晓义教授，他们是林崇德的博士研究生。《人民教育》杂志做过统计称，目前大部分心理学专业是在师范院校，而师范院校其中 1/2 以上学术带头人是他的研究生或博士后。

第三，他们综合能力强。他们能够在学术上做出成绩，同时如果让他们搞行政工作，也能够出色地完成党交给他们的任务。现在当大学校长、副校长的，或者当司局级以上干部的有 21 位，占林崇德学生总数的 1/4。

"我的教育理念是培养出超越自己的、值得自己崇拜的学生，有人问我，你的学生和你比怎么样，我说早已经超过我了，值得我崇拜。比如有人创建了认知神经科学与学习国家重点实验室，有人开启了中国航天心理学的研究，有人敢于深入探索创新拔尖人才的心理特征等。"

4
严慈相济：师爱如山永难忘

在林崇德看来，做大学老师一定要有师爱。"有很多老师对我说，幼儿园的孩子们需要师爱，小学的孩子需要师爱，中学那些叛逆不听话的需要师爱，大学的学生还需要什么师爱呢？我认为师爱不同于父爱，不同于母爱，更不同于情爱，它是我们教育学生的感情基础，一旦学生接受了我们的爱，就会亲其师而信其道。教育就完备、实施了它的功能要求。"

20世纪80年代中期到90年代中期，林崇德大力支持学生出国联合培养，在当时普遍送出去就不愿回来的背景下，林崇德的16位学生竟然有15位回国，当时很多人不相信，究竟林崇德有什么魅力能让他的学生放弃国外的优厚待遇而按时回国呢？一定是他的学生在国外没有好好努力，混不下去了才选择回来。林崇德说："当时教育部派了一位副处长、中国教育学会的一位副处长以及中国教育报的一名记者采访了我，我说我没什么好谈的，你问我的学生去。当他们问我的学生时，我的学生几乎是异口同声地回答，我是为我们老师回来的。后来他们又找到我，让我谈谈经验，我说我没有任何经验，人心换人心、八两换半斤，我作为一个人民教师仅仅是做了点感情投资，什么叫感情投资，无非就是关爱学生罢了。"这就是中国教育报所登载的《他像一块磁铁》的来由。

在林崇德心中，学生的各种"子"都在他无微不至的关心视野中。"我关心学生的帽子，也就是说什么时候能拿到学士学位、什么时候能拿到硕士学位、什么时候能拿到博士学位；我关心学生的位子，他们毕业以后到中小学，什么时候能够成为特级教师，到大学做老师什么时候可以评为副教授、教授，做行政工作的什么时候他们在自己工作里头能够当上科级干部、处级干部、司局级干部；我关心学生的内子与外子，也就是说关心学生的妻子或丈夫；我关心学生的孩子，他们的孩子上学情况怎么样？有没有好的工作？我关心学生的票子，因为没有经济基础可不行；我关心学生的房子，没有房子住，学生能安心工作生活吗？我关心学生的台子，为什么要关心学生的台子呢？因为他们到外地，到有些不是博士点、硕士点的学校，没有博士点、硕士点，能安心工作吗？作为一个老教师，要给他扶一程、带一程、拉一程，帮他们解决博士点、硕士点，让他们的事业有更大发展。"

5

师德为先：多年从教悟师德

"我认为，无论是做好研究生导师，还是其他类型的教师，其关键都是坚持师德为先。"在数十载的教书育人实践中，林崇德对师德建设有着自己独到而深邃的思考。他认为，应将2014年习近平总书记视察北师大时提出的"四有好老师"作为师德建设最根本的指导思想。

理想信念是师德之魂。魂者，精神也。师德，首先要有魂，要有一个指导和决定作用的因素，这就是理想信念。师德建设中教师理想信念的核心素质是责任担当。具体至少表现在四个方面：一是担负中华民族伟大复兴的历史使命；二是忠诚党和人民的教育事业；三是落实社会主义核心价值中"爱国""敬业""诚信""友善"的要求；四是全心全意为学生服务，以至为人民服务。

道德情操是师德之根。老师应该处理好五种关系，一是处理好和社会的关系，要热爱祖国、依法执教。二是处理好与职业的关系，忠于职守，廉洁从教。廉洁从教非常重要，我们的一举一动，学生都看在眼里记在心上。三是处理好与同事的关系，团结协作，宽以待人。四是处理好与学生的关系，教书育人、甘为人梯。五是处理好与自我的关系，知过必改，闻过则喜。

扎实学识是师德之基。基者，开始也，出发点也。师德的责任，是向学生传授知识，培养学生的能力。所以，扎实的学识要求教师弘扬科学精神，勇于探索，追求真理，修正错误，精益求精；要求教师秉持学术良知，恪守学术规范，尊重他人的劳动和学术成果，维护学术自由和学术尊严。教师只有扎实的学识功底，过硬的教学能力，勤奋的教学态度，科学的教学方法，才能培养高素质的学生。

仁爱之心是师德之源。教育是"仁而爱人"的事业，所以仁爱之心是师德之源泉。对学生要有爱，爱字当头才能培养优秀学生。师爱是教育的感情基础，没有爱就没有教育。师爱是教师的一种情感，又是教师的一种美德，也是教师的一种奉献。有爱才有责任，有仁爱之心才能发挥教书育人，立德树人的功能。师爱的形式可概括为两种：可以表现在"生死时"，更多的表现在"细微中"。

寄语青年教师

一定要培养超越自己的学生。1985年我做了博士研究生副导师，当时我看到复旦大学校长苏步青先生曾谦虚地说过，"不是名师出高徒，而是徒高捧师名。因为有我的学生谷超豪这样的名家，所以我也就有名了"。从中我体会到，我们培养的学生也必须是自己值得崇拜的学生。青出于蓝而胜于蓝，长江后浪推前浪，自古状元都是秀才培养出来的，状元最后不是超越秀才了吗？如果不能培养出超越自己的学生，那么只能是落得"黄鼠狼下崽——一代不如一代"，我们中华民族伟大复兴的中国梦就会成为一句空话。

寄语师范生

你们既然愿意做老师，就必须爱教育，爱教师这个职业，这是当好师范生的出发点。师范生与一般学生不完全一样，首先，他必须要懂得教育规律、心理规律，所以希望你们学好教育学、心理以及必要的其他学科知识；其次，他必须要懂得师德师风，而师爱是师德的主要内容；再次，他必须要处理好"博"与"专"的关系，一个师范生为了促使学生全面发展，必须知识面宽一点、懂得东西多一点。最后，师范生必须始终把爱国敬业诚信友善这样一种基本素养作为一种修养来锻炼。

更多事迹

林崇德教授科研成果颇丰。

先后主持了 10 余项国家社会科学和国家自然科学基金等重点项目，发表的文章被 SCI 和 SSCI 收录 30 余篇，被 CSCI 和 CSSCI 收录近 400 篇。

先后出版专著共 16 部；曾组织全国 400 余名心理学家主编了 630 余万字的《心理学大辞典》。

组织全国重点高校和中科院心理所等单位从事临床、医疗、教育、管理、工程等应用心理学研究的 12 个领域的专家耗时 8 年编写了 12 本应用心理学教材。

组织国内知名发展心理学专家翻译 800 余万字的《儿童心理学手册》，在心理学界产生了影响。林崇德教授先后被浙江大学、吉林大学、中山大学和复旦大学等综合性大学，华东师大、东北师大、西南大学、华中师大和陕西师大等教育部直属师范大学，华南师大、南京师大、湖南师大和首都师大等省属重点师范大学共 32 所高校聘为兼职教授或客座教授。

林崇德教授的社会兼职达 28 种，先后被中国科学院心理研究所，中央教科所和教育部教育发展中心聘为兼职学术委员会委员或兼职研究员，被教育部聘为高校心理健康教育专家指导委员会的主任和中小学心理健康教育专家咨询委员会的名誉主任。

鉴于在科学研究、教书育人和社会服务等方面做出的突出贡献，林崇德教授所获得的政府奖项达 26 项之多。

先后被评为全国劳模（2000 年）和全国"十佳师德标兵"（2001 年），全国优秀教师（2006 年），全国优秀科技工作者（2012 年），国家杰出专业技术人才（2014），"北京市人民教师"称号（2017）。

2004 年 11 月成为被中宣部和教育部表彰的五名师德模范教师中唯一的一位高校教师。

（王娟、刘国瑞）

扫描二维码即可阅读全文

章晓辉：努力做有显示度的科研

推送时间：2018 年 3 月 26

2017 年 12 月 20 日，顶级国际脑科学学术期刊《神经元》（Neuron）发表了实验室章晓辉教授课题组关于脑电波生成机制的最新发现，这是实验室继 2017 年 4 月在《自然 – 神经科学》（Nature Neuroscience）上发表关联学习的大脑环路基础的发现后，又一具有国际重大影响力的科研发现。本期的"聆听师道"让我们走近心理学学部认知神经科学与学习国家重点实验室的章晓辉教授，听章晓辉教授讲述发文背后的科研历程。

人物卡片

章晓辉，认知神经科学与学习国家重点实验室教授。1994 年毕业于原杭州大学生物系，1999 年获中国科学院上海生理所神经生物学博士学位。1999—2002 年在美国 UC San Diego 和 UC Berkeley 从事神经可塑性方面博士后研究，期间获 International Human Frontier Science Program（HFSP）long – term fellowship 资助。2003 年任中科院神经科学所神经可塑性组联合组长；2004—2006 年获 HFSP Career Development Award；2007—2013 任中科院神经科学所神经元信息处理与可塑性组组长，研究员，博士生导师；2010 年获中国科学院优秀研究生指导教师奖与赛洛菲·安万特优秀青年科学家奖。2013 年 9 月，加入北京师范大学认知神经科学和学习国家重点实验室。2017 年获中国神经科学学会"张香桐神经科学青年科学家"至高荣誉（该奖项每两年评选 1～2 位）。

1
走进不起眼的小平房

在师大科技楼的东边有一排很不起眼的小平房，从外面看上去这排小平房着实普通，这里就是北京师范大学认知神经科学和学习国家重点实验室。走进里面一看，不仅内在的布局十分精致、环境舒适，洋溢着一种大家庭的和谐与温馨，而且各类实验室的仪器摆放也是错落有致、整齐有序，彰显着实验室一贯的严谨认真。在这里，你不会为时光滴答滴答的流逝而焦虑，你不会为任何外在的琐事干扰，你也不会被信息时代铺天盖地的消息所掩埋。走进了实验室就意味着摒弃一切杂念全身心地投入，这里注定是为那些以科研为志业的人准备的。

驻足在实验室的学术墙前一眼望去，心中的敬意油然而生。只有真正在这里感受一番，你才能明白，在顶级国际期刊发文的背后是这个团队长期不懈的坚持与努力，每一个重要发现的取得都是这个团队集体智慧的结晶。章晓辉解释："我们发论文主要是以质量取胜，我实验室的目标是每年在我们专业领域国际排名前几位的期刊上发 1～2 篇论文。在科研中，注重质量永远是第一位的，而你要做有质量的东西就意味着你必须要投入更多的精力，这是一个漫长的学习过程，来不得半点浮躁。只有做有质量的东西才能真正使自己有所提升，才能产生学术影响力。"

当我们与他谈及课题组于 2017 年 12 月在《神经元》（Neuron）上发文一事，他谦和地说到："能有这样的成果靠的是我们课题组全体成员的辛勤努力，发文本身不值得庆贺，重要的在于我们自己多年探索的成果取得了国际学界的高度认可，这对我们课题组全体成员来说是一个莫大的鼓舞。"事实上，从 2007 年开始，章晓辉就一直向《神经元》（Neuron）投稿，基本每年都要投一篇，但都没成功。如今他的投稿邮箱依然清晰地记录着每一次的投稿信息，有的是被立即拒绝了，有的是经过审稿之后被拒绝的。"但这并不妨碍我继续往前走，每年都会努力尝试，总共投了有九稿之多，今年总算有个好结果，这是一个需要不断积累的过程，过程做好了，结果自然也不会差。"

2
不积跬步，何以至千里

不积跬步，何以至千里？要做出有国际影响力的重大发现，最重要的是要善于在日常的科研中不断积累新的想法，再由这些不成熟的想法渐渐发展形成开拓的系统的观点，没有这一步也就没有科研的创新。"我在2003年回国以后就一直在从事神经环路功能和可塑性的研究，很多研究的想法都是在这个过程中逐渐积累和凝练出来的，2013年来到重点实验室以后，凭借实验室提供的优势平台和科研资源，我的很多想法就能够付诸实践了。你要知道像我们这样拥有这样规模先进硬件设备的神经电生理实验室在国际上并不多。"

同时，要做出有国际影响力的重大发现，还离不开技术方面的日积月累。实验室一直紧盯学习记忆背后的相关神经机制研究。2017年4月，章晓辉课题组在《自然－神经科学》（Nature Neuroscience）上面发文揭示了大脑重要脑区（海马）如何参与学习过程。而12月的这一篇是关注神经脑区以及其中的神经元是如何展开工作的，"尽管我们实验室目前的研究能力还达不到对整个大脑的神经元进行系统研究，但我们可以研究其中某一部分神经元的工作机理，比如我们现在研究视觉感知或学习相关的神经元信息编码和存储的工作机制，可推进了解人脑学习记忆的工作机理等"。

据章晓辉介绍，国内对这些特定神经元的追踪研究实际上已经有十几年的时间了。以前研究人员都是把动物大脑取出来，切成很薄的组织片进行静态研究，这种研究方法虽然能够清楚地观察到脑细胞，但由于取出的细胞是一个离体的系统，研究人员看不到神经元在大脑整体系统中的动态活动过程。"而现在实验室团队可以通过在一些完整的、清醒的动物大脑上面做研究，进而更生动地探测脑细胞及其形成的神经环路的工作原理。具体而言，就是在确保实验动物大脑清醒的状态下，给予实验动物一定的外界感觉刺激，使其产生一定的大脑活动，然后采用国际最先进光遗传操控技术和高密度多道电极记录技术分别操控、记录和甄别神经网络中不同类型神经元的放电活动。"当然类似这样的技术积累还有很多。再比如，为了确保实验的精准，章晓辉在师大建立了第一个符合国际标准的转基因动物基地，里面培育有他和其他实验室的30多种转基因小鼠，用于实验的小鼠就是由基地精心培育出来的。"正是靠着这样一些技术上的积累和保障，所以我们就可以去做一些非常有挑战性的研究，进而有所发现。"

3
没有问题导向，就没有创造性研究

虽然新的想法和技术的累积都是构成基础科研取得突破性进展的关键因素，但这仅是就研究过程本身而言的。如果就研究创新的角度而言，新的想法往往对基础研究的开展起决定性作用。因为没有新的想法，技术攻关也就失去了方向。

因此，实验室自创立以来就将创造性研究作为自己的科研定位，在多年的研究实践中，章晓辉和他的团队已经形成了自己特有的创造性研究路径。

在实验室，小到一根一根的微电极，大到 3D 打印机甚至一些复杂的精密记录系统，都是实验室团队自主设计或搭建出来的。在章晓辉看来，要做出有创造性的研究成果，最根本的就是要面向实验需要、坚持问题导向。比如，目前章晓辉课题组正在做脑网络电活动的驱动机制研究，这是国际上长期困扰科学家的一个难题，"虽然在技术和知识积累上还没有达到一个成熟度的时候，这个问题难以有比较重大的突破。但只要有了这样的问题导向，技术和知识积累总会越积越多，研究的广度总会在一点一滴的量变中接近质变的飞跃，研究的深度也总会在对现象的全方面观察中达到对规律本质的认识"。

在具体科研实践中，很多研究工作者虽然也都自觉在科研中坚持问题导向，但问题在于坚持什么样的问题导向？这一问题实际上包含有两部分内容。第一，究竟什么问题才是值得科研人员高度重视并坚持不懈研究下去的？第二，科研人员怎么才能在日常的科研工作中发现有价值的问题？在章晓辉看来，"要做出有创造性的研究成果，前提是必须要关注专业领域那些一直存在的基础性问题"。另外，发现这些基础性问题其实并不困难，一方面，"我经常会建议我的学生，一开始尽量不要去读大量文献，往往会埋在里边理不出头绪，而更应该去读教科书，教科书上会告诉你领域中长期存在的基础性问题"。另一方面，章晓辉也喜欢鼓励学生进行独立的批判反思，引导学生从一些众人皆知的知识和定律入手，进而发现值得研究的问题。"对于那些众人皆知的定律、知识你能不能用一些新的发现来补充它抑或挑战它，如果你采用新技术方法做出的发现完全或部分地推翻了它，那你就会在这个领域知识上写下重要的一笔。"

4
营造踏实进取的实验室文化氛围，
激发学生的主体创造力

在章晓辉看来，他和课题组之所以能保持研究的灵感和动力，很大程度上得益于实验室多年积淀形成的以"勤奋踏实、创新进取"为核心要义的文化精神。

首先，保持科研的热情和兴趣是从事研究的最基本前提。科学研究在本质上是探索未知的过程，但这种探索决不是轻易就能实现，期间不能不经历许多挫折失败，如果没有极高的热情和兴趣，学生很容易半途而废。所以，必须注重培养学生的科研兴趣，使学生的科研兴趣真正建立在内在驱动力的自发性基础之上。

其次，鼓励学生一定要瞄准领域内最前沿的基础问题。"我们的学生基本是以硕士研究生招收进来，在神经科学研究方面从一张白纸开始训练。目前我们实验室的做法是，鼓励学生一定要钻研最前沿的基础问题，沉下心去下一番心无旁骛的苦功夫。由于2~3年的硕士培养往往达不到这样的目标，所以我们一般会鼓励说服硕士生继续在实验室读博。"为了让学生领略最前沿的科研动态，章晓辉从2014年开始，在国家重点实验室支持下创立"京师学堂"脑科学前沿系列讲座，定期邀请国内外知名学者来实验室进行学术讲座，现已举办了50个高水平学术讲座，他希望通过这样的讲座不仅能让学生开拓学术视野，而且能让他们真正明白什么是高质量的科研成果，从而最大限度地激发学生内在的科研兴趣。

最后，鼓励学生把目标放得高远一些，下苦功夫写出高质量的论文，争取在国际顶尖的期刊杂志上发表。"我们希望学生在研究的积累中作出有显示度的工作，所谓'有显示度的工作'，对学生而言，就是你要能在这个领域内排名前几位的期刊杂志独立地发表自己的研究成果。"

5
做有显示度的科研，
努力在教科书上留下一笔

在交谈中，我们发现章晓辉总是谈及要做"有显示度的科研"，显然，做

"有显示度的科研"是他对自己科研工作自觉的内在的本质规定。但这种"有显示度的科研"究竟指向什么？有什么具体内涵？

首先，"有显示度的科研"意味着一种"科研根据地"意识，就是说要划定好自己的研究领域和范围。什么都研究，必然是什么都研究不深、不精，自然也就谈不上做"有显示度的科研"。20 世纪 90 年代，章晓辉在中科院生理研究所攻读硕士学位，那里是中国神经电生理研究的发源地，从那时起，他就一直从事神经电生理的研究，因为它是揭示大脑工作原理的最终技术手段之一。直到今天，20 多年过去了，不管具体的研究问题怎样变换，但中心都是围绕神经电生理而展开的。

其次，章晓辉始终重视对基础问题的研究，注重发现在一些看似没有疑惑的原理问题上找到可疑之处。比如，就人体神经疾病的研究来说，章晓辉一贯主张，与其片面地研究神经疾病本身的病理，倒不如先去了解大脑自身的一些机理。"我们实验室曾经做过一些疾病模型的研究，但做完以后才发现，我所能做的只能是一些简单的描述性的东西，真正要去研究其内在机制还需要有很深入的研究才行。所以，后来我们实验室就果断调整方向，沿着基本问题去展开，提出一些原理性的问题，比如单个神经细胞是怎么进行神经计算的？神经细胞怎么连在一起……"

再次，"有显示度的科研"在一定程度上也意味着能将基础科研的成果应用于社会生产生活，转化为一定的社会效益。"科学技术是第一生产力，科研成果不应局限停留于少数科学家或科研工作者的学术交流探讨中，而应该积极向社会生产力转化。比如，通过揭示大脑神经元的一些工作机理，在很大程度上能推动对智能计算和人体部分疾病的研究，进而对社会发展产生积极有益的影响。"

最后，对于章晓辉自己而言，最重要的就是希望通过自己认真扎实的研究，在专业领域的知识积累上面做出自己力所能及的贡献。用他自己的话说，"我希望有朝一日，我和我的课题组能在权威的教科书上留下属于我们的一笔。对一个科研工作者而言，任何外在的名利都不过是转瞬即逝的东西，但在知识积累上留下一笔却是实实在在的。个体的生命有限，但历史经验知识的积累却始终在延续。一个科研工作者只要能通过自己正直、诚实、辛勤的科研劳动为自己专业领域知识的积累留下一笔，这就是最大的欣慰了"。

6
人才建设面临的问题

当被问及实验室现在面临的最大困难是什么时,章晓辉告诉我们:"困难并不在科研本身,技术上的问题通过技术总会解决的。最大的困难在于人,在于我们研究团队存在一定的技术断层问题。"

第一,在研究人员的构成上,基本以硕、博士研究生为主,专业技能助理人员不足,人才建设缺乏层次感。"坦率讲,我们课题组学生居多,我自己是研究组长,下面只设有一个研究助理,其他都是学生。相比于国际上那些先进的有影响力的实验室在人才队伍建设上的层次分明,我们这样一种人员的配置显然是很滞后的。"

第二,在研究人员的流动上,没有形成正常的合理的人才流动机制,自己培养的学生留不住,专业技术人员待不住。"一方面,我们自己培养的学生,毕业以后就要离开我们实验室去国外深造,对此,我虽在理智上非常支持,但在情感上是舍不得的。另一方面,为确保科研工作的开展,实验室需要有一批相对稳定的技术工作人员,这些技术人员一定要能把整个实验室的技术需要支撑起来。而由于目前采用实验室聘任制,很多技术工作人员的待遇问题缺乏学校层面的保障,导致技术工作人员待不住,往往是聘任期一到就离开我们了。"

第三,在研究生的招生上,学校分配的研究生招生名额有限,难以适应科研进一步深化的需要。"现在我们只有四位博士研究生、三位硕士研究生,学校每年分配给我们的招生名额只有一名硕士和一名博士,如果硕士第二年转博仍需占去原定的博士招生名额。所以这样一来,实际上我们两年只能招三个学生。"

章晓辉曾就这些问题专门向学校和学院呼吁过,虽然学校和学院也做了一些努力,但情况并未有根本改变。章晓辉衷心希望实验室自身在踏实走好每一步、做好每一项研究的同时,学校和学院能继续加大对实验室的扶持力度,针对实验室存在的突出问题,不断强化制度层面的改革,使实验室的科研工作更加高效。

结语

基础科研的创新突破离不开一代又一代科研工作者的接力奋斗,在这种接力奋斗中，科研经验得以不断累积，科研认识得以渐渐深化，科研智慧得以成倍增加。当前，我们已进入决胜全面建成小康社会的关键时期，面向新时代中国特色社会主义事业的长远发展，我们比以往任何时候都更加需要基础科研取得原创性、突破性、关键性的成果。只有以世界一流的眼光和标准在基础科研中不断耕耘，以创新性的思维对原有成果进行批判性反思，才能真正推动我国基础科研在新时代迎来新的长足进步。衷心祝愿北京师范大学认知神经科学与学习国家重点实验室在基础研究方面做出更多贡献，也祝愿章晓辉和他的课题组做出更多"有显示度"的高质量科研成果。

（王娟、刘国瑞）

扫描二维码即可阅读全文

瞿林东：潜身木铎之教　心怀良史之志

推送时间：2018 年 4 月 16

"树立历史自信是每个历史研究者都应具备的基本品质，历史自信与历史研究是相辅相成的关系。一方面，只有坚定历史研究的自信，才能在研究中自觉遵循历史研究的规律、方法，从而使历史研究越来越丰富，研究成果也才能立得住脚。另一方面，历史自信又不会凭空而来，只能通过扎实的历史研究逐步积淀，历史研究越扎实，历史自信也就越深厚。"

——瞿林东

人物卡片

瞿林东，北京师范大学资深教授、历史学院史学研究所博士生导师。1964年毕业于北京师范大学历史系本科，1967 年以中国史学史专业研究生毕业于该系。社会兼职有教育部社会科学委员会委员兼历史学部召集人之一、全国古籍整理出版规划领导小组成员。主要从事历史学的理论与中国史学史研究，著有《唐代史学论稿》《中国史学散论》《中国古代史学批评纵横》《杜佑评传》《史学与史学评论》《史学志》《中国史学史纲》《中国史学的理论遗产》《中国简明史学史》《中国史学通论》《中国历史文化散论》《20世纪中国史学散论》《史学在社会中的位置》《中国史学史教程》《白寿彝与20世纪中国史学》《我的史学人生》《中国古代史学十讲》《彰往察来：探寻历史中的智慧》等专书与论集；合著《史学导论》《范晔评传》《唯物史观与中国历史学》；主编《历史·现实·人生系列》（七种）、《中国古代历史理论》（三卷本）、《中华大典·历史典·史学理论与史学史分典》（三卷本）、《20世纪中国史学发展分析》《20世纪二十四史研究丛书》（十册）、《历史文化认同与中国统一多民族国家》（五卷本）、等；撰有《中国史学的遗产、传统和当前发展趋势》《论中国马克思主义史学的史学观》《历史学的理论成就与中国史学史研究的发展》《关于当代中国史学话语体系建构的几个问题》等论文、评论三百余篇。2017年9月出版十卷本《瞿林东文集》。

1

木铎情深深几许 毕生志业业不老

谁也不会想到，如今已是八十高龄的瞿林东，仍然经常来到他那狭窄的办公室，要么是修改文章，要么是同博士生讨论问题，这已成为他现在的生活常态。对这位情系师大数十载、毕生立志于史学研究的老教师而言，好像再没有比读书、思考、撰述和指导学生更重要的事了。在常人眼里，瞿林东早已功成名就、著作等身、桃李天下，正应是在家享受天伦之乐的时候了，实在没有必要如此辛苦。可事实上，瞿林东才从不觉得这是辛苦的事，相反他乐在其中。他爱师大，也爱自己的专业研究，在他心中，自己从事的史学研究不仅仅是自己的职责所在，更是情系师大、回馈母校的使命使然。如果从1959年瞿林东考入北师大历史系算起，瞿林东已和师大结缘近六十载了。六十载的光阴转瞬即逝，历史在变，师大也在变，不变的是这位老教师的木铎情怀。

1959年，瞿林东考入北京师范大学历史系。在这里，他度过了自己充实而美好的本科时光。由于当时实行五年制，所以一直到1964年瞿林东才从师大毕业。可以说，本科的五年为瞿林东今后的学习、研究打下了坚实的基础。毕业后，由于当时国家计委鼓励本科应届毕业生报考研究生，加上瞿林东自己对从事历史研究又抱有浓厚的兴趣，所以瞿林东报考了白寿彝先生的研究生，研究方向是中国史学史。"那时研究生没有学位，只叫研究生。本来我应该是1967年毕业的，但因赶上'文革'，没有人管分配，所以我又在学校等待了一年才正式分配，1968年我被分配到内蒙古通辽师范学院（今内蒙古民族大学的前身），在那里教中国古代史，一直工作了十三年，虽然条件艰苦，但我觉得关键在于你抱有什么样的人生态度，条件艰苦绝不意味着无事可做。那时，有很多因素一直激励着自己不畏艰辛、努力工作，其中一个因素就是我一直提醒：自己不能给母校北师大丢脸！不能给导师白寿彝先生丢脸！"

历史的脚步艰难地走到了1978年，这一年12月，我们党坚持真理、修正错误，做出了以经济建设为中心的重大决策，从此社会主义建设进入改革开放新时期，党和国家终于迎来了新的发展机遇。这时，瞿林东的人生也迎来了新的转折。当时教育部要求重点高校要在条件允许的范围内，尽可能地提高老专家、老教授的生活工作待遇，给他们配备助手。"所以白寿彝先生在1980年就提出调我回师大的申请。在白寿彝先生的极力推荐下，我终于在1981年5月11日回到了师大。从那时算起到现在，我已经在师大工作36年了。可以说，师大就像一位仁爱无私的母亲一样，见证了我的成长，培养了我的品行，成就了我的专业，我努力工作也是对师大的回报。我甚至觉得对师大的感情已经内化在自己的血液中，激励着我在治史路上永不停止探索的脚步。"

2
学为人师严律己　细微之处扬师道

瞿林东在读高中时，很想以后成为一个文学家，但后来因为阅读了大量苏联教育家的著作，如《给教师的一百条建议》《教育的艺术》《一个乡村女教师的笔记》等，瞿林东从书中逐渐认识到教师职业的重要价值与意义，也就逐渐萌生了以后要做教师的想法。于是，瞿林东下决心报考了北师大的历史系。不过，进入师大学习后，瞿林东做教师的想法曾经发生过一定的波动，"因为1959年北师大招生简章规定的培养方向是'培养师范学院的教师'，但后来在我读到半年左右的时候，培养方向就变成了'培养高中骨干教师'，再后来'骨干'二字也去掉了，就是'培养高中历史老师'。在这个变化的过程中，思想肯定是有波动的，因为当大学老师和高中老师还是不一样的"。不过这种思想的波动只是暂时的，在那个革命热情高涨、集体利益至上的年代，年轻人都能够积极响应党和国家的号召，坚决服从组织分配。"所以我在毕业之前，就已经做好充分的心理准备去当一个高中老师了，但我对自己有着严格的要求，我一定要当一个出色的高中历史教师。为此，我做了一些专业上的准备，其中包括买了一些和高中教学有关的辅助教材，如大家都熟悉的吴晗先生主编的《中国历史小丛书》《外国历史小丛书》。"

虽然瞿林东后来并没有去高中做历史老师，但他对教师工作的喜爱是一以贯之地发自肺腑。瞿林东依稀记得 1981 年他离开通辽师范学院时，学生们依依不舍的送别场景："我记得第二天一早我就要返回北京了，早上六七点钟的时候，我一开门，惊讶地看到学生们早已列队站在院子里。学校安排一辆吉普车送我去火车站，学生们一直跟着吉普车跑步送我去火车站，我们在站台上挥泪而别。为什么他们对我依依不舍呢？我想主要还是因为我在教学过程中给他们留下了比较深刻的印象，这件事一直激励着我自己。我常想，一个教师，他的教学工作对于年轻人来讲是多么重要啊！只要教师的工作能对学生的人生成长产生一些积极的、向善的影响，就是对教师最好的回报，这个回报不是物质的回报，而是精神的回报。"可是，怎么样才能对学生的成长产生积极的、向善的影响呢？在瞿林东看来，必须从三个方面着手。

一是必须解决好怎么样对待学生的问题。在今天这个时代，年轻人的思想相对是比较活跃、比较混乱的，当然也是可塑造的。"老师首先要充分理解现在年轻人在这个时代的所思所想，如果脱离这个时代的具体环境，你还怎么给他讲共同语言呢？而没有共同语言他就不会听你的了。所以我想，虽然从专业学习、生活等方面关心学生很重要，但更为重要的是要引导学生走向正确的人生，这就需要老师把学生当作自己生命中的一部分去看待。也就是说，你这个老师的成功取决于你培养出的学生是什么样的人。"瞿林东举例说道："比如，学生在生活、学习中经常会遇到一些问题、面临一些困惑，有的学生愿意找老师倾诉，而有的学生不愿意说，在这种情况下，做老师的能不能自觉成为学生的贴心人呢？要知道，这个时候老师对学生的答疑解惑很可能会影响他很长时间。"

二是教师必须严格要求自己，努力提升自己的核心素养，使学生在你身上找到专业自信。瞿林东的体会是教师必须具备以下三方面素养。首先，从最小的事情——"守时"做起。"守时"说起来是小事情，但其实最能反映一个人做人做事的态度。"我上课总是会提前到，约定学生和我谈话或者和我讨论问题也是如此。这不仅是对老师的尊重，更重要的是要求学生养成一个好习惯。"早在通辽师范学院工作的时候，瞿林东就以守时备受同事信赖。有一次，第二天学校就要开学上课了，而瞿林东还身在北京。教务处的老师对瞿林东第二天能否按时上课是心存疑惑的。系里的老师说："你们放心好了，瞿老师从来不会耽误事情的。"当晚，瞿林东到通辽时已是晚上十一点多了，由于宿舍的土炕没有烧火，瞿林东不敢入睡，于是他索性用被子裹着身体坐在冷炕上等到天亮，然后直接去上课。其次，要热爱自己的专业。在日常的教学活动中，老师该怎么体现出这种热爱呢？"必须运用理性思维，要从理论联系实际出发把历史学的用处给学生说清楚。历史学这个专业不能直接创造生产力,但它蕴含的知识、经验与智慧一旦被人们掌握,所产生的力量就不可低估了。比如说,中央或地方做一个重大的决策,如果能从历史经验中得到一些启示,并采取了适当的措施,其影响力之大,不仅可以影响一代人、影响几十年,甚至可能在好几代人、上百年的历史中发挥作用。"另外,"教师在教学中必须充满自信与激情。我常想,要用自己的自信与激情感染学生喜爱历史学这个专业。你平平淡淡地讲出来,不能打动人。所以跟我学习的博士生大多都有这样的体会,说我们的先生对历史学总是充满自信。当然,这种自信是在唯物史观指导下的自信"。最后,做事要认真。"原先我在史学理论与史学史研究中心做主任,中心这边有很多繁杂的事情要处理。比如,上级让我们提供咨询报告,对社会某一热点问题进行调查研究,有的还要写成简报的形式或是正式的咨询报告。做这些事情要求是非常严格的,总是要翻来覆去地修改,以至于学生们后来都称我是完美主义者。"瞿林东的学生和我们讲,他们拿自己的文章给先生看时,从谋篇布局到行文结构,从观点表述到标点符号,先生都会逐一把关、认真修改,以至于他们的论文经常被先生改成大花脸。直到现在,很多学生还保留着被瞿林东改成大花脸的文章,因为那是一份朴实真切的师爱。

三是要高度重视学生学位论文的撰写。以博士学位论文的撰写为例,瞿林东认为,博士论文的撰写是学生未来教学、研究的起点,而绝不是终点。因此,在思考学生博士论文选题的时候,必须考虑到以下几个方面:"第一,学生要有兴趣;第二,论题要有学术价值;第三,可以期待出成果;第四,该研究领域是可持续发展的,能研究较长的时期。所以我出题目都是比较费心的,不仅要对学科全局有所了解,还要密切结合学生的实际。"在瞿林东眼中,"一个教师真正爱护自己的学生,一定要想方设法把他培养成人才,所以必须在专业上严格要求他,这种严格要求是实实在在的严,而不是停留在口头上的严"。

3
治学初心今犹在 老师之恩永难忘

走进史学理论与史学史研究中心,正面的墙壁上挂着一幅特殊的题字,上面写着"彰往知来"四个大字。平日里,瞿林东总会在这幅题字前驻足仰望。这幅字是由白寿彝先生亲笔所写,是白寿彝先生对历史研究意义的感悟,浸润着白寿彝先生高度的历史自觉。瞿林东作为白寿彝先生的弟子,在其身边学习、工作多年,一直受他的指导和影响。

"白先生是我的恩师，在我的人生道路中，先生两次影响了我的学术道路甚至是学术生命。一次是 20 世纪 60 年代他招研究生，我报考了他的研究生，而且被录取了，这是一次转折。就是说如果我不考他的研究生，就可能学别的专业了。再一次，是 1981 年白寿彝先生把我从通辽师范学院调回北师大，使我得以继续从事中国史学史的研究。"瞿林东回忆说："记得 1976 年打倒'四人帮'以后，我去看望白寿彝先生，我说白先生我们有十年没见面了，他纠正我说，是十一年了。我当时特别感动，说明先生心里还想着我呢。那时我已经 40 岁了，我不好意思直接问白先生今后该研究什么，所以就问他该读些什么书呢，他不假思索地说，当然是读史学史的书了。从此，虽然我还在从事中国古代史的教学，但毅然决定把研究重心放到了中国史学史专业上。"

瞿林东深受白寿彝先生治学之风的影响，在史学研究中一直秉承白寿彝先生的治学思想。他认为在白寿彝先生那里，有三条治学原则是非常重要的，可以说是白寿彝先生治学的鲜明特色。"第一，治学要讲究平实、不要夸张，不要赶时髦，包括文章与文风也应该是平实的。第二，主张'通'。因为只有通才能有见识，才能发现并阐述有价值、有意义的重要问题。一方面，如果你搞一个断代，上面不清楚，下面也不知道，那你这个断代该怎么评价，如何定位，你很难把握，通了以后，你会洞悉整体情况，这时你再去了解其中一个断代，自然就知道该怎么定位了。另一方面，中国历史这么丰富，如果你只是做一个专史或专题研究，你很可能就会把这个专史或课题无限夸大，也有可能把它缩小，因为你没有'通'，同样不好给它准确定位，所以'通'是白先生一直比较注意的研究原则。对我们来讲，'通'最大的启示就是，治学不要只看到某一个方面就下结论，而要从全局来看这个问题应该怎么认识、怎么评价。第三，特别强调历史感与时代感的结合。所谓历史感与时代感的结合，就是指运用今天的眼光来探讨过去的事件、人物或某一重大问题，希望给今天的人们有所启发，进而使历史学成为经世致用之学，为当前的历史运动所用。比如习近平总书记讲，要推动中华优秀传统文化创造性转化、创新性发展。我觉得要实现创造性继承与创新性发展，很重要的一点就是要坚持历史感与时代感的结合。继承当中要有创新，必须让下一代的人看到传统文化在我们这一代人手中得到怎样的尊重、怎样的解说，它是怎样为这个时代人们服务的。"

瞿林东始终有着弘扬"家学"的使命感，在他看来，家学就是你的师承关系，你从老师那里学到了什么？你继承了什么？你发展了什么？他由衷希望自己的学生互相间有所互动，把北师大历史学院的治学传统包括白先生的学风弘扬开来。"我的学生总是对我讲，先生你讲课，怎么总是要说到白先生呢？我说我是他的学生啊，我当然常常要讲到他！再说，我现在有一点点成就，都是以白先生的学术为起点的，只有从白先生那里出发，我才能有所作为。"正是因为有这样一种自觉的使命感，瞿林东写了《白寿彝与二十世纪中国史学》一书，他希望在书中实事求是地呈现先生的思想。"只要我是无私的，只要我是力求准确地介绍，我就不怕别人误解，我把老师的学术思想用文字呈现出来，作为一份史学遗产奉献给社会，有什么不好的呢！"

4
历史自信何以立　良史之忧忧天下

无论是教学还是科研，瞿林东都特别注重坚定历史学科的自信。他认为，树立历史自信是每个历史研究者都应具备的基本品质，历史自信与历史研究是相辅相成的关系。一方面，只有坚定历史研究的自信，才能在研究中自觉遵循历史研究的规律、方法，从而使历史研究越来越丰富，研究成果也才能立得住脚。另一方面，历史自信又不会凭空而来，只能通过扎实的历史研究逐步积淀，历史研究越扎实，历史自信也就越深厚。特别是在今天科技理性日益强化、人文社会科学影响趋于"弱化"的时代，坚定历史自信对历史学科的发展显得尤为重要。瞿林东的历史自信主要是基于感性与理性两个方面的认识。

从感性认识层面而言，瞿林东的历史自信源于对历史研究的兴趣与热爱。"我小时候很喜欢读一些历史题材的小说，到了高中阶段，虽然我的理科成绩不如初中时突出，但文科特别是历史成绩一直不错，所以高考填志愿就选择了历史系。入学后，我格外喜欢中国古代史与世界近代史。为什么喜欢中国古代史呢？因为我对其中的很多问题都很感兴趣且有自己的尝试性研究，比如：南宋的太学生运动，明代的张居正改革等，为此还做了好几百张卡片。为什么喜欢世界近代史呢？因为我对马克思主义理论抱有极高的学习兴趣。那时讲世界近代史都是和马克思主义的产生、发展相结合的，所以那时候读马列的书，不用太多的号召，通过听课堂上所讲，很自然地就学习、吸收了。比如《马克思恩格斯论中国》《列宁斯大林论中国》《家庭私有制和国家的起源》《国家与革命》等，都是我们的必读书。"

从理性认识层面而言，瞿林东的历史自信还源于他在从事史学理论研究过程中的思考与感悟。这种思考与感悟最核心的一点就是，"我越来越切实感觉到历史学是有用的，以我主编的《历史文化认同与中国统一多民族国家》一书为例，2014年9月9日，习近平总书记视察北师大时特意拿起来翻阅，并对身边的陪同人员说，这本书很好"。瞿林东坚信能通过自己的研究工作把历史真正地能用来为现实作参考，"用白先生的话说，就是要对当前的历史运动有所借鉴"。瞿林东以司马光主编的《资治通鉴》为例，向我们进一步阐述了历史学的用处："我很早就读过《资治通鉴》，但近几年的体会特别深，司马光在上皇帝的表文中说，《资治通鉴》就写了两件事情：'国家之盛衰，生民之休戚'，难道还有比它们还重要的事吗？直至今天，虽然历史已经进入了新时代，但国家的盛衰问题与人民的幸福问题，不依然是党和国家事业的大问题吗？所以我说司马光真的了不起，历史上那么多事，那么多人，他作为史家就关注'国家之盛衰，生民之休戚'这两件大事。清朝的思想家龚自珍说：'智者受三千年史氏之书，则能以良史之忧忧天下'，良史就是优秀的、出色的史家，良史的风格虽各有不同，但其核心都是指向一种厚重的忧患意识，一个人、一个国家，在任何时候都要有忧患意识，经常用忧患意识提醒自己，就不会骄傲，就会不断走向新的胜利。所以对一个真正有忧患意识、有历史责任感的人而言，他读历史很容易理解，对史学是'生人（民）之急务，国家之要道'这句名言也会有深切的感受和认识。"

5
理想信念 惟在马列

瞿林东坦诚地说："我的学生们很是诧异，先生你怎么可能不是党员呢？你总是给我们讲马列啊！我对他们说，不是党员与我坚定信仰马克思主义理论并不矛盾。"

不错，瞿林东虽然不是中共党员，却始终保持对马克思主义理论的坚定信仰，始终自觉运用马克思主义的立场、观点、方法指导自己的史学研究，是当之无愧的马克思主义史学家。北大的一位知名教授在读了瞿林东的《中国史学史纲》一书后，极力称赞说："这本书虽然没有多处引用马克思主义经典原文，但全书从头到尾是贯穿了马克思主义理论精神的。"20 世纪 90 年代后期，何兹全先生在《光明日报》上发表的一篇评论文章，就称瞿林东为马克思主义史学家。"我历来是自觉地坚持马克思主义的，这不光是我的学术生命，也是我做人的一个标准，读马列书读了那么多年，我不可能相信别的，我虽然可以吸收其他方面好的东西，但我绝不会放下马克思主义理论。"瞿林东对马克思主义的信仰与他本人长期自觉学习马克思主义理论是分不开的。"曾经有一段时间，我的这种信仰相对的孤立，有些年轻人不理解，比如我发表批判《河殇》的长篇文章，有的年轻人说我不该写此类文章。所以我和他们讲，我是非常真诚地相信马克思主义的，相信马恩的做人，相信他们提出的理论，所以我绝不是为了某种功利的需要而运用马克思主义"。

瞿林东对马克思主义的信仰既与自己的志向有关，同时也是深受白寿彝先生的影响所至。"白寿彝先生是新中国成立以后才接触马克思主义的。新中国成立后，由于侯外庐先生在北师大历史系做系主任，所以是侯外庐先生最早把马克思主义理论带到了历史系，就这样，白寿彝先生在侯外庐先生的影响下接触并学习了马克思主义理论。1951 年起，白寿彝先生就开始写文章，运用马克思主义的立场、观点、方法研究民族问题。我跟白寿彝先生读研究生，第一门课就是'毛泽东关于批判继承历史遗产的理论'。20 世纪 80 年代，他指导硕士时，要求学生们读马克思《资本论》第三卷。白先生是最早对马克思主义史学做出历史总结的学者。目前学界有人将白先生的治学理念风格称之为白寿彝学派，并认为白寿彝学派的一大特点就是坚持马克思主义，这一点我很自豪。所以我始终相信自己坚守的信仰、自己选择的道路是正确的。今天仍然如此，不管别人怎么评论，都不会动摇我对马克思主义的信仰。"

寄语师大

我们北京师范大学作为高等师范教育的排头兵，是最早的、文化底蕴深厚的、资深的高等师范学府，要对高等师范教育有发言权，要对高等师范教育的全局有所把握。否则你作为排头兵，连全局的意识都没有，显然是说不过去的。为此，我们必须投入，比如：若要了解全国高等师范教育的情况，就必须实地调研全国的高等师范院校，各家都有什么特点，都有什么作为，心里要有一笔账。同时，我们自己要在一两个方面下足功夫，并努力成为这一两个方面的表率，走在别的高等师范院校前列。只有这样，我们才能真正在中国高等师范教育中有发言权，才能发挥引领作用、创造性作用。

寄语师大学子

希望同学们能够做到以下几点，这也是我的一点嘱咐与希望。

第一，要学会敬畏历史。一方面，历史是由我们的前人创造的，历史当然有正确的、有错误的，甚至有反动的。但历史是一个整体的运动，我们中华民族就是在这整体运动中一路艰难走来的，要以敬畏之心去看待它，千万不要像现在有的人戏说历史、编造历史、曲解历史。另一方面，对历史的敬畏之心本质上就是对我们文化传统的敬畏之心。一个国家的公民不热爱自己国家的历史、民族的历史，就算不上是一个称职合格的公民。因为历史不仅教育我们怎样做人，还给予我们丰富的智慧。最近，我出版了一本小书，叫做《彰往察来：探寻历史中的智慧》。借此机会，我向同学们自荐这本小书。过去老一辈的历史学家钱穆先生主张对历史要有温情与敬意，我想不能仅有敬意，更要有一种敬畏感，我们毕竟是历史的产物。

第二，要对国家有责任感。习总书记说，青年强则国家强。顾炎武说"天下兴亡，匹夫有责"。我觉得青年应该要有热血沸腾的那种责任感。这是我们正直的青年、有作为的青年所应当具有的。只有这样，我们的事业才会后继有人、兴旺发达，立于世界民族之林。只有这样，我们中华民族才能给世界做更大的贡献，大家一定要有这样的责任心，这样的气概。

第三，要自强不息。《易经》里说："天行健，君子以自强不息。"这是先贤的教诲：永远不要满足。我们的生活条件和社会环境会越来越好，我们可以发挥聪明才智的舞台和空间会越来越大，越来越恢廓，青年朋友要把握这个历史机遇，成为 21 世纪大有作为的一代中国人，为此，我们还是要奋斗，要自强不息。

（王娟、刘国瑞）

扫描二维码即可阅读全文

朴永馨：丹心热血育桃李，矢志不渝献特教

推送时间：2018 年 4 月 26 日

从心所欲感言

风雨沧桑人古稀，融入特教半世纪，
做人做事靠培养，回报社会探规律。
特教高校辟阵地，学科育人新领域，
实践讲课书刊会，入港澳台进国际。
些微工作成过去，向前诸事多且急，
唯物辩证有所悟，绵薄之力再奋蹄。
未来工作任艰巨，参照别人靠自己，
中国特教中国色，后来诸君齐努力。

——朴永馨

人物卡片

朴永馨，教育学部教授。1936 年 6 月 27 日出生，辽宁省沈阳人，中共党员。1979 年底调入北京师范大学教育系，1980 年建立中国大陆第一个特殊教育

研究室、1986 年建立第一个特殊教育专业、1988 年建立特殊教育研究中心并任主任。创立特殊教育杂志《特殊教育研究》并任主编。现任中国高等教育学会特殊教育研究分会名誉理事长。曾获"全国优秀特殊教育工作者"奖，首届"曾宪梓教师奖"（1993）等多项奖励。从 1992 年起享受国务院政府特殊津贴。1995 年在人民大会堂得到美国人民大使组织（People to People Citizen Ambassa-dor Programs）和特殊教育委员会（Council for Exceptional Children）授予的特制奖状。

1

基层耕耘二十载

　　1955 年结束了在北京四中高中的学习生涯后，19 岁的朴永馨被推荐并考入北京俄语学院留苏预备部学习。一年后新中国教育部要派遣两位留学生到苏联专攻特殊教育，其中就有朴永馨。1961 年，朴永馨修完聋教育专业、盲教育专业、智障教育专业、语言矫治四个专业的全部课程后，以全优成绩从莫斯科列宁师范大学特殊教育系毕业，并成为该系师生中流传半个多世纪的一个"传奇"。回国分配工作时，朴永馨主动申请去基层聋校工作，以便依靠一线亲践积累特殊教育学校工作的经验。1961 年至 1979 年底，作为新中国第一批留苏专攻特殊教育的教师，朴永馨先后在北京市第二聋哑学校和第四聋哑学校耕耘近二十载。

　　自进入第二聋哑学校起，朴永馨就成为了一名普通基层教师，学校的办公条件不太好甚至连一张办公桌也没有。即使这样，他仍以满腔热情投入教学工作中。朴永馨最开始教低年级聋生的算术应用题，这对聋生而言最难理解，于是，他使用苏联学到的"综合分析法"进行教学，不仅教会了聋生知识，还培养了他们的分析和思维能力。那时候，朴永馨并没有固定的教学班级，从低年级到高年级，从语文、数学到写字、政治等，他全部都教过。1959 年，第二聋哑学校开设了招收智障学生的低能班，朴永馨也曾担任该班教师。他不但为低能班学生制定教学计划，还认真研究智障学生的特点，为每个智障学生的情况做了详细记录，提出了一系列有待解决的问题。朴永馨和当年教过的聋生一直保持着联系，他在 2009 年北京市第二聋人学校 90 周年校庆返校时，学生们争相与他合影。

　　二十年的亲身一线实践，朴永馨积攒了大量特殊教育经验。这是高坐研究室一辈子也无法获取的一手材料，为其后续教育事业的开拓和建设打下了坚定的基础。

2
风雨创业一肩挑

1976 年前后，出于特殊教育专业发展需要的考虑，北师大试图将朴永馨调入学校并筹建相关专业。但当时调动工作是件麻烦的事，在北师大袁贵仁、顾明远及第四聋哑学校校长等人的热心帮助下，采取"曲线调人"的办法，前后花了两年多的时间，最终才把朴永馨从第二聋哑学校调到第四聋哑学校，再调到北师大。

1979 年底，朴永馨调入北京师范大学，建立了一个人的特殊教育研究室，开始踏上特殊教育专业的风雨创业之路。一个新专业的创立并不是一蹴而就，前期需要进行大量的准备工作，首先需要解决的就是"招兵买马"的问题。1982 年朴永馨把从北京师范学院毕业的顾定倩调到了研究室，1987 年特殊教育方向第一个硕士研究生肖非留校任教，1990 年第一届本科生钱志亮毕业后留校。据朴永馨的规划，顾定倩专攻聋教育，肖非专攻智障教育，钱志亮专攻盲教育，一人一个研究方向，这特教研究室也算是拉起来了。

解决了人员短缺的问题之后，如何在符合国情和实际的基础上为将来特教专业的教学奠定基础成为朴永馨亟待解决的第二个问题。针对这一问题，朴永馨创造性地开展了全国盲聋哑学校基本情况的调查，所得数据比当时教育部的数据还要全面、详细。1985 年，特教研究室开展了全国盲聋弱智儿童生理心理特点的实证调查，填补了中国残疾青少年身体素质调查的空白。当时经费十分有限，交通很不方便，为了保证测查结果的准确性，使用的工具要保持一致，朴永馨和课题组老师带着沉重的调查工具到各地去调查，过程不可谓不艰辛。

1981 年朴永馨首次在中国高校开设"特殊教育"选修课程，为此《光明日报》及国外相关纸媒均报道了此事。1981—1982 年朴永馨还应邀参加了《中国大百科全书》教育卷和心理卷中有关特殊教育词条的撰写工作。就这样在一点一滴的摸索中，1986 年特教专业建立前朴永馨便已出版了《智力落后学生心理学》《缺陷儿童心理》《聋童教育概论》等著作，在国内外公开和内部刊物发表了约五十篇文章，为专业的建立打下坚实的基础。

朴永馨的眼光并没有局限于一城或一所学校，而是将国家特殊教育行业的发展放在心头，贡献力量。在朴永馨的倡议下，北京特殊教育研究会和中国教育学会特殊教育研究会先后于 1980 年、1982 年成立。从 1980 年开始的 5 年里，他先后到 17 个省市为来自除西藏外的全国 28 个省市的特殊教育教师培训，培训人数近 2000 人，而所有的培训都完全是义务的。1981 年，教育部召开中等特殊教育师范学校筹备会，朴永馨负责起草中等特殊教育师范学校的教学计划，后成为其通用的教学计划。除此之外，朴永馨还牵头组织了一些培训，1986 年5—6 月就组织了特殊教育讲习班第一期和第二期，学员主要来自全国各地聋校和师范学校，一期将近 200 人，为中国特殊教育行业培养了大量人才。

20 世纪 80 年代初学者出国交流的机会非常有限，但朴永馨抓住每一次与来华外国专家的交流机会，充分展示了中国特殊教育学者的专业素养和风范，因而多次受到美国、英国、意大利、以色列、挪威、韩国等国特教同行的邀请，走出国门担负起重建国家关系与国际学术交流的重任。朴永馨还一直很注重与港澳台地区特教同行的联系，他发表的特殊教育书籍、文章被介绍或转载到港澳台地区，《台湾教育杂志》也几次约请他撰写关于内地特殊教育的文章。1986年，他受邀在香港召开的亚洲第一届聋教育大会上第一次用英文做国家报告，并应邀在香港大学、香港中文大学等校做报告，真正将内地的特教发展与国际接轨。

真正打造出一个成熟的专业并培养出符合国家建设需要的人才，其中艰辛实难一一道出。但是朴永馨做到了，依靠着自己的学识、教学经验和一腔热爱，在中国扛起特殊教育行业的大旗。

3
十年辛苦磨一剑

经过朴永馨等一群骨干教师的不懈努力，1986 年，特殊教育专业首次出现在北师大招生宣传广告上。第一届特殊教育专业学生招收了 15 名，毕业后绝大多数从事特教工作，成为教学、研究或行政管理的骨干。

根据当时北师大主要为中等特殊教育师范学校培养专业课师资的实际情况，朴永馨为特教专业学生设置了几门综合性课程：特殊教育学、特殊儿童心理学、特殊教育史、特殊儿童的教材教法等，还有一套基础医学课程，耳鼻喉、视力和神经系统等的解剖生理、病理的课程。这种创新性尝试既跟国外高校的特殊教育专业不一样，也不同于中等师范学校的培养模式。"特殊教育学""特殊儿童心理学""特殊教育史"等三门特殊教育学基础课都由朴永馨授课。他非常重视教学方式的探索，讲课富有激情，理论结合实际，帮助学生理解。在讲课中，他一直鼓励学生提问，最好能提出难倒他的问题。

除此之外，朴永馨的教学极为注重实践，常带学生去福利院以及盲、聋、弱智学校等特殊教育机构见习。期末考试也很少用笔试的方式，一般让学生独立撰写课程论文，或使用口试的方式。他希望通过考试方式的改革让学生真正理解和掌握专业知识。特殊教育研究室最初没有医学背景的老师，朴永馨便请来医学基础类课程的专家给特殊教育专业的学生授课，这些专家当时在医学界非常有名望，包括北京市耳鼻喉研究所邓元诚教授、北京眼科研究所孙葆忱教授、北京医科大学神经精神科权威许又新教授等。专家们怀着对特殊教育事业的奉献精神来授课，不仅没有课时费、交通补贴，有时反而会买礼物给学生。

1988年特殊教育研究中心成立。经过朴永馨的努力，研究中心形成了10个人的教师队伍，一个人一个研究方向，从而完整建立起基础课程。根据国际经验，朴永馨又着手创办了国内第一本特殊教育学术杂志《特殊教育研究》并担任主编，从1992年5月出版第1期到2002年截止，11年间共出版44期杂志，为特殊教育领域提供了一个权威的学术交流平台。1995年，朴永馨主编的《特殊教育学》出版，这是一套教育学丛书中的一本，也是国内出版的第一本《特殊教育学》。朴永馨在书中提出了根据多年理论和实践总结出来的四个基本观点：第一，特殊儿童是儿童，是有缺陷有特殊需要的孩子；第二，对残疾儿童的特殊性要具体分析；第三，要从发展的观点看残疾，认识功能损害补偿和康复的可能性；第四，教育条件和后天环境在残疾儿童的发展中起重大作用。1996年，朴永馨又邀请国内特教专家历时3年共同编写出国内第一本《特殊教育辞典》，充分反映了国内外特殊教育方面的新成果、新动态，熔古今中外于一炉。该辞典不仅在国内得到推广，在美国、日本等国也都产生了较大的影响。

在国际学术交流方面，朴永馨始终坚持博采众长的观点，参与组织了北京国际特殊教育会议、中美特殊教育研讨会等一系列颇具影响的国际学术会议，并先后邀请美国和俄国的柯克、雷诺、阿格涅祥、鲁鲍夫斯基院士等国际知名特殊教育专家到北师大讲学，同时多次访问俄罗斯、美国、以色列、韩国等国家，加强与国际特殊教育的学术交流。

1986—1996年这十年间是朴永馨成果井喷的十年，也是中国特教行业获得大发展的十年。十年磨一剑，剑光且亮。

4

甘为特教献一生

"老当益壮，宁移白首之心。"1996年朴永馨虽然退休了，但是一直牵挂着国内特殊教育的发展，希望能够发挥余热，贡献自己的一份力量。在他的努力下，2005 年中国高等教育学会特殊教育研究会成立，成为高等院校特教专业中一个群众性的学术研究组织，研究会举办的年会成为特教学者之间对话交流的盛会。他一直鼓励研究生积极参与学术会议，不仅倡议年会开设了学生论坛，还亲自担任主持。他支持高校特殊教育专业的建设，不辞辛苦到全国各地讲座，还援助民办特殊教育机构的发展，他希望国内特殊教育的队伍能够变得强大。他身体力行关注少数民族地区的特殊教育，希望形成有民族特色的特殊教育，进而形成有中国特色的特殊教育。退休后多年来，他仍坚持著书立说，著出 30 万字的《世界教育大系·特殊教育》，两度修订《特殊教育辞典》，翻译《特殊教育学》。他八十高龄仍为搭建中国与俄罗斯特殊教育之间的桥梁而奔忙，希望年轻学者们能够博采众长，有更开阔的国际视野……朴永馨一生所做的一切，就是期盼中国的特殊教育不断发展壮大，形成自己的特色，并以更开放的姿态走向世界。

2006 年，进入特教领域整整半个世纪的朴永馨为自己做了一个总结，并署名"一个特殊教育工作者朴永馨"：

从心所欲感言

风雨沧桑人古稀，融入特教半世纪，

做人做事靠培养，回报社会探规律。

特教高校辟阵地，学科育人新领域，

实践讲课书刊会，入港澳台进国际。

些微工作成过去，向前诸事多且急，

唯物辩证有所悟，绵薄之力再奋蹄。

未来工作任艰巨，参照别人靠自己，

中国特教中国色，后来诸君齐努力。

更多事迹

朴永馨在特殊教育领域主要译、编、著作的作品有《智力落后儿童心理学》《特殊教育学》《聋童教育概论》《缺陷儿童心理》《特殊教育概论》《特殊教育学》《特殊教育课程与教学》等。发表过《试论我国特殊教育的普及与发展》《对残疾儿童的认识和特殊教育的发展》《我国盲、聋学校培养目标的特色》《融合与随班就读》等多篇论文；主持和参加《中国大百科全书》教育卷与心理卷、《心理学大词典》《教育大词典》《中国教育大百科全书》等特殊教育学科条目的撰写工作，主编了《特殊教育辞典》。应邀为美国《聋人百科全书》（*Gallaudet Encyclopedia of Deaf People And Deafness By John V. Cleve*）和《特殊教育百科全书　第二版》（*Encyclopedia of Special Education Second Edition*）撰写关于中国特殊教育的专条。主持多项教育部和中国残联等组织委托的基础和应用项目的科研工作、评估工作。多次代表国家参加在欧、美、亚洲举行的特殊教育国际会议并发表论文。

结语

朴永馨的经历就是一部新中国特殊教育学科发展的历史。在其每一个人生节点的选择中都饱含着他对新中国特殊教育事业的真切的热爱和眷恋。作为新中国特殊教育发展的亲历者和见证人，作为中国高等特殊教育事业从无到有再到蓬勃发展进程中的开拓者和建设者，朴永馨将其一生都奉献给特殊教育，耄耋之年依然没有放下对这份事业的执著，丹心热血尽献特教，矢志不渝用自己的行动去推动特殊教育的发展。一如当初服从国家安排前往苏联学习，亦如当初主动前往一线基层二十载积累经验，朴永馨始终没有忘却自己对特教行业的一份初心。

（江小英）

（2014 级特殊教育研究所博士生）

（原文载于《教育学部通讯》第 21 期）

扫描二维码即可阅读全文

顾定倩：特教特办，回应国家和广大残疾民众的需求

推送时间：2018 年 5 月 16

公平和质量是教育问题绕不开的两个关键词。"努力让每个孩子都能享有公平而有质量的教育"是党在教育行业始终不忘的初心。特殊教育由于受众群体的特殊性，一直是追求教育公平和质量过程中不容忽视的一环。习近平总书记在党的十九大报告中强调"办好特殊教育"。李克强总理在全国人大十三届一次会议所作《政府工作报告》中七次谈到包括特殊教育在内的残疾人工作问题。全国特殊教育工作者无不关注和倍受鼓舞。"两会"闭幕之后，BNU 思享者采访了北师大特殊教育专业初创者之一的顾定倩教授。

用心·用形
让沟通无障碍
Heart and Sign Barrier-free Communication

人物介绍

顾定倩，教育学部教授，主要研究领域为特殊师范教育、听障特殊教育，1982 年起一直在我校从事教学和研究工作。虽已退休，但还担任着教育部、国家语委和中国残联与北师大共建的国家手语和盲文研究中心主任，正在主持国家通用手语的系列研究。他在北师大的工作经历与北师大特殊教育专业和学科的创办与发展史，可以说是我国改革开放 40 年的一个缩影。

师小萱：作为一名参与者和见证人，您如何看待北师大特教专业走过的历程呢？

顾定倩：1980年北师大在全国率先成立了特殊教育研究室。我1982年刚来北师大时，只有研究室主任朴永馨教授和我两个人，特殊教育还没有成为一个专业，没有招收学生。在学校和教育系的支持下，北师大1986年又在国内第一个成立了特殊教育专业。在缺乏师资的情况下，一方面我们自己要承担多门课程的教学工作，另一方面邀请校外的著名学者来讲课。如今，北师大特殊教育专业已成为国内高等特殊教育专业人才和科学研究的重镇。同时，我校还成立了融合教育、孤独症教育等一系列研究中心。例如，我所在的国家手语和盲文研究中心是2010年教育部、国家语委和中国残联与我校共建的。时任书记刘川生代表学校签了字，董奇校长主持了成立会。中心的任务是为全国约3000万听力残疾和视力残疾人士提供使用特殊语言文字的规范化服务，推动这个很冷门学科的学术研究和人才培养。8年来，我们做了大量的研究和推广工作。出版了《中国手语和盲文的使用状况》语言生活绿皮书，汉文版、藏文版、维吾尔文版的《计算机常用词通用手语》《美术常用词通用手语》和《体育和律动常用词通用手语》。2018年将出版多卷本的《中国通用手语》。

30多年过去了，我校特殊教育专业有了发展，但从事这项工作的困难性乃至生存危机始终没有改变。作为"60后"，我们虽然已经退休，但还以各种方式发挥余热；剩下几位"50后""40后""30后"教师还在坚守岗位。为什么？最根本的是我们对全国近8500多万残疾人、近两亿个残疾人家庭的一片情。这么多残疾民众及其家庭面临的困难需要有人去帮，为他们做事情。既然我们选择了它，便无怨无悔。我想，这就是我们特殊教育专业所有老师的初衷。

师小萱：据我了解，随着国家越来越重视特殊教育的发展，我国目前开设特殊教育专业的高等院校已经很多了，您认为北师大特教专业又该如何发展呢？

顾定倩：最近中共中央、国务院颁布了《关于全面深化新时代教师队伍建设改革的意见》，是新时代教师队伍建设必然遵循的根本指南。文件提出，要培养造就数以百万计的骨干教师、数以十万计的卓越教师、数以万计的教育家型教师。作为师范大学的排头兵，北师大特教专业在这其中怎样定位和凸显自身特色，值得从学校、学部和系所各层面认真思考。我觉得首先要深入学习和领会，上下达成共识，与国家重大改革和部署对上调、跟上步；其次是制定切实可行的工作蓝图，一张蓝图干到底。

习近平总书记参加人代会广东代表团会议时说："发展是第一要务，人才是第一资源，创新是第一动力。"大至国家如此，小至特教学科、特教专业也是如此。我想，对于继续举办师大特教专业，尽可能保持在国内的重要地位，恐怕学校上下认识是一致的，但现在有两大隐患严重制约北师大特教专业的发展的。

一是人才资源双下降，即专任教师数下降，学特教的学生数下降。而国家在积极发展特殊教育，急需大量优秀教师。全国开设特教专业的高校高达 70 多所，已有一些高校在师资、办学规模、系列化学术成果方面明显超过北师大，我们面临诸多挑战。二是在回应国家特殊教育优先采取普通教育方式，大力推进融合教育，特教师资培养探索院校合作、学科交叉，进行"特教＋学科"的复合型特教人才培养模式改革方面，北师大也未进入试点高校行列。同样，按照现行管理体制，国家手语和盲文研究中心属于编外机构，现在学校主页上连影子都找不到了。如此下去，很快也会名消实亡。因此，诸如增加编制、补充师资、实施校内外合作培养、校内不同学科交叉、实行类似"4＋2"式的培养、全校教育学公共课增设特殊教育内容、所有师范生、专业硕士都学一些特殊教育知识等涉及办学管理体制上的创新，都非一个专业自身能解决和实现，必须在学校层面进行顶层设计。

师小萱：面对充满希望、机遇与挑战的时代，请问您对未来我校特殊教育专业发展的期许是什么？

顾定倩：特殊教育关乎教育公平，关乎几千万残疾人和上亿残疾人家庭的命运和福祉。

办好特殊教育，为国家特殊教育源源不断地输送优秀人才是北师大应该对国家和社会的责任与担当。北师大在特教领域的许多首创值得骄傲，但它们毕竟是过去的。北师大要继续保持在国内特教领域的领先地位，需要有改革创新的实质性举措。特殊教育，需要特殊的感情、特殊的关注、特殊的政策、特殊的投入。希望"特教特办"的政策阳光更多地照到特教学科上，让特教专业师生有更多的获得感。这就是我的期许和寄语。

寄语学子

明确目标，找准定位，打好基础。为国家做出自己的贡献。

（王娟、冯淑君）

扫描二维码即可阅读全文

王亚菲：不驰空想久为功　不骛虚声方行远

推送时间：2018 年 5 月 28

"我就是北师大的一位普通老师而已，没什么特别的。"

——王亚菲

人物卡片

王亚菲，统计学院教授、博士生导师。2006 年于东北财经大学获经济学博士学位，2009 年于清华大学环境科学与工程博士后流动站出站，2013 年入选教育部新世纪优秀人才支持计划。专业为经济统计学。

1
守好经济统计这片"根据地"

"从本科到研究生再到后来从事研究教学工作，我一直都在做经济统计，从未变化过。"十几年来，经济统计研究始终是王亚菲的科研"根据地"。在一定意义上，"根据地"开辟的质量如何，直接关乎学术研究之成败。一方面在于研究对象和范围的明确是具体开展研究工作的必要前提，另一方面则主要是因为人的精力有限，如果不给自己的研究划定"根据地"，必然是什么都研究，最终却什么也研究不好。

正是由于这样强烈的"根据地"意识，王亚菲将自己全部的精力投入经济统计上，进而不断争取在科研上有所突破。王亚菲坦言："在高考报考统计学专业以前，我对统计学没有丝毫的了解，更谈不上有多少兴趣。只是后来真正接触了这个专业后，随着学习的深入，我才慢慢体会到其中的乐趣所在，也才逐步坚定了要从事经济统计研究的决心。"对研究经济统计的兴趣与热爱，恐怕还只是王亚菲选择坚守这片"根据地"的其中一个原因。在与王亚菲的交谈中，我们明显感到，默默耕耘十几载，归根到底还在于她对自己所从事的研究抱有坚定执着的信念。这种信念既源于她对学科基础理论与方法的深度把握，也源于她对学科应用功能的理性思索。

王亚菲从不在意外在的头衔、荣誉与称号，她说："我就是北师大的一位普通老师而已，没什么特别的。"因此，对自己此次入选国家"万人计划"，她言之甚少。但一谈及自己所从事的经济统计研究，王亚菲就很开心地娓娓道来，言语间浸润着坚定的学科自信。

"经济统计的研究对象是什么？简单来说，经济学研究问题时总会涉及一些具体指标的计算问题，用我们的专业词语讲，就是怎么'测度'出来的，比如大家都知道的国内生产总值（GDP），其数值的核算背后涉及许多的理论与方法，我们的任务就是研究该用什么理论和方法去测度这些具体的经济指标。"来北师大的这几年里，王亚菲把目光聚焦在经济统计中的投入产出核算上。"简单来讲，相当于对GDP进行具体细化的研究。因为人们所看到的GDP只是一个具体数值，我们要做的就是把它细化到具体的生产行业上，了解每个行业的投入产出是多少。"为掌握国际前沿的投入产出研究，王亚菲于2012—2013年申请去国外（澳大利亚悉尼大学）做了一年访问学者。那时，国际上比较前沿的投入产出研究都致力于全球投入产出数据库的构建，由于王亚菲所访学的老师恰好在做一个子数据库的研发，在老师的指导下，她掌握了这一研发技术。回国后不久，王亚菲就利用自己所学技术，研发了一套符合中国国情的投入产出数据库。

王亚菲说："千万不要小看数据库的研发，我们很多的应用研究均离不开数据库。可以说，有了它，就有了进一步展开应用研究的基础。"当然，这种应用研究不简单局限于经济学方面问题。围绕投入产出数据库的开发使用，统计学院还与其他院系展开合作，取得了不错的成果。"比如，我们会与环境学院进行合作，因为很多环境问题是与经济问题交织在一起的，他们的研究需要用我们的经济统计模型。我们也与减灾与应急管理研究院（以下简称"减灾院"）展开合作，当时减灾院的一位老师给我举了一个真实的案例，南方很多地市一到夏季就多发自然灾害，政府若要对救灾资金进行合理有效的分配工作，就必须基于该地的投入产出表，而目前地市一级的投入产出表的编制是缺失的。因此，围绕救灾减灾投入产出表的研发，双方可以加强合作。"

2
做国家所需要的科研

经济统计研究虽涉及基础理论与方法，但就其本质而言，仍属于应用经济学的研究范畴。而任何应用研究，如果不能服务于国家经济社会发展的需要，如果不能实现自身成果的现实转化，其自身的价值就难以发挥出来。近年来，依托国民经济核算研究院以及北师大与国家统计局合作成立的国际比较研究院的平台优势，整合研究资源，围绕国家重大战略需要开展项目研究与攻关。所以，王亚菲本人的研究侧重点也转移到了国际比较项目的攻关上。

目前，北京师范大学与国家统计局正联合开展世界银行 2017 年新一轮全球 GDP 的国际比较研究，努力为国家在国际比较项目（ICP）中获得公正合理的比较结果提供理论、方法与技术支撑。国际比较项目（ICP）是联合国统计司发起的全球最大的国际统计活动，项目已经实施 50 年了，主要内容是比较全球 200 多个国家的实际 GDP。王亚菲解释道："虽然 GDP 的国际比较听起来简单，但实际操作却极为复杂，由于各国 GDP 涉及的货币种类不一样、空间价格不一样，各个国家的 GDP 不能进行直接比较，必须调整货币种类与空间价格差异才能使它们变得可比。"我国于 2011 年正式参与了这一项目，因为这一项目比较的结果直接影响国际社会对我国是否仍属发展中国家的定性，进而会间接影响我国国家利益在国际社会中的实现与维护。王亚菲告诉我们："在上一轮的国际比较中，对我国的实际经济规模评估过高，与我国的预期很不相符。因此，为使我国在新一轮评估中获得符合我国实际经济发展情况的评价结果，我们经济统计方面的相关研究就必须要先行一步，用实实在在的理论和方法增强我们在国际比较研究中的话语权。"

3
做学生的指导者与引路人

除科研工作以外，王亚菲平日里还要指导所带的研究生开展自主、严谨、创新的研究实践，让学生在具体实践中锻炼研究思维、培育研究能力、提高研究水平。王亚菲认为，导师担负着学生指导者与引路人的重要使命，必须结合学生自身的具体情况做到因材施教，才能起到不错的育人效果。相反，一切忽视学生主体实际的想法和做法，无论其出发点有多好，在实践中往往适得其反。

"一开始带学生时，确实没有什么经验，我总是一再告诉学生，你应该怎么做，你应该达到什么样的要求。可事与愿违，你越是这样，学生越达不到你的期望。"一开始，王亚菲很是着急，她不明白为什么学生连简单的要求都达不到。后来，随着与学生交流的增多与了解的加深，王亚菲才渐渐体会到，教育本身不仅需要仁爱之心，也必须遵循教书育人规律与学生成长规律，而要把遵循学生成长规律落实到现实的教育过程中，就一定要做到了解学生、因材施教。具体来讲，"如果这个学生自己的主动性比较强且研究能力也不差，那么我就引导他有针对性地做一些自己喜欢且擅长的研究，在这个过程中，要最大限度激发他的主体性。如果这个学生主动性比较弱且研究能力一般，那么我们就主动予以指导，帮助其确定研究方向和目标。同时，对于他自己能够完成的工作我们给予肯定和鼓励，对于其不擅长的工作，我们就想法办给予帮助或解决"。

4
对学科发展的一点思考

由于经济统计学科的缩小趋势并未得到根本性扭转，王亚菲对这一学科的可持续发展一直怀有深切的忧虑。一方面，无论国外还是国内，都面临着如何进一步拓宽研究领域的问题。经济统计的核心要义在于经济测度理论与方法，由于社会经济运行本身一直在变化，所以不存在一成不变的理论与方法。"20世纪六七十年代，一套标准规范的核算方法得到了国际社会的广泛认可，以这一套方法的确立为标志，经济统计发展达到了新的高峰。但在这一高峰过去以后，很多人认为，既然怎样建立数据标准已有明确参考，以后国际统计标准只需根据社会经济发展新变化不断修订即可，不需要从经济测度的角度进行方法思考与发展。基于这样的认识，经济统计的研究领域范围被人为地固化，越来越趋于狭隘。"另一方面，从研究的队伍建设来看，"现在我们国内从事经济统计研究的人越来越少，整体的教师队伍也越来越小"。

不过，虽然有这样的忧虑，但王亚菲还是希望通过学界同仁的一致努力，坚持把经济统计这一共同的事业发展好。王亚菲对北师大目前的经济统计研究实力持乐观态度，"可以说，北师大的经济统计研究在国内已经处于领先水平了"。就研究队伍建设而言，"无论是从人员的数量、年龄结构，还是人员的职称来看，师大经济统计研究团队都处于相对合适的水平。其中，有教授 10 人，博士生导师 11 人，80% 教师的年龄在 45 岁以下。就科研成果而言，除了教师个人每年申请的很多课题项目以外，我们团队合作的科研项目亦不在少数。近几年来，我们累计主持的国家级科研项目 20 多项，累计科研经费 1000 多万元，包括国家社科基金重大项目 6 项、重点项目 4 项、教育部哲学社会科学重大攻关项目 1 项"。

结语

新时代是奋斗者的时代，如果说只有不畏艰险沿着陡峭山路不断攀登的人，才有希望在科学道路上达到光辉顶点。那么只有不驰于空想、不骛于虚声的人才有希望从一个顶点到达更多的顶点。正所谓：不驰空想久为功，不骛虚声方行远。不错，在这个意义上，王亚菲就是一位"普通"的老师，她是这样想的，也是这样做的。能够以青年拔尖创新人才入选国家"万人计划"，既是对她本人长期从事经济统计研究的高度肯定，也是对她今后以更高标准、更高要求做好科研工作的殷切期望，衷心祝愿她做出更多高水平、高质量的科研成果。

（王娟、刘国瑞）

扫描二维码即可阅读全文

王开存：点燃学生探索科学的激情

推送时间：2018 年 6 月 8 日

"越是高难度的课题，越需要我们坚持着深挖下去。"

——王开存

个人卡片

王开存，全球变化与地球系统科学研究院教授、首席科学家、副院长。"长江学者"特聘教授，中国青年科技奖、国家杰出青年科学基金获得者，教育部"新世纪优秀人才支持计划"入选者，现担任国家重点研发计划项目首席科学家。曾获首届"清华大学—浪潮集团计算地球科学青年人才奖""美国地球物理学（AGU）2013 年优秀审稿人奖"、北京师范大学"优秀共产党员"和"十佳师德标兵""北京高校优秀共产党员"等荣誉称号。主要研究方向为利用气象观测、卫星遥感和模式模拟资料研究地表能量和水平衡、空气污染和气候变化。目前主持国家重点研发计划项目和国家自然科学基金委国家杰出青年科学基金项目等。已发表论文 90 多篇，其中以第一兼通讯作者身份在 *Science*、*PNAS*、*Reviews of Geophysics* 发表论文 4 篇。

1
科研就是生活，生活就是科研

1994 年，王开存考入兰州大学大气科学系。但这份喜悦夹带着隐隐的缺憾：大气科学并非他最初的选择。"当时全系 49 个学生，只有一个是报了这个专业的，其余都是调剂。"提起往事，王开存仍有几分感慨。就这样，王开存误打误撞地与这门学科结下了不解之缘。

很快，他就全身心地投入到学习中，对大气科学的兴趣也渐渐浓厚起来。这主要归功于他"一条道走到黑"的精神。

从兰大到北大，到美国马里兰大学帕克分校，再到得克萨斯大学奥斯汀分校，都留下了他孜孜不倦的身影。夜以继日地研究、讨论、查阅资料，常人难以做到的勤奋在他那里则如吃饭喝水般自然，由此成果也逐步累积。

2011 年，从美国归来的王开存已是首席科学家、博士生导师。如今，他还肩负北京师范大学全球变化与地球系统科学研究院副院长的重任，为研究院未来的科学研究发展和青年人才培养出谋划策。

学生们都由衷地钦佩王开存，称他是"科学的化身"。在他的案头，我们不难发现，最新的《美国气象学会公报》（*BAMS*）与《自然气候变化》（*Nature Climate Change*），边角已被翻阅得略略起皱。

王开存所致力研究的方向是大气科学中的"大气物理与大气环境"，主要致力于对过去气候变化空间格局的理解，通过量化观测数据的不确定性来提高气候变化检测的精度。他一直在为"拿出中国自己的大气数据说话"不懈努力，用自己获取的数据发现了中国变暖程度只是美国的 1.4 倍，而不是之前用美国、英国数据测出来的 2.3 倍；证明了中国太阳辐射数据偏小是因为观测仪器的问题。为了得到更好、更准确的中国大气数据，他在全球变化与地球系统科学研究院、地表过程与资源生态国家重点实验室等的支持下，克服困难，初步建立了北京师范大学大气环境综合观测站。王开存对学生最大的影响正是他的这份科研理想。

对王开存来说，科研就是生活，生活就是科研。王开存拥有令人钦佩的良好的科研态度。"他在生活中看到一些现象，就可能会跟科研结合。晚上散步的时候也能获得灵感。"跟随王开存学习了多年的研究生安宁，对老师的学术精神赞叹不已。

学术是他的使命，学生则是他使命中最为关切的部分。当学生在科研过程中遇到难点，打不开突破口时，他随时随地都能耐心解答。"我有时早上五点就能收到他的邮件，"学生安宁介绍说。跟着王开存学习了一年有余的李治君也说："如果学生有问题，晚上也可以在办公室找到他，因为他经常在机房待到很晚。尽管家里还有孩子要照顾，但无论多晚王老师都能最快回复我们的邮件。"

主管科研工作的他，会尽自己所能为学生提供更好的学术交流平台。2014年春季，王开存在全球变化与地球系统科学研究院新开了一门"全球变化研究前沿讲座"的课程，邀请了许多国内外著名的专家学者。每周四下午，教室里总是挤得满满当当，其他院系的同学也常去听讲。王开存就是怀着这样一个简单的愿望，把最前沿的学术请进校园，让应用性极强的科学点燃学生探索的欲望，让青年更多地关心环境变化，更多地参与相关研究，更好地提出解决方案。

2
采撷科研硕果，贵在坚持

王开存说自己的培养理念承袭自自己的恩师。

他的硕士生导师是陈长和教授，人品好、学术强，博士生导师周秀骥院士，是一位兼具儒家气质和科学家品格的老先生。两位导师都强调自主学习的重要性。正是他们独具特色的教育方法，才使王开存懂得了独立学习和探索的重要性。如今他总是对学生强调，做研究一定要有独立的思考。

从独立思考，到最终形成科研成果，研究的过程非常关键。在该严格之处，王开存总是以高标准要求学生。所以，学生每周都要总结工作情况，将自己遇到的问题、研究的过程和思路做成文档汇报给他，他也以此来了解学生的科研进展动态并给予适时的指导。

他对学生平等相待，常常与他们分享自己的人生体验。本科期间，王开存就是个学习刻苦的学生，"手写一篇论文，导师说不行，再回去重新手写改一遍。反复修改，论文直到博士期间才发表出来"。他希望用自己的经历告诉学生：科研之路注定是孤独寂寞的，想出一个好的成果，要耐得住寂寞。

安宁对此深有感触，"很多文章老师在两三年前就写得差不多了，但觉得有些观点不能得到充分支持，就会去看一些新文献，一直到他觉得论文成熟了才会去发表"。

现在，王开存带领自己的科研团队，正在完成国家重点研发计划项目"全球变化驱动下陆表自然和人文要素相互作用及区域表现"。课题的研究要基于大量的数据分析，难度可想而知。枯燥、无聊、压力……对这一系列随时会出现的问题，王开存只说了两个字："坚持"。

科研就是一条漫长的路，唯有"坚持"才能采撷硕果。王开存以自己高考的作文题目"挖井"作譬喻，一个人挖了很浅的一个坑，挖不到水，于是又去挖了一个坑。"做课题也是如此，越是高难度的课题，越需要我们坚持着深挖下去。短期内做不来，有可能是因为没有找到正确的方法或能力不够。"

学生们在日常科研过程中经常会遇到论文投稿被拒的情况，王开存会鼓励大家，"不能马上放弃，要想一想审稿人的意见，想一想如何去修改和提高"。到现在，他指导研究生在 *Bulletin of the American Meteorological Society* 发表论文 3 篇。学生们都取得了非常优秀的成绩，研究生有 5 人次获得研究生国家奖学金，1 人获得宝钢奖学金，1 人获得通鼎奖学金，1 人获选"博士后国际交流计划"派出项目，1 人获得北京师范大学"优秀博士毕业论文"。

王开存将自己对求学和科研的感悟融入对学生的悉心指导，他常常告诫学生在学习的过程中要有独立思考的习惯，在思考的同时，要坚持不懈地汲取知识的养料。

3
科研小组，温暖的家

"我们的科研小组就像一个家。王老师年轻，没有架子，有哥哥的感觉。"学生周春略颇具感慨。王开存既有首席科学家的水平，也有青年教师的活力，与学生并肩走在科研之路上，用积极的心态看待学术和生活。

王开存悉心呵护学生的成长。在学生的心目中，他就是与他们一同奋斗的"大哥"。他广博的知识、深刻的见地，是作为"大哥"独有的智慧。他温和的目光、平易的笑容，是作为"大哥"无私的爱。

王开存鼓励学生以严谨的态度开展科学研究，也鼓励想工作的硕士研究生去社会上实习。他认为老师应该尊重每个学生的自我认识和规划，在学好知识的同时进行锻炼也是必要的。他培养的硕士研究生，有继续深造博士的，有去中国地图出版社、航天五院、中建二局、国土资源部人力资源中心等单位就业的。学生们都十分感谢他的培养。

课题研究往往需要汇集多个学科的人才，小组成员不仅有学习大气科学专业的，也有地理、遥感、经济学等其他学科的。在小组中，王开存是个开放包容的"大哥"，他用耐心营造了一个互帮互助的"科研家庭"。将科研与生活融为一体的他，会在吃饭的路上和学生继续进行学术的讨论。他也时刻关心学生的生活，在谈天说地的时候把握他们的心理动态，给予及时的疏导。因为能参与到年轻人的许多话题中，科研团队成员们甚至视他为心目中的"感情专家"。

除了与学生们面对面地讨论，王开存还加入了小组建立的 QQ 群。线上线下，既能够回答学生的问题，也能及时地以活泼的方式回应学生。最近，他们又要开展一项运动比赛，"昨天他在我们 QQ 群里说，他不去参赛，但是要当我们的拉拉队队员和后勤保障队员"。学生魏坤岭说着忍不住笑了。

王开存一直活跃在学生中间，科研团队每周都会定场地打羽毛球。在球场上，王开存和学生一起挥舞球拍，在学生的印象中，羽毛球是他最爱的运动，这也在不知不觉中影响了他的学生，让学生们成为懂得调适学习生活的人，拥有更强健的体魄，去完成更艰巨的科研任务。

对于王开存来说，科研的道路还很长，他希望这一路能培养出更多优秀的学生，使他们得到锻炼和成长。他说非常希望自己能一直葆有年轻的心态，亲近学生，融入他们的生活圈子，无拘束地穿着格子衬衫、运动裤、运动鞋，成为学生们的科研"大哥"，在学术领域继往开来。

原文首发于校报第 355 期第 2 版
（顾洁婧、陈煜、何睿）

扫描二维码即可阅读全文

冯留建：努力做学生健康成长的
指导者和引路人

推送时间：2018 年 6 月 19

"思想政治教育既要向学生传授对待真理的态度，又要激发他们对于真善美的情感和追求，还要培养他们科学的思维方式。思想政治理论课教师要努力成为学生健康成长的指导者和引路人。"

——冯留建

人物卡片

冯留建，马克思主义学院教授，博士生导师。法学博士，科学技术哲学博士后。曾任教育部高等学校社会科学发展研究中心党建思政处副处长（挂职）。教育部学位与研究生教育发展研究中心博、硕士论文评审专家。国家社科基金项目通讯评审专家；教育部人文社会科学研究专项任务项目评审专家。《上海交通大学学报》（哲学社会科学版）、《东北大学学报》（社会科学版）外审专家。

在《马克思主义研究》《光明日报》《北京师范大学学报》（社会科学版）、《中国高校社会科学》《中国特色社会主义研究》等刊物发表论文 50 多篇。其中被《新华文摘》和《人大复印资料》转摘、复印多篇。出版多部专著：《马克思主义国家理论与中国国家治理现代化》（人民出版社，2017 年版）、《中国科技软实力的发展战略研究》（北京师范大学出版社，2016 年版）、《公民意识新论》（新华出版社，2009 年版）等。主持国家社科基金重点项目《习近平治国理政的政治生态思想研究》（2016）、一般项目《中国共产党绿色发展观研究》（2016）、《中国科技软实力的发展战略研究》（2011）和其他省部级项目多项。

1
音容犹在，师恩难忘

　　2005 年，刚刚步入不惑之年的冯留建做出了继续读博的决定。那时的他已是河南一个高校的副教授，工作顺利、生活充裕、家庭美满。但思虑再三，他还是决定舍弃这种安逸生活，选择继续读博实现人生梦想。经过一番准备，2006 年，他报考了北京师范大学张静如先生的博士。考试结束后，有一天，他突然接到张静如先生的电话，先生对他说："小冯，今年没办法录取你了，因为我只有两个招生名额，你明年再考吧。"但冯留建有感于张静如先生对自己的肯定与鼓励，有感于先生治学修身的人格魅力和大家风范，他下定决心准备第二年再考。"因为我考博就是冲着北京师范大学、冲着张先生去的。所以回去以后不久，我就继续努力复习，并多次向张先生请教问题。随着与先生的不断交流，我们越聊越投机。"后来，令他万万没想到的是，有一天，张静如先生告诉他今年可能还有扩招的机会，可以再招一个人，问他愿不愿意来读。就这样，冯留建有幸成为张静如先生那一年录取的第三个博士。"后来先生对我说，'从你考博这件事可以看出，做事还是要有毅力，并且要坚持到底。如果我跟你说今年不录取，你就不再坚持了，肯定当年就没有机会了。'如果不是出于感恩之心、崇敬之心，多次向张先生请教问题，我的读博之路恐怕不会这样顺利。"

　　2009 年，冯留建结束了在北师大的博士研究生学习，顺利毕业，获得法学博士学位。接着，他又在北师大哲学与社会学学院做了两年科技哲学专业的博士后研究。2011 年，冯留建博士后出站后，留到北师大政治学与国际关系学院（现马克思主义学院）从事思想政治理论课的教学与研究工作。当时，他在原单位已评上了教授。但如果要来北京师范大学工作，只能按学校规定降为副教授。不过冯留建坚持来到北师大，三年后，经过努力他在北师大又一次被评上教授，

2015 年又被评为博士研究生导师。"从读博开始到现在，我来师大已经有十二年了，这些年，我自己的成长进步离不开北师大的教育和培养，离不开马克思主义学院的关心与支持，离不开张静如先生的鼓励与教诲。"

学为人师，行为世范。在党史学界，张静如先生的学识与人格魅力有口皆碑。张静如先生视名利淡如水，敬事业重如山，在八十载的人生历程上，在六十多年的教书育人中，他培养的博士、硕士、博士后和高级访问学者近 150 余人，此外他还有众多的编外弟子。岁月年轮勾刻了皱纹，三寸粉笔染白了双鬓。在冯留建心里，张静如先生不仅是学术上的恩师，更是为人处世的楷模。"先生直到去世前几个月还在写文章，他不会用电脑打字，就用方格稿纸一个字一个字地写。写好后再让学生用电脑帮他打出来。所以，直到他去世后，他的一些文章还陆续发表出来。"在师生的相处过程中，"先生亦师亦友，作为他的弟子有时觉得他就像一个性情可爱的朋友"。张静如先生从不说教，而是喜欢用润物细无声的教育方法，用自己的人生阅历启迪学生。张先生总是耐心地教学生如何做人、如何做文、如何做事，先生的教诲恰如甘甜的泉水，在学生的心灵潺潺流动，从少年到青年，从青年到壮年，从过去到现在，从现在到未来，终生受益。冯留建至今仍记得先生做事必须到位的教诲。"先生总是教导我们不论做事也好，做文也好，都一定要'到位'，也就是必须全面而彻底。就拿做饭来说，只有做完以后，把锅碗瓢盆都刷干净了，把它们都放回原处，恢复原样，就像没有做过一样，才能叫'到位'。"如今，张静如先生已经离开我们两年了，但冯留建对先生的感念和教诲依然无尽。"先生忠诚于党、奉献社会的情怀，严谨治学、勤奋敬业的精神，为人师表、奖掖后学的美德，虚怀若谷、淡泊名利的品格，将永远铭记在我的心中，使我在学习与工作中不敢有所懈怠。"

2
"人格魅力的影响是终身的"

这些年，冯留建自己也带研究生，在指导学生学业的过程中，他更能理解张静如先生当年教育学生的用心良苦，也更能体会张静如先生对学生的深切关爱。"从先生身上，我切实体会到老师给学生学问知识的影响可能是一时的，但人格魅力的影响却是终身的。"他认为，导师不能只成为"授业解惑"的"经师"，更要成为"传道"的"人师"。因此，当老师的一定要以实际行动努力给学生做出榜样，只有这样，才能真正起到育人的效果。

一方面，要坚持言传与身教的统一。在冯留建看来，为师以修德为先，树人以立德为先。研究生导师是研究生立德树人的第一责任人，导师的品行如何，直接影响着研究生立德树人根本任务的实现。因此，研究生导师必须做到以德立身、以德立学、以德施教。另一方面，要坚持严管与厚爱的统一。既要时常督促学生勤于读书、敏于思考，也要充分尊重学生的个性发展。既要在治学修身上严格要求学生，也要在具体问题上充分尊重学生个人的爱好选择。"当年我在确定博士论文题目的时候，先生就是这么做的。他告诉我，'你自己先思考，想好以后再来找我，咱们一块儿交流一下。'"后来，冯留建结合自己长期从事思想政治教育研究的实际，选择了博士论文的研究方向，得到了先生的肯定与支持。冯留建对自己的学生也是这样，"你可以引导、指导学生，但绝不能约束和限制他们自己的想法。教师有责任给学生提供一个宽松的、自由的、平等的学习环境，培养学生科学严谨的思维方式，这样对他们未来的发展更有好处"。

3
努力点燃学生对真善美的向往

自 2011 年入职北京师范大学以来，冯留建每年都会承担本科生的思想政治理论课教学。但上好思想政治理论课绝非易事，老师不仅要有理想信念、道德情操、扎实学识、仁爱之心，更要有开阔的国际视野、深厚的理论功底、严密的逻辑思维、精湛的授课艺术。既要充分考虑学生的所思所想，又要面对"重口难调"的现实难题；既要努力钻研理论的内涵与逻辑，又要努力寻求形象生动、通俗易懂的表达方式；既要关注具体知识的讲授，也要特别注重思维方法的启迪。

在冯留建看来，只有全方位改进完善思政课教学，才能有效提升高校思想政治教育的亲和力与影响力，也才能更好服务学生的成长发展需求。他认为，本科生群体正处于世界观、人生观、价值观塑造的关键时期，学生愿不愿意听，听的效果如何，关键在于老师的引导。他由衷希望通过思政课教学，用自己的学识与言行点燃学生对真善美的向往，更多地把知识之外的价值观、思维方式、方法论等传递给学生。在多年教学实践中，他养成了自己独特的授课风格，不仅内容生动，而且讲授幽默，深受学生们的喜爱。

冯留建从不照本宣科，总是以丰富的授课内容吸引学生的目光。上过他课的同学都知道，冯老师喜欢聚焦某一具体问题，广泛联系古今中外的事例，密切联系学生的学习生活实际，借鉴各方面的学科知识，深入浅出地做出分析解答，使学生听起来全无枯燥之感。比如，在讲授"改革开放专题"中的"对外开放"理论时，他就以"中美贸易战"为例，剖析为什么中国开放的大门只会越来越大。冯留建认为，"思政课效果的发挥固然与老师人格的魅力、语言的魅力息息相关，固然与教学方式的创新密不可分，但从根本上看，如果不在理论内容方面下功夫，任何的方式方法与魅力影响都是贫乏无力的。有学生说我上课富有激情、很有感染力，但我觉得应该是真理的力量和理论的魅力"。

在课堂上，冯留建尊重学生的主体地位，总是想方设法引导学生自觉主动地思考。"我自己上课一直是比较活跃，我也希望我的课上学生能多发言、多讨论。或者提问题让学生回答，或者组织学生讨论某方面的问题，使学生由课堂的被动接受者转变为课堂的主动构建者。"在他看来，通过这样一种方式，不仅能调动起学生的积极性，而且能最大限度启发学生独立思考的能力。比如，在讲抗美援朝的相关问题时，他就会提前让学生自行查阅国内外的历史资料，多视角研究抗美援朝的历史。"通过这样的安排，就能引导学生多方面、多视角、多层次思考研究问题，学生也才会留下比较深的印象。"

4
用心备好每一课

尽管冯留建从事高校思政治教学已经很多年了，但他坦言，每次给学生上课，都有一种战战兢兢、如履薄冰的感觉，好像第一次登讲台时那样忐忑不安。这种感觉并不是源自授课本身，而是源自他本人对思政课教学的真心热爱与高度重视。一方面，每周的上课时间有限，要在这有限的时间内把历史跨度长、内容知识点多的授课内容，逻辑严谨地呈现给学生是不容易做到的；另一方面，面对来自各个专业的学生，如果备课功夫不到位，资料准备不充分，就很容易出现常识性的错误。"比如，你讲经济学方面的知识，经济学专业的学生就能知道你讲的是不是科学；你要讲教育学方面的知识，那教育学专业的学生就能知道你讲的有没有问题。所以，必须用心备好每一课。"虽然这样做很琐碎也很辛苦，但同时也是既幸福又自豪。幸福的是"我能在学生成长的关键时期成为其良师益友，并努力使他们的心灵受到熏陶、思维受到启发、视野得到开阔。"同时，"北京师范大学的本科生都是出类拔萃的优秀学生。'得天下英才而教之'，君子一乐也。现在，'英才'就汇聚在我的课堂上，我能不自豪吗"？所以，每次备课，冯留建都要下很大的功夫，从讲课大纲的拟定、讲课内容的选择、学生互动的安排、影像资料的使用、课堂讨论的方式、课后作业的批改，他都精心设计，以确保讲课内容的科学、严谨、准确、无误。

（王娟、刘国瑞）

扫描二维码即可阅读全文

董春雨：追求智慧是每个人的本心

推送时间：2018 年 7 月 11

"每个人都喜欢有趣的、有思维深度的、能启发人的内容，如果教师自己都觉得这些东西枯燥无聊，你还要把它灌输给学生，学生们能接受吗？他们愿意接受吗？所以在课堂上，我只讲自己认同和喜欢的东西。"

——董春雨

人物卡片

董春雨，哲学学院科技哲学研究所教授、博士生导师。1985 年 7 月毕业于北京师范大学物理系，获理学学士学位；1991 年 7 月毕业于北京师范大学哲学系，获哲学硕士学位，随后留校任教至今；2001—2004 年，在北京师范大学哲学与社会学学院在职攻读博士研究生，获博士学位。现兼任中国自然辩证法研究会第七届常务理事，副秘书长；《自然辩证法研究》副主编；中国自然辩证法研究会系统与复杂性科学哲学专业委员会副理事长；中国自然辩证法研究会物理哲学专业委员会副理事长；中国自然辩证法研究会保卫科学精神工作委员会主任；北京市自然辩证法研究会副理事长，《系统科学学报》副主编等。曾任北

京师范大学哲学系副主任；继续教育与教师培训学院副院长；教育部教师资格
认定指导中心主任助理等。曾发表《对称性与人类心智的冒险》等学术专著20
余部，在《哲学研究》《自然辩证法研究》《自然辩证法通讯》等杂志发表论文
40 余篇。先后主持国家社科基金、教育部与北京市社科基金课题等多项研究。
长期担任《科学技术哲学》《科学技术与社会》《科学史研究》《科学技术概论》
等课程的任课教师。

　　作为"土生土长"的北师大人，董春雨从1981 年就开始了与师大"相依为
伴"的日子。除了1985—1988 年在内蒙古农牧学院（现内蒙古农业大学）工作
过三年，他从没有离开过北师大这个秀美的校园。三十多年的流光岁月，北师
大从20 世纪80 年代全国重点建设的十所高校之一，到如今成为"双一流"建
设的高校，学校自身的定位起起伏伏，曲曲折折。作为北师大历史变迁的一个
亲历者，董春雨对学校的发展感慨万千，他不仅对这里的一草一木都怀有一种
特殊的感情，更是对学校和学科的发展充满了热忱和憧憬，并且一直坚实地走
在哲学教学和研究的道路上，越走越远……

1
三十年哲学教育路，终身无悔

　　回想起当初从物理学转向科技哲学，董春雨对这个选择至今不悔，他觉得
哲学使自己深化了对世界的理解，而其研究的成果对社会文明进步的影响也广
泛得多。近30 年的从教生涯，他在科技哲学的科研和教学方面都走得很扎实。
在科研方面，尽管董春雨不是一个"高产"的研究者，但其每一项成果都是心
血之作，代表着他对特定哲学问题的严谨和深入的思考，所得观点和结论往往
都有独到之处。作为一个传统而实在的"北方汉子"，成长于内蒙古的他总是
说："我从来不单纯地追求发表论著数量上的增加，而只求在科研上问心无愧。"

　　在教学方面，本着"以生为本"的理念，董春雨非常重视课堂教学，经过
长期的教学积累、思考和探索，他对于教学的各方面内容都有着很深的理解。
他认为："每个人都喜欢有趣的、有思维深度的、能启发人的内容，如果教师自
己都觉得这些东西枯燥无聊，你还要把它灌输给学生，学生们能接受吗？他们
愿意接受吗？所以在课堂上，我只讲自己认同和喜欢的东西。"古语早就教导我
们说：己所不欲，勿施于人。正是因为董春雨在课堂上总是讲那些自己有深刻
理解、认同和喜欢的东西，这些内容往往才能引发学生的思考并产生共鸣，所
以这么多年来，他的课堂也一直深受学生们的喜爱。

直到现在，董春雨还担任着《科学技术哲学概论》等课程的教学任务，其中主要讲授西方科学哲学的内容。老实说，对于任何一个老师，去讲这样一门具有理论深度的课，要使得学生们听得懂并且爱听，实在是一件具有极大挑战性的事情。当然，这对于董春雨来说也不例外。在他看来，哲学作为知识之母，自古以来就是一门智慧之学，在所有的人文社科中，它是最深刻的当然也是最难的学问。但是，好的哲学家往往可以用简单的、典型的事例，把最深刻的道理传达给大家，可以说这是哲学的优良传统之一。在科学哲学的领域里，就有很多鲜活的例子，包括一些有趣的思想实验，比如麦克斯韦妖、薛定谔的猫等。正是通过这些有趣的事例，哲学家可以有效地解释晦涩难懂的道理，从而帮助公众去理解一些比较深刻的哲学问题。在讲授科技哲学的课堂上，董春雨也始终贯穿了这样的一个教学理念，他常常有意识地通过生活当中一些简单的、常识性的、典型的例子，启发学生们对哲学问题进行思考。这种深入浅出的教学方式往往深受学生们的喜爱。

在董春雨的课堂上，另一个突出的特点是他比较喜欢提问。董春雨认为："咱们中国的学生，在死记硬背这个大环境下成长起来，课堂表现一般比较沉闷，他们往往自己不会发问。所以作为一个哲学老师，就要善于去设计一些有针对性、又是同学在学习课堂内容之前有能力回答的问题，去引导甚至是逼迫学生去思考。"这种教学方法即苏格拉底式的问答教学方式的关键是对问题的合理设计，它包括对学生知识结构的深入了解，包括对所讲授内容的透彻理解，之后才有可能联系甚至是日常生活中的常识性知识的事例，恰当地去引导学生围绕着问题展开课堂讨论，在不断追问的过程中，让学生们去独立思考、探索解决问题的方法和答案，感受思考的乐趣和力量。同时，董春雨也时常告诉同学们，由于问题的复杂性，问题的答案一般没有唯一正确的标准，比如在哲学的视野中，有关什么是"真理"这样的问题，就是非常复杂的，所以他在教学中也总是强调，得出什么样的结论其实并不重要，重要的是得出结论的理由。正是在这样的一种教学氛围中，他鼓励学生敢于突破已有的思维框架的限制，自由、大胆地说出自己的想法和理由——通过对课堂内容所涉及的每一位哲学家思想来龙去脉的清晰梳理，不仅让学生掌握了一种新的理论观点，更重要的是让大家体会到作为思想者的哲学家们是如何超越"俗见"，得出令人耳目一新的理论的。这一方面展示了突破传统藩篱的可能，另一方面也树立起思想家的光辉形象，让学生认识到什么知识才是真正哲学、什么样的人才是真正的哲学家。于是，许多学生开始爱上了思考，爱上了哲学。

2

让教学插上研究的翅膀

在教学上深耕沃土的董春雨，同样十分重视科研上的进展。在他看来，教学和科研二者的关系是紧密结合的，没有科研上的收获和进展，教学就成了无源之水、无本之木，上课讲的东西就只剩下了课本上的内容了，这样的课堂教学显得过于平淡；同样，在教学中所探讨的问题、形成的观点，反过来又为科研的展开，提供了丰富的养料。在科学研究之外，董春雨在许多学术机构也担任了一定的职务，不管是在一些著名学术杂志做主编还是在学术机构做理事，他都能较好地平衡科研和工作的关系。在他看来，做杂志主编的时候能够审阅许多稿子，这既是一个学习过程也是一个思考过程，这样的工作与学术科研的关系也是十分密切的。

在哲学课堂上，董春雨常常要讨论外部世界的实在性问题，为此就会问同学们一个哲学上非常著名的问题：月亮在人不看它的时候，它是否存在？在一般人看来，这似乎是不言自明的，但在哲学上它却要引出新的"关系实在论"的观点。在论证这个问题的时候，会涉及一个小概率事件的问题。而小概率问题，恰恰是董春雨在研究复杂性过程当中曾经特别关注的问题，因为它与热力学第二定律或时间方向问题密切相关。100 多年来人们依然在追问：我们能不能观察到在一个正方形容器中均匀分布的气体分子，会不会在某一时刻发生奇迹，即它们会自发地都回到容器的半边儿，而此时容器的另一半儿却是空的！其实，英国科学家爱丁顿早就阐述过所谓的"无限猴子理论"，其内容是："如果许多猴子任意敲打打字机的键盘，它们最终可能会写出大英博物馆所有的藏书吗？"这些典型事例的讲述，可以使同学们更直观、形象地理解小概率事件的概念，也终于使他们开始对"存在就是被感知"这一著名哲学命题的理解上升到一个新的境界。可见，没有对特定哲学问题的深入探究，就不可能在课堂上深入浅出地将相关的哲学问题生动地展现出来，就不能引发学生们的兴趣和好奇心，从而给他们留下了深刻的印象。正是由于把握了科研与教学之间内在的紧密关系，董春雨在哲学教育的讲台上，在启发学生深入思考方面总能做到游刃有余，从而说明了教学与科研二者之间密不可分的关系。

3
对哲学教育的期待：让哲学真正成为智慧之学

30多年的从教经历，让董春雨对哲学教育问题有很深的体会。

从整个世界范围来看，哲学无疑属于比较冷门的学科；但哲学教育在中国还面临更多的或者特有的问题，最突出的表现是，我们的学生从中学阶段就已经开始系统接触哲学了，而在大学阶段、研究生阶段，甚至是博士阶段，哲学的课程也都是开设的必修的课程之一。从学时量上来看，哲学学习的时间是足够多了，但是从实际效果上来看，最后真正弄懂几个哲学问题的同学并不是很多，而喜欢哲学、喜欢哲学课的学生更是寥寥无几！这就不得让任何一个哲学教育工作者进行深度思考了。问题到底出在了哪里？

在董春雨看来，现在的哲学教育出现的问题首先是内容的"固化"问题，即从高中起就接触到的唯物主义哲学内容，在大学教育阶段、研究生教育阶段，并没有多大的提升，甚至是同质化地不断重复，这在某种程度上打击了学生的求知欲，甚至引发了学生轻慢和厌学的心理。

其次是哲学老师对哲学本身的理解还不够深入，他们对一些哲学基本问题缺乏思考，所以也只能照本宣科了。记得去年暑假在给全北京市的公共政治课的老师讲示范课时，董春雨向全场老师们提出了一个哲学课上屡次提到的常识性问题：机械自然观中的"静止"是什么含义？要知道它是在近代科学关于运动的研究即机械运动、物理运动、化学运动……的研究基础上概括提炼出来的，难道这不矛盾吗？但是就是这样一个哲学中最基本的问题，在场的一百多位政治课任课老师竟没有一个能完整地回答出来。如果教师本身对一些哲学问题都缺乏理解，那么由这些老师教出来的学生除了会背考试的标准答案之外，还能掌握什么？这也再次印证了这句老话：打铁还需自身硬！

所以在董春雨看来，解决哲学教育的困境还需要多方面发力。首先，他认为哲学不是一门纯粹的所谓政治课，它不仅仅涉及政治意识形态的问题，更多的还是涉及哲学本身的问题。哲学是智慧之学，是让人聪明的学问，解决哲学教育的问题必须回归哲学学科的本位——那就是哲学是教人思考的学问，不是死记硬背的教条！人们常说：学习哲学不就是背一背吗？董春雨打心眼儿里不能赞同这种说法！中国学生在长期的文科学习过程中养成了背诵的习惯，这种不求甚解的做法必须要打破。而一个合格的哲学教师，除了勤思和博学，更要在自己的课堂上积极引导学生，要将思辨的方式引入哲学教学当中，靠展示哲学内容的魅力，甚至靠老师人格的魅力去吸引学生，激发学生的学习兴趣，使大家真正体会到思考的快乐而最终爱上哲学。

　　路虽漫漫，但人的天性就是好奇！只要教师引导得法，就会有更多的人能够在哲学思辨的道路上领略无限旖旎的风光……

　　与哲学结缘，是我们一世的幸运！

　　与师大相遇，是我们一生的最美！

（王娟、郭文杰）

扫描二维码即可阅读全文

第三篇 **03**

| 师大青椒 |

赵宁宁：以学生为本的课程建设之路

推送时间：2018 年 2 月 28

"为了培养师范生的学科教学知识，我会在我的课上开展'问题解决学习'的课程改革，主要是要求学生利用学科知识，为自己的同伴设计一个教学现场，将其学科知识与教学法知识进行融合。我会亲自与每一个小组提前开展线上线下的讨论，确保设计的可行性。"

——赵宁宁

人物卡片

赵宁宁，文学院语文教育研究所副教授，硕士生导师，课程与教学论方向教育学博士。近年来，主要从事语文教育测量与评价、语文教育心理学、课程与教学论等方向的教学科研工作。主持国家哲学社会科学、北京哲学社会科学、北京师范大学自主科研资助课题多项，作为主要研究人员参与国家语委项目、教育部项目等多项。在国际 SSCI 杂志、《教育研究》《教育学报》《北京大学教育评论》等公开发表学术论文数十篇，其中多篇被人大复印资料教育学、中小学教育等全文转载；参与撰写或翻译学术著作 2 部，出版学术论著 1 部。同时，立足自身的科学研究领域，积极参与北京师范大学教育部基础教育质量监测中心语文监测部工作，为国家和地方教育政策领域的决策咨询服务，作为执笔人或主要撰写人撰写咨询报告多篇。

1
双硕双博学位背后的教育梦

从高中时代开始，赵宁宁就确立了其个人的职业梦想——成为一名教师，而这也成为了她与家人争吵的焦点。"1997 年我面临着高考后的专业选择，那个时候比较热门的都是经济学或者计算机这一类在父母长辈眼中有发展前途、比较理想的专业。"但是父母的反对并没能动摇赵宁宁的选择，最终，她选择了师范领域中录取分数最高的教育学专业。当时高考是标准分，以 500 分为基础，标准差为 100，教育学专业录取分数线达到了 718 分。赵宁宁成功了，她朝她的师范梦想更近了一步。

不过，理想的丰满敌不过现实中的困难。教育学是一门被称之为"母学科"的学科，须要拓展来自哲学、历史学、社会学、心理学等相关方面的知识，才能确定作为教育学人在本体论、认识论与方法论方面的素养，从更为宏观的角度对目前的教育理念进行反思，为此，泡图书馆、听专家讲座就成为她大学本科学习的常态。而后，赵宁宁选择了课程与教学论专业进行深造。在北师大读书期间，北京大学、中国人民大学都是她时常光顾的学校，那里的图书馆、教室也是她时常出入的地方。2007 年博士毕业后，在导师的推荐下，她选择了出国深造，又再获得社会统计专业硕士、教育学博士等两个学位。"学习是痛苦的，也是快乐的。由于国内外教育领域在研究范式上的差异，以及语言与教材的差异，兼修硕博士课程需要付出更多的努力，克服许多的困难。博士期间需要在办公室学习，下午五点半下班后需搭乘火车前往另外一座城市修读硕士课程，到了考试季，上完课回来，继续回到办公室完成硕士课程作业。"

读了这么多年的书，走了那么多的路，见过了那么多的人，赵宁宁的教育梦仍旧一如当初——"能够从事教育工作，始终是我的梦想。读了很多年书，也许在很多人看来好像偏离了当老师的初衷，可是我心中清楚我的大方向始终没变，而且我要坚定地走下去。在博士课题研究期间，我独自背着试卷走遍了国内五大省市，跑过了最偏远的山区和最优质的城市，在收集数据的过程中，见到了许多渴望的眼睛，也深刻了解到教育质量不均衡的问题差异。学习的路没有那么容易，人生的道路也是充满荆棘，古人有云'书山有路勤为径，学海无涯苦作舟'。学习是一辈子的事情。"

2
欧盟总部前飘扬的中国红

赵宁宁海外求学多年，那些年的所见所闻，让她深深体会到国家强大的重要性。在留学期间，恰好赶上 2008 年北京奥运会，而这成了她再次感受到作为"一名中国人"的自豪和骄傲。"2008 年北京奥运会召开前，我正在比利时求学。当时以'藏独'问题为代表的很多西方国家的分化政策严重干扰着不明情由的普通民众对中国的观感。作为比利时根特华人华侨学联委员会成员，我们联合了比利时各所大学学联，做好游行申请与安全保卫工作，与留学生、华人、华侨一起，自发维护国家利益，走上街头宣传 2008 年北京奥运，去纠正外国民众认为的'西藏不属于中国'的错误观念，让更多的外国民众了解真实的中国。"

当时的游行活动完全是留学生自发进行。每一位上街的留学生都是真心为祖国呐喊，为维护国家利益而大声呼吁。"我们在布鲁塞尔的欧盟总部门前高举国旗，支持 2008 年北京奥运，维护中国对西藏的绝对主权。"而后，赵宁宁把这次游行的感受写成了一篇日志——"游行开始，雪儿托着大红旗的一角，和自己的队伍走散了，有点紧张，当托旗手们喊着口号的时候，雪儿也激动地张大嘴巴，却发现自己已经激动得没有了声音。看着旁边，那头发斑白的爷爷奶奶们搀扶着走着，还有那些抱着小孩的年轻父母，每个人身上都摇着红红的小旗子。跟着这些小小的红旗走着，雪儿有点感动，托着红旗的一角，仿佛感到了沉重，想起了在自己研究过程中，跑遍了若干山区，遭遇了泥石流，看到了许许多多令人感动的教育事迹，以及那个不可推卸的研究责任。红色的海洋，横贯成一条河流，一直带领着雪儿走到了游行的终点……雪儿和伙伴躲在亭子里感到有点凉意，忽然，她们在雨中听到了熟悉的旋律，断断续续，在雨声中悠扬地传来，'五星红旗迎风飘扬……越过高山，越过平原……'。那是熟悉的伙伴的声音。回望花圃，那一瞬间，雪儿看到了，伙伴们冒着冰冷的大雨，三三两两地靠在一起，有的伙伴合力高举着一面大国旗，湿透了，但是鲜红；几位女伴用她们毕生最大的勇气在歌唱，颤抖着，但是坚定；有的举着红旗在奋力摇曳，疲倦了，但是竭力。小小的红旗，在花圃中努力证明着自己的存在。雪儿鼻子忽然酸了起来，有点恍惚，想起了还在学校的时候，举行的升旗仪式：

朝霞初起，她和伙伴们一起站在操场上，看着鲜艳的五星红旗冉冉升起，孩子们开始五指并拢，将右手高高举起到头顶……"

回想起当年布鲁塞尔欧盟总部门前飘扬的中国红，回想起当年留学生们万众一心为祖国摇旗呐喊的行为，赵宁宁至今仍旧激动不已。"我想，每一位留学在外的中国学子都会切身感受到，只有自己的祖国强大，我们才有安全感，才能活得有尊严。在国外祖国就是一切，一个软弱无力的祖国只会让漂游在外的学子备受冷眼与嘲讽。很庆幸，我的祖国是中国！"

在赵宁宁看来，再好的爱国主义教育都不如留学在外那几年心中对祖国那份强烈的归属感来得刻骨铭心。十几年过去了，这种感情一直都在，也是因为这样，毕业之后赵宁宁义无反顾地选择回国就业，投身于国家的教育事业之中，把个人理想融合在国家教育事业的发展中。"国家富强于个人来说是十分重要的。选择回国是基于个人对师范的理念，也是基于对祖国的那份眷恋和热爱。"尽管赵宁宁清楚回国之后可能会因为科研体制不同、合作机制不同等问题面对很多冲击，可是她还是回来了，回到了这片她教育梦开始的故土。

3
以学生为主体的课程建设之路

"时间在忙碌中过得飞快，一眨眼回国也快六年了。"在被问及回国后的适应与调整问题时，赵宁宁十分感慨。其实从赵宁宁的学科专业背景上看，来到北师大文学院完全是机缘巧合促成的结果。"当时我是在做教育测评工作的。文学院研究所主管语文教育心理学的老师生病，这里急缺老师，而这一专业方向很注重数据统计和分析，所以文学院这边就要我来面试了，这一待就是这么多年。"

除了日常事务性工作之外，赵宁宁将自己所有的精力都投注在了课程教学中，隔行如隔山，为了不让学生失望，入职从教的五年多时间里，她大部分时间都在备课、找寻资料、设计活动。五年来，四个领域的课程——语文教育学、语文教育测量与评价、语文教育心理学、语文教育见习，从无到有，从青涩到熟练，赵宁宁在实践中不断改革、调整、创新自己的课程。"我的目标是要努力让学生学会如何去教授语文，而不是只掌握一些关于语文教学的理论知识就可以了。在我看来，老师是课堂的主导者，但学生才是课堂的主体。"

因为授课对象主要是免费师范生，将来面对的最直接的就业方向就是上讲台授课。赵宁宁将"授人以渔"这一理念坚决贯彻在自己带的每一门课程中，以勇于探索的精神做出教学方式改革的第一步。赵宁宁会在课上进行本科生"问题解决学习"的课程改革,主要是以小组讨论问题并做主题讲授的形式进行。每天她都会在手机微信群里组织问题讨论,也会以小组的形式组织课后面谈,线上线下同时进行全面辅导。在大学繁重的科研压力下,赵宁宁仍然保持着对教学工作的投入。"'翻转课堂'也有在做,所有可以让孩子们学会自主学习、自主讲课的方式我都在探索尝试。理想状态是每一个小组每一周都做汇报,可是由于学生课业压力太大,实际上是难以实行的,在这一点上我很遗憾。"赵宁宁会对每一位学生的作业进行点评,并誊写在成绩登记表格里,为了保护学生的隐私,有希望获得反馈和意见的学生可以从助教那里获得作业的评语。

在赵宁宁看来,学院的孩子们都是十分优秀的,有着很深的文学修养,可是这种身后的底蕴却始终没能与教育联系起来,语文教学知识与学生学科知识之间总是隔着一层皮。因此,如果只告诉学生结果没有告诉学生如何去做,那学生学会的只是老师们的研究结论,对于其今后的教学来说是没有作用的。学养和修养没有得到最大程度的发挥,理论与实践、底蕴与教学脱节成为支撑赵宁宁推进教学改革的一个最重要的问题导向。"教会学生使用所学技能,将自身文学修养落实到教学中去是我的教学目标。"

五年来,赵宁宁的教学实验有成功也有失败,可是赵宁宁觉得还是要做下去。教案教法一年一改,一年一磨,在实践给予的反馈中不断完善进步。在这种信念的支撑下,赵宁宁每天都在备课修改,甚至被其他老师笑称她是要将课程上成"一朵花"。可是赵宁宁依旧乐在其中,甚至还担任着学院的微格实验室的任务,她也因为经常和学生们待在一起,被同学们亲切地称为"宁宁姐"。

4
规矩与方圆:做人与做事的兼修

赵宁宁除了本科生教学工作之外,另一个重要的精力投放领域便是硕士生的培养工作。由于师门所从事的科研范式是基于证据的研究(evidence - based research),而文科的学生基本以思辨为主,所以在她的师门,学生培养方面需要她倾注更多的心血和精力。

研究生阶段的学习首要目的是提升学生的科研能力,要引导学生学会发现问题、分析问题和解决问题。"成人的学习是基于问题的,这样记忆才能更加持久,以问题为导向,学会学习是我对硕士生的一个训练方法。"

除此之外,对科研的敬畏感也是另外一个非常重要的方面。"清理数据是我给研究生的第一个任务。无论什么学科背景，一定要亲自做一次数据收集、开展一次数据录入、实施一次数据清理，这样才会懂得科研的苦，才会明白严谨的学术规范和要求。我自己也是这么过来的，这就是体验。我并不希望压榨学生们的劳动力，因为学生和老师是平等的，但这种科研之苦是必须要经历的，当他们完成部分数据录入之后，我会把其余的数据交给专门的公司负责，可是在加入师门的开始我会要求他们自己动手做一次数据清理。"

在师门修炼当中，处理数据最重要的是尊重数据的事实，尊重来自实证数据背后的故事，不说违心的话。这种对待科研的态度，其实和为人处事是一致的。认认真真是对待数据的态度，也是对待事情的态度。"天道酬勤"。认真和努力既是她个人成长的方法，也希望师门同学能继承。"业精于勤荒于嬉，行成于思毁于随。"

（王娟、李安诺）

扫描二维码即可阅读全文

黎坚：多行百千步　前路自光明

推送时间：2018 年 3 月 14

"做学术就好像是在黑暗中前行，你比别人多走一步，可能还是看不清方向，但如果多走一百步、一千步，或许就能看见引路的灯光。"

——黎坚

人物卡片

黎坚，博士，心理学部副教授，主授课程心理测量学、教育心理学，主要科研领域包括基于游戏的能力测评与训练、智力与人格测评、自我调节、学习动机、职业兴趣等。先后在 *Psychological Assessment*、*International Journal of Psychology*、*Journal of Psychoeducational Assessment*、《心理学报》等国内外重要心理学期刊上发表论文数十篇。曾获得北京高校青年教师教学比赛一等奖、荆其诚国际心理学大会青年学者资助以及 *International Test Commission Scholarship* 等奖励。

乐观、开朗、健谈，是黎坚留给人们最深的印象。不变的笑容、活泼的语气，只需短暂的交谈，快乐的能量便波纹似地弥漫开来。慢慢了解后，便会发现，黎坚的乐观源于他内心的坚定与执著，源于他对教育的热忱、对生活的热爱。

1

"没有困难的问题不是真问题"

1997 年，黎坚来到北京师范大学学习心理学，至今已有近二十年。在这二十年里，对于心理学这门学科，黎坚由一个好奇懵懂的初学者，成长为一个小有所成的研究者，他热爱这门学科，并把研究它作为自己人生的使命。

"心理学研究人的思想行为，凭借心理学，我们不仅能指导自己，还能帮助他人，提高他们的生活质量，引导人们发现生活中积极的一面。心理学的结果是指向人的，很容易让研究者感受到自身工作的价值。"

做学术的道路总是充满未知的困难，而黎坚总能用坚定的信念等到希望的光亮。"做学术就好像是在黑暗中前行，你比别人多走一步，可能还是看不清方向，但如果多走一百步、一千步，或许就能看见引路的灯光。"

为了减少心理测量学研究中的误差，提高研究结果的稳定性和有效性，黎坚及其团队在攻克一个学术难关时没有采取传统的思路与方法，而是确立了新的测评方案。这个方案是全新的，此前没有任何可借鉴的资料，所以实行起来困难重重。

"起初几乎是看不到希望的"，说起当年的情形，黎坚不由得感叹，"但我始终相信没有困难的问题不是真问题，有困难，说明研究的问题有价值，有未知的东西需要我们探索"。

在实验最艰难的时候，黎坚常用这样的话鼓励自己，也鼓励学生们坚持下去，对自己所做的事业抱有信念。

多年的努力终于有了回报，实验取得了一定的进展，黎坚也在研究的道路上迈出了重要的一步。"其实哪怕失败也是不要紧的，重要的是从中发现问题。发现了问题才能进步。"

心理学是一门新兴学科，而且发展很快，"日新月异，以前的研究结果很可能因为新的成果出现而被证明为谬论。所以我们这些研究者就必须保持开放的心态，不断探究新的东西。结论不是最重要的，推导结论的过程、方法和策略其实是更重要的"。活学活用，不断创新，是黎坚在心理学研究中最大的感触。

2

"我鼓励学生们'挑刺儿'"

说起上课，相信每个老师都会碰到几个格外令人头疼的学生，他们或是发出奇怪声响破坏课堂，或是言谈不羁，哗众取宠。

黎坚也曾在一些课堂上遇到过这样的学生，但他并不会将其视作"麻烦"，而是会发掘每个人身上的亮点。"他们这么做也许是因为有自己的想法。某种程度上，可以这么看，他们中有一部分人敢于挑战权威，对学科有热情。"当面对这样的学生时，黎坚不会一味打压，而是多鼓励，多激发，多肯定他们的想法，并在一些讨论争议中主动征询他们的意见，并进行适当引导。久而久之，这些同学不仅会对课程有更大的热情，主动跟随课堂积极思考，更令他欣慰的是，他们还会不时为课堂的推进做出独特贡献。"对待学生要'聪明'一点，才能让他们更好地参与课堂。"黎坚说。

黎坚的平等开放也使他深受同学们的爱戴。课堂上，即使有学生对他讲授的内容当面提出质疑，他也会坦然接受，认真思考，"其实我很鼓励学生们'挑刺儿'的，这也会让我课堂的内容更加精进"。

在教学过程中，比起让同学们记住书本上的概念知识，黎坚更注重带领大家一起思考，一起探索，鼓励大家去质疑，提出新的想法。"也许以后你们会从事各种各样的工作，很少，甚至不再用到书本上曾经学习过的概念和知识。但是不管你做什么，这些年你学会的心理学的思维方法一定会对你的工作产生很大影响。勇于思考、乐于思考是很重要的。"

"当老师会让我心态年轻，更多接触到新事物。""理解年轻人的想法，也能帮助我在教学和研究中萌发新思路，新想法。"黎坚重视、尊重年轻人的想法，乐于与年轻人交流，愿意真正做学生们的朋友，得到了大家真诚的信任与喜爱。

亦师亦友，谦虚豁达，在包容中鼓励思考，在引导中激发兴趣，黎坚用他的宽容与智慧引领着同学们前进，为心理学研究增添了一批又一批的探路人。

3

"爱好广泛，工作中精力才充沛"

除了在学术上、教学中兢兢业业，黎坚在生活中也是个快乐活跃的人，并不会因为工作而忽略了生活的乐趣。"一定要培养自己的爱好，有爱好的人是热爱生活的人，在工作中才能有充沛的精力。"

黎坚爱好广泛，尤其喜欢运动，"我喜欢篮球、羽毛球、排球、乒乓球，球类运动里差不多除了足球都会玩儿吧，这几年又喜欢上了游泳、长跑"。谈起自己的爱好，黎坚如数家珍。"还喜欢养花，看这边的绿萝和多肉植物，都是我养的。其实我也喜欢电子电路，加工些小电器。"黎坚语气轻快，脸上总带着笑意，让人感觉到他除了是研究者，是师长，更是个快乐鲜活的年轻人，是个十分可爱的大男孩儿。也正是这样的年轻，这样的快乐，让他在学术研究中不失激情，在与同学们的相处中其乐融融。

爱工作、爱教育、爱生活，黎坚就是这样，带着快乐、带着执著面对每一天，并把这份积极的力量传递给身边的每一个人。乐观于心，奋勇于行，黎坚一路这样走来，也将一直这样自信坚定地走下去。

本文首发于校报第 384 期第 1 版

（高琪）

扫描二维码即可阅读全文

余恒：这个世界并不完美，
少些批评，多些建设

推送时间：2018 年 3 月 19

学生在毕业之后，不管从事什么工作，怀疑精神和考证能力都非常重要。

——余恒

人物卡片

余恒，北京师范大学天文系副教授，博士生导师，天文学名词审定委员会委员。曾先后在意大利国际理论物理中心、的里雅斯特天文台、都灵大学学习。主要研究方向为星系团、宇宙大尺度结构。擅长天文数据处理与分析。读博期间创建科学松鼠会网站。

1
与译作结缘

作为北师大天文系的一名青年教师，余恒在教学和科研之余，还翻译了一些天文方面的书籍，其中具有代表性的《DK 宇宙大百科》和《宇宙图志》分别获 2016 和 2017 年全国优秀科普作品称号。问起他是如何在教学和科研之余走上图书编译道路的，余恒向我们介绍到，自己主持翻译的第一本书就是《DK 宇宙大百科》，当时是为了将它作为学校一个公选课的教材而翻译的，从此就与译作结下了不解之缘。

《DK 宇宙大百科》一书由英国知名天体物理学家和宇宙学家、前英国皇家学会主席马丁·里斯主编。全书图文并茂，内容严谨。英文版自 2005 年初版之后多次再版，在国际上影响很大。此次翻译出版，由四位翻译、四位编辑和一位顾问历时两年才得以完成。国内同类图解书籍达到这种规模和量级的非常少，因此这本书在天文学的科普方面发挥了重要作用。

有趣的是，在余恒收到电子工业出版社责任编辑邮件询问他是否有兴趣翻译这本书时，他的同事也问他是否有意翻译一本天文书。随后，余恒发现两人所说的都是这本《DK 宇宙大百科》。"我隐约觉得翻译这本书是我注定要做的事。"余恒略带玩笑地说。

余恒说道："我们没有想到工作量会那么大，因为之前从来没有翻译过这类图书。当时没有经验，就觉得它全是图，字很少。但是实际上它的字很小，图片周围的文字很小很密，全书的文字超过百万，内容涵盖了天文学的各个领域。必要的时候我们需要查阅专业的文献书籍来考证原文的表述和数据，这需要耗费大量时间和精力。经过大家的共同努力，我们花了 2 年时间才将这本书翻译完成，这一点超出我们所有译者的估计时间。"

在翻译的过程中也会发现原作的一些错误的地方，因此就需要去翻阅原始材料，进行勘误，主要是修改数值、年代等，同时还要尽可能吸收新的研究进展，这样工作量就会变得很大。"我是把它当作一个学习的过程，原版方也非常开心。在翻译的时候我们会去查阅相关资料，有错误的、信息过时的，我们都会做系统的修改更新。《DK 宇宙大百科》花了 2 年的时间翻译，我们也将这 2 年之内天文学的一些研究进展进行了标注说明。"

译作的道路并不总是一帆风顺的，需要耗费大量的时间和精力，会遇到很多意想不到的困难。余恒回忆道："《DK 宇宙大百科》是四个人一起翻译的，并且因为它是一本科普读物，涉及天文学的各个领域，因此在文风、术语的统一上花了很多的时间。"在翻译这本书时也遇到了很多名词翻译方面的问题，"书中有很多的名词，尤其是很多行星地名都是在国内首次出现，之前大家都直接说英文，很少去关心它中文是什么，但是要编这样一本书就必须把它翻译出来，所以在定名这块就花了特别多的时间。好在，我还参与着天文学名词审定工作"。余恒笑着说道。

事实证明，所有的付出都是值得的。2014 年，《DK 宇宙大百科》翻译出版后反响特别好，是电子工业出版社当年销售量最大的两本书之一，出版第一年就加印了 5 次。该书还在 2016 年 7 月获得第八届吴大猷科学普及著作奖。

在余恒的心里，也许翻译并不仅仅是为了荣誉，两年翻译一本书，总体来看工作量并不多。但他觉得自己是一名教师，喜欢天文，并且有一定的能力，就应该承担这样一些责任，希望能够通过这样的工作让更多的人了解天文，让他们在学习天文的道路上能够少一些障碍。他认为"这是值得去做的事情，所以我愿意去花时间去完成"。

2
《宇宙图志》：探索人类认识宇宙的过程

人类对宇宙的认识是有一个过程的，是不断变化的，《宇宙图志》这本书就像一个精心策划的展览，从文化史的角度系统展示了人类认识宇宙的漫长历程，展现了人类在不同历史时期对宇宙的丰富想象。书中所展现的图像资料收藏于世界各地的图书馆，其中很多在今天并不为人所知，它们大都是首次完整地出现在国内出版物上，对于理解西方天文学的发展、世界观宇宙观的演变有重要的作用。此外，这本印刷精美的图集也具有相当的艺术鉴赏价值和历史研究价值，对于今天的数据可视化和科普工作都有很好的借鉴意义。

提到这本书，余恒说："第一本书出版之后，由于时间精力有限，我后面并没有接受更多的翻译工作，一次机会我看到了《宇宙图志》这本书，觉得特别好，一定要介绍到中国来，于是就接了这本书的翻译工作。"这本书也是翻译了两年，2017 年 3 月出版发行，并被评为 2017 年全国优秀科普作品。在翻译的过程中，为了弥补文化背景的差异，余恒做了大量的调研，整本书他加的译注占了 1/10 以上。在翻译过程中，他查阅了大量的资料，对图片的信息进行了详细的说明，这对国内的天文教育和普及来说是一件非常有意义的事情。

很多时候，图片是用文字无法替代的。在《宇宙图志》一书中，有很多的图片，"记录着人类在不同历史时期对宇宙的认识和憧憬。其中包含着丰富的意蕴。我已尽我所能加上了不少注解。不过还有很多有趣的背景和细节，等着你亲自去发现、去解读"。

3

培养学生的怀疑精神和考证能力

教学是老师的本职工作，对学生关心，对课程负责，这是作为老师最基本的要求。虽然是一名青年教师，余恒认为还是应该有长远的目光，做一些基础性的对学科发展有意义和价值的事情，培养学生就是其中最首要的。

在培养学生方面，余恒的管理相对宽松，认为应该给学生自由发展的空间。在本科生的教学中，他鼓励学生寻找自己的兴趣点。他认为老师与学生之间真诚有效的沟通是特别重要的，最要紧的就是要尊重学生。

在研究生的培养上，余恒谈道："我对研究生的要求更高一点，希望能尽所能帮助他们在科研的路上走得更远一些。"要坚持兴趣第一，研究生必须要结合自己的兴趣点寻找自己的方向。"我还是希望他们能够去探索自己的领域，能在自己喜欢的方向上做些成绩，走得远一些。"讲到这里，余恒回忆起了自己的导师朱宗宏教授，他对学生采取的就是非常开放的态度，鼓励学生自由发展，根据学生自己的特点和喜好来选择培养方向，在余恒看来，这一点是非常难得的，也非常受用。他现在也鼓励自己的学生主动寻找自己感兴趣的方向和课题来做，这样才有持续不断的动力，"如果你只是做导师那个方向，可能你永远在导师之下，你怎么来突破，怎么才能有自己的研究领域和特长呢"？

余恒非常注重培养学生的怀疑精神和考证能力。他说道："学生在毕业之后，不管是从事科研工作还是科普工作，在文献阅读、查阅、考证上，怀疑精神和独立思考的精神，都是非常重要的。并不是说在百度百科上查了一段说明，引用了一下别人说过的话，就能够形成自己的观点了，从来都不是这样的，必须自己去找源头的那个文献，用自己的理解，给出自己的观点和看法，这才是一名合格的研究生应该具备的素质，这样也能从源头上杜绝很多流言的传播。"他认为怀疑精神和考证能力是培养研究生一个很重要的方面，有了这两点不管做什么方向都可以继续往前走，能够有自己独立的价值，他也是从这两点来要求他的学生的。

4

小处着手，踏实做事

教学、科研、班主任、名词审定、翻译……余恒的生活似乎特别忙碌，但在他的脸上却看不出疲惫之感。当问到他是如何保持饱满的工作和生活状态时，余恒谈道："我认为名词审定、翻译和科研这几个方向其实是相辅相成的关系，我在读研的时候就开始参与名词审定这方面的工作了。因为我在学习或者阅读国外文献的过程中，有很多名字或者特有名词并不知道怎么用中文去表述，在文献理解的时候就会遇到困难。我想所有学生都会有这样的经历。如果不把这些特有名词翻译出来的话，我们的学习和学科的建设就是不完整的。这是一个基础性的工作，但是很少有人去做。所以在很早的时候我就开始接触介入这样一些工作。基础性的工作是一定需要有人来承担的，不管它是不是能带来直接的好处和利益。"

在准备了7年之后，余恒终于促成新版《英汉天文学名词》的出版。在2016年的中国天文学会年会上，这本新版的名词书作为会议材料人手一册。如今他还在负责天文学名词线上数据库（http：//www. lamost. org/astrodict）的维护工作。

作为一名天文系的青年教师，余恒始终关注着所在学科的长远发展，他也在以自己的实际行动为学科的发展做贡献。他始终坚持从小处着手，踏实做事，尤其关注那些基础性的工作。"学科发展中一些重要的基础性的工作，一定要有人来做的，不管什么时间。如果基础性的工作没有完成，那就没办法踏踏实实地进行下一步的发展。"因此他认为无论是从教育、社会服务还是国家基础建设的角度来讲，我们都应该关注那些基础性工作，为学科的成熟和发展奠定坚实的基础。

近年来，天文学科的发展越来越好，国家在天文方面的项目工程越来越多。在余恒看来，"作为师范类高校，我们的优势在教育，我们应该立足特色，做好天文学科的教育，提升学生的科学素养，培养更多更高质量的人才，不断为国家的天文工作者队伍提供新鲜的血液，不断扩大北师大天文系的影响力"。

（采访、文案：马孟瑶）

扫描二维码即可阅读全文

刘岩：兴趣是人生最好的方向
推送时间；2018 年 4 月 10

"做科研真的是有很多快乐的，那种发现新事物的欢喜，只有做的人才能体会到。极地科研，有太多的东西等待我们去发现。兴趣就是人生最好的方向！"

——刘岩

人物卡片

刘岩，北京师范大学全球变化与地球系统科学研究院及极地研究中心副教授，主要研究方向为冰山崩解。于 2009 年开始对南极进行科学研究，主要研究领域包括南极冰架崩解及其对气候变化的响应，主要学术成就在于对南极冰架物质流失特别是冰山崩解和底部融化的研究。2016 年入选维基百科国际南极研究女科学家。

2015 年 3 月，一篇为南极冰架"体检"并揭示其消退机制的文章，发表在《美国科学院院刊》（PNAS）上，这是中国极地遥感研究成果第一次在该刊物发表。

南极冰架的"健康"状况在南极冰盖物质平衡中扮演重要角色，与全球海平面的高度息息相关。法国科学院院士安妮·卡泽纳威（AnnyCazenave）高度肯定了这篇文章，认为该研究结果将有助于提高未来冰盖模式模拟的准确性和未来海平面升高预测精度。而它的第一作者刘岩，正式踏入极地遥感研究领域，不过短短六年。

1
重归科研路

相对于其他同行，刘岩的科研经历没有那么一帆风顺，2006年，从中科院遥感所地图学与地理信息系统专业硕士毕业后，刘岩没有选择继续深造，而是进入北京一家从事遥感应用的科技公司。

三年时间，刘岩从工程师一路做到技术经理、项目经理、代理部门经理，公司的发展越来越稳定，她的工作也从疲于奔命的"救火员"，变得逐渐轻松，进入了一种平稳运行的状态。

慢下来的节奏，给了刘岩更多的时间思考，她觉得目前的状态虽然稳定，但却少了一些未知和探索的快乐。

2009年，北京师范大学全球变化与地球系统科学研究院程晓教授的一则招聘启事，引起了刘岩的注意。刘岩在中科院读书的时候，就曾听过程晓南极科考归来的报告会，让她对极地科考研究着了迷。

这则启事唤醒了刘岩心中曾经的科研梦想。她立刻给程晓教授打了电话，"程老师劝我要遵从内心的想法，极地遥感科考是大有作为的"。

找到了内心的方向，刘岩没有过多犹豫，递交了辞呈。公司老总挽留她，在薪水和职位方面都开出了非常优厚的条件，但刘岩还是毫不犹豫地选择了离开。

2
完成世界首张全南极土地覆盖图

进入程晓教授的极地遥感科研项目组，刘岩还没来得及重新体味校园生活，就接受了一个充满挑战性的任务——制作一份全南极土地覆盖图。

由于南极洲恶劣的自然环境与独特的国际地位，之前关于南极地区土地覆盖分类研究较少，还没有一个分类体系能完整、系统、准确地对南极地区的所有土地覆盖进行分类，更没有一张完整的全南极土地覆盖图。

程晓教授指导项目组建立了南极洲地表覆盖分类体系，将南极洲地表覆盖分为蓝冰、裂隙、裸岩、水体、冰碛、粒雪六种类型，利用全南极洲 15 米分辨率的"ETM + 镶嵌图"对地表覆盖进行解译。

确定了解译标准之后，刘岩把项目参与者召集起来，进行培训和试验，帮助大家达成一致的解译思路。同时采用交互检查的方式保证地表覆盖图的质量，避免了由于大家对地表覆盖类型理解不一，造成解译不一致而形成覆盖图质量不一，以致不同分区难以拼接的问题。

"这张图要按照 1∶10 万比例尺出图，出图面积相当于 50 米×50 米。我们利用影像图进行信息解译要在 1∶5 万的比例尺下完成，工作面积相当于 500 米×500 米。而在地表覆盖复杂的区域，人工目视解释完成一平方米，至少需要一天时间，由此可知工作量之巨大。"

刘岩制定了时间和进度表，综合考虑不同区域地表覆盖的复杂程度，采取了分区、分复杂度的实施计划方案，准确地估算了工作量和控制工作进展。

他们搜集 1999 年至 2003 年间全南极洲 1100 张多通道的卫星影像，通过 DN 值饱和溢出调整、辐射校正、表观反射率转化等，将卫星影像数据还原成地表的真实状态。

工作进展控制得非常严格，而刘岩总是力求在第一时间解决出现的问题。那一年，她像着了魔，连做梦都会想技术细节。

解译完成、拼接成功、验证合格……一年时间，世界首张南极洲地表覆盖图制作完成，成为我国极地遥感研究的标志性成果，入选"国家十一五科技重大成果"。

程晓教授为自己的"慧眼"自豪，"刘岩在大数据处理方面非常有经验，而且她有超卓的耐心和毅力去做琐碎的基础性工作。在这个工作里，也体现了她优秀的组织能力和执行力"。

3
中国极地遥感领域首篇 PNAS 论文

2010 年，制作完成南极洲地表覆盖制图以后，刘岩对南极的认识有了质的飞跃。她在程晓教授的指引下将研究重点放在快速变化的南极冰架的监测上。当时，研究组每天实时获取上百景的欧空局 SAR 卫星数据，利用这些数据，他们捕捉到默兹（Mertz）冰架因冰山碰撞而发生崩解的整个过程。

刘岩想知道，在南极此类事件发生的概率有多大。她开始围绕整个南极海岸线进行搜索，果真又发现了几例，她同时发现了有效的崩解探测方法，如果通过长时间的观测获得足够的崩解事件，则意味着可以利用统计方法分析冰架的崩解规律，这将是好的研究切入点。

她开始进行大量文献阅读和信息搜索，发现全南极范围的冰架崩解研究还属于空白。但是，全南极范围内观测冰架崩解是一个苦力活，要求处理上千景影像无数次，涉及整个南极海岸线，这需要耗费大量时间，但是，她还是想试一试。

2012 年 4 月，刘岩完成了对南极地区 2005 年至 2011 年间冰川崩解的观测。近万幅雷达卫星影像，一幅一幅地过，她用了整整两年，精确测量了绕整个南极海岸线崩解出的面积大于 1 平方公里的冰山及所有冰架的"健康"状态。而这之前，国际上仅关注大于 100 平方公里的冰山。

2012 年底，刘岩基本完成数据分析，她的工作引起了首席科学家约翰·摩尔（John Moore）教授极大的兴趣。摩尔教授同时提出研究中还需要对冰架的其他收支分量同时进行详细评估和计算，这也将是巨大的工作量。时间很紧，很可能国外也有其他团队在做。

刘岩开始和时间赛跑，她一头扎进办公室。回家路上，常常分不清是夜星还是晨星。她记不清自己熬了多少个夜，终于在一个月内完成这部分工作。但是这并不是结束，作为一个新人，很可能面临数据被质疑的可能性，因此整个工作还要进行严格的数据不确定性评估。

2013 年 7 月，国际冰川学年会在北京举行，程晓教授专门在会前邀请了冰川学的顶级科学家们来师大举办了一次"国际冰运动研讨会"，会上安排刘岩报告了她的研究成果，这些成果得到了"大牛"们的肯定。

10 月，她将文章投向《科学》（Science）。很快，文章进入二审。

2014 年 1 月，刘岩等来了《科学》的审稿意见，三个审稿专家，只有一个正面意见，另两个都是负面。最终，文章还是被拒。

有意思的是，两个给负面意见的专家都肯定了文章价值，拒稿的理由是认为此文不适合在《科学》这样的期刊上发表。摩尔教授对这样的回应非常气愤，他认为这在一定程度上是对新人的偏见。

程晓教授对陷入沮丧的刘岩"当头棒喝"："打破偏见最好的办法，就是用事实说话，用实力说话，否则偏见就会永远跟着你。"

一语惊醒梦中人。她不再纠结，憋着这口气，继续改稿。说来也奇怪，一旦投入到工作中，郁闷、委屈都消散得无影无踪。

"这一轮改完之后，我实实在在地觉得这篇文章非常不错了。"

2014 年 8 月，她将文章投给 PNAS。10 月，收到审稿结果，两个审稿人，一个建议直接发表，另一个肯定了文章的价值，但同时提出比较苛刻的修改意见。PNAS 主编同意第二个审稿人的意见，建议据此进行修改。

修改过程一波三折，刘岩与合作者反复讨论，来回的 E–mail 就有上百封。她不厌其烦地精雕细琢，甚至到了距离修改稿返回的最后两周，她还对整个文章做了一次大的修改。这个过程中，刘岩的"strong mind"给摩尔教授留下了极深的印象。

2015 年 3 月，文章正式发表。

相对于这个结果，刘岩更享受的是追求的过程："做科研真的是有很多快乐的，那种发现新事物的欢喜，只有做的人才能体会到。极地科研，有太多的东西等待我们去发现。兴趣就是人生最好的方向！"

本文首发于校报第 361 期第 2 版
（曹宁）

扫描二维码即可阅读全文

毛睿：有幸成为师生是一种缘分

推送时间：2018 年 4 月 18

"我为教学、为学生做很多事，不是想变得崇高。我只是想做好，这更多的是一种责任心，一种对学生的热忱。

我希望自己的学生能够成为沉静低调的人，不管是在哪个领域，都能勇于创新，做得出色，同时最好也不要太功利了。"

——毛睿

人物卡片

毛睿，2009 年于北京师范大学获得博士学位，北京师范大学地理科学学部减灾与应急管理研究院副教授，曾获得"北京师范大学青年教师教学基本功比赛"二等奖和北京师范大学"最受研究生欢迎的十佳教师"称号，发表 SCI 论文 20 余篇，主要研究全球气候变化及其影响。

"毛老师站在学生的角度不断改变教学方法，课下花费大量时间和我们互动。他不仅教会我们知识，更重要的是教会我们自己解决问题的方法。他是我们最喜爱的老师。"这是毛睿的学生们对他的一致评价。

1

思考者："我希望带给学生的东西是有价值的"

毛睿和北师大感情很深，因为从本科开始，他就一直学习生活在这里。1998 年，他进入北师大地遥学院资源与环境科学系学习，本科毕业后又在资源学院继续攻读硕士和博士学位，其后又到物理系进行博士后研究。跨专业、跨院系的学习经历，使他的视野更加开阔，对自己的研究方向——气候变化及其影响，也有了更深刻的认识。

2011 年，毛睿在北师大有了一个新的身份，从学生转变为一名老师。第一年任教期间，毛睿在选择开设的课程上就体现出自己独特的教学视角。他开的课程叫做"MATLAB 及其在地学中的应用"，这个名称很多学生甚至没有听说过。MATLAB 是在地学研究中用于整理分析数据的一种算法软件。比起理论课，这门课更注重的是操作。

毛睿从研一开始就接触 MATLAB 软件，之后一直将其运用在自己的科研中。这种长期的积累实践，使他深刻地意识到这种软件在地学专业领域的应用价值。他认为，现在的研究生最缺乏的就是计算机语言的应用技能。

决定开创这门全新的课程后，毛睿的时间表开始满了起来。他一周有 4～5 天的时间都花在备课上。他自己编写教材，制作教学 PPT，设计课后习题。这门课每学期课时 36 小时，而他在课下与学生交流的时间远远超过 36 个小时，课程准备更是超过 200 个小时。

他希望自己的课堂并非仅仅传授知识，而是能够引导学生用辩证的眼光去看待事物。"学生并非全盘接受讲课内容，而是学习思维的方式。我希望带给学生的东西是有价值的。"

2

创新者："让学生有兴趣自学才是成功"

经历了第一年的探索，毛睿的这门课程渐渐成型，了解并感兴趣的学生也多了起来。然而，毛睿并没有停止对课程创新的探索与思考。他认为，"上课只是表象，学生有能力、有兴趣自学才是成功"。因此，在教学过程中，他又开始琢磨能够让教学质量变得更好的创新方法。

一次在课堂上，正当毛睿神采飞扬地讲授着他精心准备的教学内容时，学生们脸上昏昏欲睡的神情和索然无味的神态，让他陷入了新的思考：或许他现在的授课方式在学生的眼中只像是一台老式录音机在吱吱呀呀地单调重复着。如此一来，这门课的意义何在？"的确，现在的社会知识太多了，学生学都学不过来。因此，老师要想办法抓住学生的兴趣，让他主动地学这门课的知识。"正是基于这样的考虑，"翻转课堂"这一概念被毛睿提上了日程。

翻转课堂，广义上正是近年来十分流行的慕课（MOOC）式教学的一种。MOOC 是 Massive（大规模的）、Open（开放的）、Online（在线的）、Course（课程）这四个词的缩写，简而言之，就是指大规模的网络开放课程。

新的教学创新意味着需要更多的准备工作和投入。从着手准备翻转课堂开始，毛睿的时间表又回到了当老师的第一年。周四上课，周一到周三就用来备课，周五到周日则用于做科研。于是，周末加班又成了家常便饭。不过，他却乐此不疲，并不觉得辛苦。

自从运用"翻转课程"这一新的教学方法，毛睿开始钻研并设计该课程的教学方式：课前，毛睿录制剪辑教学视频；课上，仔细点评作业，加强师生间的讨论，提高学生的实践参与度；课下，学生自学视频、做习题。"致力于让枯燥的技术课变得形象生动，让学生在课上课下、线上线下的多样性中增加学习兴趣，提高他们的自学能力。"这是毛睿追求的教学目标。他说："学生如果不爱学，那就是我的课堂还不够有吸引力。"

但"翻转课堂"开展一段时间后，毛睿却发现教学效果并不如预期——因为网络视频学习的便捷性，真正来课堂上课的学生反而越来越少。"光靠一腔开疆扩土的创新热情是不够的，注重学生对这门课程的反馈才是解决之道。"他开始反思。

对于这些新鲜的教学模式，他通过实践，认真地评估起了效果。"我开始觉得光有一腔热情远远不够，应该抓好自己手上的这一门课，对自己现在的领域掘地三尺，深挖那些有价值的东西。"毛睿在教学实践中不断思考，不断进步。

他的努力逐渐得到了学生的认可。同学们都说，"毛老师上课有趣，而且很有人情味"。在他开设的 4 门课中，选课学生数量从最初的 14 个增加到 41 个。

3
引导者："让学生有能力飞得更高"

教学创新卓有成效让毛睿感到欣喜，不过最让他看重的是能够一直和学生在一起。"学生就是我的财富，"他说，"有幸成为师生是一种缘分。"

除了研究生导师、MATLAB 课程的教师外，毛睿还有一个身份，那就是研究生班主任。

"一个班级想要增强凝聚力，加强学生的集体精神是必不可少的。"毛睿在每学期都会组织各种丰富多彩的班级活动。他在开学初组织心理素质拓展活动，提升同学们的团结协作能力；在毕业季举办职业规划讲座，为即将步入社会的学生指明方向；为庆祝学生生日出谋划策，以集体生日的形式增进同学间的友谊……在这个过程中，他强调师生关系的平等性，"学生愿意参加活动就来，想要实现什么我就尽力帮忙实现"。

毛睿很享受和学生的相处过程。在和学生的交流中，毛睿说自己经常收获惊喜，总能发现学生们身上的闪光点。"现在的学生都很厉害，可能我只是在 MATLAB 方面比他们强一点，其他方面，像摄影、滑冰，我还真不一定比他们做得好。"

毛睿希望能够以自己的教学经验和人生经历帮助学生们解决生活中的各种问题，在实现人生目标的过程中提供一些力所能及的帮助。在毛睿眼里，当班主任意味着 24 小时不关机，更意味着时刻保持着对学生的敏感度，要知道他们最近在干什么。他的学生都说，毛老师是良师，更是益友。

"聪明指引学生，用心对待学生，让学生有能力飞得更高。"这是毛睿为人师的原则。"我希望自己的学生能够成为沉静低调的人，不管是在哪个领域，都能勇于创新，做得出色，同时最好也不要太功利了。这也是我个人的一种经验吧。"

本文首发于校报第 370 期第 2 版

（朱思谕）

扫描二维码即可阅读全文

何挺：以"言传"讲授知识，
以"身教"展示态度

推送时间：2018 年 5 月 14

"培养学生的思考能力，让学生运用在课堂上学到的理论知识去解决实践中的问题，才是培养法律人的关键。"

——何挺

人物介绍

何挺，刑事法律科学研究院副教授、硕士生导师。1998 年开始负笈中国政法大学，十年后获得法学博士学位（刑事诉讼法学专业）。主要研究领域为刑事诉讼法学、少年司法和实证研究方法。美国维拉司法研究所、台湾政治大学和伦敦政治经济学院访问学者。在《中国法学》等刊物发表学术论文、译文 80 余篇，出版著作《现代刑事纠纷及其解决》（独著）、《外国刑事司法实证研究》（编译）和《失败启示录——刑事司法改革的美国故事》（独译），合著、参编著作及教材 30 余部。获得第五届"钱端升法学研究成果奖"提名奖、第四届"中国法学优秀成果奖"论文类三等奖等奖项。

1

投身教学设计，培养学生思考能力

从 2008 年何挺博士毕业后入职北师大开始承担教学任务至今，已有十年光景。十年一线教学，十年讲台授课的经历让年轻的何挺自嘲现在已经成了名副其实的"老青椒"。虽然科研任务较重，同时也要承担一些社会工作，但何挺坚定地认为，"教师"的身份和培养学生的任务才是自己工作的核心。

在何挺看来，法学学科中存在大量晦涩拗口的法条，而在实际教学过程中因课时所限，为让学生可以在短时间内对某些法律或某部法律有所掌握，考试也会将法条的记忆作为一方面考查的重点。长此以往就让人产生了"法学需要很强的记忆能力"的误解。实际上，对于法律职业者来说，法条是可以随时翻阅而不需要去记忆的文本。法律规定背后存在的丰富理论背景、立法原因以及与其他法律的关系等理解性内容，才是将来从事法律实务工作的学生们在学校学习过程中需要认真领会的内容。

因此，培养学生的思考能力，让学生运用在课堂上学到的理论知识去解决实践中的问题，才是培养法律人的关键。近年来一直参与国家司法考试和法律职业资格考试工作的何挺对于法律人的培养模式有着自己的理解。只有在这样面向实践而非机械地顺应记忆的训练模式下培养出的学生，才能成为真正的"法律人"。另外，基于目前我国在很多情况下"宜粗不宜细"的立法原则，我国法制建设虽已取得显著成就，但仍然存在很多缺乏明确规定的情形，法律之间还存有很多缝隙。从这一实际情况出发，何挺也始终坚持只有让学生学会思考，掌握思考的能力，才能在"法无明文规定"的情况下去解决法律缝隙间的问题，并最终成为法律实践和法律制度的推动者。

明确的教学目标还需要与具有实操性的教学设计和讲授模式相配合。何挺根据自己的学习经历和近年来着力研究的领域，为研究生开设了"刑事司法实证研究方法"课程，将他认为有价值的研究方法倾囊相授给学生。他颠覆了惯常讨论课所采用的"老师布置主题—学生上知网下载论文—学生课堂上复述论文内容—老师寥寥数语的点评"的上课模式，要求学生在发现的基础上形成自己的观点，细致设计教学以便启发学生真正思考。

一方面，何挺根据实际情况调整教学。针对课程从选修课被调整为必修课的情况，何挺及时调整教学方案，从必修课课程要求出发，要求学生自行分组并通过组内讨论进行选题，同时根据课堂讲授的不同研究方法围绕选题进行设计、讨论、展示和应用。事实证明，这种以教师讲授为线索，学生积极参与自行选题并通过小组讨论、思考并运用为主体的教学方法效果显著。在这一互动过程中，何挺还时常被学生的创新想法所刺激，因而实时调整授课进度和形式，真正做到了教学相长。另一方面，何挺不断丰富课堂呈现形式。为了克服课程安排不灵活、无法走出课堂去调查的弊病，何挺专门去请与学生选题相关的"研究对象"到课堂接受访谈。比如，学生有选题中涉及《刑法》中规定的"前科报告义务"，他就请师大南门"巴依老爷餐厅"的经理从用人单位的角度来谈谈他们如何看待"之前犯过罪，在找工作时候需要报告前科的义务"。何挺还邀请过法官、检察官、律师等拥有多年法律从业经验的人员作为学生的"研究对象"来到课堂，从他们的角度帮助学生更好地认识他们想要研究的问题。在受邀人员不方便亲至的时候，何挺就利用互联网，在课堂上直接视频或语音连线。面对课程结束后学生们的肯定，何挺说道："我就讲我们自己专业的，主要是考虑如何让学生更多主动参与思考，上升不到教育学的高度。"这是何挺对自己课堂的概括，也是其对法律人培养的看法。

2
回归课堂，以认真负责的态度讲授法律之美

高校教师在平衡学术生涯中诸多关系时，总有绕不开的一对话题，那便是科研和教学。尽管二者并非无法兼得的矛盾，但如何分配有限的精力，将充实自身与学生培养有机结合，是每一位高校教师难以回避的问题。在何挺看来，由于各种评价机制，科研在实际的操作中比教学更加重要，这就进而导致有些课程确实存在"对付"的情况。而这将直接影响到学生对学校和老师的认知与归属感，甚至影响到学生的学习热情。对此，何挺认为作为老师应该认真教学。"我比较喜欢看到学生评价我是一个很认真负责的老师，这个比说我讲得好更让我高兴，因为它是最基础的。"只有老师真正做到言传身教，以"言传"讲授知识，以"身教"展示态度，才能让学生从老师这里感受到对事认真负责的状态，这是学生培养的一个基石。

何挺对"认真"二字也有着自己的解读，在他看来，一位认真负责的老师至少要做到以下几点。第一要以夯实精专的专业知识作为基础。如果老师自己都搞不清楚自己所要讲授的知识，那么认真上课便是一句空谈。第二要针对授课人群的不同而做有针对性的教学，像本科生、硕士生和博士生的教学深度、公选课与专业课的教学广度都应该有所区分。第三，课堂要引发学生兴趣，调

动学生互动思考，而非老师个人唱独角戏，但也不可不"唱戏"。若将讨论课完全变成学生的发言课，老师最后随意敷衍几句，便失去了讨论课本真的意义。如何拿捏好这个度，达到教学相长、双向互动的效果，便是授课教师应该磨练的"点"了。

在何挺的认知里，教学必须是一个互动的过程。就他自己个人而言，何挺一般不刻意安排讨论课，而是在讲课的过程中突然停下向学生发问，看学生是否能跟上他的思路，而他也不在意学生回答的对错。在他看来，问题没有标准答案，能积极思考跟上思路即可。

3
读博从不是必经之途，热爱才是前行助力

如何将自己手底下的硕士生培养起来，帮助他们走上适合自己的道路，是何挺作为导师最大的责任。在何挺眼中，自己带过的研究生有其各自的发展方向，钻研学术只是其中一条路罢了。因此，"因材施教"四个字被何挺认真贯彻在每一位师门学生身上。何挺认为，作为导师或者老师要做到两点：第一，要了解学生，对学生有初步的判断，而非一味地将自己的想法灌输给学生；第二，要给学生提供机会让他去尝试他想做的，在亲身体验的过程里帮助学生明晰适合自己的发展方向。

对于学生来说，是否适合继续深造并从事教学科研的工作，何挺认为是需要达到一些标准的：第一，能否坐得住冷板凳，能否为了一个问题深入钻研而不计付出，能否持续性地进行思考与研究以为自己未来学术领域奠基；第二，对所要从事的研究工作是不是真心热爱。读博士绝非是必须完成的任务，如果并非真心热爱研究工作，那么读博期间将是其煎熬的几年，也并不适合走上研究领域。读博从不是必经之途，热爱才是前行助力。

这种尊重与负责的态度让何挺的学生们与老师之间的故事变得有温度。甚至一些并非何挺指导的研究生，也会来找他交流，而他却说："我不知道学生为什么信任我，可能是我做事比较认真，对于学生的各种问题和困惑都认真对待。"

林家红（刑事法律科学研究院 2015 级硕士研究生　专业诉讼法学）：

何老师是一位有耐心，充满正能量的老师，他为我打开了科研的大门。在何老师的帮助下，我在对科研懵懵懂懂甚至一无所知的状态下，慢慢对科研产生了兴趣。从文献的收集与分析，到文章思路的梳理，再到语言文字的运用，

何老师都不遗余力地帮助我。而且在我的论文写作进入瓶颈期时，老师特意请了实践经验丰富的检察官提供宝贵的意见，帮助我走出思维困境。三年的时光转瞬即逝，因为有了何老师的指导与帮助，我不曾虚度光阴，学到了本领和技能。在老师的影响下，我也默默许下心愿，希望自己能够努力成为一名像何老师那样善于启发学生、传递正能量的老师。

王丽（刑事法律科学研究院 2015 级硕士研究生　专业诉讼法学）：

能够成为导师的学生，我深感幸运、荣幸和骄傲。三年时光匆匆而过，我也即将从北师大毕业，我的导师是我求学生涯中最感激的人。在我的心里，我的导师是一个治学严谨、谦逊低调、爱岗敬业、处处为学生着想的难得的好老师。我认为，我的导师一直以自己的一言一行践行着北京师范大学"学为人师、行为世范"的校训。老师会在我的论文上写下密密麻麻的批注；老师会在择业期一次次地询问我的工作情况；老师会给毕业的师兄师姐们送上精心挑选的礼物；老师会带着我们去野外烧烤——当学生们做游戏的时候，他会一个人默默地烤好食物然后问我们要不要尝一下……老师还是一个运动达人，酷爱网球（我要偷偷地替老师征校内球友），传说老师大学时期曾是学校网球社的社长；老师，还是一个对吃也很有研究的人……

4
执着法律，浅谈法律学习感悟

"我是一个比较一根筋的人。"对法学，何挺从来都是一如既往地热爱，从不曾有片刻倦怠。虽然在中国政法大学学习法律十年已经完全改变了何挺高中时代对法律粗浅的认知，但那种在高中时看到的港片里庄严肃穆的法庭而激发起的对法学的兴趣从未改变。

对于法律，何挺有着自己的欣赏。法学是文科中最讲究逻辑的。对此，何挺会跟自己的学生讲，除了法律和法学理论本身之外，法科生必须掌握两项基本能力：一是逻辑思维能力，二是文字运用的能力。比如律师在法庭上滔滔不绝的表达虽然看上去展现的是卓绝的口才，但背后实际上起决定作用的仍然是庭前运用逻辑思维能力和文字能力，基于对案件事实和法律运用分析进行的准备工作。而文字表达是否到位，逻辑层次是否清晰，都会直接影响到辩护的效果。学好法律，要有逻辑思维和文字功底，这些都是何挺带过的学生们的日常基本功训练内容。

法律的魅力之一在于对权力与权利的动态平衡，这是何挺选择刑事诉讼法作为研究方向的最重要原因。谈到法学大类下自己研究的专业领域，何挺对其认知更为深刻。刑事诉讼法是和宪法关系最密切的法律。宪法作为国家的根本大法所规定的公民的很多基本权利都在刑事诉讼法中有直接体现，刑事诉讼法还有着限制国家公权力，确定权力的边界的作用。这对于防止权力被滥用，避免践踏公民权利现象发生有着极为重要的意义。

关注实务是每位法律人绕不过去的内容，法学学科是实务性极强的应用学科，学习法律和研究法律更是不能脱离实务。但目前法学学科的课程设置与法律实务仍有较大距离，学生更多地仍然以学习课本知识为主。何挺认为，在目前的情况下，很难要求学生大量自主地去接触实务，但在目前咨询发达、甚至每天都有关于法律的案件和事件报道的情况下，法科生应当养成对报道的热点事件联系课本上学习到的法律知识和理论进行思考和挖掘的习惯，长期锻炼就能逐步练就透过繁复现象思考法律本质的能力。

寄语青年学子

像生物化学等专业有专门的实验室一样，法学也有实践的诉求，而我们的"实验室"其实是在法庭、公安局、检察院等场所。希望学校能够放开实务性较强的课程的授课地点，真正帮助学生在课堂上"走出去"，更好地在实践的环境中来了解法律和研究法律。

法学属于应用学科，希望学校能够注重学科的特点，加强实用性教学配置，并为跨校跨专业的交叉学科的发展打开方便之门。

（王娟、周明婷、李安诺）

扫描二维码即可阅读全文

蔡苏："虚拟在左，实证在右，教育在中间"

推送时间：2018 年 11 月 5 日

这是一个践行"虚拟在左，实证在右，教育在中间"的北师大故事

人物卡片

蔡苏，教育学部副教授，硕士生导师，"移动学习"教育部—中国移动联合实验室副主任，未来教育高精尖创新中心"VR／AR＋教育"实验室主任。研究方向为：虚拟现实／增强现实技术教育应用、STEM 教育。主持国家自然科学基金"虚实融合学习环境中自然交互建模技术研究"、北京市教育科学"十三五"规划青年专项课题"增强现实游戏在自闭症儿童生活技能习得的应用及影响研究"、北京市自然科学基金"增强现实学习环境关键技术及应用研究"等项目。发表论文 50 多篇，教材 1 部，已授权发明专利 6 项。指导本科生 10 次获国家／北京市大学生创新性实验计划资助，指导学生分别赴哈佛大学、多伦多大学、UCL、卡内基梅隆大学攻读硕／博士。获得北师大第十二届青年教师教学基本功

大赛理科一等奖和京师英才一等奖，入选北京高等学校青年英才计划。

这是他在北师大的第 3650 天。

1
左文右理，人文与理工的融汇

蔡苏在北师大教育技术学院任教已有十年，相对于初来的教师算是经验老到的"长辈"级同事，但十年前他在教育领域却只是一位"零基础"的新手。蔡苏从本科到博士阶段都就读于北京航空航天大学计算机专业。博士毕业那年，他机缘巧合最终选择来到北师大的教育学部工作。常言道"隔行如隔山"，能否将计算机科学领域的智慧与人文社科领域的教育完美结合，成了挡在蔡苏面前的第一道大山。

"2008 年刚来师大时挺迷茫的，一下找不到可研究的方向"，蔡苏淡淡一笑叹了口气，当时的无奈和焦虑仿佛刹那涌上心头。"我原本研究虚拟现实（Virtual Reality，简称 VR）技术的底层算法，而教育技术学院的学科属于应用学科，我必须去思考 VR 技术在教育领域的结合点是什么。"探索的道路总是艰难的，蔡苏首先打算研究的方向是三维虚拟环境，但经过一年的研究，发现这个方向研究的可持续性不太长，必须要另寻他路。

蔡苏清楚，既然跨界到了教育领域，在学术上就不可能像从前那样去和他人拼底层算法，再加上当时的师大教育学部缺乏相应的仪器设备以及其他实验空间条件，不足以为研究 VR 技术提供硬件支持，一时间进退维谷。迷茫的日子总是难熬的，对于什么该坚持，什么又该舍弃，蔡苏也云里雾里，不知所措。"当时其实真的很焦虑，教育技术学院那时适合我的直接上手可做的东西不多，纯教育学对我来说又是完全陌生的领域，所以不知道什么才是适合自己的研究。"

他想起了当初毕业离开北航时，他的博士生导师、国内虚拟现实学科带头人、前任教育部副部长赵沁平院士叮嘱他道："千万不要轻易地放弃自己的本行，如果你把自己的专业都抛弃了，就相当于用自己的短处去和别人的长处'PK'！"经过一番迷茫，他沉下心来研读教育文献，跑一线学校，寻找教育领域的难破解问题，最终决定转向以 VR 技术为根基的增强现实（Augmented Reality，简称 AR）技术的研究，将主要精力投入实际应用层面，致力于实现计算机自然科学与人文社科教育领域的完美融合。

2

左虚右实，虚拟与现实的交织

导师的话好似一盏指路明灯，又好像一双有力的臂膀，坚定了蔡苏前进的方向。他开始以 VR 技术为本，并积极思考 VR 技术在教育领域可挖掘、可结合的东西。当时 VR、AR 这些概念并未在国内市场流行开，AR 属于 VR 的一个分支，它是一种将真实世界信息和虚拟世界信息"无缝"集成的新技术，是把原本在现实世界的一定时间空间范围内很难体验到的实体信息（视觉信息、声音、味道、触觉等），通过计算机图形学、计算机视觉、人机交互等科学技术，模拟仿真后再叠加，将虚拟的信息应用到真实世界，被人类感官所感知，从而达到超越现实的感官体验。致力于 AR 技术在教学应用研究，如同去开辟一个崭新的领域。但真正的勇士不畏惧任何惊涛骇浪，蔡苏迎难而上，成立了"VR/AR + 教育"实验室，带科研团队夜以继日地申项目、做课题、研技术。终于，苦心人，天不负。蔡苏带领的团队创造了许多"AR + 教育"领域开创性的工作，技术科研上的成果也与日俱增，拿到了不少发明专利，在教育技术领域的认可度与知名度也逐渐增加。

2015 年，VR/AR 突然在国内变得炙手可热起来，蔡苏团队多年默默静心沉下来做出的成果得到了许多学者、学校、公司企业等的认可，并希望他研发推广更多 AR 教学应用软件，同时去开讲座普及这种技术与教学结合的原理。迄今为止，蔡苏开的讲座累计 150 多场，并且很多学校纷纷请求能与他们实验室合作。"道理就是这样，任何一个研究领域只要你能够坚持，甘坐冷板凳，总有一天会有你出头之日。"蔡苏笑了一下，仿佛之前所有的苦都如同过眼云烟般消逝。"百行通不如一行精。坚持一样东西，把它做到极致，你就是这个领域的第一。"

毕业后，蔡苏沉心研究 AR 技术在教育领域的应用已达 9 年之久了。他最大的切身感受，便是教育应用研究必须注重实证，才能真正解决教育中的问题。比如，他 2017 年底带团队去到湖北中部的一个城市，打算尝试将 AR 教学应用到欠发达地区和贫困地区，期望促进教育不均衡问题的解决。在此次实践中，当地一位物理老师的话令他印象深刻："说老实话，物理光电效应我们学校没有真实实验器材，我没有做过，我以前念师范时也没做过，对光电效应其实也是搞得稀里糊涂的，我教的学生也是稀里糊涂。但是这次我亲手做了你们带来的光电效应的 AR 实验，我自己好多东西都弄明白了，我的那些学生也都弄明白了。明年要是高考考光电效应，我班上的学生应该都没有问题！"对老师最好的回报是学生成才，而对于蔡苏来说，能让多年的研究成果落地并真正解决问题，这便是最好的回馈。"教育应用的研究是一个实证的研究，不是锦上添花，而是实际地去带来一些好的改变。"

蔡苏表示，自己其实一开始并不清楚如何搞明白教育领域 AR 研究的意义与需求，直到遇到教育学部已退休的何克抗教授，他才想通了。何老先生当年七十多岁却坚持到中小学的课堂去听课，这种对教育满腔热血的精神感动了蔡苏。何老先生曾说过，坐在高校的实验室里，你永远都不知道真实的教育问题是什么。你必须要走出学校。受老先生影响，蔡苏后来也深入到中小学与一线的教师交流，渐渐地便领悟到科研应该讲究"虚实"结合。"虚"就是虚拟现实技术即 VR/AR，"实"就是教育应用的实证研究，只有打破二者界限进行"虚实"结合，才能真正在实际中解决教育的难题。"教育需求一定来源于真实的实践。科研人员制作教育软件设备时要避免闭门造车，应亲自到实地展开调查，毕竟一线城市与欠发达地区的需求不同，从实际出发，因地制宜才行得通。"

3
左研右教，研究与教育的贯通

蔡苏对高校教育行业的发展也时常有自己的思考。对于"北师大如何强化教育教师的教学特色"这个问题，他认为需要从两方面着手强化教学特色。

第一，要多多鼓励青年教师。首先他认为，现在大学里缺两类人才，一是学术"大牛"，二是有潜力的青年教师。前者可以通过高薪引进，后者只能学校自己去培养。这种培养不是一时见效的，青年教师的成长需要时间，可能会经过几任校长、甚至几十年的努力才能提升学院的学术水平。但是社会上出现了一些急功近利的思想，想在学术上快速见效，因此很多学校选择引进学术"大牛"。常见的做法是学校重金聘请国外名校的牛人学者开讲座，但牛人只待一两个星期就离开，这种粗放式人才培养的效果并不明显。而对年轻老师的培养则属于内涵式培养，路很艰辛但反哺育人的后期效果显著。从大学教师长期发展的角度而言，蔡苏更加肯定内涵式的发展。他还提出在人才培养模式上要注意执行层面的把关，多多挖掘有潜力的青年教师。

第二，鼓励文理交叉。由于自己本身也算是跨领域，所以在关于跨学科发展这一点上，蔡苏深有体会。他认为，自然科学的研究是为未来铺路，它们的着眼点并非现在，而是面向未来的需求。但应用层面的研究着眼于现在，必须为解决现实问题而进行，且技术要求成熟稳定。为方便我们理解，蔡苏举了一个他与特殊教育研究所胡晓毅副教授合作的学科交叉案例：针对自闭症儿童认知能力与交际能力较差、肢体动作精确性退化的特点，蔡苏与胡教授利用 AR 技术和手势识别技术去帮助自闭症儿童进行认知以及动作技能上的训练，之后两人合发了一篇顶级 SSCI 期刊的文章，得到了同行的认可。将 AR 技术与自闭症儿童的相关教育知识结合起来，意味着开辟了一个崭新的研究方向，并且可以切实地解决很多自闭症患儿的生活困难。因此蔡苏认为，将文理工等不同学科领域交叉进行研究，极容易发生学科之间的化学反应，二者会碰撞出新的社会需求，也有利于人的全面发展。现在很多高校都树立起文理交叉式研究的意识，如高考的大类招生，其实师大也开始了这方面的改革，教育学部的成立就是一个尝试，但如何在物理上合并之后产生化学反应，这是一个艰难实践的过程。

4
左师右友，导师与朋友的化身

除了科研的突出贡献，蔡苏在教学中也是一把好手。作为一名科研工作者但同时也是一名大学教师，他认为只有同时具备广博的知识宽度以及精深的专业深度，才担任得起应当的教学任务，这样在指导科研工作时学生才能信服。

前不久，教育技术学院新开设了一门自然科学与工程技术课程，因理工科的出身背景，蔡苏被指定担任这门课的教学工作。自然科学与工程技术课相当于通识类课程，要求教师"上知天文下知地理，古今中外无所不知"，教学压力自然不小。为了保证教学质量，出身计算机专业的蔡苏甚至去查阅爱因斯坦相对论的书，逐个知识点地去琢磨，最终使课程得以顺利进行。有人夸蔡苏是"全才"，但他明白，一个老师至少得有 500 分的知识储备，才能讲出 100 分的内容，如果自己只有 100 分的储备，则最多讲出 70 分左右的东西。一桶水储备的水量越足，可倒出来的水才越多。

除了广博的知识维度以外，蔡苏对专业的理解也是同样的深刻。"胜任高校教师的工作讲究知识面广博，专业精深，方能以知服人。"为了确保专业精深，蔡苏一直为自己树立争当 NO.1 的信念，给学生起到带头模范作用。同时，蔡苏也时常鼓励学生要有在本行业内成为全世界第一的信念。当今世界，学生具备了国际视野，可以开拓自己的胸怀，增强自信心。正是秉承这样的观念，蔡苏十分支持自己的学生积极参加国际学术会议，并帮助他们取得了不少优秀的学术成果。2017 年蔡苏带领教育实验室团队赴新西兰参加第 25 届国际计算机教育应用大会（简称 ICCE2017），会上本科生孙健、李皓还拿到了最佳技术实现提名奖。"求其上者得其中，求其中者得其下"，"目标是珠穆朗玛峰，你可能爬不上，但至少能跑五千米吧；但你目标是香山，那也只是爬上了香山而已"，树立目标成为天下第一，并非口出狂言，而是对自己的一种高标准、严要求。

蔡苏透露自己当了三届研究生的班主任，在每次开学的班会上都会对学生说这句话："三年很长，你可以做很多事情；三年很短，你可能会一事无成。"他告诫学生不要荒废时光，应脚踏实地去努力，珍惜在北师大学习的机会，为自己的青春留下一些美好的印记。他还常在邮箱中发给学生一句忠告："Vacation is the best time to make your opponents behind you."意为：假期是甩掉你对手的最佳时期。如果你在玩，你的对手可能正在学呢。他会要求研一的学生提前来学校，如果是外校考进来的学生，就发远程任务，督促他们提前进入学习状态。

担任"VR/AR + 教育"实验室主任的蔡苏戏称自己是"一个老人带着一群小朋友"。目前他的团队包括 20 名在读的本科生、研究生，团队氛围也十分融洽。"在指导我们做项目、课题、科研的时候，蔡苏老师非常严谨认真，总是能为我们提供第一时间的建议和帮助。而在日常生活中，蔡苏老师是个非常幽默可爱的老师。他经常和我们一起开玩笑，在制作中英文视频字幕时偶尔出现流行语。和老大相处是一件非常轻松、愉快的事情。"作为 2016 级本科教育技术专业学生的何思凝这样评价蔡苏。"蔡老师循循善诱、诲人不倦，充分尊重我们的意见和想法，培养我们的创造力，不断督促我们前进，并为我们提供充分帮助以谋求我们的个性化发展。蔡老师以身作则、谦逊细致、刻苦奋进，是我们学习的榜样。"2016 级本科生徐珺岩笑着补充道。同是 2015 级教育技术专业的牛晓杰表示："蔡苏老师是我大学学习和生活中的良师益友。他丰富的阅历与开朗乐观的性格深深地影响了我，他的谆谆教诲促使我脚踏实地、精益求精。可以说，遇到蔡苏老师并成为他的学生，是我大学生活最幸运的事情。"

窗外儿童隐约的嬉笑声依旧，金栗色的阳光铺洒在蔡苏简约的办公桌上，仿佛是在林间跳跃的欢快精灵。蔡苏开玩笑地说："回忆当年自己读本科的时候志气昂扬，对着一台电脑显得格外的壮志凌云：给我一台电脑，我就能撬动整个地球！"而现在，在教育这个行业领域，蔡苏老师正在用 AR 技术撬动课堂教学。牢记教育初心，不忘科研使命，我们坚信这位"技术大牛"在自己的学术和人生道路上将拥有更加精彩的未来！

（王娟、韦晓玲、齐晨）

扫描二维码即可阅读全文

第四篇

04

| 院长访谈 |

过常宝：师范立校离不开一流的中文学科，每个师范生都是传统文化的"火种"

推送时间：2018 年 1 月 2

　　"北师大中文学科希望培养两类人才。一类是有深厚文化根底，能够深刻了解中国现状，能够进行有效国际交流的高端中文人才。另一类是针对国外学生，希望他们能够比较自由地使用中国语言、较为深入地了解中国文化和现状、亲华知华，对中外文化交流做出贡献。"

——过常宝

　　过常宝，文学院院长，教授，博士生导师。1985—1995 年，在北京师范大学中文系获学士、硕士、博士学位。1999 年 11 月至 2000 年 6 月，在香港教育学院任教学顾问。2004 年 3 月至 2005 年 2 月，任韩国高丽大学中文系访问教授。主要研究方向为先秦两汉魏晋南北朝文学史及唐宋诗词鉴赏。国家社科规划重大课题首席专家。出版专著 9 种，发表论文 60 余篇，集中在楚辞、史官文化与文献、诗词释读三个方面。

　　"思享者"会客间：访谈进行时……

　　Q：师小萱　BNU 思享者小编

　　A：过常宝　文学院院长

1
学科是大学发展的基础桩，
是高等教育发展的关键把手

师小萱：过院长，请问您是如何看待当前正在开展的"双一流"建设呢？

过常宝："双一流"建设对北师大来说是一个新的机会。

虽然以前也有"211""985"，但是"双一流"建设却是明确以学科为中心的。各个大学的学科发展不太均衡，学科在一定程度上意味着大学的特色和发展的基础。抓住了学科，就是抓住了大学发展的基础桩，抓住了高等教育发展的关键把手。

如果北师大认清自身的优势学科、基础学科和有发展前途的学科，抓住国家"双一流"建设机会，就能实现稳固而又快速的发展，就能够有机会成为真正的世界一流大学。

师小萱：对于中文学科来说，如何融入"双一流"建设呢？

过常宝："双一流"学科建设，意味着一方面要在世界高等教育发展的格局下发展，另一方面也要满足、顺应社会文化发展的需求。

北师大的中文学科有着非常悠久的历史，在整个高等教育中文学科的发展过程当中，北师大的中文学科起着引领和奠基的作用。

现在的北师大中文学科仍然在全国的中文学科当中处于前列。如何发展古老的中文学科？这是学科本身的问题之一。如果能够借助这个机遇，从世界高等教育的格局，从国家和民族文化发展的需求这两个角度，重新定位我们的发展方向，寻找我们的发展空间，这对中文学科的发展是强大的动力。

师小萱：可以介绍一下文学院的具体建设计划吗？

过常宝：我们主要从自身建设、社会应用和中文国际化三个方面开展工作。

从传统的二级学科来说，我们的学科发展相对比较均衡，各个层次的人才也比较充分，学术领头人在全国都有一定的影响力，我们学科自身也有很多发展条件。这几年来，我们注重从自身建设、社会文化发展和国际影响三个角度来发展一流的中文学科。

一是使我们的学科基础更加扎实、牢固，希望在层次结构、人才队伍和学术领域方面继续快速发展，相对保持领先地位。

二是努力顺应社会发展需求。从根本上说，中文学科担负社会文化传播、交流的任务，中文学科再也不是纯粹的书本上的学问，它要密切关心国家和社会文化的发展，在应用研究方面要比以前投入更多。另外，中文学科与其他学科相比有很强的民族性，它是中华文化的重要组成部分。在中华文化走出去的过程中，中外文化交往对中文学科的发展也有很多要求。

三是做好中文的国际化。中文的国际化指中文的推广和普及的程度，以及中国文化在世界上所被接受的程度。我们不仅在国外创办中文学院的国际分院，也在不断提高学生的国际化视野。我们希望每一个中文系毕业的学生都能有海外学习的经历，希望他们具备国际视野、国际眼光，具备国际交流的素质；我们也希望所有想要学习中国传统文化，想要了解中国的人都能够来北师大中文系学习。在"双一流"的平台上我们还会做更多的工作。

2
"经世致用"看中文，
文化中国"走出去"

师小萱：刚才您谈到了中文学科的应用性，您能结合文学院的情况再详细谈一下吗？

过常宝：北师大中文学科在社会应用方面居全国高校领先地位。

在应用方面发展最好的是语言文字学科，在国家语言文字政策咨询方面做了大量工作。比如，2014 年发布的《通用规范汉字表》，就是由我们这个团队来做的。汉字出版、汉字数字化、汉字的国际编码都是汉语言文字团队做的，他们对文字应用方面的贡献很多。

当代文学团队在推动中国文化"走出去"方面做了一些很好的探索。莫言老师领导的国际写作中心已经成为国内高校最有名的国际作家交流平台，国外的诺贝尔文学奖获得者来我们这里切磋，更多中国作家也因之走向国际舞台。我们创办了当代文学学术领域第一家英文杂志 *Chinese Literature Today*，在美国出版发行，这是目前三个最好的当代文学传播平台之一，也是目前国际上发行量最大的中国当代文学推介杂志。

民俗学团队对中国民俗文化的贡献也是有目共睹的。在今年世界非物质文化遗产评审大会上，中国二十四节气被评为非物质文化遗产。参加联合国大会的中国专家代表团成员全部来自北师大，一部分是北师大在职教师，另外一部分是北师大的校友。

国际汉语教育主要由汉语言文化学院承担，他们为国家汉办提供各种标准和咨询方案，培训了 5000 名左右的汉语教师，研制的教材也被孔子学院采用。

国际汉语学科还帮助泰国、肯尼亚制定了本国的中文教学大纲。我们还在继续发展一些应用技术，如汉字识别、国家专利局中英文翻译技术的开发等。

这些都是北师大中文学科在社会应用方面的努力。

师小萱：对于中文国际化，您能结合传统文化具体谈谈吗？

过常宝：中文国际化实际上也可以指中国文化被国际社会理解的过程。

中文学科对传统文化的继承和发展、传播和交流负有重要的责任。不管是社会大众还是国外受众，他们接受中国传统文化一般是从接受语言文学开始的，所以中文学科对于继承和发扬传统文化有着不可推卸的责任。在今天的社会中，中国传统文化受到了党和国家的高度重视，受到广大人民群众的推崇拥趸，这些都对中文学科提出了新的要求。

中国传统文化在现代学科观念中，被分为语言、文学、哲学、历史等不同学科，这些划分一定程度上能帮助我们理解中国的传统文化。但另一方面，这不太利于我们完整理解、把握和继承中国传统文化。我们应该在这些方面做出适当的调整，包括学科、教学等方面的调整落实。

中国传统文化走出去，实际上是中国文化被理解的过程，不是说必须让别人接受传统文化，而是让别人理解我们的传统文化。中国文化在国外很多被妖魔化，比如西方的文化根基和价值观都在宗教，而宗教具有非常明显的排他性，一些宗教认为中国文化是与西方基督教相背离的。20世纪初，在美国人的画报上，中国人的形象都是非常丑陋的，那个时候中国人对外国人一点威胁也没有，只是一些外出打工的中国铁路工人，但被西方新闻文化界刻画为恶魔形象，或者莎士比亚笔下的犹太人，原因就在于异教文化。西方对于中国文化的排斥在很大程度上是一种本能排斥，也就是说他们不了解中国传统文化。

我们把传统文化介绍到国外去，不是希望推广传统文化，也不是希望他们接受我们的文化，或者按照我们的文化来做事情，而是希望他们能了解我们、理解我们，我们的文化存在和他们的文化一样，都具有合理性，不要站在自己的文化立场上，用自己的合理性去否定对方的合理性。

3
师范立校——每个师范生都是传统文化的"火种"

师小萱：过院长，请问您如何理解师范立校呢？

过常宝：我认为我们的师范教育既要立足于国内的基础教育，也不能忽视国际教育和社会教育，我们希望在各个教育层面上做出我们的贡献。

北师大是以教师教育为发展方向的学校，对于中文学科来说，师范立校更为重要。中文的经典性、民族性和传统性在课堂上的传播是最有效的。我们相信每个师范生都是传统文化的"火种"，师范教育是中国传统文化培育和传播最为重要的平台。如果想要发展中国文化，想要中国文化走出去，没有教师教育，没有师范教育是不行的。当然，现在我们要扩大师范教育的概念，以前的师范教育较为单一，现在教育渠道比较多元，包括社会教育、自媒体等。我认为我们的师范教育既要立足于国内的基础教育，也不能忽视国际教育和社会教育，我们希望在各个教育层面上做出我们的贡献。对于文化传播来讲，我认为没有任何一个渠道能比基础教育、社会教育等渠道做得更好。

师小萱：您认为高校应该培养什么样的人才？

过常宝：谈到高校教育，包括北京师范大学，首先我认为应该培养热爱民族文化、热爱祖国的人才。具体到我们的专业，我们希望培养两类人才。

一类是有深厚文化根底，能够深刻了解中国现状，能够进行有效国际交流的高端中文人才。

另一类针对国外学生。我们希望能够培养国际中文人才，希望他们能够比较自由地使用中国语言、能够较为深入地了解中国文化和现状、能够亲华知华，对中外文化交流做出贡献。这都是我们培养学生的目标。

师小萱：请问文学院具体课程设置是否已经体现这样的培养理念呢？

过常宝：对于中国学生，除了在传统学科的基础上，继续深根厚植中国传统文化，我们还增加了不少国际化方面的课程和文化体验。

在欧洲、加拿大等国家设立十多个海外学习基地，为文学院本科生提供小学期课程、文化体验、文化课程和文化实习等活动平台。我们有将近70%的学生都有机会被派往国外进行学习，剩下一部分学生将通过外籍教师、选修国外大学课程来弥补。希望通过这些途径培养学生的国际意识、国际交流水平和国际文化知识。

师小萱：您觉得大学老师应该具备什么样的素质？

过常宝：习近平总书记提出的"四有"好老师不仅是大学教师应该具有的基本素质，而且是全部教师应该具备的基本素质。没有这几项基本素质，就不能称之为合格的老师。

大学教师需要更严格地要求自己，因为大学老师在中国文化和中国社会中一般被视作学习的典范或者楷模。大学老师的社会地位和社会影响力决定了他们必须严格地要求自己，无论是立身处世还是在学术职业水准上都应该对自己要求更高。

在北师大中文学科 100 多年的历史上涌现了很多特别突出的典范，像启功先生、钟敬文先生，他们都是非常出色的。他们都爱护自己的学生，忠诚于自己的职业，都有很高的学术水准。我们正在整理他们的事迹，希望能把这些优秀老师的精神传承下去。今年已经出版了《启功评传》等相关书籍。我认为，中文学科有做好老师的传统，我们身边教师的事迹也会对我们的学科产生很大的影响力。

4
"我和北师大的关系就是一种生来就有的关系"

师小萱：您在师大很多年了，可以谈一下您的师大故事吗？

过常宝：我和北师大的关系就是一种生来就有的关系，就像是父母和孩子的关系，所以我们之间没有故事，也没有姻缘，就是一种与生俱来、血脉相连的关系。

来师大读书之前，我是一名小学老师。当时那个年代，我只能报考师范大学。所以我就报考了最好的师范大学——北京师范大学。在北师大求学十年后留校任教。很幸运，我能够一直在北师大工作学习。我认为北师大是一个很温馨、很有人情味、特别有利于成长的大学。导师和学生的关系，就像是一家人，这种不做作、很自然的关系，让人很依恋。在文学院的历史上，有很多很特别又比较突出、很有个性的人才，他们也得到了很大的包容。所以这是我特别依恋北师大的一个原因。

师小萱：您能具体举个例子吗？

过常宝：我的同班同学中，有一些非常有个性。他们在课堂上会和老师公开吵架，但是这些同学和老师们的关系都很好。老师很包容他们，他们的专长也都得到了很好的发展。

1985 级同学当中，有做行政工作的、有成为世界级诗人作家的、还有像我一样做学术的，我们在各个方面都得到了极大的发展。同学与同学之间的关系、同学与老师之间的关系都很融洽，所以不管我们在哪儿工作，都会觉得北师大是我们的一个温馨的家。

师小萱：文学院有这么多名师大家，您认为他们身上有什么共性闪光点吗？

过常宝：他们对我影响很深的就是，既然选择了教师和科研行业，就应该把这个职业和领域做好。

我的导师是聂石樵教授，他已经 90 岁了。他是对我的学术生涯和人生成长影响最大的人。老先生在学校是个"活雷锋"，在不能上课做科研的时候常常主动去打扫锅炉房和校园卫生，他是我们专业国内最顶尖的学者，著作等身，所有的文字都是一笔一划写出来的。老先生比较传统，和先生交往这么多年，我从来没有在先生家里喝过一杯水，因为老师就是老师，学生就是学生，每次在先生家里坐沙发也只能坐一半，以示尊敬。这样的老师对学生是十分严格的，但是老师在学术观点方面是非常开放的。

我的博士论文和先生做的是同一个领域，当时他是楚辞研究会的副会长，我的论文也是楚辞。他的很多观点，在我这里都被颠覆了。在博士论文答辩时，每当有其他导师质疑为什么我的观点与导师观点不同时，聂先生一直是为我辩护的，这种行为对我影响很大。聂老师基本不和我们谈生活，虽然可能有些人不认同这点。但是他的这种观点很单纯：既然选择了这个行业，你就应该把这个职业和领域做好，这个对我影响很大。

师小萱：您在自己教学、指导学生的过程中有什么经验和心得吗？

过常宝：现在整个社会环境进步很大，所以我们不能要求学生像我们以前那样，我们现在应该更多地关注学生成长的环境和需求。

现在学生的思维，做学术的方式，和我上学的时候有很大的不同。因为学科自身的发展，对学科提出的一些命题，和传统的学问有很大的区别。在这种情况下，我们的教学过程实际上也是向学生学习的过程。他们对这个时代文化的发展更敏感，对待学术的方式、方法可能会借助一些更加先进的方法，比如他们学术团体的组成方式与以前大不一样。我们以前习惯单打独斗，习惯一个人翻书，但是学生们的学术团体比我们要发达的多。

现在的学生更活跃，但是基础相对于以前更薄弱一些。正是由于基础薄弱，所以我们不能再用导师教给我的方法对待学生。现在我和学生的关系，与我和导师的关系有了很大的区别。我和学生的关系应该说更平等一些。

现在社会状况也和以前不同，我们现在应该更多地关注学生成长的环境和需求。以前，我们搞学问比较单纯，过得很苦，学生苦是比较普遍的现象，所以大家不会抱怨什么。但是，现在社会环境发生了很大的变化，我们不能像以前那样要求学生要"坐十年冷板凳"等。如果再一味地这样要求，那么就有可能会造成学生发展走弯路。

寄语北师大

我们要坚持师范性，以基础学科为主，认真领会"双一流"建设以学科建设为主导的精神，不要盲目攀比，坚持自己的特点和优势，形成自己的"拳头"。

　　希望学校根据各个院系和各个学科的不同情况，能够支持各个学科的特色发展。我们有自己的特色，我们有自己的发展方式和目标，希望学校能尊重各个学科特色，为学科的发展创造条件。

（王娟、郭文杰）

扫描二维码即可阅读全文

宋长青：把握时代脉搏，建设一流地理学科

推送时间：2018 年 5 月 7

"北京师范大学建设一流地理学科具体目标包括：第一，打造以北京师范大学为主体的地理高等教育的模式；第二，通过多年的努力，在国际上建立地理学的中国学派；第三，全面系统地建立地理科学研究的方法体系；第四，将北京师范大学打造成国内外知名的地理科学研究中心。"

——宋长青

院长卡片

宋长青，教授，地理科学学部执行部长，中国地理学会学术工作委员会主任、政治地理与地缘关系专业委员会主任，《地理学报》《干旱区地理》《中国地理科学》（*Chinese Geographical Science*）副主编。多年来致力于地理学研究范式、地理学区域综合研究方法等方面的研究，发表学术及学术管理论文 100 余篇，出版《土壤科学 30 年：从经典到前沿》《土壤若干前沿领域研究进展》等

专著。从2000年至今，在全国各地理学相关科研机构、高校做过"地理学的区域集成研究""地理数据—问题与研究范式""地理问题与地理尺度""地理数据与地理思维""中国地缘政治的全球战略""地缘研究的主要问题及方法路径"等专题或学术报告近百场。

1
持续推进学科改革，抢先将理念转变为行动

师小萱：国务院印发了"双一流"建设总体方案，统筹推进世界一流大学和一流学科建设。在您看来，怎样才算是"双一流"大学，您对"双一流"的建设有什么看法？

宋长青："双一流"大学的建设是全国教育界普遍关心的问题。从整体发展来看，建成"双一流"大学，首先要有一批在国内外具有引领作用，同时得到社会广泛认可的优秀学科，通过优秀学科的建设实现一流大学的建设。

从这个意义上讲，第一，"双一流"大学要求有一批高水平的学科；第二，"双一流"大学要求有明确科研方向和教学特色，形成彼此互动、整体协调、能够在学生培养和科学研究中取得突出成就的学科优势组合，并得到社会的广泛认可。在当今各个大学竞争十分激烈的时候，一个学科体系的构建，是相当重要的。学科构建合理，学科之间能相互促动；构建不好，多个学科竞争有限的资源，彼此的发展就可能受到限制。

在我们地理学的学科构建上，同样贯彻着这种思想。强调有所为，使那些能够相互促动的学科方向共同发展，强调这些学科方向能够为社会服务，这是我们学科建设的主体。归根到底，"一流"大学是由"一流"学科构成的，是以"一流"学科为基础的总体表现。

师小萱：您认为世界一流学科应该怎样建设，就"世界一流"地理学科的发展来看，应有怎样的规划？

宋长青：要建设一个一流学科并不是容易的事，北京师范大学的各个学科和全国其他高校的各个学科都在思考这个问题。从学校层面来看，一流学科应该具有人才培养功能、科学研究功能、社会服务功能和思想文化的传承功能。

第一，人才培养要体现师范特色的教师教育。要根据国家需求和北京师范大学的学校定位来明确北京师范大学地理学部地理学科在人才培养方面的定位。

第二，科学研究强调教学相长。科学研究不能脱离教学，学科要通过教学

与科研的相互促动,达到共同进步的目的。

第三,研究方向要贴近社会,旨在服务社会。今日的科学研究不只是满足科学探索的好奇心,科学研究的成果要实实在在地为社会服务。在科学研究方向的选择上,应该更加贴近社会,更为直接地为社会服务。在地理学科的建设中,我们择重生态环境、灾害风险研究,选择了国家重大战略问题的咨询研究,选择了诸如地缘关系、精准扶贫等关系国计民生重大问题的研究。只有把这些研究方向选择好、建设好,才能为国家扎扎实实地服务。与此同时,一流学科需要依靠社会评价,如何应对国内外的评价体系是一流学科建设的一大问题。如何在坚持我们本质内核的同时,满足各种评价体系的要求,做到内外兼修,从而实现部门上、学科上、学生家长、学生本身等多个方面的满意,是一流学科建设过程中所应思考的重要问题。

第四,一流学科建设应注重中华文化特质塑造的人才培养。一个学校是培养各类人才的基地,精神素质是衡量人才的重要标准之一,所以在培养过程中学科应强调培养学生具有中华文化特质的知识结构,以满足国家"两个一百年"建设的需求。

以上四方面是我们对地理科学学部人才培养的定位,也是我们认为的一流学科建设的核心内容。

师小萱:不同的学科有不同的特色,在一流学科建设过程中也会有不同的实施方案。您能否介绍一下在"双一流"建设中,地理学科实施方案的具体内容和步骤。

宋长青:地理学科建设具体包括三方面内容:清晰的目标、可行的路径以及严谨的态度。

清晰明确的目标。我们北京师范大学地理学科在 2017 年全国学科评比过程中被评为"A+"学科。总体而言,全国只有北京大学和北京师范大学的地理学科进入这个行列,因此,在学科未来的建设中,保证国内的领先优势,同时不断扩大国际的影响,使我们地理学不论是教学还是科研都有较好的国际地位,这是我们在"双一流"建设过程中给予地理学科的定位。我们制定的具体目标有四个:第一,打造以北京师范大学为主体的地理高等教育的模式;第二,通过多年的努力,在国际上建立中国的地理科学学派;第三,全面系统地建立地理科学研究的方法体系;第四,使北京师范大学成为知名的地理学研究中心。

切实可行的实践路径。有了目标之后,就需要有效的实践路径。在教育教学方面,我们持续推进课程体系和学科教材改革。2017 年是我们的启动阶段,

2018 年是我们的论证阶段，2019 年课程体系将会正式实施。这次课程体系改革充分体现了时代的特点。我们将地理大数据分析、复杂系统分析、人工智能等都纳入我们本科学习的必修课中。我们集中精力建设我们的课程和教材体系，希望能够在我们的课程和教材体系中充分体现中国特色的地理学教育。在科学研究方面，我们极力打造具有国际水准的科研平台。不断加强 2 个国家重点实验室的建设和 7 个省部级平台的建设，不断发展野外观测能力。同时在我校"一体两翼"建设方针的指导下，充分利用珠海校区的资源，加强地理学科以及相关学科的整体建设。在社会服务方面，我们对一些特别的研究方向，如风险灾害、土壤侵蚀、生态建设、地缘关系、精准扶贫等都将给予更多的关注。

严谨认真的态度。一流学科建设不是唱高调，在建设过程中要充分意识到存在的困难以及将来与同类学科竞赛过程中我们可能遇到的问题。到目前为止，我们意识到北京师范大学地理学科在发展过程中，人才建设是关键之关键。在第四轮学科评估结果中，北京师范大学真正的纯理科"A＋"学科只有地理学一个学科，这也预示着我们在今后的发展中面临着更多困难。在此，我们自己理应明晰我们遇到的困难，同时，也希望学校各方面给予地理学全面的帮助和支持。

师小萱：您刚刚提到一流地理学科建设需要持续推进课程体系改革，您能否详细介绍一下地理学科的课程体系改革？

宋长青：计算机和网络时代的来临，使地理学面临着全新的形势，传统的课程已不适应当今的时代，课程体系改革的目的是为了适应现代的发展。

人类的技术进步大致可以划分为三个阶段。从蒸汽机时代进入电气化时代，再到今天的我们进入到计算机和网络时代。蒸汽机和电气化时代解决了我们基本动力的问题，而网络化时代，不单单是解决基本动力问题，而且实现了大量信息的传输和应用，大量人工智能替代人的思维。今天我们所培养出来的学生，第一要能适应这个时代，第二要能驾驭这个时代。过去我们把地理学的要素——水、土、生物和人分门别类进行研究，但是现在我们发现人和自然紧密联系，相互作用，水、土、生物也是紧密地相互作用。我们传统的还原论的思维在解译地理系统过程中显得力不从心，所以我们要建立系统的思维，把人和地看成一个和谐的系统，把水、土、气、生物作为一个系统开展研究，因此研究目的、研究方法论体系、研究技术体系等必然都面临着更新。课程体系改革的目的之一就是适应当今社会发展，符合自然规律整体认识需求。要培养出更能够满足社会各领域需求，助推社会进步的人才。当今的学科不仅仅是地理学，许多学科都面临着同样的问题。抢先将理念化为行动,这是"双一流"建设中非常关键的一个点。

关于课程体系改革的具体内容,我们要说的第一个内容是系统的方法论体系的建设。地理学的系统思维大家早就意识到了,但是系统的方法论体系建设受到了极大的限制。所以在系统观念指导下的系统化的研究实施,现在存在着巨大的障碍。如果从理论到实践能够顺利地实现,会对地理学发展产生巨大的推动。第二个内容是系统思维把系统进行科学地拆解。复杂系统的提出,对系统研究又是一个全新的挑战。系统有相对简单的系统,有相对复杂的系统。复杂系统用传统的动力学方法、传统的牛顿力学方法无法解译出满意的结果,所以就给我们今天的科学研究带来了巨大挑战。

2
立足学校定位和学科特色,培养一流人才

师小萱:一流大学和一流学科建设的根本在于培养一流人才。您多次提到学科建设要注重塑造学生的知识结构和精神素质,请您具体谈一下高校需要培养怎样的人才?

宋长青:社会对人才的要求是多元的,立足于北京师范大学的学校定位和地理学的学科特性,我们在地理学科人才培养中强调三方面的定位:第一,要培养优秀教师;第二,要培养地理科学研究方面的优秀人才;第三,要培养具有特殊技能、满足社会广泛需求、服务于各个领域的适用型人才。因此,我们的人才培养也侧重三个方面:针对教师,强调教师教育的培养;针对学术人才,强调科学素质的培养;针对适用型人才,强调基本技能的培养。

师小萱:人才培养是高校"双一流"建设的重中之重,而教师在人才培养中发挥着关键性作用,您认为大学教师应该具备怎样的素质?

宋长青:这是一个我们每个人都应该明确的问题,但是在现实环境中,又是很难回答的问题。今天的大学发展和以往不一样,它不单是教书,同时也是育人。首先,大学教师要教书育人并重。自改革开放以来,国家发布了一系列关于教书育人的政策,尤其强调中国人才培养中的立德问题,强调培养社会主义核心价值体系,充分传播中华优秀文化,这是老师在育人过程中要充分给予考虑的。

其次,在技能上、知识上,教师要能够传授给学生时代最先进的知识和技

能。我们不能一成不变地传授着几十年老套的课本，这不符合科学和未来社会人才培养的需求。因此，课程体系改革和教材建设在今天的大学教育中势在必行。教师在其中发挥着重要的作用，地理科学学部教师关心并引领这方面的工作。

最后，大学具有综合性功能，教学科研并重，教师要具备较高的科研能力。北京师范大学学校的定位是综合性、研究型、教师教育领先的中国特色世界一流大学。强调综合性，综合性指的是学科综合、教学科研综合。在科学研究上，一定要体现出学校的特点和优势。要时刻把握国家的发展需求和所能提供的条件，时刻把握学校所能给予我们地理科学学部乃至地理学科的定位和要求。

能够满足以上教学和科研需求的老师才是真正合格的老师。为人师表，教师是北京师范大学的代表。北京师范大学的教师要体现中华文化的优秀品质，理科教师要有儒雅之气，文科教师要成为文化典范。

3
同心同向汇智聚力，谱写学科发展新篇章

师小萱：新时代谱写"双一流"建设的新篇章，您对学校未来发展有什么建议？"双一流"的建设中，教师和青年学子是主力军，您对他们有什么期望？

宋长青：对于学校，更多的是希望。

从学科上讲，前瞻布局是最迫切的任务。以往研究讲战略研究总被认为很虚，但实际上战略研究是直接影响行为结果的。北京师范大学应该加强学科战略研究，明确学科布局，明确学科知识的梯次和重点，这样才能使北京师范大学有序地发展。

从资源的利用上讲，当前每个学院都存在空间分隔的问题。以地理科学学部为例，过去一万平方米左右的空间，分布在全校的 12 个地方。现在通过学校的努力，空间整合成功，但也只是整合了 5 个地方，实际上每个学院分布在不同的楼里，如果每个学院能分布在一个楼里，空间使用效率、资源使用效率、人才彼此沟通的效率都会有大大的提高。学校要充分利用资源存量，发挥整合优势，发挥资源优势。

从先进平台打造上来看，当今的科学研究实际上是靠技术支撑的，而技术是固化在仪器之上的。北京师范大学是国际知名大学，在仪器建设上我们可能没有更多的研发能力，但是我们要注重引进和购买一些先进的仪器来支持我们

的平台，使我们的平台更加完善，更加具有先进性，这样才能使我们的科学研究水平大幅度提升。

北京师范大学的老师，是一个非常勤劳的群体。作为一名高校的教师，要把握时代的脉搏，设定高远的目标，通过艰辛的努力，做出自己的成绩。这不单单是对北京师范大学老师的要求，也是对所有的老师的要求。北京师范大学的老师需要激发热情，更加广泛地与国内外同行、国内外的部门进行交往，从而获得更多的新知识、新资源、新成果。所以希望在未来的时间里，在新一届领导的带领下，我们的老师们可以在教学科研上取得更好的成果。

对北京师范大学学生来讲，来北京师范大学的根本目的是学习，所以我们将竭尽全力给我们的学生提供他们所需要的更好的营养，为他们创造更好的精神环境。让学生可以通过自己四年的学习和努力，通过北京师范大学这个平台获得更多的知识，得到社会的认可。青年学子们应该要充分认识到所处的时代特征，充分剖析自我的内在性格，认识社会，认识自己，通过努力利用北师大的平台让自己在北师大学习生活期间成长得更好，为自己走向社会奠定一个良好的基础。大学是社会，要学会从社会的角度处理人与人之间关系，认识时代并适应时代，认识自我而不局限自我，通过自己的努力就会找到自己的目标和方向。

每一个人在成长过程中有三方面的内容极为重要，一是个人目标的设定，二是宽广的视野格局，三是个人努力。一个人做事情一方面是满足自我需求，另一方面是满足社会需求。满足自我需求可以改变自我境遇，满足社会需求可以获得社会承认与认可。在个人的目标设定上，如果能将两者融合在一起，这个人将大有所为。目标决定了一个人的发展路径和行为方式，一个人目标高远就不会计较眼前得失。在成长过程中，最重要的就是视野和格局，没有宽广的视野和格局，在目标设定和问题解决上就会受到很大的局限。有了目标、格局，加上自己的努力就可能取得成功。

文末彩蛋：北京师范大学地理科学了解一下～

logo 最中间的指南针代表中国先贤为人类文明的贡献。左右两边两个圈是两个 S，一个代表科学（Science），一个代表社会（Society），地理学本身讲文又讲理，是社会与科学的结合。圈住指南针的是我们学校的标志——木铎，木铎开了口表示北京师范大学传统而不保守，同时它又像一个大写的 G，代表着地理（Geography），下面是一个代表着地理的地球。1902 年是北京师范大学建校，也是地理学科开始建设的时间。外围的文字沿着经纬网走说明我们懂规律，上面是启功所题"北京师范大学"，下面是学院的英文名称。小小的 logo 凝聚了所有的精华，充分彰显了北京师范大学地理学的特色。

（王娟、齐晨）

扫描二维码即可阅读全文

崔保山：聚焦国家发展战略，建设一流环境学科

推送时间：2018 年 5 月 21

"北京师范大学环境科学与工程学科建设以立德树人、人才培养为核心，以师德师风优良、教学和科研水平一流的师资团队建设和"产学研用管"一体化学科平台建设为支撑，突出学科环境生态科学与技术优势特色以及北京师范大学教师教育文化传统，以学科团队建设的体制机制改革与创新为着力点，促进学科科研、教学、社会服务与国际合作相互促进与协同发展，发挥一流学科建设的引领和示范作用。"

——崔保山

院长卡片

崔保山，环境学院院长，教授，博士生导师，教育部长江学者特聘教授，国家 973 项目首席科学家，国家杰出青年科学基金获得者，全国优秀科技工作者，享受国务院政府特殊津贴。长期从事湖沼湿地生态过程和环境响应、流域生态系统管理等方面的研究。目前担任中国环境科学学会第八届理事会常务理

事、中国环境科学学会地学分会主任、中国自然资源学会湿地专业委员会副主任、中国生态学学会咨询工作委员会委员、中国水利学会水资源专业委员会委员、国家湿地科学技术专家委员会委员等；担任SCI刊物Wetlands副主编，《湿地科学》副主编，任 *Journal of Hydrodynamics*、*International Journal of Environmental Protection*、《生态学报》《自然资源学报》《农业资源与环境学报》等编委。主持或完成国家973项目（课题）、国家自然科学基金重点项目、国家重大水专项、水利部重点项目等30余项。近年来已出版专著4部，发表学术论文200余篇，其中SCI论文130余篇，EI论文40余篇，授权国家发明专利8项。曾获国家科技进步奖二等奖1项，省部级奖励4项。

1

客观评估现状，高标准建设世界一流学科

Q：党的十九大报告提出，要加快一流大学和一流学科建设，实现高等教育内涵式发展。就目前而言，北师大环境科学与工程学科具有哪些优势？

崔保山：就学科优势而言，主要表现在学科历史积淀深厚、师资力量雄厚、学科建设平台一流、承担众多国家重大科研项目、学科国际影响力广泛等五个方面。

第一，历史积淀深厚。作为我国最早从事环境科学研究和教学的平台之一，北京师范大学环境科学与工程学科是在1952年建立的土壤地理学基础上发展起来的，是经教育部批准的全国高校首批高层次人才培养基地。环境科学与工程学科依托北京师范大学百年学术传统和科学积淀，已形成我国历史最为悠久的环境高等教育教学体系。以《环境科学概论》为代表的课程建设，在长期的发展过程中取得了突出的教学成效和广泛影响力。本学科培养了我国第一批环境科学领域研究生，开展了我国第一个环境质量评价项目和第一个建设项目的环境影响评价，建立了第一批环境科学与工程博士后流动站，组建了第一批环境类国家重点实验室等。

第二，师资队伍实力雄厚。专任教师中博士学位获得率100%，逾60%教师具有10个月以上的海外经历或在国外获得博士学位，近40%教师获得各类人才称号。包括1名中国工程院院士、1名加拿大工程院院士、6名长江学者特聘教授，7名国家杰出青年科学基金获得者，2名北京市教学名师，6名973项目/重大专项首席科学家等学科杰出领军人才，以及4名优青基金获得者、3名中组部青年千人、2名中组部青年拔尖人才、2名教育部青年长江学者、3名科技部

中青年科技创新领军人才，1 名万人计划科技创新领军人才，5 名霍英东基金获得者等青年优秀人才。2012 年至今以第一作者单位发表 SCI 检索和 CSCD 收录的学术期刊论文 1300 余篇，其中在 *Environ. Health Persp.*，*ES&T*，*Ecology Letters*，*Ecology* 等国际主流期刊发表 SCI 论文近 1200 篇，包括 TOP 期刊论文 290 余篇，形成了重要的学科科研理论和技术成果。

第三，学科建设平台一流。北师大环境科学与工程学科拥有水环境模拟国家重点实验室、水沙科学教育部重点实验室和北京市流域环境生态修复与综合调控工程技术研究中心，针对我国水环境质量改善和水生态功能恢复中的重大科学问题，以水环境过程—水生态效应—综合管理机制为研究主线，支撑开展了系列科研、教学及社会服务工作，成果突出。此外，还建有设施良好的黄河三角洲、白洋淀、汉石桥野外实验基地、河北衡水专业实习基地，以及河北建滔、河北辛集产学研基地。以学科平台建设为基础，服务我国环境综合治理实践效应显著。

第四，承担众多国家重大科研项目。近些年来，科研工作持续开拓创新，针对多类型驱动因素作用下的环境污染和生态日益恶化问题，环境科学与工程学科承担了系列国家、省部级及国际合作科研项目。其中 2011—2016 年间，承担了包括 1 项 973 项目、6 项 973 课题、4 项国家重点研发计划项目、19 项国家重点研发计划课题，1 项中美（NSFC – NSF）环境可持续性国际合作研究项目，6 项国家自然科学重点基金，1 项基金委重点研究计划项目等系列重大科研项目，学科科研成果多次获得国家级、省部级奖励，贡献突出。

第五，学科国际影响力广泛。环境科学与工程学科针对国际学科前沿问题取得的突破性科研成果获得了重要的国际学术影响力，创办国际学术机构与国际学科期刊，多名学科教师担任国际期刊主编、副主编等。与此同时，建立留学生培养基地，来自美国、英国、日本等国的留学生来校学习，形成了广泛的环境教育国际影响力。

Q：刚刚您详细介绍了本学科的优势与特色，您能否结合实际情况谈一谈本学科目前存在的不足？

崔保山：目前双一流建设的号角已经吹响，我们在看到自身优势的同时，也十分清楚地认识到了现阶段学科发展存在的问题与不足。

一是环境生态复杂性问题挑战科研创新能力。生态环境是一个多因素相互作用的复杂系统，生态环境的复杂性决定了我们需要进一步增强科研创新能力。

二是严峻的环境生态治理问题挑战人才培养能力。针对国际、国内环境生态保护发展过程中面临的新问题，要求学科人才培养具备国际化视野、具备创新型的思维和学习能力。

三是人才队伍的结构优化挑战学术队伍的整体教学科研能力。复杂性环境生态治理问题的解决要求学科队伍结构的进一步优化，避免队伍短板限制整体教学科研能力的提升。

2
基于现实，制定一流学科发展目标

Q：通过对环境科学与工程学科的现状分析，您能否介绍一下下一步学科的发展目标与规划？

崔保山：党的十九大报告指出，新时代要坚持人与自然和谐共生的基本方略，我认为学科发展要为建设美丽中国贡献力量。我们的发展目标主要分为近期目标、中期目标、远期目标。

近期目标是进一步完善和提高环境科学与工程人才培养的体系，引领我国环境教育人才培养的新模式，使学科达到国内领先、进入世界一流学科的行列。

中期目标是突出引领国际环境科学的发展前沿、在环境工程的部分领域取得重大突破，环境科学进入国际一流学科的前列，环境工程保持国际一流学科的行列。

远期目标是建成国际一流人才培养体系，支撑国家生态文明建设与区域协调发展战略实施，引领世界环境科学与工程重要领域发展前沿，学科整体处于国际一流学科的前列。

3
凝神聚力，推进一流学科建设

Q：双一流建设不仅仅要认清学科现状、制定发展目标，最重要的是有步骤、有计划地加快建设进程，请您详细讲解一下具体的建设内容？

崔保山：北京师范大学环境科学与工程学科建设以立德树人、人才培养为核心，以师德师风优良、教学和科研水平一流的师资团队建设和"产学研用管"一体化学科平台建设为支撑，突出学科环境生态科学与技术优势特色以及北京师范大学教师教育文化传统，以学科团队建设的体制机制改革与创新为着力点，促进学科科研、教学、社会服务与国际合作相互促进与协同发展，发挥一流学科建设的引领和示范作用。

　　首先是人才培养。在全球化和国际化背景下，我们要培养面向我国环境生态治理实践，具有全球视野的环境科学与工程学科复合型创新人才。具体来说，主要有以下几方面的实现路径。其一是完善教学科研协同育人体制机制。凝聚"创新群体、教学名师、外籍师资"的力量，建成学科教学团队，提升课程教学水平，夯实教学基础平台，完善本土研究生与留学生一体化培养方式，细化制度与模式，构建一流的国际化研究生培养模式。其二是创新环境教育社会实践模式。在目前学科课程体系国际化日益完善的基础上，进一步加强面向我国实际环境问题认识的社会实践型环境教育模式的探索和引领。其三是优化复合型创新人才培养模式。面向我国生态文明建设和区域协调发展，环境综合治理系统性的特点突出"国际特色、实践需求"的理念，优化复合型创新人才培养模式。其四是设立中外合作办学项目，提升国际化人才培养能力。依托国际联合研究中心/基地建设和中外合作办学项目建设，签订学生互换协议，推进博士双学位项目和短期交换生等项目，改革本科生国际交流和研究生国际联合培养模式。与此同时，强化国际教学平台的宣传力度，积极吸引"一带一路"沿线国家学生来华留学。

　　其次是科学研究。本学科要围绕国家环境科学与工程学术发展前沿问题，面向国家重大战略需求，形成学科原创引领性科研成果的关键突破。第一，创建学科团队协同管理机制，突出学科交叉融合和协同创新，弥补分散式研究难以形成重大科研突破和解决国家重大科技需求的短板，为一流学科建设任务和预期成效的实现奠定体制机制基础。第二，支撑区域协调发展国家重大战略的科技需求。面向国家京津冀协同发展、粤港澳大湾区、雄安新区规划建设及"一带一路"等重大发展战略，依托北京师范大学学科建设地缘优势以及本学科科研基础，发挥本学科系统综合性环境治理理论和技术优势。第三，面向国家绿色发展战略需求，在已有的国家重点联合实验室、教育部重点实验室以及相关研究中心等基础上，与地理学、生态学等多学科协同合作，积极参与筹建北京师范大学"地学与绿色发展国际科学中心"。

　　最后是社会服务。以国家重大需求科技支撑为导向，加强科研成果转化、行业标准制定和教育培训，提升本学科对我国生态文明体制改革、建设美丽中国的贡献与服务水平。第一，建设产学研用管一体化平台。联合国内外学科优势高校、科研机构、行业管理部门及企业，搭建高校、企业、管理部门联合的"产学研用管"一体化平台。第二，根据国家生态文明建设的要求，在生态空间管控、生态资产核算、多规合一等方面，发挥多学科交叉信息共享和团队协作的优势，积极参与国家重大咨询项目，建立环境生态规划与管理优势团队和平台。第三，促进公众环保意识提升。将环境生态保护教育推广到社会的不同层面和群体，为全社会环境保护意识的提升和公众参与行动做出积极贡献。

Q：刚刚您介绍了人才培养、科学研究、社会服务等三个方面的举措，请问在师资队伍建设和提升国际影响力方面，有什么样的举措呢？

崔保山：师资队伍是学科建设与发展的重要保障，环境学院高度重视教师师资队伍建设，并通过多种渠道提升国际学术影响力。

就师资队伍建设而言，主要有以下几方面的举措。第一，严格落实师德"一票否决制"。坚持以理想信念、道德情操、扎实学识和仁爱之心为标准选拔和培养学科师资队伍。第二，完善教师考核制度，全面保障中青年教师的成长与发展。依托学科团队建设，优化中青年教师成长发展、脱颖而出的制度环境，促进青年教师教学、科研业务能力的全面发展，保障优秀人才和团队的工作条件和需要。第三，在常规国际学术交流基础上，鼓励教师积极参加并引领国际或区域性重大科学计划及教学项目，加深国际学术交流深度，打造国际化的一流团队。

就提升国际影响力而言，要建立稳定的国际交流与合作机制，提升学科建设科学研究与人才培养的国际化水平。第一，围绕流域环境生态系统健康保障的理论、技术及调控管理体系，联合荷兰代尔夫特理工大学、美国密歇根大学、澳大利亚格里菲斯大学等 10 余家国外著名科研与教育单位，建设滨海与海洋环境生态国际联合中心。第二，以本学科科学研究和人才培养为依托，吸收国际学科一流学术机构和专家共同发展已创建的国际环境生态学会（ISEE），并促进与创办的 *Journal of Environmental Accounting and Management* 国际英文学术期刊协同发展，巩固与国际生态模拟协会（ISEM）、国际能值协会（ISAER）、国际生态信息协会（ISEIS）、国际河流协会（ISRS）等国际学会的合作联系，提升学科国际影响力和引领作用。

Q：通过多举措共同发力，协同推进一流学科建设，预期会达到什么样的成效呢？

崔保山：就学科水平而言，以"四有"好老师的标准，建设一支综合师德师风与教学科研能力的国际一流师资队伍，建成国内领先的学科建设支撑平台。就人才培养而言，建立本—硕—博一体化培养机制以及特色课程和教材体系，引领我国环境教育人才培养的新模式，培养具有特色国际竞争力的复合性创新人才，环境教育国际声誉全面提升。就科学研究而言，面向国家重大需求和国际学科前沿，承担国家重大科研项目，实现环境多过程作用机制与调控技术原创性重大科研成果突破。就社会贡献而言，建成"产学研用管"一体化平台，服务国家和区域环境综合治理重大工程建设能力显著提升。就国际影响而言，国际学术交流活动质量全面提高，形成国际特色优势团队，全面提升环境教育人才培养国际声誉，国际学科影响力显著提升。

（赵世杰）

扫描二维码即可阅读全文

徐月宾：立足国家发展需求，
培养一流社会工作人才

推送时间：2018 年 6 月 12

"双一流"建设是长久大计，我们需要做好以下三方面的工作：发挥自身优势，建设一流师资队伍；面向国家需求，拓宽学校教育水平的评价标准；学校在建设"双一流"的同时，要注重对学生就业质量的考察。

——徐月宾

院长卡片

徐月宾，社会发展与公共政策学院院长，1997 年毕业于香港大学社会工作及社会行政学系，获博士学位，从 2003 年开始工作于北京师范大学社会发展与公共政策学院，主要研究领域有社会保障、社会保护、社会救助、社会福利、社会政策等。

打造一流师资队伍，确立一流评价体系，
培养世界一流人才

师小萱：党的十九大报告指出，要加快一流大学和一流学科建设，实现高等教育内涵式发展。北京师范大学积极响应该目标，制定了"双一流"建设发展规划，您对学校打造世界一流高校有什么想法或建议呢？

徐月宾：建设世界一流大学和一流学科是国家根据我国现阶段社会和科技发展需求做出的重大战略决策。北京师范大学积极响应，投身"双一流"建设，是对学校未来发展进行谋篇布局的科学安排。毋庸置疑，"双一流"建设应以人才培养为核心，以培养世界一流人才为目标，最终应以提高学生产出质量为导向。在我看来，"双一流"建设是长久大计，我们需要做好以下三方面的工作。

第一，发挥自身优势，建设一流师资队伍。师资队伍是学科建设及发展的基础保障。不仅要注重引进获得多方认可、有丰硕学术成果的教师人才，又要注重发挥自身教师队伍优势，培养年轻教师，提高现有教师的教学及科研水平。也就是说，学校在师资建设上应同等地看待人才引进与人才打造的重要性，坚持"两条腿走路"，既注重吸纳外来优秀人才，又要注重培养学校已有的人才，形成学校自己的优秀师资。

第二，面向国家需求，拓宽学校教育水平的评价标准。一方面，刊物上发表及科研著作是衡量学校教育产出的标准之一，特别是在国际刊物发表的文章可以增加国家的影响力，这是应该被重点关注的。另一方面，高水平的产出要考虑学术研究及科研成果对国家政策制定有无帮助、研究成果是否可以为国家建设提供智库支持、以及研究对象有无实际或实用价值。我们的教育水平评价中，往往过分强调量化前者，而后者的重要性体现不明显。因此在学科评估体系中，要同等地看待文章著作的发表数量以及研究成果对国家政策制定所发挥的实用价值，这才是促进学校及学科长远发展的因素。

第三，学校在建设"双一流"的同时，要注重对学生就业质量的考察。要培养一流人才，必须明确衡量人才培养质量的指标，建立对学生就业情况的跟踪监控体系。及时反馈劳动力市场的人才需求，及时反馈已就业学生能否将学校所学与工作所需很好地接洽，及时反馈就业市场对大学教育的需求，培养学有所用、学有所成的人才。建立世界一流高校的同时，应同等地重视学生就业质量的提升，以期我们的学术研究更有意义，不仅要有理论价值，也要追求实际效用，做到更大限度地服务于国家和社会。

师小萱：您提出要建立学生就业情况的跟踪监控体系，您能给我们讲一下您所在的社会发展与公共政策学院层面是怎样实施的吗？

徐月宾：目前，学院学生就业情况的跟踪监控体系分为两个层面。第一，我们对已经毕业的学生进行问卷调查，间隔一年、两年做出反馈，保持毕业学生与学校的联系。我们安排学院专门的老师负责跟踪，这些老师都是社工专业，所以老师们可以依托此项调查，研究毕业学生在参加工作中存在的问题，改进我们学生在校期间的教学安排和课程设置。第二，学院从去年开始，在珠海校区开始安排专业教师去到企业做督导，对在企业内工作的学生进行跟踪和指导，既能及时了解市场需求，也能密切关注就业学生的工作能力及发展空间。目前，学院的这项制度设计收到了良好的实际效果，得到了业内人士的广泛好评。

聚焦学院发展方向，发挥社会工作专业人才培养优势

师小萱：您刚才提到人才培养应与国家及社会需要对接的问题，能否介绍一下学院在人才培养方面的优势与特色？

徐月宾：首先我们通过创新课程设置、师资安排等措施，努力使学院的教学、科研和社会服务聚焦在国家重点改革领域，争取在社会工作领域形成国内外具有一定影响的学科，这是我们的发展目标和优势所在。

目前，我院的社会工作专业硕士教育经过四年多的国际合作和培养模式的改革，取得了显著成就。课程体系国际化与本土化相结合，师资团队由国际和香港大学资深教师与我院老师组成，采取一对一合作上课的模式，既培养了老师，也拓展了学生的国际视野，使教师和学生都受益匪浅，生源和培养质量逐年提高，就业率实现100%，得到了用人单位国内同行的高度认可。2017年我院的社工专业硕士项目获得我校高等教育教学成果一等奖，并被学校推荐申报北京市奖项。此外，我院的老龄研究和老年社会工作和也取得了明显的成就，和民政部和地方政府开展了一系列合作项目，显示了较好的发展前景和潜力。

同时，学院对教学和人才培养模式进行改革。一是重视实践和实习。我院的学科领域属于应用社会科学，与其他基础学科的不同之处是，学生无法完全依赖课堂或书本学习所需的知识和技能，必须结合实践，在解决问题的过程中学习和应用理论和技能，因此，实习和督导是我院社工教育的重点环节，为此我院投入了大量的人力和财力。我院设立了专职负责学生实习和督导的岗位，成立了社会工作实验室，在全国筛选和建立了100多个实习基地，为实习基地培训了1000多机构督导人员。我院还长期聘用了12个有丰富实务经验的专业

社会工作者做兼职实习督导，与机构督导组成双督导制，对每个学生的实习计划和实习过程进行全程指导。所有社工实习基地的负责人都认为，我院的实习是高校社工实习中最专业的，一些学生在实习期间就被实习基地作为骨干使用。二是探索就业导向的与社会各界合作培养学生的模式。过去几年，我院与政府、企事业单位和各种社会组织建立了密切的合作关系，针对社会各界的需求，形成了合作培养社会工作人才的教学培养模式，即将学生的就业与教学和实习密切结合，学生在入学前与用人单位签订意向性合同，上学期间的教学和实习围绕就业岗位的工作和任务展开，毕业后如果到意向单位工作达到 3 年以上，则由合同单位承担上学期间的学费。这种培养模式受到了学生和用人单位的的广泛好评，在国内同行中具有很好的口碑和知名度，未来我们会继续发挥社会工作专业的优势，探索适合我院长远发展的学科方向。

师小萱：您讲到学院的特色专业是社会工作专业，请问您如何看待当前社会工作专业的发展状况？

徐月宾：首先，社会工作专业的需求正逐步增长。人们的物质生活水平提高之后，希望享受更周到的社会服务，而现有的社会服务水平管理很不完善，而且发展参差不齐，因此这方面无疑是一种未来需求趋势。社会工作专业的目的正是为了培养社会领域的管理人才，与工商管理及政府管理专业分别针对工商业及政府部门不同，我们专业是为了培养对社会服务机构进行管理的人才，包括如何设计服务、服务流程，如何提高服务质量和服务标准等问题，因此有良好的发展前景。

同时，我们也要看到重视社会工作专业在当前社会发展中的必要性。目前我国的经济发展在国际上影响力非常大，领先于世界许多国家。但是我们的软实力较差，特别在社会领域的短板很明显，社会服务的能力不足。我走过全国许多福利院和养老院，看到的现象是，尽管全国各地建立了许多硬件设施很完善的儿童福利院和养老院，但是其中的服务却不尽如人意，甚至没有走上起步阶段，很重要的原因是缺乏专业人员的管理和指导。这对社会工作专业来说，既是机遇也是挑战，一方面，教育部门应该大力支持社会工作专业发展，另一方面，社会工作专业的教学应创新模式，适应社会发展需求。

师小萱：我们也了解到，学院正在珠海校区筹建社会工作研究院，请问学院对珠海校区社会工作专业的培养方式是如何规划的？

徐月宾：好的。基本同本部一致，珠海校区的社会工作专业硕士（MSW）也是致力于培养社会发展领域的高级管理人才。主要是采取就业导向的培养模式，力图形成"人才培养、学术研究和社会服务"一体化机构。通过高质量的人才培养模式、高水平学术研究和社会服务，力求成为一个具有创新能力，并在国际和国内具有重要学术和政策影响的机构。同时，珠海临近港澳台地区，研究院将积极利用地理位置优势，拓展港澳台地区和海外生源，形成生源渠道和毕业选择多元化和国际化的格局，培养创新型、复合型和应用型人才，成为具有品牌影响力的社会工作专业人才培养基地。

具体而言，目前珠海校区社会工作研究院的社会工作专业硕士包括四个专业方向，分别针对不同的目标就业部门：反贫困与社区社会工作（主要包括政府部门、企业、公益组织）、公益慈善与企业社会工作（主要面向企业、公益组织）、医疗与养老社会工作（主要针对医院、学校、社会组织）和学校、儿童与家庭社会工作（主要包括学校、社区）。研究院成立后，我们将根据未来政府及社会需求，及时扩展其他方向。争取为国家发展和社会服务做出较大贡献。

凝神聚力，推进重点学科专业领域建设

师小萱：在学校"双一流"建设的快车上，您对于学院下一步发展有什么建议和展望吗？

徐月宾：学院将聚焦国家发展需求，形成以交叉学科为平台的特色学科方向，以学术研究为引领，推动学科建设为重点，努力成为国际一流、国内领先的学术研究基地，为学校的双一流建设做出贡献。在现有基础上，下一步学院应重点发展社会工作专业硕士教育和老龄研究两个领域，争取在未来 3 ~ 5 年内形成国内外知名的优势学术团队和研究领域。

第一，从 2018 年珠海校区招生开始，实施就业导向和与社会各界合作培养学生的模式。将学校教学和工作实习与用人单位的需求密切结合，创新教学和培养模式，为学生就业前景提供帮助和保障的同时，也要促进学科的发展。

第二，利用我院目前与南加利福尼亚大学（以下简称"南加大"）的"1 + 1"合作项目，拓展港澳台地区和海外生源，促进国际化水平的提高。采取全英文授课，使学生更好地与南加大课程接轨；继续拓展与国外其他知名大学的 1 + 1 项目合作或联合办学，使我们的学科教育和人才培养模式进一步与国际接轨。

第三，学院将继续加强与社会各界的合作，及时掌握社会需求动态。成立由社会各界人员组成的"社会工作教育理事会"，包括政府、企业和基金会等，除争取资金支持以外，共同探索适合我国国情的社会工作人才培养模式，从软件层面提升我国的社会服务质量。

第四，我院与国内网络公司合作开发了在线教育平台，我们应该利用这一

平台充分发挥国际及港台地区师资的作用，同时为扩大在职学生规模创造条件。让更多热爱社会工作专业、想投身社会工作管理活动的学生，获得受教育的机会。目前，学院已经与腾讯公司进行过多次商谈，并且得到了南加大的大力支持，所以前景是很好的。

第五，学院将继续加强社会工作实验室的工作，培养和引进一批具有实务经验的咨询人才。不仅使社会工作实验室成为我院师生的技术实训基地，也要使其成为为社会服务的品牌机构，具体向社会工作机构提供专业的咨询服务和行之有效的管理建议。

此外，今后我院仍需大力发展老龄研究，建成"教学、研究、培训和实务"一体化的"机构。老龄研究是我们学院的优势领域，应结合心理学、社会学、医学等多学科知识，深入探索，结合实证，在条件成熟时，利用学院的医疗和老年社会工作专业资源，独立营办养老服务，包括社区居家和机构养老，争取尽快走上国际一流、国内领先的学术研究道路。

（王娟、刘艳红）

扫描二维码即可阅读全文

第五篇

05

书记面对面

滕彦国：以水为介助力中国创新发展

推送时间：2018 年 1 月 8

"作为水科学研究院的党总支书记，我将认真学习贯彻落实党的十九大精神，按照学校十三次党代会的总体部署，为学院的发展努力工作，我希望我们学院能够在总体上把水利工程学科建设成国内一流学科，并且成为具有重要国际影响力的学科，我更加希望学院师生能够有更多的获得感和幸福感。"

——滕彦国

书记卡片

滕彦国，水科学研究院党总支书记，教授，博士生导师，主要从事地下水地球化学、地下水环境安全与风险评价等领域的研究和教学工作。2007 年入选北京市优秀人才培养资助计划，2008 年被评为北京师范大学抗震救灾优秀工作者，2009 年入选教育部新世纪优秀人才支持计划，2010 获得侯德封矿物岩石地球化学青年科学家奖，2016 年入选国家环境保护专业技术领军人才。主持了国家科技重大专项课题、省部级重大项目、国家自然科学基金等科研项目 6 项，获省部级科技进步一等奖 1 项，二等奖 4 项，三等奖 2 项，申请发明专利 20 余项，发表中文核心期刊论文 100 余篇，发表 SCI 论文 100 余篇，出版专著 9 部。

为我校本科生讲授"现代地球化学概论"公共平台课，为硕士生讲授"环境地球化学"，为博士生讲授"现代水文地球化学"学位专业课等课程，培养的研究生中11人已获得博士学位、23人已获得硕士学位。

1

十九大精神贯彻落实，水科院一直在路上

师小萱：作为水科学学院党总支书记，您对十九大报告有怎样的解读呢？

滕彦国：10月18日，十九大开幕式我们学院是组织一起观看了的，开幕式上长达三个多小时的报告让我印象深刻。网上十九大报告原文刚一发布我就把它打印出来细细研读，报告里的很多说法和新提法都让我作为一名水科院教授和党总支书记感到备受鼓舞。十九大报告中关于一系列"新"的提法让人耳目一新，尤其是习近平总书记基于对国家发展的总体判断，做出中国特色社会主义进入新时代这一重大科学论断，更是让我们对国家和社会未来前进方向、总体布局以及战略步骤有了基本认知。报告中所有和我们学院发展息息相关的点我一直格外关注，总体来看有以下几个方面。

一是绿色发展和美丽中国建设要求。十九大报告里提到要建设一个富强民主文明和谐美丽的社会主义现代化强国，其中"美丽"一词是在本次报告中新加入的。这表明生态文明建设已经纳入国家未来发展规划中的重要一环，关乎国家建设成绩的效果。中国是否"美丽"取决于千百年来在这片土地上的绿水青山是否能够以一种良性的发展态势助力中国未来的发展。报告中提及的新发展理念中，"绿色"理念也进一步明确，在强调坚持人与自然和谐共生，绿水青山就是金山银山的基础上，进一步强调统筹山水林田湖，以绿色发展方式和生活方式共建美丽中国。这样一种发展理念和发展方式的推进不仅意味着对我们专业未来发展的鼓舞，也给了我们水科院未来发展很大的压力。如何化压力为动力，以一种科学创新的态势将报告中的绿色精神付诸实践，以科学的研究成果助力美丽中国的建设是我们奋斗的方向。

二是社会主要矛盾的转化。十九大报告中提出中国社会的主要矛盾已经转化为人民日益增长的美好生活需要与不平衡不充分的发展之间的矛盾。其实这在我的解读中意味着社会发展方式需要更新升级，需要转向高质量发展阶段。这就与科技创新密切相关，而在这种需求下工科院系培养出的高端人才便成为转型中重要的人才基础。

三是十九大报告中提到的优先发展教育事业。其实这也是与上面两个部分

一脉相承的，科教兴国战略与人才强国战略的实现都离不开教育的发展。创新驱动发展与学科建设、创新创业人才培养密切相关。区域协调发展、乡村振兴以及军民融合等发展战略，都需要高校、相关学院学科和专家参与其中，同心共力。

师小萱：您对十九大报告的解读十分详细，那么关于具体的贯彻落实方面，水科院做了哪些努力呢？

滕彦国：我们学院从来都是把怎么做、做了什么放在第一位。早在十九大召开之前，我们学院就从预估角度开始致力于绿色中国发展建设，并开始在水科学大数据平台与数字流域技术领域培养研究生。同时，2017 年 3 月立项的水科学研究院承担的国家水环境大数据平台构建技术便是国家的重大专项项目之一。国家为这个项目提供了 7000 多万的资金支持，以期对国家水环境的监控预警、风险评估、环境管理等工作发挥重要的科技支撑作用。十九大闭幕不久，我们便开始积极响应国家号召，以十九大精神为指引，认真开展水环境大数据平台构建技术的研发工作，随着国家大数据战略的加快实施，到 2020 年水环境大数据平台将建设完成，届时，研发工作必将为生态文明建设和绿色发展提供京师风范、水科特色大数据平台支撑系统。

实际上，水利工程建设是国家基础设施建设和民生工作的重要内容，十九大报告中涉及的九大基础设施建设，水利位居第一。水科学研究院作为水利工程一级学科的主建单位，将不断优化学科方向布局，增强学科自主创新能力与可持续发展潜力，适宜国家水利事业发展新形势。因此，近 2 年来，学院优化水利工程专业硕士生的招生规模，2016 年以前，水利工程硕士生的招生规模一直未超过 15 人，2017 年水利工程招生人数达到 30 人。为进一步加强水利工程一级学科建设，今后的招人规模将进一步优化。学院稳步提升人才培养质量，明确了以社会主义核心价值观为导向，坚持立德树人，注重激发学生的积极性、主动性和创造性，努力培养具有正确的人生观、世界观和价值观的社会主义事业的合格建设者和可靠接班人；完善了面向国家和社会发展的重大需求，建立面向知识传授、科技创新和工程应用多目标融会贯通的人才培养模式；强化了以水科学与工程为主线，注重多学科交叉融合的课程体系；提升了以国际合作短期交流项目、联合培养、国际学术交流、聘请高端外国专家授课等人才培养的国际化水平。

在创新驱动发展领域，水科学学院也在不断努力，积极搭建科技创新平台，不断提升科技创新能力，产生了良好的社会影响。水科学研究院建设了地下水污染控制与修复教育部工程研究中心、城市水循环和海绵城市建设北京市重点实验室，合作建设了水环境与水生态北京市重点实验室、污染场地风险模拟与修复北京市重点实验室、高污染化工废水资源化北京市工程技术研究中心，为学科发展、科技创新提供了良好的科技支撑平台。

在服务国家和地方重大需求方面，水科学研究院在海绵城市建设、水生态文明建设、饮用水源地保护、水土污染防控、雄安新区规划、通州副中心黑臭水体治理等国家重大战略决策中发挥了积极作用，参与了国家地下水污染防治规划、水污染防治行动计划、土壤污染防治行动计划等政策文件的编制。在汶川特大地震灾后重建、水环境应急处置、极低放废物填埋场选址等方面提供了北师大的解决方案，并得到了国家相关部门和地方政府的高度认可。此外，水科学研究院专家作为 2014 年上合组织峰会、2016 年杭州 G20 峰会的水安全保障专家，为国家重大战略实施和重要国际活动提供科技支撑。

其实在我看来，十九大报告中的一些内容和精神是十八大以来习近平总书记很多讲话中已经提到的，十九大报告是对历次讲话的凝练。我们学院按总书记讲话精神的要求，努力在生态文明和绿色发展领域做了大量工作。十九大报告的出台使我院师生备受鼓舞、充满干劲、豪情满怀，希望能够以自己的实际努力和科研成果助力国家发展。这种干劲表现在十九大胜利召开后学院每一个实验室之中、每个系所中、每个课题组中，我想在不远的将来我们一定可以以卓越的成果推动国家的绿色发展。

2
党建工作制度先行，思政工作不飘不空

师小萱：那么除了科研方面的工作，作为学院党总支书记，水科院党建工作有什么好的经验和我们分享吗？

滕彦国：水科院虽然不大，可是党员数量很多，党建工作的开展也较为丰富。学院党员 165 人，其中正式党员 154 人，预备党员 11 人；教工党员 38 人，占教工总数的 76%；学生党员 127 人，占 77%。学院一共设有十个党支部，其中教工支部 3 个，学生党支部 7 个。我们便是在这样一个体量上开展学院党建工作的。

我一直认为党建工作应制度先行，一个好的制度规范会让实际工作事半功倍，所以建立健全规章制度是我们学院党建工作的一个重点，具体来看主要集中在以下四个方面。一是修订并完善了党政联席会制度。根据工作需要，定期或不定期召开党政联席会及扩大会，讨论决策学院发展、管理、教学、科研、

人事、财务等事项；二是制定了"三重一大"实施细则，做到重大事项集体决策，促进学院工作的公开、透明、科学、民主；三是明确领导班子民主生活会制度，通过不定期召开专题民主生活会，分析工作的不足和问题，开展批评与自我批评，不断改进工作作风和管理服务能力；四是逐步完善理论中心组学习制度。在党政联席会、总支委员会会议中坚持理论中心组学习制度，贯彻落实中央和北京市及上级党委的重大决策，确保学习的时效性。通过以上制度建设，力求达到"六个有"状态，即有长远发展规划、有党政联系会议制度、有健全的学术组织体系、有各项管理的规章制度、有学科和队伍建设规划、有党建文化和文化标识系统。你们在进来的路上也能看到学院走廊上有很多展板和照片，这都是我们开辟的党建文化墙。除此之外我们还设有专门的党务工作室和学习室。

另外，我一直强调把思政工作、师德建设放在学院工作的首位。学院在这方面有传统的活动形式，包括上好第一课和最后一课、师生联谊增友谊促交流、文化活动打造进取风貌以及学术活动拓展专业素质。今年的 9 月 28 日，我便以"坚定理想信念，助力成长成才"为主题为全院师生上了一堂党课，通过系统讲授习近平总书记在各高校上发表的关于青年学子成长成才的讲话内容，帮助学院学生树立起坚定的理想信念，提升综合素质，成为于国有用的专业人才。同时我们学院十分注重发挥生活指导室作用，建立辅导员、指导教师、学生之间的良性互动机制。新媒体也是我们十分重视的领域，借助网站和微信公众平台传递正能量。同时由于水科院的特殊性，我们会争取利用各种机会开展思政教育、国情教育、形势与政策教育利用野外调查、国内差旅、国内会议、国际会议的机会，建立临时党小组，开展爱国主义教育。真正把思政工作贯穿于学院工作的各个环节，形成团结、紧张、严肃、活泼、积极、向上的氛围，实现全员、全方位、全过程育人。

围绕中心工作抓党建，通过党建工作促发展则是我们学院党建工作的又一大特色。党总支组织、协调各党支部，发挥党员的先锋模范作用，党支部的战斗堡垒作用，在教育教学、人才培养、学科建设、人才队伍建设、平台建设、科学研究、社会服务、国际合作交流等中心工作中取得了重要进展，有力保障了双一流建设。在组织教育教学和人才培养方面，组织申报了北京市教育教学成果奖；在科研方面，发挥党员的模范带头作用，组织团队申报成功国家科技重大专项项目 1 项、课题 2 项、子课题 6 项，任务 3 项；国家重点研发计划课题 2 项、子课题 4 项；国家自然科学基金项目 5 项；2017 年，发表 SCI 论文 100 余篇，其中 TOP 论文 25 篇；在社会服务方面也始终强调面向国家和地方重大需求，支撑国家和地方发展需要的方针，开发了河长通软件及手机 App 以及对贵州贵阳的水生态文明规划、河北承德市面向生态文明的战略环评以及全国生态型地区资源环境承载力评价做出贡献。

学院将以习近平新时代中国特色社会主义思想为指引，全面贯彻落实党的十九大精神，深入贯彻落实学校第十三次党代会精神，落实立德树人根本任务，凝心聚力、改革创新，不断开创学院党建和思政工作新局面，努力打造保障国家水安全，支撑生态文明与绿色发展需要的水利工程一级学科，为建设综合性、研究型、教师教育领先的中国特色世界一流大学而努力奋斗。

3
2022 年，我的师大梦

师小萱：感觉水科院的党建和思政工作真是做得踏实且不脱节不虚空。北师大十三次党代会刚闭幕不久，请问滕书记您对北师大十三次党代会尤其是师大梦有什么样的理解呢？

滕彦国：北师大第十三次党代会给我最大的感觉是振奋。就我所知，十三次党代会的报告是在学校各机关党委、各学院部门流转多次反复修改后通过的，某种意义上是集全校之力科学撰写的报告。多次的修改和广泛的征集意见使得报告中关于学校的办学方向和定位更加明晰，"师范教育的排头兵""标杆""强化师德教育"等关键词汇贯穿于未来五年发展的始终，这在我看来是十分有意义的。

另外，我也在报告中很多细节上看到了更大的发展潜力。十三次党代会报告中将学校未来发展分阶段细化，为我们师生描绘了 2022 年学校将会是什么样子，这就给了我们一个十分明确的奋斗目标，也给了社会一个全新的师大面貌。这是在可以预期时限内构画的前景，所以给人很直观的发展希望。获得感、幸福感以及尊重感也给教师在心理上和动力上传达一种价值信念，很大程度上提升了教师们的参与程度，从直观上来看教师们更愿意参与学校工作了。而学生方面，报告也写得很贴近民生，无论是住宿空间规划还是后勤餐饮都体现了学校福利学生、以人为本的办学理念。在这样一种舒心的氛围下，我认为 2022 年目标的达成指日可待。

就我个人的师大梦而言，我希望北师大"三步走"的战略目标能够顺利实现，学校"一体两翼"的布局能够早日完成。作为水科学研究院的党总支书记，我将认真学习贯彻落实党的十九大精神，按照学校十三次党代会的总体部署，为学院的发展努力工作，我希望我们学院能够在总体上把水利工程学科建设成国内一流学科，并且成为具有重要国际影响力的学科，我更加希望学院师生能够有更多的获得感和幸福感。

（王娟、李安诺）

扫描二维码即可阅读全文

刘虹：凝心聚力，久久为功

推送时间：2018 年 1 月 15

"十九大报告对我们提出了更高的要求，作为学院书记，要对学科建设特别是双一流建设发挥自己的作用，需要不断地完善自己，做这方面的引领者、推动者、实践者和参与者。"

——刘虹，环境学院分党委书记

1
学习十九大报告：每一次都有"新"收获

问：刘书记您好，党的十九大报告给我们传递出各方面的重要信息，是我们加强理论学习的重中之重，您能否与我们分享下您的感受？

答：十九大报告是我们未来的政治纲领和行动指南。报告里提到特别多的就是"新"字，"新"就要求我们学。我们党是一个学习型政党，我们要靠学习来克服本领的恐慌和能力的不足。作为工作在一线的学院书记，我们会面临方方面面的问题，最大的压力就是本领的恐慌和能力的不足，所以加强学习特别重要。在给学院的师生讲解十九大报告前，自己必须要一遍又一遍地反复学。

问：在学习过程中，您感触最深的一点是什么？

答：报告在社会主义方略部分，第一个就讲到要坚持党的领导，坚持党对一切工作的领导。一切工作就是说，除了我们原来所理解的政治建设、组织建设和思想建设，在新的情况下，其他工作，党也要领导、推动和协调。十九大报告对我们提出了更高的要求，作为学院书记，要对学科建设，特别是双一流建设发挥自己的作用，需要不断地完善自己，做这方面的引领者、推动者、实践者和参与者。报告真的要反复学，每次学都会有新的感受。

问：学习十九大报告是"两学一做"教育活动的重要内容，您是如何带领和组织全院师生学习十九大报告的？

答：这个报告要怎么学才能学透、才能做实，是我一直在思考的问题。学院不仅组织理论中心组进行"十九大报告"专题的集体学习，还以领导干部联系支部制度为依托，以关键少数带动和引导多数。党员领导干部不仅要自己学，还要带着各自所联系的教工支部一起学。每个教师党支部都对接一个学生党支部，师生支部共建开展理论学习。在此过程中，思想的交流与碰撞可以使我们更加了解学生的思想动态。

2
以党建聚人心：开拓思路，久久为功

问：不断加强理论学习是推进党的建设的重要途径。在全面从严治党的新形势下，各个学院都在大力加强和推进党建工作，环境学院是如何结合自身特点来抓党建工作的？

答：党建工作一定要不断开拓思路，加强顶层设计，一旦制定了政策，就要强力推进，坚持下去，时间长了自然就会看到效果。

抓思想建设，创新方式方法

学院分党委把坚定理想信念作为开展党内政治生活的首要任务，有针对性地强化意识形态领域价值引领、思想引领和阵地管理。我们建立了"每月一项主题、一本书、每学期一张课表、一系列线上自选内容、一堂共建党课"的"五个一"理论学习体系，健全了分党委对党支部和党员教育的精准指导，落实"两学一做"。这样的方式方法有利于在学院营造一种良好的学习风气，让全院师生都养成自觉学习的好习惯。

问：关于"每学期一张课表"，您能否再详细介绍一下？

答：这张课表主要是面向学生。学院以"两学一做"教育实践活动为契机，推进思想教育体系的课程化建设，积极探索当代大学生的思想特点，挖掘学校的政治资源，与马克思主义学院连续合作四个学期，通过引入专业资源，形成了"两学一做"专项学习课表。课程的开展形式既有讲座授课，也有交流研讨。我们一般在上一学期就会把下一学期的课表排好，大概每两周就会讲一次，提前一周会把定好的主题和课表发给学生党支部和入党积极分子，他们可以根据自身的爱好和时间安排去选择，但每学期要学几次，我们有明确的规定。在学期末，学院会根据各党支部、党员的学习情况进行考核与评优，督促党员将理论学习常态化。

问：那么，开展的成效如何？

答：宣讲团的成员都是在校研究生，与我们的学生年龄接近，话语体系一致，这种朋辈间的讲座、交流和研讨，内容鲜活、形式新颖、交流自然，拉近了学生与马克思主义、党的理论政策之间的距离，从而有效提升了党员教育的效果。

问：您认为还可以通过哪些途径来提高思想建设的成效？

答：开展思想宣传的形式很重要，这需要我们开动脑筋，以多种形式来贯彻和推动我们的宣传工作，只有这样才能达到更好的效果。学院分党委组织师生参观了"十八大"以来中国科学院创新成果展，通过这样的学习形式，大家切身感受到国家科技事业蓬勃发展的恢宏五年和我国科研创新的雄厚力量。大家纷纷感慨，这五年之所以能有这么大的发展，主要还是归结于我们党坚强的领导。在交流的过程中，大家也越发坚定对党的信心，对未来发展的自信。以前我自己在讲的时候总觉得对他们的触动没那么深刻，反而这种真正贴近生活的宣传方式，对老师们的触动和启发是不一样的。

在全面从严治党的新形势下，学院以夯实基层党组织功能为根本，先后建立党政班子成员和分党委委员双重联系支部制度，并积极探索实践，将全体教师和学生支部先后调整到系所等研究机构上，形成了教师支部与学生支部一一对应和联系共建的格局。

党政班子成员每人对接联系一个教师支部，参加所联系党支部的组织生活，指导党支部工作规范开展，带动党支部发挥堡垒作用。分党委委员联系对接 1～2 个师生党支部，了解掌握所联系党支部的情况，传达分党委工作会议精神，帮助支部正确有效地开展工作，完成各项工作任务。2015 年学院教工党支部调整到系所后，2016 年将原有建在年级班级上的研究生党支部同步改建在系所上，实现党建工作与人才培养同步，促进组织育人与专业育人的互补融通。

问：这样的创新工作带来哪些积极效应？

答：从学生的感受来看，他们与老师之间的联系更紧密了，从学院的角度看，主要是整合育人资源。要让高校思想政治工作会议精神在环境学院落地，让思想政治工作强起来、活起来，就要深入了解思想背后的实践、意识背后的存在，了解学生各种思想的成因，要做到这点单靠分党委、负责学生工作的几位老师是不行的。所以，党建工作需要我们不断开拓思路，多渠道、多方式、多层次地去推进。

抓制度建设，坚持强力推进

制度建设是党建工作不断向前推进的重要保障，近几年学院分党委加强党内制度建设，根据自身党建工作特点，完善形成了《环境学院分党委党建工作制度汇编》，从分党委建设、党支部建设、党员发展、党员教育等三大模块进行详细规定，细化分工明确责任，逐步建立了完善的党的领导和党的建设各方面的制度体系。同时，也加强了对学院改革发展事业制度建设的指导。

为整合育人资源，我院大力推进系所班主任和年级辅导员双层岗位。我们鼓励全院教师担任班主任和辅导员，涉及具体工作量的考核，带一个班就相当于是带了3学分的专业课。在这样的制度激励下，很多优秀教师都自愿加入。目前由行政教辅人员组成的年级辅导员队伍是我院思政育人和学生管理的主要力量，由教学科研岗教师组成的系所班主任队伍成为另一支强大的思政育人队伍和巨大的思政资源。目前有23名教师担任班主任，全部为副教授以上职称，占到了全体教师的32%。其中，书记担任了2017级本科班班主任、2位副院长和1位系主任担任了本科生班主任，19位教学科研一线教师担任了研究生班主任，包括2名中组部青年千人、1名教育部青年长江学者。

问：这样的制度设计在推行过程中是否会遇到难题？

答：对于这样的激励机制，刚开始也有不同的声音，但我们要让大家了解，这是人才培养的不同形式，是人才培养的第二课堂，我们必须坚持做下去，强力去推进。这其中也会涉及考核机制和经费支出等问题，好在得到院领导的大力支持。在推行的两年多时间里，这样一种探索给专职工作者提供了坚强的后盾，但仍有需进一步解决的问题：如何去检查和监督？如何去定量考核？

问：您认为制度改革的推进，最重要的是什么？

答：要带好环境学院这支庞大的队伍，顶层设计真的很重要。因为党建工作的切实推进依靠制度的制定。以前更多是为了定制度而定制度，现在最重要的是你定的这个制度一定要让大家记得住，好操作。底线是什么，高线是什么，什么事情不能做，这个事情应该怎么做，这都是需要下一番功夫的。即使有阻力，也要坚定不移地向前推进。

抓党风廉政建设，务必明权细责

党风廉政建设，我们重点抓学院的关键少数。我们组织学院副处级以上干部签署《党风廉政建设承诺书》，重点加强对主要岗位和关键环节的管理和监督。原来大家都觉得学院的事情都是院长和书记的，现在我们把工作切块、细化，明权细责。管人才培养的、管科研的、管教学工作的，该部分的党风廉政建设也都由你来负责，有权就有责，有责任我们就要考核和监督你。另外，根据教育部关于加强科研经费、科研项目和科研行为管理的要求，我院分党委把党风廉政建设的理念和要求贯彻到学院制度建设、项目管理、课题实施的全过程。进一步完善了科研项目的管理和科研经费的使用，明确了科研项目及经费管理的责任制，学院分管科研副院长、学院财务负责人及科研项目负责人或委托人的三级责任制。这样就把学院的党风廉政建设，中央的八项规定都落实下来了，这也是制度治党的重要方面。

3
未来五年：以党建聚人心，助力"双一流"

问：在过去五年的党建工作中，您认为最大的变化是什么？

答：党的十八大以来，我们学院的党建工作在一步步往前推进，这几年全面从严治党的成效在一个普通党员身上都能确切感受到：每个月的党支部活动必须参与，支部活动规范起来，这就是我们希望能做好的，所以我觉得还是要坚持，原来我们的很多目标和要求都在实现。

问：您对环境学院未来五年的发展有何展望？

答：在北师大入选的"双一流"学科中，我们是唯一一个以排名第八的身份进来的，我们既感到欣慰又觉得压力和挑战特别大。总结过去五年的工作，在国际化方面，在人才培养方面，包括科学研究方面，我们都做了很多工作，也取得了一些成绩，得到了国家的认可。在未来的五年里，我们要接受新的评估，我们要补齐我们的短板。比如，相比于环境，我们在工程这一块可能会相对弱一点，现在就要求我们两条腿一定要齐，环境和工程都得抓。只要有一个短板，有一个弱项，在未来的挑战中，都可能陷入一种被动的局面。如何把这个"双一流"学科建设好，还是要以党政联席会议为抓手，以分党委为核心，以基层党支部建设为重点，制定好这方面的制度，以抓党建来促发展，调动学院一切可以调动的力量，聚人心、聚力量、聚智慧。这几年，我们都是在按这个思路走。看到学校未来五年的发展规划，看到学校在一步步向前迈进，看到原来的困难一个个得到解决，我们对学校和学院未来的发展抱有信心、怀有期待。补齐我们的短板，突出我们的特色，达到我们的目标，需要全院师生的共同奋斗。

（王娟、沈珊珊）

扫描二维码即可阅读全文

张淑梅：用大数据绘制最美"师大梦"

推送时间：2018 年 3 月 6

　　"我们坚持党建工作与学院发展相结合的工作理念，立足学院的实际情况，创新党建工作的形式，丰富党建工作的内涵，拓展党建工作的外延，避免走形式走过场，真正把党建工作落实、落细、落小。"

——张淑梅

书记卡片

　　张淑梅，统计学院党总支书记，教授，博士生导师，主要研究方向为应用统计和教育统计。参与编写人民教育出版社出版的普通高中课程标准实验教科书《数学3》《数学2-3》等，主持国家自然科学基金项目1项，参与973课题1项、国家级科研项目4项、教育部项目1项。参与出版著作2部，2013年其主要完成的《创新型统计学人才培养模式的探索与实践》获得北京市教育教学成果奖二等奖。第九届北京师范大学"最受本科生欢迎的十佳教师"。

1
党建工作：立足实际，扬长补短

问：统计学院成立于2014年底，这样一个新兴学院，是如何开展学生思政工作的？

答：我们将学生思政工作与专业学习和人才培养相结合，坚持做到全员、全方位、全过程育人。例如，党的十九大报告中关于社会主要矛盾转变的表述："中国特色社会主义进入新时代，我国社会主要矛盾已经转化为人民日益增长的美好生活需要和不平衡不充分的发展之间的矛盾。"我们不是刻板简单地将这一转变结果灌输给学生，而是将报告内容解读融入到专业学习的过程中。老师们在课堂上讲到统计学的"方差"概念时，就会引导学生用这一概念去度量一个国家或地区的发展不平衡的程度。再比如国情教育，我们也是通过国家各方面的各种统计指标和数据让学生亲身体会国家的巨大变化和发展状况。

除此以外，学院的主要领导每个学期都会给学生讲党课。人才培养是做好学生思政工作的另一重要环节，我们设有新生导师制，所有的院长、书记都参与其中。在每周召开的例会中，导师与学生进行思想上和学术上的交流，帮助学生解决问题，提高学生的发展能力，真正落实立德树人的根本任务。

问：学院在学生党建工作中，是否会遇到一些困难？

答：作为一个成立不久的新学院，我们在党建工作中确实面临着一些较为特殊的情况。学院目前共有三个学生支部，一个是本硕博混合的学术型党支部，另外两个是以年级为载体的专硕型党支部。我们面临的最大问题就是学院成立时间短，因此没有高年级的本科生，本科生党员的发展成为最大的难题。目前学院本科生的党员人数还没有达到学校规定的比例，也就无法建立本科生党支部，本科生党员只能暂时安排在学术型党支部。但实际上，该支部成员不仅跨越了三个年级，而且包括本科生、硕士、博士三个学历层次，因此在客观情况上不利于学生党员之间的交流，本科生党支部建设迫在眉睫。

问：学院又是如何开展教师支部建设的？

答：目前我们学院的教师党员27人，党员比例很高，达到了60%以上。考虑到大家都是由不同的单位结合到一起的，为增进彼此之间的交流和沟通，学院只组建了一个教师党支部。教师党支部严格执行"三会一课"制度，每个月第一周的星期三下午为教工党支部"固定党日"，每次都有不同的学习和研讨主题。但立足学院党员教师构成的实际情况，我们后面的工作设想是，以不同的学科和教研室将教师党支部分成不同的党小组，以党小组为载体结合学院的具体工作开展。

问：除了支部建设，学院还采取哪些措施来做好教师思政工作？

答：我们一直格外重视青年教师的思想政治和师德建设工作。学院成立三年以来，书记和院长每年都坚持单独和中青年教师谈话，实现了院青年教师谈话对象的全覆盖。谈话采取"三结合"的方式，形式上以一对一谈话为主和集体座谈为辅相结合，制度上以专门接待日为主和不定期谈话为辅相结合，内容上以专题谈话为主和一般谈话为辅相结合。通过定期的交流，动态掌握青年教师的思想实际和工作状况，及时了解他们的发展需求和对学院工作的建议。同时，召开专题会议和组织专门党建活动进行师德师风教育和宣传，采用灵活多样的方式把教师的思想政治工作落到实处，将师德教育落实到教学科研的各个环节，将教师的个人发展与学院的党建工作紧密结合。

问：您能否与我们分享下这三年来党建工作中的心得体会？

答：我认为，领导班子理论中心组的学习和全面从严治党是做好党建工作的两个重要抓手，如果能够切实抓好这两个方面，学院就可以形成一股良好的风气。在此基础上，我们坚持党建工作与学院发展相结合的工作理念，立足学院的实际情况，采用灵活多样的形式，提高工作效率，避免走形式走过场，真正把党建工作落实、落细、落小。

学院的党政联席会议坚持两周一次，这直接关乎到学院的集体领导和民主决策问题。在学院的各项工作中充分发挥党员教师的模范带头作用，增强学院的凝聚力。学院教工微信群和教工党支部微信群已成为主要工作和交流方式。

2
学科建设：紧抓时代机遇，助力最美"师大梦"

问：您能否分享下您对学校第十三次党代会报告的看法？

答：正如学校第十三次党代会报告里提到的，教师教育领先一直以来都是师大的重要特色优势，但这并不意味着只有基础学科才有教师教育。我们的统计学科其实十分特殊，在中学数学里面有1/4～1/3都是统计和概率的内容，我们学院的老师也参与到人教社高中教材的编写工作中。除此以外，基础教育分会的秘书处也设在统计学院，参与基础教育，是我们学院很重要的一项工作，但在学校里面，我们这方面工作其实是没有得到太多体现和宣传的。

问：统计学科确实是一门基础性和应用性都很强的特殊学科，您能否谈谈对学科建设的想法？

答：大数据时代为我们统计学科的建设和发展提供了十分重要的机遇，很多学科之间的融合和发展都需要统计方法支持。如何结合学校的优势学科，使统计学在学科融合过程中得到发展，这是我一直关注的问题。

区别于数学学科可以立足于抽象研究，统计学科的问题必须是真问题，它必然来自于实际。统计学的研究不仅要用到很深的数学方法，还需要在与教育学、心理学、地理学等学科的合作与融合过程中发现问题，从而更好地促进统计方法的发展和应用领域的扩展。目前学院的师资力量也是由两部分结合在一起，一部分偏重于数理统计，另一部分偏重于应用研究，以便促进统计学的基础科学和实际应用的共同发展。

问：您能否从学院党总支的角度谈谈对学校双一流建设的看法？

答：在一流学科的建设规划中，学校给我们的定位还不是很清楚，统计学科被分散到几个学科群。同时，这也为统计学科的发展提供了机遇，我们在科研方面可通过多学科合作来拓展统计学的应用领域。统计学作为一级学科是在2011 年开始设置的，北师大也是开设统计学博士点的全国第一批高校。这些年，统计学发展很快，国外也十分重视统计学，所以一流人才的引进成为学科建设最大的难题。

对于学院统计学科的未来发展，我想学校是否能够在政策、场地和资金方面支持我们学院在珠海校区成立数据科学研究院，补充一下统计学的力量，使统计学、数学、经济学实现多学科结合发展，注重培养学生的综合能力。

3
学习十九大：不忘初心，牢记使命

问：您能否与我们分享下学习十九大报告和精神的感受？

答："不忘初心，牢记使命"，如果你每天走在路上单看那两句话，你会觉得是口号，可如果每个人把时代的主题与自己的故事联系起来，想想我们的初心是什么，使命是什么，就会明白它的深刻意义。

学校第十三次党代会报告写得很好，它明确了我们的初心是什么，将国家、民族、学校以及个人的发展结合在一起，让我们每个师大人既可以了解学校过去的样子，也会知道学校未来五年的工作目标是什么，在凝心聚力中携手奋进。

（沈珊珊）

扫描二维码即可阅读全文

附　录

第一章

01

教授读诗

人的一生能有多少次不顾一切的远行

推送时间：2018 年 9 月 6 日

离别不是真的，只为等待重逢

《远行》

檀传宝

远行的脚步如涟涟的泪痕
只有爱才能挽留
也只有爱才能催我远行
远远
远远地
走一条缠绵厚铺的小路
走一条
古人今人几乎所有的爱情都走过的
远离的路

没有追求过，当然算不上失恋
可情感如裹满雷电的灰黑雨云
浓重而沉郁
品不清也说不出为了什么

只有爱才能使人远行
也只有爱才能挽留
只有一千次勇气漂去
一万次决心垒成离别之后
在冷枫桥头
在微雨之中

为故乡　为母亲

为一张不能贴近的微笑

流两行委屈的温泪

泪的轨迹如我断续的行程

选自《作为一棵风中的树》，黑龙江教育出版社

本诗曾经发表于 1985 年 1 月 21 日《诗歌报》

一个没有文学精神的人生，肯定是那种枯燥无味、没有质量因而不值得经历的漫漫长夜。

——檀传宝

关于作者

檀传宝，男，1962 年生，安徽怀宁人，北京师范大学教育学部教授、博士生导师。曾以笔名"云牧""莫晚城"等在《诗刊》《诗歌报》《清明》《青春》《安徽文学》《青海湖》等报刊上发表过诗歌 60 余首，小说、散文 10 余篇。

正如亨利·大卫·梭罗曾自问的那样："人们在狭小的生活圈里互相模仿。为什么他们不尽量远离些，做个真实的自己。"无可厚非，安逸、舒适会消磨人的意志，让人忘却根本的渴望，模糊真实的自我，所以人总要为了内心的梦，为了真实的自己，学会走出自己的舒适圈，孤勇一次。

但告别曾经的温暖又何曾如此简单。如若不是一次次提醒自己，一遍遍告诫自我，内心浓厚的爱，深深的留恋总是无法抑制。到了深夜，困意来袭，眼神迷离，理性退却，思念成了主导，却仍需默默忍受。为自己，为包容自己，真心爱自己的人。他们的爱从不是禁锢，而是愿意给自己所爱之人应有的空间，渴望他变成更好的自我。尊重爱人选择，无畏分离。他们的爱虽是自己的软肋，却也是自己的铠甲。

拥有一次孤独的远行，一次必须离开爱人，离开故乡的独行，为自己，为爱人。

文学的梦

檀传宝在诗文集《作为一棵风中的树》中说道，他做过很长时间的文学的

梦。"尽管命运未让他圆职业文学家之梦，但是他仍然为曾经有过的文学生涯和以后仍然会努力坚守并悉心养护的文学精神而欣慰、自豪，心存感激。"远行有分离，就应放弃自我的寻找吗，命运有挫折，就要放弃自己的梦想吗？梦想也许最终未成真，但仍要一直走在追寻的路上。

（齐晨）

来年秋风起，等风也等你

推送时间：2018 年 9 月 30 日

秋风起，我又想起你

金黄的稻束

郑敏

金黄的稻束站在
割过的秋天的田里，
我想起无数个疲倦的母亲，
黄昏的路上我看见那皱了的美丽的脸，
收获日的满月在
高耸的树巅上
暮色里，远山
围着我们的心边
没有一个雕像能比这更静默。
肩荷着那伟大的疲倦，你们
在这伸向远远的一片
秋天的田里低首沉思
静默。静默。历史也不过是
脚下一条流去的小河
而你们，站在那儿
将成为人类的一个思想

选自《诗集一九四二———一九四七》，中国文联出版公司（1998 年版）

诗歌需要诗人对生命真诚的揭示。真诚是诗人的第一美德，而任何油滑的玩闹都是对诗的亵渎。

——郑敏

关于作者

郑敏，福建闽侯人，"九叶"诗派重要女诗人。1960 年调入北京师范大学外语系任教，成为该系最早的博士生导师之一。著有诗集《心象》《寻觅集》和诗学专著《诗与哲学是近邻》，十四行体组诗《诗人与死》等。诗歌《世纪的脚步》入选21 世纪诗歌排行榜第一名。

《金黄的稻束》的诞生（郑敏）

一个昆明常有的金色黄昏，我从郊外往小西门里小街旁的女生宿舍走去，在沿着一条流水和树丛走着时，忽然右手闪进我的视野是一片开阔的稻田，一束束收割下的稻束，散开，站立在收割后的稻田里，在夕阳中如同镀金似的金黄，但它们都微垂着稻穗，显得有些儿疲倦，有些儿宁静，又有些儿寂寞，让我想起安于奉献的疲倦的母亲们。举目看远处，只见微蓝色的远山，似远又似近地围绕着，那流水有声无声地汩汩流过，它的消逝感和金黄的稻束们的沉思凝静形成对比，显得不那么伟大，而稻束们的沉思却更是我们永久的一个思想，回忆40 年代大学时的哲学课和文学课，它留在我心灵深处的不是具体的知识，而是哲学和文学，特别是诗，酿成的酒，它香气四溢，每当一个情景触动我的灵魂时，我就为这种酒香所陶醉，身不由己地写起诗来，也许这就是诗神对我的召唤吧，日后阅历多了，思维也变得复杂起来，我的诗神也由一个青春的女神变成一位沉思的智者，他递给我的不再是葡萄美酒，而是一种更浓烈的极香醇的白酒，我的诗有时有些不胜任，但生命是不会倒退的，正如江河，我只能向大海流去，永不返回。

（选自 2001 年第 6 期《名作欣赏》）

岁月斑驳，未曾忘却你美丽的容颜
记忆：你在哪一刻，最想念母亲

贾平凹在怀念母亲的文章中写到这样一个细节："三年以前我每打喷嚏，总要说一句：这是谁想我呀？我妈爱说笑，就接着说：'谁想哩，妈想哩!'"所以，在母亲离世后的时间里，只要一打喷嚏，他就会想到自己的母亲，认定是母亲在牵挂自己。段品章也曾深情感慨："您给我人间第一缕微笑，您给我人生第一首歌谣，如果问天下什么摇篮最美好，我说那就是妈妈的怀抱。"

妈妈的世界很小，只装满了我们。我们的世界很大，却常常忽略了她。不知何时母亲容颜已经衰老，双鬓已经斑白，我们心目中的大英雄竟然也开始孩子气。

又是一年盛秋，那路旁的麦穗任凭雨打风吹，却也历经千辛与万苦把那最醇香饱满的结晶呈现，毫无怨言，悄无声息。正如母爱时而如朝霞之壮丽，给予我们光明与希望；时而如落霞之斑斓，给予我们静谧与安康，时而如春花之灿烂，期待我们腾达与飞黄；却终究如秋穗之金灿，那是一种大爱与无疆。

人生旅途漫漫，我们把生活诠释成一段孤独的流浪，通向梦想的大道旁驿站不断，我们却不愿停步，期待一份轰轰烈烈，满怀那份举世无双，直至精疲力尽，蓦然回首，惊觉原来道旁有的不仅仅是那麦穗的残香，还有她留下的深刻感动。

"母亲的伟大，不仅在于生下血肉的儿子，还在于她并不指望儿子的回报，不管儿子离她多远又回来多近，她永远使儿子有亲情，有力量，有根有本。人生的车途上，母亲是加油站。"

惟愿你我都懂其珍贵，时时想念，刻刻珍惜。

（齐晨、韦晓玲）

扫描二维码即可阅读全文

自古人生何其乐，偷得浮生半日闲

推送时间：2018 年 10 月 19 日

秋至小憩
朱嘉

穹宇云淡气息舒，

农忙小憩悦清秋。

翠叶芳花掩小径，

今夜湖畔无寒忧。

关于作者

朱嘉，出身"学术名门"，旧体诗信手拈来。2005 年至 2006 年曾在比利时蒙斯大学访学，2006—2008 年分别在德国明斯特大学、美国代顿大学和阿克隆大学做访问学者及博士后研究。2009 年进入北京师范大学化学学院工作，化学学院副教授，博士生导师。

秋风起，想带你去看翠叶小径，赏花间湖畔。

留言：你有多久没有给自己的心放个假了？

秋高气爽九十月，最是醉人。告别了骄阳似火，这北国的天空又显出了寂寥的蓝色，满地随风飘摇的黄叶带走了潮起潮落，似乎也带走了生活中的匆匆忙忙。

到这时，你是否也想过从那忙碌的生活工作中逃离，就算不能彻底甩开城市的喧嚣，你是否也渴望拥有属于自己的时间，停下脚步，放松自己。或是看翠叶小径，赏花间湖畔，或是回首过往，想人生哲理。

著名作家龙应台曾在《亲爱的安德烈》中谈到："思想需要经验的累积，灵感需要感受的沉淀，最细致的体验需要最宁静透彻的观照。累积、沉淀、宁静观照，哪一样可以在忙碌中产生呢？我相信，奔忙，使作家无法写作，音乐家无法谱曲，画家无法作画，学者无法著述。奔忙，使思想家变成名嘴，使名嘴变成娱乐家，使娱乐家变成聒噪小丑。闲暇、逗留，确实是创造力的有机土壤，不可或缺。"何时，时间不再是我们的朋友，我们要被它推着走。何时，闲暇不再是我们的生活，我们在内心深切渴望着它。"感觉累了，就放空自己"，这远不是一句歌词那么简单，这份豁达与优雅，我们又是在何时何地丢失的呢？人情世故，总是那么的纷繁复杂，尘世万物，皆是那么的变化莫测！

"自古逢秋悲寂寥，我言秋日胜春朝。"不如踏着刘禹锡的豁达，去寻着翠叶芳花的小径，去看日落西山，等待夜的降临，月的追逐，用心感受自然美景的馈赠，精神上的富足。

愿你我都能持一份纯真，携一份淡然，与世无争，与人无忧，做最真实的自己，轻颦浅笑，安静从容，只为懂得的人，绽放美丽！人生道路那么的漫长，小憩之后，我们依然可拍拍衣袖上的尘土，继续前行。但别忘了，给自己的心放个假，去沉淀，去感受。

秋风起了，一起去看野花，摘颗野果怎么样？

诗意的人

真正的闲暇并不是说什么也不做，而是能够自由地做自己感兴趣的事情。真正的精彩人生并不是时间被忙碌所挤占，而是学会让自己的生活丰富，精神富足。拥有为自己热爱的事业奉献一切的孤勇，也拥有让自己适当休憩沉淀的从容。

秋雨停息归家
一夜集雨几更寒，千叶瑟悉已识秋。
囫囵一觉愁尽散，懵懂呓喃梦中怀。

（齐晨）

扫描二维码即可阅读全文

第二章

02

| 教授书单 |

舞蹈老师带你体验生活之美

推送时间：2018 年 10 月 11 日

> 读书带来的改变不是立竿见影
> 而是潜移默化，深入骨髓
> 记住的变成了知识
> 忘记的成为了你的气质

个人简介

叶波，教授，硕士生导师。著名青年舞蹈家，国家一级演员。全国"桃李杯"舞蹈比赛连续两届金奖获得者，主演的多部原创舞剧多次荣获国内外大奖，文化部"十杰"青年获奖者，个人成就显著。2015 年以人才引进调入北京师范大学艺术与传媒学院舞蹈系任教。主要研究方向是中国古典舞徒手身韵及道具应用、舞蹈人物表演与实践。

推荐书单

《围　城》

钱钟书　人民文学出版社

推荐理由：

"围在城里的人想逃出来，城外的人想冲进去，对婚姻也罢，职业也罢，人生的愿望大都如此。"这是杨绛女士写在钱钟书《围城》扉页的一句话。婚姻是围城，学校是围城，生活也是围城。入与出映射人生哲理与境界，也成为生命的常态。

这本小说把中国的知识分子都写透了，几十年过去了，我们看的时候依然会有一种"照镜子"的感觉，从而想想我们到底是谁？我们要往哪里去？我们要过怎样的人生？

内容简介：

《围城》是钱钟书所著的长篇小说，是中国现代文学史上一部风格独特的讽刺小说。被誉为"新儒林外史"。第一版于1947年由上海晨光出版公司出版。故事主要写抗日战争初期知识分子的群相。

《美学散步》

宗白华 1981年6月首次出版

推荐理由：

这是从事艺术的人必须看的一本书。相比起那些大部头的美学书，这本的确更像是一场和美学大师的散步。

内容简介：

该书是作者一生主要的美学论集，总共22篇。可分为四个部分：第一部分，美学和文艺一般原理；第二部分，中国美学史和中国艺术论；第三部分，西方美学史和西方艺术的论述；第四部分，诗论。在该书中，作者凭着深厚的中国古典文化和西方文化的良好素养，以比较的眼光，对中国古典美学思想的几个重要范畴加以阐释，渗透着自己的生命体验和审美取向，书中抒情的笔触、爱美的心灵，引领着读者去体味中国和西方艺术家的心灵。

《禅与摩托车维修艺术》

作者：罗伯特·M.波西格

译者：张国辰 2011年重庆出版社

推荐理由：

看哲学书有可能很多人会头痛，但要是骑着摩托一边带你去旅行，一边给你讲哲学是不是会很酷。这是一本奇妙的书，都说读万卷书行万里路，这本书就是一场骑着摩托车的旅行，不仅仅是穿越美洲的旅行，也是一场关于哲学的旅行，更是一场关于生命和人生的旅行。这本书有多牛呢，霍金是这么说的："我因为写了一部人们把它和《禅与摩托车维修艺术》相比较的书而感到甚受恭维。我希望拙著《时间简史》和这本书一样使人们觉得，他们不必自处于伟大的智慧及哲学的问题之外。"

内容简介：

作者讲诉了在20世纪70年代的一个夏季，他和一对朋友以及他的儿子骑摩托车从明尼苏达州到加州，走遍穷乡僻壤，将所见所闻所感所思向他十一岁的儿子倾吐的故事，展现了这个男人在游历中体悟生命意义、获得自我拯救的过程。这本书在美国出版后，引起了巨大的反响，十余年间，销量达到了800万册。纽约时报评论道："深刻而重要。充满对我们生活中的两难处境的洞见。是最高等级的精神娱乐""我们时代最深刻、最重要的畅销书之一"。

《三体》系列

刘慈欣　重庆出版社

推荐理由：

中国最具想象力的科幻小说，没有之一。看科幻小说有助于你暂时摆脱现实的羁绊，培养你的想象力，这对于一个创作者来说，至关重要。

内容简介：

《三体》是刘慈欣创作的系列长篇科幻小说，由《三体》《三体Ⅱ·黑暗森林》《三体Ⅲ·死神永生》组成，第一部于2006年5月起在《科幻世界》杂志上连载，第二部于2008年5月首次出版，第三部则于2010年11月出版。其第一部经过刘宇昆翻译后获得了第73届雨果奖最佳长篇小说奖。

作品讲述了地球人类文明和三体文明的信息交流、生死搏杀及两个文明在宇宙中的兴衰历程。

《人 间 词 话》

王国维　北京理工大学出版社

推荐理由：

王国维说：古今之成大事业、大学问者，必经过三种之境界。"昨夜西风凋碧树，独上高楼，望尽天涯路"，此第一境也；"衣带渐宽终不悔，为伊消得人憔悴"，此第二境也；"众里寻他千百度，蓦然回首，那人正在灯火阑珊处"，此第三境也。这是治学的三重境界，更是人生的三境界。

看这本书，一举两得，一方面可以跟随作者的筛选重温那些经典的诗词，另一方面可以在作者的评论之中学习艺术之道。

内容简介：

《人间词话》是王国维所著的一部文学批评著作。《人间词话》作于1908—1909年，最初发表于《国粹学报》。该作是作者接受了西洋美学思想之洗礼后，以崭新的眼光对中国旧文学所做的评论。表面上看，《人间词话》与中国相袭已久之诗话、词话一类作品之体例、格式，并无显著的差别，实际上，它已初具理论体系，在旧日诗词论著中，称得上一部屈指可数的作品。可以说王国维的《人间词话》是晚清以来最有影响的著作之一。

扫描二维码即可阅读全文

纲要课老师教你读出中国近现代史

推送时间：2018 年 10 月 23 日

读书心得

一位哲人说过，读一本好书，就像和许多高尚的人谈话。

"书卷多情似故人，晨昏忧乐每相亲"，

读书是一种生活；

"蹉跎莫遣韶光老，人生唯有读书好"，

读书是一种情趣；

"读书切忌在慌忙，涵泳工夫兴味长"，

读书是一种修养；

"枕上诗书闲处好，门前风景雨来佳"，

读书是一种境界。

★个人简介★

赵朝峰，法学博士，马克思主义学院教授、博士生导师。从事思想政治理论课教学 13 年，入选高校思想政治理论课教师 2017 年度影响力人物、北京市宣传文化系统"四个一批"人才、北京优秀德育工作者以及全国优秀科普专家、北京师范大学第十届最受本科生欢迎十佳教师，主持 2 项国家社科基金课题、2 项教育部人文社会科学课题、2 项北京市课题，研究成果曾获北京市哲学社会科学优秀成果奖一等奖、教育部高等学校科学研究优秀成果奖一等奖。

推荐书单

《白鹿原》

陈忠实　2017年人民文学出版社

推荐理由

作者以深邃的眼光、遒劲的笔力和对黄土高原的深刻体验，写出了近代中国社会的沟沟壑壑和浑厚、苍凉而又略带神秘感的民族文化，全方位展现了从清朝末年到新中国初期这段沉重而伟大的历史。《白鹿原》细致入微地塑造了一个个性格鲜明、富有象征意味的人物形象，透析着那个时代人们的生活、挣扎和希望，是文学殿堂里的一部鸿篇巨制，也是了解中国近代社会不可多得的"历史书"。

《革命烈士诗抄》

萧三主编　2011年中国青年出版社

推荐理由：

《革命烈士诗抄》中的绝大多数作者并不被称为"诗人"，但他们本身却是一篇无比壮丽、无比伟大的诗章。"烈士"是他们共有的名字，他们留存下来的字句不是寻常的"创作"，而是用生命和鲜血铸就的华彩篇章。他们都是真正的、伟大的诗人。他们的诗，都是雄壮的、响彻云霄的音乐，都具有使顽者振、懦者立的强大力量。

（张诗涵、刘艳红）

扫描二维码即可阅读全文

第三章 03

解忧杂货店

时间总不够用？专业选择困难？跟高手过招，帮你拆掉思维里的墙，升级"人生操作系统"！

推送时间：2018 年 4 月 13 日

导语

对专业不感兴趣，时间不够用，做事效率低，人生规划"不正确"，这些问题在上学期间多多少少都会遇到。面对它们时，你的出发点和思维方式是什么呢？

解忧杂货店"北师大店"近期收到了三封来信，从他们的烦恼和北师大教师的解惑中，你或许能得到一点启发。

本期店主是北师大某文科学院的一位女神噢！

发现对专业兴趣不大，但已经错过转专业的最佳时机或者没有转专业的机会，该怎么办？

大二，理科女

解忧：

您好！来信收悉！

有些同学在经过一段时间的专业学习后，常常感觉到对所学专业兴趣不大、萌生出转专业的想法。这里我们首先要解决的第一个核心问题就是：什么是兴趣呢？约翰·霍兰德在他著名的职业兴趣理论中，把世界上的活动大概分成了六类，人的性格也分为六类。如果人和环境能够匹配起来就能够获得比较高的工作满意感，放在我们的专业学习中也是，如果你所选择的专业是你真正喜欢的，每天做自己感兴趣的事情，听上去真是太幸福了。然而，在这里有个非常重要的中间环节，那就是：什么是我们真正感兴趣的呢？其实我们很多人并没有真正搞清楚自己喜欢的是什么。举个例子，很多同学常常和我说起喜欢周游世界，而真正说到周游世界时可能遇到的各种细节，大部分人都退缩了。兴趣并不是追求时髦或者满足需求，而是你知道要做的事情有困难、有弊端、有辛苦，但是你仍然愿意重复地去追求它、享受它、容忍它。

好，这样就走到了第二个环节。选择决定下一步：如果你没有非常明确的对新专业的兴趣，或者你经过思考发现对现有专业的非兴趣也并非基于全面的认知，那么试着改变自己的行为和认知去适应。其实我们很多人并没有真正搞清楚自己喜欢的是什么，而是在慢慢的探索中终于想清楚了自己要的是什么。所以试着接受它、走进它，也许自有一番新的天地呢。做自己喜欢做的事情不难，难的是通过把自己不喜欢的事情做好来磨炼意志。大学不只是学习专业知识，更是磨砺自己人格的过程。相反，如果你此刻非常明确自己的兴趣在哪里，那么我想现实会给你新的路径的。没有什么是"最佳"的转专业时机，如果你清晰兴趣本身，任何一种探索行为即都能带来满足，比如喜欢的专业还可以选修。不是吗？

如何能提高时间的利用效率，使做事更有效？

研二，文科男

解忧：

您好！来信收悉！

到了研究生阶段，很多学生常常抱怨时间不够用，做事总是没有效率。如何更好地利用时间呢？我们每一个人都是时间管理者，而管理时间的实质就是精力的分配。这里给大家介绍两个比较常用的时间管理工具。一个是美国管理学家科维提出过时间"四象限"法的时间管理理论，他把工作按照重要和紧急两个不同的程度进行了划分，分为了四个"象限"，包括既紧急又重要、重要但不紧急、紧急但不重要、既不紧急也不重要。并在此基础上提出了相应的顺序划分：先是既紧急又重要的，接着是重要但不紧急的，再到紧急但不重要的，最后才是既不紧急也不重要的。其中，二、三象限的处理要根据具体问题、谨慎对待。很多人一直去做紧急但不重要的事情，我们要学会向别人求助，从他人那里获得分担。此外，在进行四象限的时间管理过程中，一定要有一个基本理念，即把放松娱乐的时间纳入生活，虽然我们在设计时把其放入既不紧急也不重要的象限中，但是如果放弃或者不切实际地减少休闲时间，四象限的时间表的实践也不可能真正实现，因为它剥夺了我们的基本需求。

第二个时间管理的办法叫做番茄工作法。番茄工作法是由弗朗西斯科·西里洛创立的，他将番茄时间设定为 25 分钟，要求 25 分钟内专注工作，中途不允许做与该工作无关的其他事情，时间结束后画"×"并短暂休息。番茄工作法的最大好处就是提高专注力以增加工作效率，同时，每一时段任务的完成能极大地提升个人的成就感。可以说，这种时间管理办法让时间变成我们共同前行的盟友，帮助我们百分之百地投入当下，减轻不必要的压力和负担。但是番茄工作法的基本前提就是需要相对整块儿的时间，以避免中途打扰。

如何根据自己实际情况做出适合自己的正确的人生规划？

解忧：

您好！来信收悉！

你想要什么样的人生呢？这是我们回答所谓"正确"的人生规划的"正确"一词首要解决的问题。我常想，没有什么是正确的人生规划，有的不过是数十年后我们回首走过的路，那些经历过的幸福的点滴、失败的过程、遗憾的事情，那些有过的欢畅、淡然、哭泣、痛苦，都变成会心一笑，然后你能够告诉自己，这些经历都不曾让我后悔，都成为我人生的宝贵路过。

好，你肯定会说这是碗毒鸡汤，那我们就从"正确"出发，探讨一下如何能够让"正确"指向我们个体本身而不是外在的标签，我们试着画一张自己人生的地图。地图绝不仅是只有一种，只要你觉得合适，就去用它，不合适就换一张。这里，我们避开老生常谈，我们不讲怎么做，来看看人生规划要避开哪些误区？

第一个误区：正确的人生规划基于自我的正确认识。我和很多应届毕业找工作的同学聊过，我常常听他们说要找到一个好的工作，必须要先认识自己。我会先赞赏他们的思考非常对，然后趁机追问他们，好的，来谈谈你认识的自己吧。结果你们应该知道，认识自己真的很难。我们知道"正确认识自己"的论述并没有问题，但是它确实会成为一句死死捆住你的"正确的废话"，尤其是对于生活在象牙塔中的学生。因为认识自我需要我们尝试、犯错、否定、调优，还需要我们获得足够丰富的流通性的信息，当你的见识、实践足够广博，你才能真正无限地接近自身的需求和能力，也才能有所谓的认识自我。

第二个误区：在人生的分岔路口，往左走还是往右走？很多孩子会问这个问题，而这个命题的背后实质是：我害怕自己会选错。尤其是大家在毕业的时候，进行第一份职业选择时，似乎更显得犹豫。因为你们总爱说：第一份工作意味着未来人生的全部走向。而我常常觉得，这些年毕业的很多孩子的第一份工作的选择，多是机缘的巧合。甚至是有些所谓"深思熟虑"的选择在若干年后也并不完全意味着好的结果。所以，很难讲往左走和往右走哪个是对哪个是错。而在这个过程中，总怕选错的人迟迟不会选择，反而带来更多的问题，所以还不如一开始就假设自己会选错，然后努力把做错的选择一点点变好。

第三个误区：我要设计一份尽可能详细的人生规划。如何将理想中的活法一一兑现？我们希望尽可能科学地给予详尽的航线图，减少弯路。所以，我们要好好设计，学会一些科学的方法，这些我都认同。科学的管理理论和心理学理论很多，它们能帮助我们更好地发掘人生的意义、自我的价值。但是，我想说，人生规划并不见得越清晰越好，我们不可能一步看清所有未来的展开，所以，放松思想，允许自己调整，边走边看，这不才是人生嘛。

（单丽雯）

扫描二维码即可阅读全文

让时光停留，应对未来不确定性的策略，学起来！

推送时间：2018 年 4 月 28 日

导语

自古以来，人就有害怕失去和对未来不确定的焦虑。你有没有过问天问地，排解这种焦虑呢？

解忧杂货店"北师大店"近期收到了两封来信，从他们的烦恼和北师大教师的解惑中，你或许能得到一点启发。

本期店主是北师大某理科学院的一位男神噢！

1

博士在读，文科女

因为较早成了家，有了家庭和小孩。在闲暇之余，总是会有"害怕"的感觉。害怕家人因为意外离我而去，害怕"我"因为意外离他们而去。总想紧紧地抓住这种幸福的感觉。知道未来的命运我们无法预测和控制，但是总忍不住向老天爷祈祷，让疾病和痛苦远离我的家庭。一度焦虑到，做梦都在害怕失去，甚至在梦中演练失去后的感觉。怎么破害怕失去的焦虑？

解忧：

您好！来信收悉！

害怕失去的焦虑，和对未来不确定的焦虑，非常正常，而且自古以来就很常见。就是这个原因，人类发明了一整套的占星术，打算通过观察太阳、月亮、水星和其他星球的状态，为自己的生活提供预测。这样的预测，伟大的天文学家们都做过。比如家喻户晓的哥白尼，大家都知道他是破除地心说的革命者，可是他最常做的副业，就是给贵族家的孩子算命。

无论科技怎么发展，生活怎么富裕，信息怎么便利，今天人们对于未来的恐惧丝毫没有减轻。今天人们对水逆的关注依然火爆。

但我想，这些焦虑，和什么时候成家、生孩子是没有必然关系的。我倒是觉得，这些焦虑和痛苦并非坏事。人类的文学艺术，本质上不都是在回应这些恐惧吗？再往深里想，其实我们寻觅一个爱人共度生命，我们发展出一种特殊的情绪应对焦虑，都是为了暂时缓解恐惧。我们今天把这种有奇妙药效的情绪，称作"爱"。

所以，在我一个天文学从业者看来，破除星座迷信的良方，其实不是冷冰冰的科学宣教，而是我们彼此之间的爱意。

无论我们了解多少物质演化的理论，我们看到嫩叶萌发，一滴露珠流淌，一个婴儿微笑，一缕晚霞映空，我们依然会，心怀喜悦，满足当下。

2

研三，文科女

本科教育学，研究生教育学，不读博出路在哪？

双教育学，本以为能够继续深造，经过研究生3年的学习，发现自己实在不适合做学术，转向找工作。这一找工作吧，问题就来了——

去中小学，嫌弃没有专业的学科背景；去高校，本科学校不是特别厉害，被嫌弃了一番；思来想去，只有公务员和培训机构了；且不说公务员，千军万马过独木桥，适合教育学专业的岗位也不多，这个只能作为一个参考；难道真的要去培训机构么？想想自己本科同学毕业也大多去了培训机构，现在都有了3年的工作经验，难道我这个研究生白读了？还是我的就业范围太狭隘，希望能够得到老师的指点。

解忧：

您好！来信收悉！

非常能理解这种教育学专业的尴尬。

北师大作为教育学专业的一把手，多多少少还是更倾向于学术道路的养成的。学校的目标也是如此。但教育学的学术道路，和教师岗位是完全不同的两码事。

教育学，和天文学、物理学、数学一样，是一门科学，是一个需要观察、科学方法、科学归纳进行研究的前沿学科。而学校的教师岗位，是一个职业，是教书育人，是有自己独到的工作技术的职业。

有两个误区有必要澄清一番。

　　第一个误区是，教师岗位是学而优则可。教师是一门专门的技能，无论哪一个学科的教师，都需要专门化的教学方法的学习和实践的演练。学得好不一定教得好，想要教得好，愿意教，享受教的乐趣，前提就是搞明白教师岗位不是在做研究，而是每天第一现场进行人与人的交锋，通过情感互动，引导对方，理解受教育者。

　　第二个误区是，人所从事的工作一定来源于自己的大学所学专业。社会是最伟大的大学，生活是最伟大的导师。大学的专业设立甚至研究生阶段的导师引领，只是学术基础的铺就。而未来的社会工作，是一个在市场大潮中拼搏的真实环境，瞬息万变，需要劳动者时时刻刻做好转换方向和思路的准备。没有什么是不能变的。

　　你还记得马云是学什么专业的吗？

（张鉴之）

扫描二维码即可阅读全文

"伤心"同样伤身，快给焦虑情绪按下暂停键！

推送时间：2018 年 6 月 22 日

导语

"焦虑"这个词我们常挂在嘴边，似乎已经成了现代人普遍的心理状态，那么面对迷茫和自我否定时该如何缓解呢？

解忧杂货店"北师大店"近期收到了两封来信，从他们的烦恼和北师大教师的解惑中，你或许能得到一点启发。

本期店主是北师大某文学院的一位女神噢！

1

研一在读，文科女

研一上学期英语笔试口语都未过，知道自己成绩的时候感觉特别失败，本科期间各门课程从未出现过挂科现象，在班里学习成绩一直很靠前，英语成绩自认为还可以。这学期开学来了以后状态特别不对，有着深深的挫败感，最近赶上英语口语考试，在图书馆复习好久，加上自己专业课又比较多，需要看的书很多，整个节奏都乱了，走在路上的时候特别想痛哭一场，最近确实有点焦虑了。

解忧：

您好！来信收悉！

非常理解当你面对从未出现的"挂科"的成绩时候，自己感受到的那种失败，以及对自己进入研究生阶段的一种"自我否定"。从小，教育带给我们的认知就是要好好学习，取得好成绩；所以，潜意识里，我们每个人都不希望自己失败，甚至不愿面对这种情景。但我想，可以从另一种角度来审视这种事情，珍视人生的第一次，这第一次看似不太美好，但它会让我们更好地去思考，是不是某些学习环节出现了问题，是学习期间没有真正理解课程内容，还是学习方法或策略出现了问题，或者是没有理解教师的评价方式等。不管怎么样，正视这样的不美好的第一次，去找找导致成绩挂科的可能因素，如果不清楚，还可以去找课任老师聊一聊。总之，这个事情其实不大，不要把它对你的影响太高看了。正视它，但又让自己在"不开心"（可以大哭一下）的花絮里去藐视它，人生是一段征程，一段充满着奋斗与体验的征程。放下它，去看必须要看的专业书，去学必须要学的专业课，去蹭必须要蹭的图书馆座位；犹有努力奋斗，才有丰富的体验，更会有更多"成功"的体验。

人生也是一段充满着各样风景的动态画卷，每一段风景，需要我们轻装上阵，需要我们自由前行，让自己心情放轻松，去寻找更适合自己的学术研究的成长之路，去探寻更适合自己的学术研究的发展途径，只有去做才会有体验，只有去做才能够让自己知道自己的不足。明确不足，确定目标，找对方法，可以加速前进。还有除了关注自己的学业，尝试和周围的同学建立良好的沟通关系，尝试管理好自己的时间和事务，时而关注社会，时而反省内心。从人生这一段征程和风景里，走出你自己的格调和步伐！好的教育会带给我们更好的认知，把学习当成过程，把成绩当成过程后的结果。每一段过程和结果，只是说明过去；而未来需要的是立足当前，脚踏实地，从过程和结果中去感受和体验，只有能够促进学生成长与发展的教育才是好的教育！

2

研二在读，文科男

研二就是研究生的分水岭，身边的同学有想去工作的，就去公司实习积累自己的工作经验，那些立志考博走学术道路的人每天泡在图书馆学习写论文，而我马上要到研三，还有一年多的时间就毕业了，对自己的前途一片茫然，还没有确定好自己的目标，读博士害怕自己论文写不出来，去工作也没有过硬的实习经历，也告诉自己应该要规划一下生活了，可每天还是这样马马虎虎地过下去了，没有明确的奋斗方向。

解忧：

您好！来信收悉！

在你的信里描述的内容，应该说不是你一个人的困惑。研究生二年级也刚刚进入学术研究之开始，找不到自己的方向，不知道该去立志考博，还是该去社会实习，更不知道如何规划自己的生活；因为不清楚，所以每天就马马虎虎下去了，没有了方向。

非常理解你这种自我着急但是又不知道如何发力的状态；但是人生的道路，我们说千里之行，始于足下；从今天开始，去投入地做手里的每一件工作，无论是自己兴趣使然，或者是根据导师指导要开展的学术研究题目探索，也可以是寻找实习的经历。书山有路勤为径，学海无涯苦作舟。如果还不知道做什么，就到图书馆里找书读；如果不知道做什么，就到学校里走一走，师大的学术报告非常多，而且内容丰富，听一听，体验一下学者们的人生之路或研究之路的分享。

研究生二年级应该是准备学术开题或展开学术研究的关键阶段，我不是很支持去外面实习，除非专业特色与社会接触非常紧密。要享受在北师大"坐冷板凳"的时光，最多也就再有一年，即便在北师大读博，也不过 3～5 年时光。在师大，无论去图书馆，还是通过在线图书馆和学术文献库，去与专业文献上的研究者进行"神游"一番，找找研究的热点，查阅研究的最新成果，思考思考最想解决的专业问题还有哪些等待你的贡献。学会去积累自己每天的阅读，学会去分享自己每天的收获，学会去倾听其他人关于学术的分享，学会去批判思考相关的内容……投入地去学习和研究，才能找到自己的兴趣点，锻炼好自己的问题意识和探究能力。当我们有意识地锻炼好这一项人生中最必要的自我成长的能力，剩下的就是遇山劈山，遇水架桥。我们就会从迷茫中拨开一层迷雾，去面对人生中的各种选择难题！

放下迷茫，放下无所适从，让自己积极起来，快乐起来，拥抱当下时光，去感受每一天，去享受每一天！从阅读开始，从行动开始……

（王卓群）

扫描二维码即可阅读全文

第四章

04

理论知乎

不值得定律：别样的心态，别样的选择

推送时间：2018 年 5 月 8 日

"不值得做的事情，就不值得做好。"这是管理学经典定律——不值得定律最直观的表述。这个定律听起来再简单不过了，然而它的重要性却时时被人们疏忽。

这个定律反映了人们的一种普遍心理—— 一个人如果认为自己所做的是件不值得的小事，往往会持有消极应付的态度，这样的话，他能做成此事的成功率就变得极小。

不仅成功率小，即使成功，也不会觉得有多大的成就感。

反之，如果一个人觉得某件事是值得做的，那么在做这件事的时候，他就会全力以赴地去完成它，成功率就会变得很大。

它揭示了人类共有的一种心理反应：对认为不值得做的事，消极的态度往往如影随形，致使渴望成功、实现自我满足的结果渐行渐远；对认为值得做的事，往往会积极克服困难，最终实现目标。

所以，要做，我们就要做自己觉得值得的事情。

有一句经典台词："一道菜烧得好坏，原料不重要，调料不重要，火候也不重要，最重要的，是烧菜人的那颗心。"

当你怀着一颗"不值得"的心去烧菜，你的菜里就被添加了苦味。

当你为了认为"值得"的事情而努力，你也将体会到人生的甜美。

约翰·戈达德的历险——

约翰·戈达德，20 世纪著名的探险家，他的传奇经历仅仅源于一幅世界地图。

8 岁生日那年，慈爱的祖父送给了他这辈子最宝贵的财富：一幅被翻得卷了边儿的世界地图。

5 岁时，少年约翰·戈达德宏大的愿望就让人叹为观止。

要到尼罗河、亚马逊和刚果河探险；驾驭大象、骆驼、鸵鸟和野马；读完莎士比亚、柏拉图和亚里士多德的著作；谱一部乐曲；拥有一项专利发明……

他列了 127 项目标，开始了将梦想变成现实的漫漫旅途。

尼罗河、乞力马扎罗山……这些梦想一次一次地被他用脚踩出来，梦想真的变成了现实！44 年后，年老的约翰·戈达德完成了 106 个愿望。

虽然对很多人来说，这样的历险是不值得去做的，有些人觉得根本没有必要去冒那样子的险，但对约翰来说是很值得的。

这就是他和我们的不同，他找到了值得去做的事情，并把这件值得做的事情坚持做了下去，这就是胜利，这就是成功。

理论启示

1. 理性对待心中的标尺。事情有轻重缓急，价值有大有小，我们要明确自己的人生目标和价值观，找到心中的那把标尺。在众多选择中，要认清哪些事情是最重要的，值得做的，然后竭尽全力，把这些值得做的事情做好。一旦你产生了一个简单而坚定的想法，只要你不懈地坚持它，终会将之变为现实。

2. "选择你所爱的，爱你所选择的。""值得"与"不值得"，都是心的距离。

"值得"与"不值得"，距离有多远，就在于我们的内心如何衡量。一个人如果在做一件认为不值得做的事情，即使成功，也不觉得有多大的成就感；如果在做自认为值得做的事情，则会认为每一个进展都有意义。

3. 做一件正确的事情，要比正确地做十件事情重要得多。成功的秘诀是抓住重要的目标不放，因此，不是每件事都必须做，那些没有意义、不值得做的事情，干脆不做。

注：部分文字来源于网络

重温什么是高校教师师德"红七条"

推送时间：2018 年 11 月 27 日

近日，教育部印发《关于高校教师师德失范行为处理的指导意见》，引起广泛关注。《意见》明确，对高校教师师德失范行为实行"一票否决"，就发生师德失范行为的教师给予了处理指导意见。

2017 年 8 月，北京师范大学出台《中共北京师范大学关于印发〈教师道德行为规范（试行）〉的通知》（师党发〔2017〕35 号），根据国家文件精神，结合我校实际情况，就高校教师道德行为规范做出了明确规定。让我们一起重温高校教师师德"红七条"，看看有哪些"限师令"：

（1）不得有损害国家利益，损害学生和学校合法权益的行为；

（2）不得在教育教学活动中，有违背党的路线方针政策的言行；

（3）不得在科研工作中弄虚作假、抄袭剽窃、篡改侵吞他人学术成果、违规使用科研经费以及滥用学术资源和学术影响。

（4）不得有影响正常教育教学工作的兼职兼薪行为；

（5）不得在招生、考试、学生推优、保研等工作中徇私舞弊；

（6）不得索要或收受学生及家长的礼品、礼金、有价证券、支付凭证等财物；

（7）不得对学生实施性骚扰或与学生发生不正当关系。

"红七条"是师德底线碰不得。

必须要以德修身，以德育人。

（王卓群）

马太效应：赢家通吃，强者恒强

推送时间：2018 年 12 月 13 日

"强者愈强，弱者愈弱"，这是管理学经典定理——马太效应最为形象的表述，它反映了当今社会中存在的一个普遍现象，即"赢家通吃"。在现实生活中，马太效应时常见诸于报端。但究其深意，十个人中有九个"say no"。

追本溯源，马太效应之名源自于圣经《新约·马太福音》的一则寓言："凡有的，还要加倍给他叫他多余；没有的，连他所有的也要夺过来。"

然而，此"马太"非彼"马太"。1968 年，美国科学史研究者罗伯特·莫顿（Robert K. Merton）沿用了这一名词，旧瓶装新酒，将之用来概括一种社会心理现象：任何个体、群体或地区，在某一个方面获得成功和进步，就会产生一种积累优势，会有更多的机会取得更大的成功和进步。简而言之，成就和荣誉总是"锦上添花"而不是"雪中送炭"，已经成功的人会更容易成功。

举个栗子，在学术领域，学术大佬总是更容易获得荣誉——尽管有（小）人（兵）做得和他们一样多。

马太效应在提出后，即以燎原之势席卷其他社会科学领域。在市场经济中，"三分天注定，七分靠打拼"，对企业经营发展而言，成为某个领域的领头羊时，即便投资回报率相同，你也能更轻易地获得比弱小同行更大的收益，而这对个人及企业的发展和奋斗，起到了正向的激励作用。

你真正是谁并不重要，重要的是你的所做所为。——《蝙蝠侠：侠影之谜》

在马太效应下，强者恒强，弱者恒弱。或许无法出生在罗马，但总要有人会赢的，为什么这个人不能是我呢？

作为商业帝国——松下电器的创始人，松下幸之助的一生都在逆着命运大潮行走。

4 岁，家中顶梁柱去世，全家失去土地，被迫背井离乡。

10 岁，被送往大阪一家火盆买卖店做学徒，身体瘦弱不会做工，不日便流落街头。大文豪巴尔扎克曾经说过，苦难是人生的良师。

彼时，日本电气革命方兴未艾。

17 岁，松下幸之助辗转来到了大阪电灯公司。那一年命运为他推开窗口，在这里他迅速获得提拔，成为了技术骨干。

也许换作旁人，此时娇妻美眷，前途大好，必定会在舒适的区域中继续生活下去。然而松下却看准了战后日本电器市场的巨大商机，他不顾老板的挽留，毅然决然离开了工作多年的工厂。走上一条最难走的路。

24 岁，松下幸之助拿着全部身家——100 日元，加上三五好友，一起开始了跌跌撞撞而又波澜壮阔的创业之旅。

从一个小小的作坊开始，从卖小小的插座起家，他经历过无数次的创业失败，经历过合伙亲人的离世重创，也经历过战争后风雨飘摇的制裁，在每一个摇曳转折的关口，松下幸之助都从未放弃过发展和改革的希望。

强者恒强，1968 年，松下电器成立整整五十年之际，以其上千亿的体量成为日本电器业第一巨头。

理论启示

1. 好的开始就是成功的一半。有些差别，刚开始时看起来微不足道，但最后却可能导致天壤之别。当别人徘徊时，我们已起跑；当别人起跑时，我们就冲刺。社会现实告诉我们：一步领先，步步领先；一步落后，步步落后。

2. 时刻关注前沿领域，保持前瞻性思考。一个人如果有前瞻性的思考，那么他所做的每一件事，都会有更好的成效。每一天都在做准备，每一天做的事情都是在为将来做准备。当做足充分准备之后，机会来临时就是你的，如果你没有做好准备，任何机会都可能不是你的。

专家顾问：孙　宇

文字：孟　昕

推荐书单：《赢家通吃的社会》（（美）菲力普·库克/罗伯特·法兰克）

文字来源：《松下幸之助的经营智慧》